DER KLEINE BUCH VERLAG

W0241983

Das Buch

Hohenlohe im 14. Jahrhundert: Die Kreßburger, ansässig im Grenzland zwischen Hohenlohern und Öttingern, bekommen die Konflikte der mächtigen Familien zu spüren. Die Kinder des Herrn Stephan von Kreßburg, Lianna, Raghild und Michael, werden in die kriegerischen Handlungen hineingezogen, ständig bedroht von ihrem älteren Cousin Wolfun, der sich um die Herrschaft auf der Kreßburg betrogen fühlt. Nachdem Liannas Verlobter bei einem Vermittlungsversuch auch noch von Wolfun ermordet wird, eskalieren die Kämpfe. Als der Friede in greifbare Nähe rückt, stehen viele vor den Trümmern ihrer Existenz. Aber zwischen den feindlichen Parteien überdauern Freundschaften und entstehen trotz aller Widerstände Liebesbeziehungen. Die Überlebenden wissen, dass sie neue Hoffnung brauchen: Raghild, die verschleppte Kreßburgerin, Kraft, der auf der Seite König Heinrichs kämpft, und der geheimnisvolle Sohn eines Sarazenen, der als Ausgestoßener zum Spion wird.

Historische Grundlage ist der Konflikt zwischen König Heinrich VII. von Luxemburg und Eberhard dem Erlauchten, Graf von Württemberg im Jahr 1308.

Die Autorin

Anita Tesch stammt vom Niederrhein und zog mit 24 Jahren in die Region Hohenlohe. Ein Symposium zur Stadtgeschichte Crailsheims gab den Anstoß zum vorliegenden Roman. Sie ist Berufsschullehrerin für Pflegeberufe und widmet sich in ihrer Freizeit leidenschaftlich gerne der Schreibfeder. So entstand ihr Debütroman »Die Kressburg« über mehrere Jahre. Heute lebt und arbeitet Anita Tesch in Bad Kissingen.

Anita Tesch

Die Kressburg

Roman

Der Kleine Buch Verlag

Die deutsche Nationalbibliothek verzeichnet diese Publikation in der Deutschen Nationalbibliografie; detaillierte bibliografische Daten sind im Internet unter www.dnb.de abrufbar.

© 2015 Der Kleine Buch Verlag, Karlsruhe
Projektmanagement & Lektorat: Julia Barisic
Korrektorat: Anja Winckler
Umschlaggestaltung: röger & röttenbacher GbR, r² | Büro für Gestaltung, www.roeger-roettenbacher.de
Umschlagabbildungen:
Hintergrund: iconogenic/shutterstock.com
Burg: Elena Ray/shutterstock.com
Frau und Ranke: Universität Heidelberg / Cod. Pal. germ. 848: Große Heidelberger Liederhandschrift (Codex Manesse) / Seite 311r
Satz & Layout: Beatrice Hildebrand
Druck: bookpress.eu, Polen

Das Werk einschließlich aller seiner Teile ist urheberrechtlich geschützt. Jede Verwertung außerhalb der engen Grenzen des Urheberrechtsgesetzes (auch Fotokopien, Mikroverfilmung und Übersetzung) ist ohne Zustimmung des Verlages unzulässig und strafbar. Dies gilt auch ausdrücklich für die Einspeicherung und Verarbeitung in elektronischen Systemen jeder Art und von jedem Betreiber.

ISBN: 978-3-7650-9107-0

Dieser Titel erscheint auch als E-Book:
ISBN: 978-3-7650-2128-2

www.derkleinebuchverlag.de
www.facebook.com/DerKleineBuchVerlag

Für Andrea und

Waltraud

Viel Spaß beim

Lesen!

A. Tsd

Der Wilderer

Der Überfall geschah auf dem Rückweg von Marienbrunn, und mit ihm begann die Kette der Ereignisse, die das Leben der Kreßburger für immer veränderte. Der letzte Sonntag vor dem Osterfest im Jahr 1308 war ein warmer, sonniger Nachmittag, so früh im Jahr eine Seltenheit in den Waldbergen zwischen Crailsheim und Dinkelsbühl.
Raghild, die jüngste Tochter des Herrn Stephan, hatte den alten Einsiedler bei der Quelle besucht, die zwei Wegstunden nordwestlich der Kreßburg lag. Einer alten Legende nach sollte die Quelle heilkräftiges Wasser haben, man hatte dort auch eine Kapelle gebaut. Hin und wieder kamen Pilger, aber gegenüber dem großen Wallfahrtsort Ellwangen weiter südlich war der Flecken bedeutungslos.
Die Kreßburger, zu deren Gebiet Marienbrunn gehörte, sorgten für den Unterhalt der Kapelle, weil in früherer Zeit einer von ihnen durch das Wasser von einer schweren Krankheit geheilt worden war. So besuchten die Bewohner der Burg die Kapelle regelmäßig, und auch die Töchter des Herrn hielten bei ihren Ausritten öfter dort an.
Heute war Raghild dem Knappen, der sie dorthin begleitet hatte, entwischt, weil sie über den Bergrücken zurückreiten wollte. Diese steile Abkürzung war den Mädchen zu Pferd verboten, aber sie wusste, dass dort die schönsten Waldanemonen wuchsen. Wo der Höhenzug zum Schönbach hin abfiel, standen jedes Frühjahr ganze Anemonenfelder, und die Böschung schien aus einem einzigen grünen Teppich voller weißer Sterne zu bestehen, der das tote Laub des Vorjahres überwucherte. In den Wäldern hing schon ein grüner Schimmer von den Blattknospen, die sich langsam öffneten, und Raghild hatte unterwegs bereits Schlüsselblumen und das violette Knabenkraut gesehen.
Sie lenkte ihr Pferd aus dem Wald heraus auf den Pfad am Bach. Er war so schmal, dass das Reiten hier schwierig und das Absteigen fast unmöglich war. Deshalb wurde auch der Weg nur wenig benutzt, die meisten kannten ihn gar nicht. Wer nach Marienbrunn wollte, nahm die breite Straße über Wüstenau.

Raghild hielt an der etwas breiteren Stelle vor der Wegbiegung an, stieg vorsichtig ab und schlang den Zügel um einen Baumstamm. Von hier musste sie zu Fuß weiter, aber schon nach wenigen Schritten stieß sie einen Freudenruf aus. Die Sonne schien warm auf den Hang, und der Teppich aus Anemonen war noch nie so dicht gewesen. Raghild nahm den dünnen Schleier ab und breitete ihn aus, um die gepflückten Blumen hineinzulegen. Sie war so vertieft in ihre Beschäftigung, dass sie das knackende Geräusch weiter oberhalb gar nicht bemerkte. Aus dem Gebüsch kam ein Mann und blieb betroffen stehen. Offensichtlich hatte er hier niemanden erwartet. Für einen Augenblick hielt er inne, um das Bild zu betrachten, das sich ihm bot. Zwischen den Bäumen saß ein Mädchen mitten in den Sternblumen und sein blondes Haar leuchtete in der Sonne wie goldene Seide.

»Wie die Frühlingsfee«, murmelte der Mann vor sich hin. Aber er hatte keine Zeit, denn seine Verfolger waren ihm dicht auf den Fersen. Das Mädchen dort unten war offensichtlich allein, und das Pferd konnte er von seinem erhöhten Standpunkt aus auch sehen. Wenn er das bekäme, wäre sein Entkommen gesichert.

Erst als er den Hang hinunterrutschte, wurde Raghild aufmerksam. Sie betrachtete erstaunt den Fremden und überlegte, was er wohl hier wollte. Er trug ein schwarzes Lederwams sowie derbe Hosen und Stiefel. An der Seite hing ein langer Dolch, sonst sah sie keine Waffen. Ein Bauer war er offensichtlich nicht, aber für einen Edelmann war seine Kleidung zu abgetragen, und ein Ritter wäre hier niemals zu Fuß unterwegs. Sie hob ihre Blumen auf und ging zurück zu ihrem Pferd, um den Fremden zu erwarten. Erst als er unmittelbar vor ihr stand und sie seinen blutverschmierten Arm und sein finsteres Gesicht sah, erschrak sie heftig. Sie war ganz allein, und wer sollte ihr helfen, wenn …

»Seid Ihr allein, mein Fräulein?«

Er sprach wie ein Edelmann, auch wenn er nicht danach aussah. Und er hatte wohl in ihrem verängstigten Gesicht die Antwort schon gelesen, denn er trat noch einen Schritt näher und griff nach dem Zügel, den sie in der Hand hielt.

»Ihr müsst mir Euer Pferd überlassen«, erklärte er.

Falba, ihre Lieblingsstute? »Nein!« Plötzlich war Raghild viel zu wütend, um sich zu fürchten. Was glaubte der Mann eigentlich, wen er vor sich hatte? Falba war ein Geschenk ihres Vaters, und nur der Knappe Gerfried durfte sie versorgen und reiten, wenn sie selbst keine Zeit hatte.

»Ich weiß zwar nicht, wer Ihr seid und was Ihr hier wollt, aber wie könnt Ihr es wagen, gegen eine Dame so aufzutreten? Macht Platz, damit ich aufsitzen kann!«

Er betrachtete amüsiert das zornige Geschöpf. Ihre Augen blitzten, das fein gezeichnete Gesicht war gerötet und ihre Hand zog hart den Zügel zurück, während sie im anderen Arm noch immer die Anemonen trug. Sie reizte ihn, und unter anderen Umständen hätte es Spaß gemacht, ihr zu zeigen, wer der Herr war. Aber es blieb keine Zeit, sich mit dem Mädchen zu befassen, jeden Moment konnten die Verfolger über den Berg kommen. Er streckte wieder seine Hand nach dem Pferd aus, aber sie stieß ihn zurück. Da verlor er die Geduld. Er packte das Mädchen und stieß es zur Seite. Raghild schrie auf, verlor das Gleichgewicht und stürzte den Abhang hinunter. Er hörte ihren Kopf mit einem dumpfen Geräusch gegen einen Baumstamm prallen. Am Bach blieb sie liegen, der Schleier war aufgegangen und die Sternblumen lagen überall verstreut. Er machte eine unwillkürliche Bewegung, um ihr nachzuklettern, aber in dem Moment hörte er von oben aufgeregte Stimmen. Die Verfolger!

Das Mädchen war vermutlich tot, das war Pech. Aber er hatte das Pferd, und darauf allein kam es an. Er zerschnitt den Gurt des Damensattels, riss ihn herunter und sprang auf.

Im Dörfchen Lustenau am Fuße des Kreßberges nutzten die Bauern den Sonntag, um einen Spaziergang an den Äckern vorbei zu machen. Viele blickten besorgt drein, denn niemand wusste, ob man dieses Jahr in Frieden die Felder bestellen konnte. Der Streit zwischen König Heinrich und Eberhard dem Erlauchten von Württemberg wurde immer bedrohlicher und konnte in kurzer Zeit das ganze Land mit Krieg überziehen.

Plötzlich verstummten die Gespräche, denn über die Dorfstraße aus festgetretenem Lehm kam im schnellen Trab ein Reiter. Er war noch

jung, hatte eine kräftige Gestalt und ein scharf geschnittenes Gesicht mit einer gebogenen Nase.
Es waren ausnahmslos freundliche Gesichter, die sich ihm zuwandten, denn der junge Michael von Kreßburg wurde von den Leuten noch mehr geliebt als sein Vater, Herr Stephan, der das Land mit Umsicht verwaltete. Es lebte sich gut unter der Herrschaft der Kreßburger, vor allem seit Stephan den Besitz geerbt hatte und keinem mehr lehenspflichtig war.
Aber heute Abend musste Michael es eilig haben, denn er hielt nicht an, um mit jemandem zu sprechen, sondern erwiderte nur freundlich die Grüße und ließ seinen Rappen rasch den Berg hinauftraben, auf dessen höchster Spitze die Kreßburg lag.
Dort übergab er sein Pferd einem Knappen und meinte:
»Reibe ihn gut ab, Gerfried. Er hat den Weg von der Flügelau hierher in weniger als drei Stunden gemacht.«
Gerfried strahlte so stolz, als hätte er die Strecke selbst zurückgelegt. Seit er sich um die Pferde kümmerte, nahm er eine besondere Stellung unter den Knappen ein.
Michael nickte ihm zu und ging mit schnellen Schritten zur Oberburg hinauf, wo er nach wenigen Augenblicken in der Halle stand, in der seine Eltern zusammensaßen. Der alte Herr hatte sich über eine Pergamentrolle gebeugt und seine Frau hielt eine Seidenstickerei in den Händen. Sie erwiderten seinen fröhlichen Gruß erstaunt und Frau Anna setzte hinzu:
»Warum kommst du heute Abend noch nach Hause, wir haben dich erst morgen erwartet? Und du siehst so verschwitzt aus, ist deine Nachricht so eilig?«
»Woher wisst Ihr, dass ich eine Nachricht für Euch habe?«
»Dazu muss man nur dein eifriges Gesicht ansehen«, antwortete sein Vater lächelnd. »Und eine schlechte Botschaft kann es demnach auch nicht sein.«
»Ihr habt recht, es ist eine gute Neuigkeit. Als ich heute zur Flügelau kam, war mein Freund Gernot so glücklich, wie ich ihn noch nie gesehen habe. Ihr wisst ja, dass er sonst ein ziemlich verschlossener Mensch ist.«

»Wir mögen ihn alle«, erwiderte Stephan. »Ich habe mich immer darüber gefreut, dass ihr beide Freunde seid, genauso wie sein Vater Heinrich und ich.« Sein Gesicht verdüsterte sich plötzlich. »Wäre es doch genauso mit meinem Bruder Dietrich und seiner Familie. Seit Jahren haben wir nichts mehr von ihm gehört, und wie sich seine Kinder verändert haben, wissen wir auch nicht. Aber ich habe dich unterbrochen, du wolltest uns von Gernot erzählen.«

»Ja, Vater«, sagte Michael ernster als bisher. »Denkt Euch, Gernot hat sich mit Onkel Dietrichs Tochter Brunhild verlobt. In den letzten Monaten hat er mir zwar manchmal angedeutet, dass er in eine Dame verliebt ist, die ich nicht kenne, aber nie wäre ich auf den Gedanken gekommen, dass es eine von Lohr ist. Ich hätte ihm auch abgeredet von der ganzen Sippschaft, und so hat er mir zum ersten Mal etwas verheimlicht.«

»Das war sein gutes Recht. Wie kannst du schlecht über Menschen reden, die du kaum kennst, und die außerdem deine nächsten Verwandten sind?!« Es kam selten vor, dass der alte Mann auf diese Weise mit seinem Sohn sprach.

»Verzeiht mir, Vater, aber das erregt mich jedes Mal aufs Neue. Dieser Mensch lässt keine Gelegenheit aus, Euch zu verleumden. Und das nur, weil es ihm vor fünfzehn Jahren nicht gelungen ist, an Eurer Stelle hier oben Burgherr zu werden!«, ereiferte sich Michael. »Als damals der alte Herr von Lahre ohne Erben starb, wussten alle, dass sein Besitz an die Familie der Öttinger fallen würde. Ihr beide wart seine Lehnsmänner, und das Beste, was man erwarten konnte, war eine Weiterführung des Vertrages. Aber Ihr habt dem Lahre zweimal das Leben gerettet und nicht Onkel Dietrich! Und es war sein Recht, Euch die Kreßburg als freies Eigentum zu hinterlassen, obwohl Euer Bruder älter war. Jetzt sitzt er als Lehnsmann der Öttinger auf Lohr und schadet uns, wo er kann. Hätte ich die Gelegenheit, würde ich ihm zeigen, was ich von ihm halte!«

»Er ist mein Bruder, und wenn ich ihm nichts nachtrage, hast du auch kein Recht dazu. Vergiss das nicht!«

Michaels Zorn verflog allmählich. Und als er das traurige Gesicht seiner Mutter sah, bedauerte er, überhaupt davon gesprochen zu haben.

»Verzeiht mir«, bat er noch einmal. »Ich will Euch weiter von Gernot erzählen. Er ist so glücklich, dass ich mich wirklich mit ihm freue. Sein Vater lädt uns alle zur Hochzeit ein. Das Fest beginnt zwei Tage vor Pfingsten und soll bis zum Pfingstsonntag dauern.«
»Dann werden wir zum ersten Mal nach vielen Jahren Dietrich und seine Familie wiedersehen«, meinte Anna und sah ihren Mann an. »Es wird keine leichte Begegnung sein, aber vielleicht wird der alte Streit doch noch beigelegt.«

Über den Abhang am Schönbach schwärmten die Männer von Wüstenau, der kleinen Festungsanlage, die zur Kreßburg gehörte. Diesmal sollte ihnen der Wilderer nicht entkommen. Seit Monaten schoss er in ihrem Gebiet alle Tiere ab, und Herr Stephan hatte befohlen, ihn endlich festzunehmen.
Hier am Hang würde er nur langsam vorankommen, denn er war verletzt und blutete. Seinen Bogen hatten sie auch schon gefunden.
»Ruhe!«, rief auf einmal der lange Friedung, der die Schar anführte. »Hört ihr nichts?« Sie lauschten angestrengt. Richtig, das war ein Hufschlag, der sich rasch entfernte.
»Wenn er sein Pferd hier hatte, bekommen wir ihn nie«, meinte einer.
»Unsinn«, erwiderte Friedung, »hier gibt es nirgendwo einen Platz, an dem man ein Pferd längere Zeit lassen könnte. Wir müssen nachsehen.« Sie erreichten den schmalen Pfad und suchten ihn ab. Plötzlich rief einer der Männer, der die Kurve schon erreicht hatte: »Seht doch nur! Da unten am Bach!«
Alle drängten sich um ihn und starrten den kurzen Hang hinab. Fast im Wasser lag bewegungslos ein Mädchen, dessen Schleier aufgegangen war. Ihr Haar schimmerte in der Sonne, und um sie herum verstreut lagen die weißen Anemonen.
»Das Fräulein Raghild«, flüsterte Friedung entsetzt, »die Kreßburgerin!« Jeder von ihnen kannte Herrn Stephans jüngste Tochter.
»Ist sie tot?«, fragte ein Junge. Friedung antwortete nicht. Er rutschte den Hang hinab und hob Raghilds Kopf an. Über seine Hände lief Blut, aber er hörte, wie sie leise stöhnte. Seine Gefährten sahen von oben gespannt zu.

»Rasch, helft mir!«, schrie er. »Sie lebt noch! Wir müssen sie so schnell wie möglich auf die Kreßburg schaffen. Baut eine Bahre!«

Eine Stunde später trugen sie das Mädchen in das Dorf Lustenau. Ein junger Bursche war vorausgelaufen, um Hilfe zu holen. Vom Kreßberg herunter sprengte Michael auf seinem Rappen, ihm folgte Gerfried mit einem weiteren Pferd am Zügel. Während der junge Mann abstieg, jagte der Knappe nach einem Blick auf die Tragbahre weiter auf der Straße nach Dinkelsbühl, um den Arzt zu holen. Die Männer setzten die Bahre ab, und Michael beugte sich über seine Schwester. Sie rührte sich nicht, als er sie anredete und vorsichtig ihren Kopf hob. Inzwischen hatten sich alle Dorfbewohner versammelt, und von der Burg herab rumpelte ein Wagen, der die Verletzte nach oben bringen sollte. Aber Michael winkte ab.
»Das Holpern des Wagens kann sie umbringen. Wir müssen sie hinauftragen.« Er sprach nicht aus, was er befürchtete: dass Raghild längst tot war. Aber hier war eine eingehende Untersuchung unmöglich.
Die Männer drängten herbei, um zu helfen, und Michael wählte die vier Stärksten aus. Sie trugen ihre Herrin rasch, aber vorsichtig den Berg hinauf. Er selbst ging nebenher und forschte ängstlich nach einem Lebenszeichen in ihrem Gesicht.
Am Burgtor kam ihm schreckensbleich sein Vater entgegen.
»Was ist mit Raghild?«
»Wir wissen es noch nicht. Sind Mutter und Lianna jetzt da?«
Stephan nickte. Man trug Raghild in ihr Zimmer und hob sie vorsichtig auf das Bett. Inzwischen erstattete der lange Friedung den beiden Herren Bericht.
»Er muss auf ihrem Pferd geflüchtet sein«, erklärte er. »Anders hätte er nicht entkommen können.« Da kam Lianna, die ältere Tochter, aus dem Zimmer.
»Sie lebt noch, ist aber nicht bei Bewusstsein«, erklärte sie auf die fragenden Blicke der Männer. »Wann kann der Arzt hier sein?«
»Nicht vor morgen früh«, erwiderte Michael. »Schafft ihr es so lange?«
»Wir müssen«, antwortete Lianna entschlossen, »aber Ihr, Vater, müsst Mutter beruhigen. Ich bleibe bei Raghild.« Sie betraten den freundlich

eingerichteten Raum, den Lianna und Raghild gemeinsam bewohnten. Frau Anna war am Bett ihrer Tochter zusammengesunken und weinte leise vor sich hin. Stephan legte ihr eine Hand auf die Schulter.
»Anna, ich bitte dich«, sagte er so ruhig wie möglich, »dein Weinen hilft Raghild nicht. Komm mit hinunter in die Halle. Lianna weiß am besten von uns allen, was zu tun ist. Sie wird hier bleiben.« Anna machte eine fahrige Bewegung mit der Hand.
»Aber ich kann sie doch nicht verlassen«, jammerte sie. »Mein armes Kind – wenn sie nun stirbt, ohne dass ich bei ihr bin?«
»Du kannst ihr jetzt nicht helfen«, sagte Stephan eindringlich. »Komm mit mir hinunter!«
Die Burgfrau, seit vielen Jahren an Gehorsam gegen ihren Mann gewöhnt, erhob sich langsam. Stephan legte den Arm um ihre Schulter und führte sie hinaus. Michael folgte den beiden, wandte sich aber in der Tür noch einmal um.
»Brauchst du irgendetwas, Lianna? Kann ich gar nicht helfen?«
Seine Schwester schüttelte den Kopf. Sie kniete neben dem Bett und tupfte mit einem feuchten Tuch vorsichtig das Blut von Raghilds Gesicht.
»Ich habe schon alle nötigen Anweisungen gegeben. Du kannst hier nichts tun. Kümmere dich um die Eltern ...« Sie drehte sich um. Ihr Gesicht wirkte härter als sonst, die Augen schienen unnatürlich groß und dunkel. »Wer war es?«, fragte sie leise.
»Der Wilderer, den wir schon seit Monaten jagen. Friedung und seine Leute hatten ihn fast erreicht, als er beim Schönbach Raghild traf. Er ist auf ihrem Pferd geflüchtet. Der Knappe war nicht bei ihr, er ist gerade erst gekommen. Sie muss ihm heimlich entwischt sein, sie wollte wohl unbedingt dort Anemonen pflücken.«
Lianna wischte seine letzten Worte mit einer ungeduldigen Handbewegung weg, der Knappe interessierte sie nicht.
»Musste er sie deshalb beinahe umbringen? Was ist er? Ein Mensch oder ein tollwütiges Tier?« Ihre Stimme war immer noch leise, aber das beunruhigte Michael stärker, als wenn sie geweint oder geschrien hätte. »Du wirst ihn finden, Michael. Du wirst ihn finden und dann ...«
Sie vernahm einen leisen Seufzer. Lianna fuhr herum und beugte sich

über ihre Schwester. Raghild hatte die Augen aufgeschlagen, aber offenbar erkannte sie ihre Geschwister nicht. Sie versuchte sich aufzurichten und stöhnte erneut. Lianna hielt sie fest.
»Du musst liegen bleiben, Raghild. Du musst ganz ruhig sein. Es wird alles wieder gut!«
Michael strich ihr sanft über den Arm. »Hast du Schmerzen, Kleines?« fragte er.
Aber sie antwortete nicht, sondern schloss die Augen und verfiel erneut in Bewusstlosigkeit.

Am Morgen kam Gerfried mit dem Arzt aus Dinkelsbühl zurück. Der untersuchte die Wunde eingehend, legte einen neuen Verband an und bat Lianna, die ihm geholfen hatte, mit hinauszukommen. Im Vorraum warteten die Eltern und Michael.
»Herr, der Zustand Eurer Tochter ist sehr ernst«, meinte der Arzt. »Es ist eine starke Schwellung eingetreten. Die Hirnschale ist zwar nicht zerbrochen, doch ich weiß nicht, ob das Fräulein je wieder gesund wird. Auch der große Blutverlust hat sie geschwächt. Sie braucht völlige Ruhe, aber auch bei der sorgfältigsten Pflege kann ich nicht sagen, ob sie am Leben bleibt.«
Anna brach erneut in Tränen aus. Lianna fasste nach der Hand des Arztes. »Ich will sie pflegen. Wir werden alles tun, was möglich ist, und wenn der Himmel gnädig ist, wird sie leben!«
»Aber Ihr könnt das nicht allein schaffen. Ich werde die nächsten Tage hier bleiben.« Er wandte sich an Stephan. »Herr, Eure Gemahlin ist nicht gesund genug für eine so schwere Pflege. Lasst bitte eine Nachricht zum Spital von Dinkelsbühl bringen, die Schwestern vom Orden der heiligen Elisabeth sind in der Krankenpflege geübt. Eine von ihnen soll herkommen, um Fräulein Lianna zu helfen.«
»Ich schicke sofort einen Boten und einen Wagen, der die Schwester abholen wird«, erklärte Stephan aufstehend.
Lianna ging in das Krankenzimmer zurück. Sie fiel neben Raghilds Bett auf die Knie. »Du musst leben«, flüsterte sie, »du musst leben, damit wir es auch überstehen. Ich will alles für dich tun … Gütiger Himmel, lass sie am Leben!«

Tage vergingen. Die Schwester aus Dinkelsbühl war eingetroffen und teilte sich mit Lianna die Pflege. Raghilds Zustand veränderte sich wenig, und das Schwierigste war, ihr Nahrung einzuflößen, weil sie fast immer bewusstlos war.
Wenn Lianna die verzweifelten Gesichter ihrer Eltern und Michaels finstere Miene sah, stellte sie sich zuversichtlicher als sie war.
Aber in den endlosen Stunden am Bett ihrer Schwester wuchs ihr Hass auf den Unbekannten, der das alles verschuldet hatte. In der ganzen Umgebung suchte man nach dem Wilderer, Michael war ständig unterwegs, aber es war alles umsonst. Der Fremde schien wie vom Erdboden verschluckt, und auch die Stute Falba, deren Beschreibung inzwischen jeder kannte, fand man nicht wieder.
Am siebten Tag nach dem Überfall besuchte Lianna zum ersten Mal wieder die Messe, die der Burgkaplan Thomas las. Dass Ostern war, hatte sie völlig vergessen. Die Geschichte von der Auferstehung hatte sie schon oft gehört, aber Raghild würde nicht auferstehen. Die Worte der Liturgie schwirrten unverstanden an ihr vorbei, sie fühlte sich so ausgebrannt, dass sie keinen klaren Gedanken fassen konnte.
Nach dem Segen verließ sie die Kapelle, um sich draußen auf die niedrige Mauer zu setzten. Die Aussicht war herrlich, das zarte Grün der Bäume leuchtete vor dem blauen Himmel. Im Tal breiteten sich das Dorf und die Felder wie ein Brettspiel aus. Hier oben hatte sie immer mit Raghild gesessen. Wieder Raghild. Würde sie je wieder hier sitzen?
Von hinten näherten sich Schritte.
»Der Herr sei mit Euch, Fräulein Lianna«, sagte Pater Thomas.
Unfähig zu antworten, blickte das Mädchen auf und nickte.
»Darf ich mich ein wenig zu Euch setzen?« Sie deutete mit einer Handbewegung auf den Platz neben sich und starrte wieder hinunter.
Lianna fühlte sich nicht in der Lage, über Raghild oder die Eltern zu sprechen. Wenn er nur nicht auch noch davon anfing! Aber welches andere Gesprächsthema gab es überhaupt noch in der Kreßburg?
Pater Thomas hatte aber nicht die Absicht, über das Leid der anderen zu sprechen. Er hatte Liannas Veränderung mit noch größerer Sorge betrachtet als die Verzweiflung der übrigen Familie. Lianna pflegte

ihre Schwester, hatte sie ständig vor sich, ohne ihr wirklich helfen zu können und verbitterte dabei immer mehr. Er sah von der Seite in ihr Gesicht und wartete. Nach einer Weile blickte Lianna auf und schaute ihn fragend an.

»Herrin«, sagte der Pater leise, »Ihr leidet.«

Da war es mit Liannas Fassung vorbei. Sie ballte die Fäuste und versuchte vergeblich, die aufsteigenden Tränen zu unterdrücken. »Ich leide? Raghild! Sie leidet! Sie wird jeden Tag schwächer. Wir alle werden jeden Tag elender. Und ich kann nichts tun … nicht einmal beten. Könnt Ihr nicht beten, Pater? Um ein Wunder?« Liannas Stimme war erst heftig gewesen, wurde aber immer leiser.

»Und der Fremde, der Eure Schwester überfallen hat?«

Sie hob mit einem Ruck den Kopf, ihre Augen funkelten.

»Wenn ich nur wüsste, wer es war! Wenn ich ihn nur hier hätte! Jede Nacht, wenn ich nicht einschlafen kann, grüble ich darüber nach, was das für eine Bestie sein muss.« Sie sah dem Pater ins Gesicht. »Jetzt seid Ihr entsetzt über mich, weil ich so etwas sage.«

»Nein, Herrin. Ich bin froh, dass Ihr das aussprecht. Und ich glaube, ich kann es verstehen.«

»Aber Ihr predigt Barmherzigkeit und Vergebung. Und … ja, und Feindesliebe.« Lianna spuckte das letzte Wort fast aus.

»Ja, Herrin. Aber nicht nur das. Unser Glaube lehrt uns auch, für die Verzweifelten Verständnis zu haben. Seht, ich kann Eure Schwester nicht gesund machen. Ich bete für sie, so wie für Eure ganze Familie – aber ganz besonders für Euch.«

»Für mich? Warum besonders für mich?«

»Weil Ihr mehr leidet als die anderen, weil Ihr krank seid. Euer Herz ist krank.«

»Mein Herz?«

»Ja, Herrin. Ihr seid krank vor Hass. Ihr zerstört Euch selbst.«

Lianna wandte sich ab und sah über das Land, ohne es wirklich wahrzunehmen. Hatte Pater Thomas recht? Ihr Kopf schmerzte, sie fuhr mit der Hand über die Stirn. Sie war zu erschöpft, um darüber nachzudenken. Langsam stand sie auf. Auch der Geistliche erhob sich und fasste nach ihrer Hand.

»Ihr müsst damit aufhören«, sagte er eindringlich, »Es wird für Euch und Eure Familie alles leichter, wenn Ihr aufhört zu hassen.«
Sie zog ihre Hand zurück. »Ich muss zu Raghild. Ich wünsche Euch einen guten Tag, Pater.«
»Gott schütze Euch, Herrin.«
Pater Thomas sah ihr bekümmert nach und ging dann in die Kapelle zurück. Lianna brauchte seine Gebete noch dringender als er gedacht hatte.

Lianna hatte die Nonne abgelöst und saß neben Raghilds Bett. Sie lag immer noch bewegungslos und reagierte weder auf ihren Namen noch auf Berührungen. Die Brühe, die Lianna ihr einzuflößen versuchte, rann aus dem Mundwinkel über ihre Wange. Lianna wischte die Tropfen weg und lehnte sich entmutigt zurück. Die Worte des Paters hallten wie ein dumpfes Echo in ihrem Kopf: Euer Hass zerstört Euch selbst.
Sie betrachtete ihre bewusstlose Schwester, und wieder überlief es sie kalt beim Gedanken an den Täter. Stimmte es, was der Pater sagte? Machte sie durch Ihren Rachedurst wirklich alles noch schlimmer? Michael war gestern Abend völlig erschöpft nach Hause gekommen, und sie hatte ihn gleich im Zwinger begierig nach dem Ergebnis seiner Suche gefragt. Tagelang war er unterwegs gewesen, hatte aber keine Spur gefunden, und sein bedrücktes Gesicht hatte sie verärgert. Es war einfach nicht gerecht. Raghild lag da, keiner konnte ihr helfen, und der Täter ging straffrei aus.
Plötzlich konnte sie es im Zimmer nicht mehr aushalten. Sie rief eine Magd herbei, die auf die Kranke aufpassen sollte, und lief in den Bergfried. Erst oben auf dem Söller fühlte sie sich etwas besser. Hier wehte immer ein Wind, und man konnte das ganze Land überblicken. Lianna lehnte sich über die Brüstung.
Michaels unglückliches Gesicht fiel ihr wieder ein. Sie hatte von ihm verlangt, den Mann zu finden. Vielleicht wusste ihr Bruder längst, dass es hoffnungslos war. Aber sie hatte immer wieder davon angefangen und ihm keine Ruhe gelassen, weil sie selbst keine Ruhe fand. Allmählich spürte sie ein Schamgefühl in sich hochsteigen. Pater

Thomas hatte recht, sie musste damit aufhören, sie machte alles nur schlimmer. Sie würde Michael bitten, zu Hause bei den Eltern zu bleiben. Hier wurde er dringender gebraucht als bei dieser sinnlosen Suche. Lianna fühlte sich leer und ausgelaugt, als sie wieder in das Krankenzimmer zurückging.
Weitere fünf Tage stand Raghilds Leben auf Messers Schneide. Lianna mühte sich immer gleich liebevoll um ihre Schwester und stand genauso ratlos den Fragen ihrer Eltern gegenüber. Sie weinte sich oft in den Schlaf, aber der Gedanke an den Fremden verblasste, seit sie mit ihrem Bruder darüber gesprochen hatte, dass es keinen Sinn hatte, weiterzusuchen.
Und dann, am zwölften Tag nach dem Überfall, kam Raghild zum ersten Mal zu sich und sah ihre Familie, die sich in Windeseile um ihr Bett versammelte, mit klarem Bewusstsein an. Sie war zu schwach, um zu sprechen, aber von da an machte ihre Genesung Fortschritte. Zwei Wochen später konnte sie wieder aufstehen, und Pater Thomas las eine besondere Messe zum Dank für ihr Gesundwerden.
Nur einmal fragte Herr Stephan sie nach dem Überfall, aber seine Tochter konnte sich nicht mehr daran erinnern. Der ganze Tag war aus ihrem Gedächtnis verschwunden – Raghild wusste nicht einmal, dass sie in Marienbrunn gewesen war. Sie wurde ängstlich und unruhig, aber der Arzt erklärte dem besorgten Vater, dass solche Gedächtnislücken nach einer schweren Kopfverletzung häufiger vorkamen. Man dürfe das Mädchen nicht weiter beunruhigen. Dass Raghild sich je wieder erinnern konnte, war unwahrscheinlich. Und damit gab es auch keine Hoffnung mehr, den Täter durch ihre Beschreibung zu finden.
Lianna war das inzwischen gleichgültig. Wichtig war nur, dass es der Kleinen besser ging, und zu dieser Überzeugung brachte sie schließlich auch ihren Vater.

Inzwischen wurden in der Wasserburg der Grafen von Flügelau und auf der Burg Lohr die Hochzeitsvorbereitungen getroffen. Vor allem die Lohrer bemühten sich, ihre Tochter für die Verbindung mit dem Grafen besonders reich auszustatten.

Die Nachricht von dem Unglück auf der Kreßburg war natürlich auch bis zu ihnen gedrungen, aber Herr Dietrich hatte nur schadenfrohe Bemerkungen darüber gemacht. Als sie nun hörten, dass Raghild wieder gesund war und die ganze Familie zur Hochzeit kommen wollte, waren alle überrascht.

»Jetzt wo sie ihn beschreiben kann, werden sie den Mann wohl finden«, sagte Wolfun, der Älteste, mit gespannter Stimme.

»Das kann sie nicht«, erwiderte Brunhild, die mit dem Boten von Gernot gesprochen hatte. »Sie hat die Erinnerung daran verloren.«

»Dann hat Stephan jetzt eine Schwachsinnige zur Tochter?«, erkundigte Herr Dietrich sich hämisch.

»Nein, sie ist auch geistig wieder völlig gesund. Der Arzt meint, solche Gedächtnislücken kämen bei Kopfverletzungen öfter vor. Sie wird sich wohl nie mehr daran erinnern«, antwortete Brunhild.

Wolfun nahm einen tiefen Zug aus seinem Humpen. »Wie schade. Und jetzt haben wir das Vergnügen mit der ganzen Sippschaft?«

Sein Vater sprang wütend auf und begann, in der Halle auf und ab zu gehen. »Das Schlimmste von allem ist, dass ich mich mit diesem Mann an einen Tisch setzen soll und hören muss, wie ihn jeder den Herrn der Kreßburg nennt. Brunhild, konntest du den Flügelauern das nicht ausreden?«

Brunhild ließ die Spindel sinken und sah ihren Vater groß an. »Ihr wisst doch, dass nicht nur mein Schwiegervater und Onkel Stephan Freunde sind, sondern dass auch Michael schon lange Gernots bester Freund ist. Wie kann ich sie dann bitten, die Kreßburger auszuschließen?«

»Das ist es ja gerade«, grollte Dietrich. »Am Ende bleibt es nicht bei dieser einmaligen Begegnung. Ich sehe schon Situationen auf uns zukommen! Dass aber einer von denen Pate meiner Enkel wird, wirst du verhindern, Brunhild!«

»Ihr habt ganz recht, Herr Vater«, fiel Wolfun ein. »Ist eine solche Beziehung erst einmal angeknüpft, kann man sie nur schwer wieder abbrechen. Wir sollten deshalb alle deutlich machen, dass wir mit diesen Leuten nichts zu tun haben wollen.«

Kunrad, der Zweitälteste, schüttelte den Kopf. »Wie denkst du dir das,

Wolfun? Wir können uns doch nicht weigern, sie zu grüßen oder mit ihnen an der Tafel zu sitzen, ohne den Gastgeber zu kränken?«
»Allerdings«, mischte sich Gisela, die jüngere Tochter ein, »schon Brunhild zuliebe dürfen wir keinen Streit anfangen.«
»Seit wann redest du mit, wenn sich Männer unterhalten?«, fragte Wolfun scharf. Gisela senkte erschrocken den Kopf. Hätte sie doch geschwiegen! Wolfun zu reizen war noch schlimmer als den Vater zu verärgern, das wusste sie genau. Statt Brunhild zu helfen, hatte sie alles noch schlimmer gemacht.
Frau Katharina erhob sich und strich nervös mit den Händen über ihr Kleid. »Wenn es dir recht ist, gehe ich mit den Mädchen, um noch etwas für die Aussteuer fertig zu machen«, sagte sie leise.
Dietrich nickte nur, und sie winkte ihre Töchter eilig hinaus. »Wie konntest du dich bloß einmischen? Ist die Geschichte mit den Kreßburgern nicht schlimm genug?«, empfing sie ihre Jüngste im Vorraum. Gisela schossen die Tränen in die Augen.
»Es tut mir so leid … ich wollte doch nur …«, stammelte sie.
»Sie hat mir nur helfen wollen, Frau Mutter«, sagte Brunhild, legte den Arm um die schluchzende Gisela und strich ihr mit der anderen Hand über das schwarz glänzende Haar. »Weine nicht mehr, Gisela. Du wirst sehen, es geht alles gut«, beschwichtigte sie und dachte: Den Trost brauche ich genauso wie sie.
»Ich hoffe, du lernst etwas daraus, Gisela«, sagte Frau Katharina abschließend. »Kommt jetzt, es ist noch viel vorzubereiten bis Pfingsten.«

In der Halle war es einige Minuten still, nachdem die Frauen hinausgegangen waren. Schließlich wandte sich Kunrad an den Jüngsten der drei Brüder. »Was meinst du zu alldem, Rudolf, du hast noch gar nichts gesagt?«
Rudolf fuhr sich nachdenklich mit der Hand über den kurzgeschnittenen Bart. »Ich denke, wir müssen die Sache auf uns zukommen lassen. Wir werden ja sehen, wie die Kreßburger sich zu uns stellen. Vielleicht meiden sie uns wie die Pest, und wenn nicht, brauchen wir uns trotzdem nicht mit ihnen abzugeben.«

»Ich weiß auf jeden Fall, was ich tue, wenn ihr beide den Schwanz einkneift«, schnaubte Wolfun. »Ich werde dafür sorgen, dass der Kreßburger wenigstens beim Turnier wie ein Hanswurst aussieht! Der wird Zeit seines Lebens an mich denken! Und danach wird er kaum wünschen, seine lieben Verwandten wieder zu sehen!«

»Ich bin froh, dass wenigstens einer meiner Söhne unsere Ehre vertritt! Bravo, Wolfun, so kenne ich dich wieder. In den letzten Wochen hast du mir gar nicht gefallen, aber das spricht mir aus der Seele.« In Dietrichs Augen glühte es unheimlich. »Mach ihn so lächerlich, dass er sich nirgendwo mehr blicken lassen kann. Und wenn er sich dabei die Knochen bricht, ist es umso besser.

Zeige diesem Mann, der sich meinen Bruder nennt, wer den besseren Nachfolger hat!«

Die Wasserburg

Am Freitag vor Pfingsten waren im unteren Hof der Kreßburg die Leute schon sehr früh bei der Arbeit. Die Knappen striegelten die Pferde, bis kein Staubkorn mehr zu sehen war. Das beste Zaum- und Sattelzeug wurde hervorgeholt, um es ebenfalls auf Hochglanz zu polieren. Zwei Pferde zogen auf Anweisung des Hofmeisters einen großen Reisewagen vor den Zwinger.

»Man kann ja nicht wissen, wie sich das Wetter hält«, sagte er zu einem der Knappen, »aber selbst wenn die Frauen den ganzen Weg reiten, brauchen wir den Wagen, weil viel mitgenommen werden muss. He, Gerfried! Was bringst du da für einen Schild? Den neuen aus Nürnberg, habe ich gesagt!«

»Ich dachte, als Ersatz«, verteidigte sich der Knappe.

»Was hast du zu denken? Geh und bring mir den anderen!« Er holte aus, um Gerfried zu ohrfeigen.

»Was ist denn hier los?«, fragte Michael, der unbemerkt dazugekommen war. Der Hofmeister sah sich erschrocken um. »Ich habe Euch gar nicht kommen hören! Es ist nur … Gerfried wollte den alten Schild als Ersatz mitnehmen, und ich meine …«

»Dass das eine gute Idee ist? Recht habt Ihr! Der alte Schild hat mir so viele gute Dienste getan, und wer weiß, ob ich ihn nicht wieder brauche? Aber kommt jetzt mit zur Oberburg, mein Vater möchte noch einiges mit Euch besprechen, was während unserer Abwesenheit wichtig ist.«

Der Hofmeister wagte keinen Widerspruch und ging, etwas Unverständliches vor sich hinbrummend, mit ihm hinauf. Michael sah ihn nachdenklich an. Es war nicht das erste Mal, dass er eine solche Szene beobachtete. Bei Herrn Gisbert lief alles wie am Schnürchen, aber er wurde von seinen Untergebenen gefürchtet. Da kam ihnen Michaels Schwester entgegen.

»Lianna! Ich dachte, du bist bei Raghild!«

»Nein, ich komme gerade von der Mutter. Michael, ich habe sie selten so aufgeregt gesehen. Sie fürchtet sich schrecklich vor den Lohrern. Sie glaubt, es könnte etwas Ähnliches geschehen wie vor sieben Jahren, als sie zum letzten Mal zusammentrafen.«

»Du meinst, als Onkel Dietrich Vater anklagte, er habe die Abgabe für das Kloster veruntreut? Als nur durch einen Zufall herauskam, dass der Zeuge bestochen war?«

Lianna nickte. »Vater ist damals nur knapp der Ächtung entgangen. Was wird er sich wohl dieses Mal ausdenken?«

»Du vergisst, dass dies eine Familienfeier ist und kein Gerichtstag. Onkel Dietrichs älteste Tochter heiratet. Er kann so etwas nicht riskieren, schon aus Rücksicht auf sich selbst. Sein Ansehen ist seit damals sowieso nicht mehr das Beste, er kann sich keine neue Blöße geben. Nein, ich glaube nicht, dass wir etwas zu befürchten haben.«

»Ich hoffe, dass es so bleibt. Aber es ist besser, wenn du mit Mutter darüber sprichst. Du weißt, wie nervös sie zurzeit ist, sie hat die Angst um Raghild noch nicht verkraftet. Bestimmt hört sie auf dich eher als auf mich.«

Er nickte ihr zu und betrat die Halle. Lianna hatte sich sehr verändert. Sie war besonnener und ruhiger geworden, und sie verstanden sich besser als je zuvor. Kürzlich hatte sie ihm erzählt, wie sie auf den Rat von Bruder Thomas hin ihre Rachepläne aufgegeben hatte, und das hatte ihn sehr nachdenklich gemacht. Vielleicht war es wirklich besser, manche Dinge dem Höchsten zu überlassen. Sonst würde man irgendwann wie Onkel Dietrich.

Inzwischen setzte Lianna sich auf ihren Lieblingsplatz auf der niedrigen Mauer neben der Kapelle. Das Dorf lag noch unter den Frühnebeln verborgen. Ebenso verborgen war alles, was die nächsten Tage bringen würden. Wenn man doch in die Zukunft sehen könnte! Sie selbst hatte nur noch eine undeutliche Erinnerung an den Onkel, der mit seiner Familie die Burg verlassen hatte, als sie noch ein kleines Mädchen war.

Wie sehr er sie alle hassen musste! Ob das bei seinen Kindern auch so war? Oder konnte auf diesem Weg eine Verständigung herbeigeführt werden? Vielleicht war Brunhild die richtige Verbündete. Gernot heiratete doch sicher keine Frau, die von Bitterkeit zerfressen war.

Es war einen Versuch wert. Und die anderen Geschwister? Von ihrem ältesten Vetter hatte sie einige Male gehört, dass er die Knechte und Mägde misshandle. Das war eigentlich nichts Außergewöhnliches, sie hatte es nicht besonders ernst genommen.
Aber Michael hatte letztes Jahr in Crailsheim einem Bettler Geld gegeben, der so übel zugerichtet war, dass Michael ihn nach der Ursache fragte. Der Mann war als Knecht mit Wolfun unterwegs gewesen und für ein gestohlenes Wams verantwortlich gemacht worden. Den Wutausbruch seines Herrn hätte er beinahe nicht überlebt, und jetzt führte er ein jämmerliches Leben voller Schmerzen und Hunger. Von Wolfun hielt man sich also besser fern.
Über die anderen wusste sie so gut wie nichts. Gisela war inzwischen siebzehn Jahre alt, Kunrad galt als guter Turnierkämpfer. Rudolf war erst neunzehn, als jüngster Sohn eines Lehnsmanns bleib ihm nur, woanders sein Glück zu machen. Er würde die Burg Lohr bestimmt bald verlassen, was ein Wiedersehen unwahrscheinlich machte.
Unten im Tal hatte die Sonne einen Teil des Nebels aufgelöst. Lianna erkannte die Spitze des kleinen Kirchturms zwischen den Baumwipfeln. Sie stand auf und ging zur Oberburg zurück.

Zwei Stunden später war alles zur Abreise bereit. Stephan und Anna kamen mit ihren Kindern in den Zwinger hinunter und bestiegen die bereitstehenden Pferde. Die Knappen sprangen ebenfalls auf, und der kleine Zug, dessen Abschluss der Reisewagen bildete, verließ die Burg. Der Weg führte in die offene Ebene hinaus. Das herrliche Frühsommerwetter versprach einen angenehmen Ritt. Michael wandte sich an seine kleine Schwester: »Nun, Raghild, wie ist es, wieder auszureiten? Wie gefällt dir dein neues Pferd?«
»Wunderbar!« Raghild strahlte über das ganze Gesicht. »Ist es nicht wunderschön? Es heiß Blanca und Vater sagt, es gehört mir allein. Er hat es gestern erst aus Dinkelsbühl für mich mitgebracht.« Langsamer fuhr sie fort: »Es ist alles wieder so schön. Früher war das gar nichts Besonderes, aber seit ich die ganze Zeit in meinem Zimmer liegen musste und immer die schlimmen Kopfschmerzen hatte, denke ich oft daran. Ich bin so froh, dass ich wieder gesund bin.«

Michael sprach jetzt etwas leiser, damit die vorausreitenden Eltern ihn nicht verstehen konnten. »Hast du gar keine Kopfschmerzen mehr, Kleine?«
»Nun ja, hin und wieder schon.«
»Was heißt das: hin und wieder?«
»Als vorgestern das schwere Gewitter kam, da war es ganz schlimm. Sonst merke ich es nur manchmal am Abend.«
»Du brauchst doch mehr Ruhe«, mischte sich Lianna ein, »hoffentlich ist die Reise nicht zu anstrengend für dich.«
»Aber es geht mir gut«, antwortete Raghild leichthin, »es wird bestimmt nichts passieren.«
Sie hatten das Ende des offenen Landes erreicht. Hier begann die Winterhalde – ein bewaldeter Höhenzug, auf dem der Weg ständig aufwärts führte. Am höchsten Punkt, dem Strüt, endete das Kreßburger Herrschaftsgebiet. Zu keiner Jahreszeit war die Reise schöner als jetzt, denn das frische Grün gab dem Wald ein ganz neues Aussehen. Man kam an kleinen Lichtungen vorbei, wo die Sonne auf blühende Wiesen schien und unzählige Insekten herumsummten.
»Es ist, als feierte der Wald auch ein Fest«, sagte Frau Anna lächelnd zu ihrem Mann. Er nickte ihr zu. Wie gut, dass auch Anna die schweren Tage überstanden hatte. Die Angst um Raghild hatte sie so mitgenommen, dass er sich große Sorgen um seine Frau gemacht hatte. Ja, dieser Tag war in vielfacher Hinsicht ein Fest.
Jenseits der Berghöhe führte der Weg in vielen Windungen steiler bergab, war aber für den Wagen immer noch gut befahrbar. Schließlich endete der Wald an der Crailsheimer Ebene, die tiefer lag als das Kreßburger Gebiet. Der Bach, der neben dem Weg entlang floss, hatte am Waldrand eine Mulde ausgewaschen und strömte von da an durch Wiesen und Felder.
»Hier ist es immer wärmer als bei uns«, meinte Anna und wischte sich über die Stirn. »Das Reiten in der Sonne wird anstrengend. Sollen wir nicht vorher etwas ausruhen?«
Michael, der sich um Raghild mehr Sorgen machte, als er zugeben wollte, war sofort dafür. Auch Lianna bat um eine Rast.
»Wenn wir eine Stunde hier am Waldrand bleiben, ist die größte Hit-

ze vorbei. Auch die Pferde sind dann frischer, und wir brauchen nur noch eine knappe Stunde bis zur Flügelau. Bitte, Vater, lasst uns hierbleiben. Wir finden nirgendwo einen schöneren Platz.«
»Wenn ihr müde seid, rasten wir ein Weilchen«, stimmte Stephan schließlich zu. »Wir kommen schon noch rechtzeitig an.«
Die Knappen versorgten die Pferde. Michael schickte Gerfried zum Reisewagen und befahl ihm, mit einigen Decken ein Lager herzurichten. Raghild legte sich darauf und war nach wenigen Minuten fest eingeschlafen.
Lianna meinte: »Ich glaube, dass wir noch mehr auf die Kleine achten müssen. Sie ist schneller müde, als wir denken.«
»Fühlte sie sich nicht gut?«, fragte die Mutter erschrocken. »Sie war doch so lebhaft unterwegs!«
»Es geht ihr auch gut. Sie darf sich nur nicht überanstrengen«, beschwichtigte Michael. »Wir lassen sie jetzt schlafen, und wenn wir weiter ziehen, soll sie sich in den Wagen setzen. Ich möchte nicht, dass sie in der heißen Sonne reitet.«
»Du hast recht«, pflichtete ihm Stephan bei. »Ich bin jetzt doch froh, dass wir kurz verweilen. Lianna, du wirst in den nächsten Tagen besonders auf sie achten. Wenn es ihr schlechter geht, reisen wir sofort nach Hause.«
Lianna nickte. »Natürlich passe ich auf, aber ich glaube nicht, dass wir den Besuch abbrechen müssen. Raghild kann sich ja öfter in unserem Zimmer ausruhen und muss nicht überall dabei sein.«
»Aber wenn es wirklich zu viel für sie ist? Sollten wir nicht umkehren?« fragte Anna ihren Mann.
»Nein, das geht nicht. Der Weg zurück ist viel weiter. Wir brechen in einer Stunde auf«, entschied Stephan.
Aus der einen Stunde wurden fast zwei, denn Raghild schlief so tief, dass niemand sie stören wollte. Aber schließlich wurde es dem alten Herrn zu spät. Man spannte die Pferde ein, weckte das Mädchen und hieß es, sich in den Wagen zu setzen. Lianna ritt nebenher, und die Knappen bildeten den Schluss. Raghild lehnte gähnend in den Kissen und fragte: »Wie spät ist es denn? Und warum darf ich nicht weiter reiten?«

»Du hast den halben Nachmittag verschlafen. Es ist fast vier Uhr. Und im Wagen sitzt du, damit du unterwegs nicht vor Müdigkeit vom Pferd fällst.«

»Ich bin überhaupt nicht müde!«, erklärte sie und gähnte erneut.

»Das sehe ich«, lachte Lianna. »Aber jetzt ernsthaft, Raghild. Du kannst dir noch nicht so viel zumuten. Als du vorhin so fest geschlafen hast, wollte Mutter beinahe wieder umkehren. Du musst ein bisschen vernünftig sein und dich in den nächsten Tagen öfter ausruhen.«

»Vater will mich doch nicht zurückschicken?« fragte sie entsetzt. »Es geht mir doch gut! Ich habe mich so auf die Hochzeit gefreut!«

»Solange du ihm keine Sorgen machst, wird dich Vater nicht zurückschicken. Er möchte, dass du nicht bei allen Banketten bis zuletzt aufbleibst und dich auch tagsüber öfter zurückziehst. Dass es nötig ist, haben wir gerade gesehen, also wird es dir gar nicht schwerfallen.«

»Ich werde bestimmt ganz brav sein«, versicherte Raghild eifrig wie ein kleines Kind. »Vater braucht sich gar nicht um mich zu kümmern, es wird alles gut gehen.«

Lianna lächelte. »Das wird ihn freuen. Schau doch, da liegt Crailsheim!«

»Die Befestigungsanlagen kommen mir noch viel stärker vor als im vorigen Jahr. Siehst du die beiden neuen Türme?«

»O ja. Seit Crailsheim den Öttingern gehört, wird es immer weiter ausgebaut und befestigt.«

»Werden wir dort anhalten?«

»Nein, es ist schon sehr spät. Außerdem ist Herr Burkhard bestimmt schon auf der Flügelau. Wir nehmen den direkten Weg dorthin.«

»Ob Herr Burkhard seine Tochter mitgenommen hat? Ich habe sie einmal gesehen. Sie ist eine ganz vornehme Dame, viel feiner als ich.«

Lianna schmunzelte über den Vergleich. »Elsabetha ist auch älter als du. Und da Crailsheim jetzt so wichtig für die Öttinger ist, ist sie ein bisschen stolz geworden.«

»Ein bisschen? Ich finde sie ziemlich hochmütig. Auch wenn ich älter bin, möchte ich nicht so werden wie sie.«

»Natürlich nicht. Aber zeige ihr nicht, dass du sie nicht magst.«

»Warum?«

»Vater liegt sehr viel daran, dass wir mit allen Nachbarn gut auskommen. Er möchte so lange wie möglich vermeiden, Partei zu ergreifen.«
»Wobei denn? Ich habe so lange nichts mehr gehört …«
»Wir haben jetzt auch keine Zeit, darüber zu sprechen. Das können wir tun, wenn wir wieder zu Hause sind. Es ist nur wichtig, dass wir zu allen höflich sind.« Raghild nickte. Sie machte sich noch kaum Gedanken um politische Meinungsverschiedenheiten.
Gegen fünf Uhr erreichten die Kreßburger die Flügelau. Es war eine imponierende Anlage, die im offenen Land auf einer kleinen Anhöhe lag. Jeder Feind konnte schon von Weitem gesehen werden. Zum Schutz war sie mit einem doppelten Wassergraben umgeben, und wer versuchte, diesen zu überwinden, war eine hervorragende Zielscheibe für die Verteidiger. Dank der beiden Gräben war die Burg fast uneinnehmbar und hatte den Beinamen Wasserburg.
Heute waren über beide Gräben die Zugbrücken heruntergelassen und der ganze Weg mit Tannenreisig und Blumengirlanden geschmückt.
Im Burghof wurden sie von Graf Heinrich und seinen beiden Söhnen Philip und Gernot erwartet. Während Heinrich seinen alten Freund begrüßte, schlug Michael Gernot lachend auf die Schulter.
»Gernot, alter Junge, wie lange haben wir uns nicht gesehen?! Lass dir noch mal alles Gute wünschen zu deiner morgigen Hochzeit!«
Gernots sonst so ernstes Gesicht strahlte. »Ohne euch wäre es nur halb so schön! Aber ist deine jüngste Schwester doch nicht mitgekommen? Ich sehe sie nicht.«
»Sie sitzt im Reisewagen. Ich wollte nicht, dass sie den ganzen Weg in der Sonne reitet.«
»Na, dann wird das Fräulein ja ziemlich durcheinander geschüttelt sein von dem Weg«, rief Philip lachend, der dazu gekommen war und Michael ebenfalls herzlich begrüßte. Er trat an den Wagen heran und verbeugte sich tief.
»Fräulein Raghild, darf ich Euch beim Aussteigen behilflich sein oder müsst Ihr noch Arme und Beine auseinanderbringen?«
Raghild ergriff lachend seine Hand und sprang aus dem Wagen. »Philip, Ihr seid immer noch die gleiche alte Spottdrossel. So redet man nicht mit einer Dame! Habt Ihr denn nur Dummheiten im Kopf?«

Er machte ein zerknirschtes Gesicht. »Ihr habt mich auf den ersten Blick durchschaut. Aber ich wusste nicht, dass Ihr auch schon zu den Damen gehört. Immerhin haben wir uns jahrelang nicht gesehen.«
Inzwischen half Gernot Lianna vom Pferd und begrüßte sie. »Lianna, kennt Ihr meinen Bruder Philip noch? Er war ja lange am Hof des Markgrafen von Baden und ist erst seit Ostern wieder zu Hause.«
Sie reichte Philip lächelnd die Hand. »Natürlich haben wir Euch nicht vergessen. Und wenn Ihr Euch auch äußerlich verändert habt, seid Ihr immer noch so lustig wie früher.«
Er beugte sich über ihre Hand, wobei er mit einer kleinen Verlegenheit kämpfte. »Leider muss ich zugeben, dass ich Euch nicht wiedererkannt hätte, Fräulein Lianna.«
»Hu, wie förmlich«, lachte Gernot.
Philip sah Lianna bittend an. »Wollt Ihr mir erlauben, Euch wie früher mit Eurem Namen anzureden?«
»Natürlich«, erwiderte Lianna, und »natürlich!«, fiel auch Raghild ein. »Sonst bestehe ich nämlich darauf, auch Fräulein genannt zu werden. Schließlich bin ich nur drei Jahre jünger als Lianna!«
Alle lachten, und die Flügelauer begaben sich mit ihren Gästen zur Oberburg, wo sie auf die Familie von Lohr trafen.
Dietrich stand mit seiner Frau und seinen Kindern vor der Kapelle, die sie gerade besichtigt hatten, und Stephan trat auf seinen Bruder zu, um ihm die Hand zu bieten.
»Guten Abend, Dietrich«, sagte er, und nur Anna hörte das leise Beben seiner Stimme. Dietrich sah seinen Bruder so hasserfüllt an, dass allen sofort klar wurde: Es würde Schwierigkeiten geben.
Der Herr von Lohr legte Katharinas Hand auf seinen Arm, nickte erst Stephan und Anna, dann den dahinter stehenden Kindern kalt und förmlich zu und verschwand mit seiner unglücklich dreinblickenden Gattin hinter dem Tor der Oberburg. Ein peinliches Schweigen breitete sich aus. Stephan fuhr sich mit der Hand über die Stirn, als wolle er den bösen Eindruck verwischen. Man konnte ihm seine Enttäuschung deutlich anmerken, obwohl er kein Wort sagte, und das brachte ihm die spontane Sympathie Brunhilds ein. Sie hatte die Szene unruhig beobachtet, weil sie wusste, dass sie von nun an häufiger mit Gernots

bestem Freund und seiner Familie zusammenkommen würde. Dass ihr Vater die Verhassten förmlich begrüßt hatte, konnte man als eine Art Waffenstillstand deuten, wenigstens für die Dauer des Festes. Sie sah ihren Verlobten bittend an, und Gernot verstand sofort. Er nahm Brunhilds Arm und führte sie zu den Kreßburgern.

»Herr Stephan, Frau Anna, erlaubt mir bitte, Euch Brunhild von Lohr als meine Braut vorzustellen.«

Brunhild begnügte sich nicht mit der formellen Verbeugung, sondern bot den alten Herrschaften die Hand. Ihr Lächeln bat um Verzeihung für das Verhalten ihres Vaters. Stephan verstand, und die Begrüßung fiel so herzlich aus, dass die Flügelauer erleichtert aufatmeten. Anna umarmte Brunhild sogar und küsste sie auf die Wangen.

Dann stellte Graf Heinrich Brunhilds Geschwister vor, an die die jungen Kreßburger nur undeutliche Erinnerungen aus ihrer Kinderzeit hatten. Gisela grüßte sehr freundlich, Konrad und Rudolf zwar höflich, aber deutlich zurückhaltender als ihre Schwestern. Zum Schluss kam Wolfun, der sich die ganze Zeit im Hintergrund gehalten hatte. Er hatte als einziger noch nicht alle Waffen abgelegt, ein prächtiger Dolch in einer verzierten Scheide hing an seiner Seite. In seinen Augen funkelte der gleiche Hass wie bei seinem Vater, aber er gab seinen Verwandten trotzdem nacheinander die Hand.

Zuletzt trat er auf Raghild zu, die plötzlich bei seinem Anblick zu zittern begann. Sie wich zurück und klammerte sich an den Arm ihrer Schwester. Lianna sah den Schrecken in ihrem Gesicht, ohne den Grund dafür zu begreifen, aber sie tat unwillkürlich das Richtige. Sie legte den Arm um Raghilds Schultern, murmelte eine Entschuldigung in Wolfuns Richtung und zog ihre Schwester von ihm weg zu Heinrich von Flügelau.

»Ich bitte euch, Herr Graf, könnt Ihr uns gleich unsere Zimmer zuweisen lassen? Für Raghild war die Reise anstrengend, sie muss sich vor dem Abendessen unbedingt noch etwas ausruhen«, sagte sie leichthin, um ihre Besorgnis zu verbergen. »Sie durfte nur mit, weil sie versprochen hat, sich noch zu schonen.«

»Natürlich, mein Kind«, antwortete Heinrich, »kommt herein, die Beschließerin wird euch sofort auf euer Zimmer führen.«

Die Spannung löste sich, und alle folgten dem Burgherrn, der mit den Schwestern schon die Treppe hinaufgestiegen war. Nur Wolfun blieb zurück, nachdenklich an einem Grashalm kauend.
In ihrem Zimmer angekommen, führte Lianna ihre halb ohnmächtige Schwester zum Bett. Raghild warf die Arme um ihren Hals und brach in ein krampfhaftes Schluchzen aus. Die Ältere setzte sich neben sie und wiegte sie in den Armen. Hatten sie einen schwerwiegenden Fehler gemacht? War die Kleine doch noch nicht gesund? Oder hatte es eine besondere Bewandtnis mit ihrer Angst vor Wolfun?
Raghild beruhigte sich langsam. Sie klammerte sich nicht mehr so fest an Lianna und ließ sich von ihr aus dem Reiseumhang und den Schuhen helfen. Als sie endlich bequem im Bett lag, waren die Tränen versiegt. Lianna setzte sich auf einen Schemel.
»Ist es jetzt besser, Kleines?«
Sie nickte.
»Hast du Schmerzen?«
»Nein, nur ein bisschen Druck im Kopf.«
Lianna blieb still sitzen und sah sie nachdenklich an. Nach einer Weile fragte sie: »Möchtest du wieder nach Hause?«
»Wird ... wird er ... hier bleiben?«, fragte Raghild statt einer Antwort.
»Wen meinst du?«
»Dieser Mann ... dieser schreckliche, unheimliche Mann ...«
»Wolfun von Lohr? Natürlich bleibt er hier. Er ist Brunhilds Bruder ...« Lianna brach ab. Ein ungeheuerlicher Verdacht stieg in ihr auf. »Kennst du ihn, Raghild? Hast du ihn schon einmal gesehen? Warum hast du solche Angst?«
»Ich weiß nicht« antwortete Raghild abwesend. »Ich habe ihn noch nie gesehen. Nein, ich kenne ihn bestimmt nicht!« Jetzt war ihre Stimme fest und klar.
»Warum hast du dann Angst vor ihm?«
»Ich denke, weil er so unheimlich aussieht. Ich wollte weglaufen.« Sie seufzte. »Habe ich mich sehr dumm benommen? Was werden die anderen von mir denken?«
»Ich glaube, es hat niemand etwas bemerkt, höchstens Michael.«
Lianna überlegte fieberhaft. War ihr Verdacht wirklich so absurd?

War Wolfun der Wilderer, der Raghild überfallen hatte? Aber wie konnte er es dann riskieren, hier mit ihnen zusammen zu treffen? Nein, das passte alles nicht. Sie sah Gespenster. Langsam beruhigte sie sich und streichelte Raghild über die Wange. »Möchtest du trotzdem hier bleiben?«

Raghild nickte langsam. »Ja, schon. Ich werde ihn ja nicht allein treffen. Nicht wahr, Lianna, du bleibst bei mir?«

»Ja, sicher. Ich sage es Michael, und einer von uns bleibt immer in deiner Nähe. Aber jetzt musst du schlafen.«

Die Schwester nickte und gähnte ein wenig. »Ich bin auf einmal todmüde. Die dumme Heulerei! Weckst du mich zum Abendessen?«

Lianna lachte. Sie war froh, dass ihre Befürchtungen grundlos waren. »Na, mal sehen. Wenn du jetzt gut schläfst, vielleicht.«

Sie blieb still neben dem Bett sitzen, bis ihr Raghilds Atemzüge verrieten, dass sie eingeschlafen war. Dann ging sie zu ihrem Bruder, der zusammen mit Philip einen Raum bewohnte. Dieser entfernte sich höflich, als Lianna hereinkam.

»Was ist mit Raghild?«, fragte Michael knapp. Lianna erzählte, ohne ihren Verdacht gegen Wolfun zu äußern. Michael schien auch nicht auf einen ähnlichen Gedanken zu kommen. Die Erklärung, dass Raghild sich vor der finstern Erscheinung gefürchtet hatte, leuchtete ihm ein.

»Wir haben ohnehin genug Schwierigkeiten mit den Lohrern. Wenn sie etwas von ihren Ängsten bemerken, könnten sie das als Beleidigung auffassen. Wir müssen die Kleine im Auge behalten und vor allem von Wolfun ablenken.«

Zwei Stunden später stand Lianna fertig zum Essen angekleidet in ihrem Zimmer. Die Gürtelmagd hatte ihr so leise wie möglich geholfen, und bisher war Raghild auch noch nicht aufgewacht. Aber nun klang die Glocke von der Halle herauf, und sie setzte sich auf.

»Ach, Lianna«, klagte sie, »warum hast du mich nicht früher geweckt? Jetzt bin ich nicht fertig, und die Glocke läutet zum Essen!«

Die Magd hatte schnell ihr Festkleid gebracht.

»Wir helfen dir beide, dann kommen wir kaum zu spät«, tröstete Lianna. Raghild war in wenigen Minuten fertig und zog ihre Schwester hinaus. Sie hatte es so eilig, dass sie gar nicht mehr an Wolfun dachte. Als sie die Festhalle betraten, standen schon fast alle Paare beisammen. In der Nähe der Tür warteten nur noch Philip von Flügelau und Rudolf von Lohr. Lianna überblickte die versammelten Gäste und entdeckte Wolfun ziemlich weit vorn mit Elsabetha von Crailsheim. Sie atmete auf. Heute würde er ihnen kaum noch über den Weg laufen. Elsabetha wird ihn sicher den ganzen Abend beschäftigen, dachte sie. Inzwischen verbeugte sich Philip vor Raghild. »Darf ich Euch zu Tisch führen, mein Fräulein?«

»Hu, wie förmlich!«, wiederholte sie Gernots Ausspruch vom Nachmittag.

»Ihr habt mich ja darauf hingewiesen, dass Ihr eine Dame seid und dass ich nur Dummheiten im Kopf habe. Da muss ich aufpassen, damit ich mich nicht noch mehr blamiere.«

Raghild lachte. »Da müsst Ihr Euch aber anstrengen!«

»Wollt Ihr mir nicht ein bisschen dabei helfen?«

»Beim Blamieren?«

Lianna saß mit Rudolf den beiden gegenüber und lauschte hin und wieder dem lustigen Geplänkel. Wie froh war sie, dass Raghild neben Philip saß! Er lenkte sie ab und brachte sie zum Lachen. Lianna wäre ihm vor Dankbarkeit am Liebsten um den Hals gefallen, aber gerade als sie das dachte, hob Philip sein Glas und zwinkerte ihr zu.

Lianna wurde puterrot und starrte verlegen auf ihren Teller. Glücklicherweise stellte Rudolf jetzt eine Frage, sodass sie ihr ganzes Interesse ihm zuwenden konnte. Dabei fiel ihr Blick auf Wolfun. Er unterhielt sich höflich mit Elsabetha, aber seine Aufmerksamkeit galt dem anderen Tischende. Gut, dass der dicke Abt von Sankt Moritz dazwischensitzt und Raghild ihn nicht sieht, dachte Lianna, jedes Mal wenn Wolfun sie lachen hört, sieht er noch grimmiger aus. Ich möchte wissen, warum er sich ausgerechnet darüber so ärgert. Ach was – ersticken soll er an seiner Wut, wenn nur die Kleine nichts merkt.

Etwas weiter oben an der Tafel schien Dietrich von Lohr ebenfalls unerfreulichen Gedanken nachzuhängen. Er beobachtete Michael, der mit Gisela nicht weit von ihm entfernt saß. Auch wenn er die Worte nicht verstehen konnte, sah er doch, dass sich die beiden lebhaft unterhielten. Was hatte sie mit dem Kreßburger zu reden? Er hatte doch jede Annäherung verboten!

Michael und Gisela hatten keine Ahnung, welche Gewitterwolke sich da über ihnen zusammenzog. Sie unterhielten sich über die Flügelau. Michael hatte davon angefangen, weil es seiner Ansicht nach das einzige unverfängliche Thema war. Dass sie in allem einer Meinung waren, überraschte ihn.

Er sprach mit Wärme von seinem Freund Gernot und Gisela erzählte, wie glücklich ihre Schwester mit ihm sei. Sie lachten gemeinsam über eine Schnurre von Philip und bewunderten den alten Grafen, der sich in der schwierigen politischen Lage so aufrecht und doch so klug verhielt. Hier sah Michael seine Nachbarin erstaunt an. Was wusste Gisela von Politik? Seine Verwunderung war so deutlich, dass sie lächelte.

»Ihr findet es wohl seltsam, dass sich ein Mädchen mit Politik beschäftigt. Aber mein Vater spricht oft mit meinen Brüdern darüber, und ich habe zugehört.«

»Und was denkt Ihr darüber?«, fragte Michael.

Gisela überlegte einen Moment. Dann begann sie: »Die Grafen von Öttingen sind eine reiche und mächtige Familie. Sie haben in den letzten Jahren viel Land dazugewonnen, zum Teil durch Erbschaft und zum Teil durch Kauf. Fast alle ihre neuen Besitzungen grenzen an das Gebiet der Holacher. Aber weil sie nicht nur Land, sondern auch Zoll- und Wegerechte erworben haben, wollen sie in Crailsheim eine gräflich öttingische Verwaltung einrichten, weil es dafür am günstigsten liegt. Deshalb wird es immer weiter ausgebaut und befestigt.«

Michael staunte. »Ihr sprecht darüber wie ein Mann, der sich sein ganzes Leben lang mit Staatsgeschäften befasst hat.«

»Ich wiederhole nur, was mein Vater sagt. Er meint, dass die Herren von Holach nicht damit einverstanden sind, dass sich die Öttinger so ausbreiten. Sie werden bald etwas dagegen unternehmen. Außerdem ist Konrad von Öttingen ein Verwandter von Eberhard von Württemberg, der mit König Heinrich um einige Städte streitet. Aber mein Vater sagt, es geht um mehr als das – der Erlauchte von Württemberg will viel mehr Macht und Einfluss. Die Holacher stehen zum König, und Graf Heinrich von Flügelau ist nahe mit ihnen verwandt. Seine Wasserburg liegt mitten zwischen den Öttinger Besitzungen.« Gisela sah ihn direkt an. »Meint Ihr, dass es Krieg geben wird?«, fragte sie besorgt.

»Wir alle hoffen, dass es nicht dazu kommt«, antwortete Michael ernst. »Schon eine Fehde zwischen den Öttingern und den Holachern wäre schlimm, aber ein Krieg zwischen dem König und dem Württemberger würde das ganze Land verwüsten. Jeder von uns wäre beteiligt, wir alle müssten kämpfen.«

»Ich mache mir solche Sorgen um meine Schwester. Schon um ihretwillen darf es einfach keinen Krieg geben!«

Michael fühlte tiefes Mitleid mit diesem Mädchen, das so viel scharfen Verstand und trotzdem ein warmes Herz hatte. Wie verletzlich sie war! Aber der Schmerz würde ihr nicht erspart bleiben. Die Fehde würde kommen, entweder durch die Holacher und die Öttinger oder durch den Kampf der Mächtigsten im Reich. Bisher hatte vor allem das Verhandlungsgeschick des Flügelauers hier bei ihnen das Schlimmste verhindert. Der *Schrimpf von Öttingen*, wie man Graf Konrad wegen einer hässlichen Narbe im Gesicht nannte, machte ihnen hier immer mehr zu schaffen. Er hatte weder Frau noch Kinder, angeblich wegen seines abstoßenden Äußeren, arbeitete aber wie ein Besessener an der Vergrößerung seiner Macht, als wolle er eine königliche Dynastie begründen. Aber auch Graf Heinrich, der bisher als Einziger mit dem Schrimpf fertig geworden war, würde nichts mehr ausrichten können, wenn der Streit zwischen dem König und dem Württemberger nicht beigelegt wurde.

Michael griff nach der Hand seiner Nachbarin und lächelte ihr zu. Gisela verstand. Er wollte ihr keine falschen Hoffnungen machen, aber trotzdem flößte sein Händedruck ihr neuen Mut ein.

Das Turnier

Früh am anderen Morgen erhob Michael sich möglichst leise, um Philip nicht zu wecken. Er hatte nur wenig Schlaf gefunden, weil seine Gedanken ständig um den Onkel und seine Familie kreisten. Besonders Gisela und das Gespräch vom letzten Abend gingen ihm nicht aus dem Kopf.

Wenn es zum Kampf kam, waren die Lohrer automatisch ihre Feinde. Gisela war dann von Brunhild getrennt, die ihr als Einzige in ihrer Familie wirklich nahestand. Das hatte er gestern herausgehört. Auch zur Mutter hatte sie kein herzliches Verhältnis, denn Frau Katharina hing offensichtlich nur an den Lippen ihres Mannes. Von ihr war keine Unterstützung für die Tochter zu erwarten.

Michael zog sich an und verließ das Zimmer. Er wollte an die frische Luft. In den oberen Gängen war noch alles ruhig, aber unten in der Halle hantierten die Mägde schon eifrig, um das Frühstück vorzubereiten. Michael trat ins Freie und ging langsam zum Burggarten hinüber. Er grübelte weiter. Keine Unterstützung für Gisela? Was zum Kuckuck ging ihn dieses Mädchen an? Zu helfen war ihr sowieso nur, wenn sie aus der Familie herauskam wie ihre Schwester. Die war bei seinem Freund Gernot sicher und geborgen.

Michael bog in den Laubengang ein und blieb plötzlich stehen. Keine zehn Schritte von ihm entfernt saß sie auf einer Bank und spielte mit einer jungen Katze. Gisela hatte ihn nicht bemerkt, sie machte einen so harmlos fröhlichen Eindruck, dass ihm seine Befürchtungen auf einmal wie Hirngespinste vorkamen. War sie noch ein Kind? Nein ganz sicher nicht. Bewundernd ließ er seine Blicke auf ihr ruhen. Ihr schwarzes Haar war für die Trauung schon mit Blumen geschmückt, hing frei über den Rücken herab und schimmerte bläulich in der Sonne. Wie Rabenflügel, dachte er, und ihr Kleid ist so blau wie ihre Augen. Wie verzweifelt sie mich gestern ansah, als sie fragte, ob es Krieg gibt…

Auf einmal wurde ihm klar, was ihn so beunruhigte. Trottel, der er

war! Wie hatte er sich über Gernot geärgert, weil er sich mit einer »von dieser Sippschaft« verlobt hatte! Dabei war für Gernot die Familie Lohr eine Nachbarschaft wie andere auch. Aber er, Michael, hasste die Lohrer seit Jahren – nur um sich bei der ersten Gelegenheit in Onkel Dietrichs jüngere Tochter zu verlieben. Michael starrte düster vor sich hin. Ja, es stimmte; es war sinnlos, es abzustreiten. Er liebte das Mädchen, das da drüben mit der Katze spielte, liebte ihre kindliche Fröhlichkeit ebenso wie den tiefen Ernst, mit dem sie über wichtige Dinge sprach, liebte ihre Schönheit und Anmut.
Gisela war aufgestanden und erschrak, als sie Michael gegenüberstand. »G… Guten Morgen«, brachte sie zögernd hervor. Warum sah er sie so sonderbar an? Und warum stand er da wie festgewachsen am Laubengang?
Michael fasste sich mühsam und gab ihr die Hand. »Guten Morgen, Fräulein Gisela«, sagte er, »ich freue mich, dass ich Euch so früh schon treffe.«
Warum nannte er sie plötzlich beim Vornamen? Verlegen raffte sie ihr Kleid zusammen und wollte an ihm vorbei. »Ich muss zurück auf mein Zimmer«, sagte sie entschuldigend, »ich habe Brunhild versprochen, ihr beim Ankleiden zu helfen.«
Er vertrat ihr den Weg. »Ich möchte Euch nicht aufhalten. Ich wollte Euch nur um etwas bitten.«
Sie sah ihn fragend an. Er war so sonderbar, so ganz anders als gestern.
»Ich wollte Euch darum bitten, dass ich heute Nachmittag beim Turnier Eure Farben tragen darf.«
»Meine Farben?« Gisela war völlig überrascht. Es war das erste Mal, dass ein Ritter ihre Farben bei einem Turnier tragen wollte. Sie hatte ja auch erst eins miterlebt, vor einem Jahr in Öttingen. Ein Ritter würde ihre Farben tragen! Aber es war Michael von Kreßburg – und das würde dem Vater nicht recht sein. Er würde es verbieten. Michael sah den schnellen Wechsel von Überraschung, Freude und Nachdenklichkeit auf ihrem Gesicht. Es erinnerte ihn an Raghild, der man auch alle Gedanken von der Stirn ablesen konnte.
»Darf ich nicht?«, fragte er leise.
Gisela sah ihn offen an. »Ich will Euch nicht beleidigen, Herr von

Kreßburg. Ich wäre so stolz, wenn jemand meine Farben trüge beim Turnier, ich habe mich selten so gefreut.«

»Also darf ich?«, unterbrach Michael.

Sie senkte den Blick. »Ich fürchte, mein Vater wird es verbieten, wenn ich ihn frage.«

Er schwieg. Natürlich würde Herr Dietrich so etwas verbieten! Wie hatte er das nur vergessen können. Das Mädchen betrachtete ängstlich sein finsteres Gesicht. Jetzt hatte sie ihn doch beleidigt. Schüchtern legte sie die Fingerspitzen auf seinen Arm. Michael betrachtete erst ihre zarten Hände und ließ sich dann von ihren leuchtenden Augen gefangen nehmen.

»*Müsst* Ihr ihn denn fragen?« fragte er leise und voller Hoffnung.

Gisela überlegte. Nein, eigentlich musste sie das nicht. Keine Dame musste ihre Familie um Erlaubnis fragen, wenn ein Ritter ihre Farben tragen wollte. Es war ein Kompliment, nur für sie, und eine Gunst, die nur sie gewährte. Sie knüpfte das blaue Band los, mit dem die Gürtelmagd sonst ihr Haar zusammenflocht, und gab es Michael mit einem verschwörerischen Lächeln.

Ehe er sich bedanken konnte, raffte sie ihr Kleid und huschte an ihm vorbei durch den Laubengang zurück zur Oberburg. Er wickelte das Band zusammen und steckte es ein.

»Ich werde das Turnier gewinnen, Gisela«, murmelte er. »Ich werde es schaffen – zu Ehren der Dame, die mir erlaubt hat, ihre Farben zu tragen.«

Gegen neun Uhr versammelten sich alle in der großen Halle, um das Brautpaar in einem feierlichen Zug zur Burgkapelle zu begleiten. An der Spitze schritten der Burgherr und seine beiden Söhne: Gernot, der sich bemühte, ein gleichgültiges Gesicht zu machen, und der wie immer ein wenig verschmitzt lächelnde Philip. Nach ihnen kamen Herr Dietrich und seine Gattin, die zwischen sich die Braut führten, dahinter ihre drei Söhne und Gisela. Die übrigen Gäste schlossen sich je nach Rang ihrer Familien an.

In der Kapelle erwartete sie der Abt des St. Moritz Stifts, der eigens zur Trauung aus Augsburg gekommen war. Er war ein guter Freund und

Nachbar der Flügelauer gewesen, als ein großer Teil von Crailsheim noch zum Besitz des Ordens gehörte, und außerdem Gernots Pate. Erst als das St. Moritz Stift seine Besitzungen in Crailsheim an die Öttinger verkauft hatte, war die Verbindung lockerer geworden. Wie viele andere hoffte auch er, dass die Streitigkeiten sich unterdrücken ließen, und so begann er die Trauung nicht mit dem üblichen Ave Maria, sondern mit einem ernsten Gebet um Frieden im Land.

Nach der feierlichen Zeremonie verließ Brunhild, nun die Gräfin von Flügelau, am Arm ihres Mannes die Kapelle. Auf dem kleinen ummauerten Platz davor herrschte sofort ein fröhliches Gedränge, als die Gäste das Paar beglückwünschten. Dabei ließ es sich leider nicht vermeiden, dass Raghild für einen Moment von ihren Geschwistern unbeobachtet blieb. Michael hatte nur Augen für Gisela, und Lianna wurde von Elsabetha in ein Gespräch verwickelt. Raghild lehnte allein an einem Pfeiler in der Nähe des Tores, als Wolfun vor ihr auftauchte.

»Ich hoffe, dass Euch der Besuch auf der Wasserburg gut bekommt, mein Fräulein«, sagte er mit seltsam tonloser Stimme. »Wie ich hörte, seid Ihr krank gewesen.« Raghilds Augen weiteten sich vor Entsetzen. Er war groß und dunkel wie ihr Bruder, aber damit hörte die Ähnlichkeit auch schon auf. Sein Gesicht hatte einen tückischen Ausdruck, der von dem spitz gestutzten Bart noch verstärkt wurde. Die Augen waren pechschwarz und verschwanden fast unter den struppigen Augenbrauen. Ihr Blick irrte über seine Schulter hinweg zu den anderen, aber niemand achtete auf sie. Mitten im fröhlichen Gewühl stand sie allein mit dem Lohrer.

»Seid Ihr nicht krank gewesen?«, wiederholte er.

Ihr Blick kehrte zu seinem Gesicht zurück, und es ging ihr wie der Maus vor der Schlange: Gebannt von den unheimlichen Augen, die sie starr ansahen, erwiderte sie abwesend: »Ja …«

Wolfun lächelte böse, während er sie weiter fixierte. Er wusste, dass er manchen Menschen so seinen Willen aufzwingen konnte. Dass es bei Raghild gelang, konnte sich als günstiger Umstand erweisen. Sie erinnerte sich tatsächlich nicht mehr an ihn, aber er hatte sie nicht vergessen.

Er streckte die Hand nach ihrem Gesicht aus, während er sich an

ihrem hilflosen Entsetzen weidete. Aber ehe er es berühren konnte, wurde er an der Schulter gepackt und herumgerissen. Hinter ihm stand Michael mit geballten Fäusten.
»Möchtet Ihr mir nicht erklären, was Ihr von meiner Schwester wollt?«, fragte er drohend.
Wolfun fasste sich schnell. »Ich habe mich nach ihrem Befinden erkundigt«, erwiderte er lässig.
Inzwischen hatte Raghild den sonderbaren Bann abgeschüttelt. Sie zitterte am ganzen Körper und tastete unsicher nach Michaels Hand. Der sah ein, dass hier weder Zeit noch Ort war, den Lohrer für seine Unverschämtheit zur Rede zu stellen. Er legte den Arm um seine Schwester und wandte sich mit ihr Lianna zu, die inzwischen auch aufmerksam geworden war und mit Elsabetha nähertrat.
Lianna hatte Wolfuns Worte gehört und maß ihn eisig von oben bis unten. »Wir verzichten auf Eure Teilnahme, Herr von Lohr«, sagte sie kaltschnäuzig.
Er presste die Zähne so fest zusammen, dass seine Kiefermuskeln hervortraten. Was fiel diesem Weib ein, sich über ihn zu erheben? Nur weil sie die Tochter eines freien Herrn war und er ein Vasall der Öttinger, hatte sie kein Recht, so mit ihm umzuspringen. Wütend starrte er sie an, aber Lianna war nicht so leicht zu beeindrucken. Sie nahm Raghilds Arm, nickte der Crailsheimerin zu und ging mit ihrer Schwester fort, ohne eine Antwort abzuwarten. Michael folgte ihnen, während der Lohrer immer noch sprachlos dastand.
Elsabetha beobachtete ihn spöttisch. Sie wusste wie alle anderen von den Spannungen zwischen den beiden Familien, aber sie war auch verärgert über Liannas plötzlichen Hochmut. Sie schrieb diesen Ausbruch nicht Wolfuns Verhalten zu, sondern glaubte, dass sich die Kreßburger über den ganzen niederen Adel erhaben fühlten – und damit auch über sie selbst. Sie wandte sich an den Lohrer. »Und das wollt Ihr Euch gefallen lassen?«
»Es ist noch nicht aller Tage Abend, mein Fräulein«, erwiderte er. »Wenn Ihr mich entschuldigen wollt, ich habe noch Vorbereitungen zu treffen für das Turnier heute Nachmittag.«
Elsabetha hielt ihn zurück. »Wollt Ihr gegen den Kreßburger antreten?«

»Wenn er nicht zu feige dazu ist, ja.«
»Ich wünsche Euch Glück, Herr von Lohr. Er hat einen Denkzettel verdient.« Wolfun verabschiedete sich nochmals von ihr und ging in den Zwinger hinab.
Inzwischen hatten alle dem Brautpaar gratuliert, und da bis zum Festmahl noch fast zwei Stunden Zeit war, zerstreuten sich die Gäste. Die Ritter, die an dem Turnier teilnehmen wollten, sahen nach ihren Rüstungen und Waffen. Die anderen Herren trafen sich zu einem Umtrunk in der Halle und waren bald wieder in ein Gespräch über die politische Lage vertieft. Graf Heinrich und der Abt von St. Moritz hatten reichlich zu tun, damit die erhitzten Gemüter einigermaßen friedlich blieben. Die Damen begaben sich in den Burggarten und unterhielten sich über die Trauung. Anna von Kreßburg suchte sich einen Platz neben Katharina von Lohr. Vor Jahren, als die beiden Familien noch gemeinsam auf der Kreßburg lebten, hatten sich die Frauen ganz gut verstanden.
»Deine Tochter war eine wunderschöne Braut«, begann sie. »Das Kleid hast du sicher selbst gemacht.«
Katharina warf ihrer Schwägerin einen flüchtigen Blick zu. »Das habe ich«, erwiderte sie steif.
»Ich habe dich immer dafür bewundert«, fuhr Anna fort, »niemand macht so schöne Stickereien wie du. Die silberne Arabeske auf Brunhilds Kleid hast du sicher selbst gezeichnet?«
»Ja.«
»Wirklich, Frau von Lohr«, fiel da Amelia von Schwarzberg ein. »Ihr müsst ja eine Künstlerin sein. Die ganze Zeit über habe ich nur dieses zauberhafte Kleid gesehen. Und erst die Farben! Hellgrün mit Silber ist wirklich wunderschön. Auch Ihr eigenes Gewand, Frau von Lohr! Ganz reizend!«
Katharina wandte sich erleichtert Frau von Schwarzberg zu. Sie mochte sie zwar nicht besonders, aber lieber wollte sie sich deren Geschwätz anhören, als sich weiter mit Anna zu unterhalten. War doch ihr Mann sowieso schon ärgerlich wegen Gisela. Das würde noch ein Donnerwetter geben, wenn Herr Dietrich seine Tochter erst einmal allein vor sich hatte.

Anna seufzte innerlich. Sie nahm Katharina ihr Verhalten nicht übel, die tat ja nur, was ihr Mann wollte. Aber sie hatte am Abend zuvor die gleiche Beobachtung gemacht wie Herr Dietrich, und sie hätte ihrem Sohn zu gern geholfen. Natürlich wusste niemand, ob sich zwischen ihm und Gisela etwas Ernsthaftes entwickelte, aber möglich war es schon. Die beiden würden es schwer haben, dachte Anna, wenn ich Katharina doch überzeugen könnte… Hier unterbrach Frau von Schwarzberg ihre Gedanken. Sie fragte nach Lianna und Raghild, und Anna blieb keine Zeit mehr zu grübeln.

Brunhild hatte sich mit Gisela in ihr kleines Frauengemach zurückgezogen. Sie war froh, dass sie sich im Augenblick nicht um die Gäste kümmern musste. Gisela brachte das Gespräch bald auf die Kreßburger, vermied es aber, Michael zu erwähnen.
»Findest du nicht auch, dass die kleine Raghild manchmal ganz verstört aussieht?« fragte sie.
Brunhild nickte. »Manchmal ist sie heiter, aber vorhin sah ich, wie Lianna sie nach drinnen brachte – da war sie weiß wie ein Laken und zitterte so, dass sie kaum gehen konnte. Sie tut mir leid, bestimmt quält sie der Gedanke an den Überfall. Schließlich hat man den Täter noch nicht gefasst, es muss ein unheimliches Gefühl sein.«
Gisela überlegte. »Schon möglich, man müsste sie einfach daran hindern, so viel zu grübeln. Weißt du was?« Sie sprang eifrig vom Bett auf. Brunhild lächelte über den Stimmungsumschwung ihrer Schwester. »Ich gehe hinüber in ihr Zimmer und lade sie hierher ein. Sie sind bestimmt nett, und auch deinem Mann wird es recht sein, wenn wir sie ein bisschen näher kennenlernen. Sie kommen ja öfter hierher.«
»Meinem Mann ist das sicher recht«, meinte Brunhild. »Aber was wird Vater dazu sagen?«
Gisela lachte unbekümmert. »Vater sitzt in der Halle und redet über die Befestigungsanlagen von Crailsheim.«
Ihre Schwester musste lächeln. »Eigentlich hast du recht. Geh und frage die beiden, ob sie herkommen wollen. Aber sei leise – falls Raghild schläft, störe sie nicht.« Gisela winkte ihr zu und schlüpfte hinaus. Einige Türen weiter klopfte sie vorsichtig.

»Komm herein«, hörte sie drinnen Liannas Stimme.
Auf der niedrigen Fensterbank saßen Lianna und Raghild, die sich offenbar etwas erholt hatte. Die Schwestern sahen sie erstaunt an, und Lianna erhob sich rasch.
»Entschuldigt bitte, Fräulein von Lohr. Ich dachte, die Gürtelmagd sei draußen.«
Gisela kämpfte plötzlich mit einer Verlegenheit. »Ich muss mich entschuldigen, weil ich einfach so hier hereinplatze. Aber ich dachte ... wir glaubten ... ich meine, Brunhild lässt fragen, ob Ihr in das kleine Frauengemach kommen wollt. Sie würde sich sehr freuen, aber natürlich nur, wenn Ihr nichts anderes vorhabt.« So, nun war es heraus. Gisela holte tief Luft und sah die beiden erwartungsvoll an.
Lianna musste ein Lächeln unterdrücken. Ihre Cousine erinnerte sie an Raghild, genauso eifrig und kindlich sah sie manchmal aus.
»Das ist sehr freundlich von Euch, Fräulein von Lohr«, sagte sie und wandte sich an ihre Schwester. »Wie ist es, Raghild, möchtest du die Gräfin von Flügelau besuchen?«
»O ja, sehr gern.« Raghild glitt von der Fensterbank und trat auf Gisela zu. »Wie gütig von Euch, uns einzuladen, Fräulein von Lohr.«
Das war zu viel für Gisela. Sie stöhnte in komischer Verzweiflung und meinte energisch: »Wenn Ihr mich noch einmal Fräulein von Lohr nennt, verwechsle ich mich mit meiner eigenen Großtante. Seid Ihr nicht meine Base und zwei Jahre jünger als ich? Warum sagt Ihr nicht Gisela zu mir?«
Die Mädchen sahen sich verdutzt an. Lianna fand zuerst die Sprache wieder und fragte zurück: »Und warum in aller Welt sagst du nicht du zu uns?«
Jetzt war Gisela sprachlos, bis sie im Gesicht der Älteren ein amüsiertes Lächeln sah. Im nächsten Augenblick brachen alle drei in befreites Gelächter aus.
Gisela fiel ihren Cousinen um den Hals und rief: »Kommt schnell mit zu Brunhild, das müssen wir ihr erzählen!«
Kurz darauf saßen sie zu viert in Brunhilds kleinem Gemach und hatten sich so viel zu erzählen, dass sie nach einer Stunde beim Läuten der Glocke erschreckt zusammenzuckten.

»Du liebe Zeit, das Essen ist fertig und wir sitzen hier noch!«, rief Brunhild aufspringend. »Gisela, die Gürtelmagd sucht seit heute früh das Band zu deinem blauen Kleid, um dir das Haar einzuflechten. Weißt du nicht, wo es ist?«

Lianna sah, dass Gisela errötete.

»Ich habe es… ich meine, ich will mein Haar nicht eingeflochten haben. Ich will nur die silberne Agraffe tragen, die mit dem dünnen Schleier«, sagte sie verlegen.

»Dann aber schnell«, antwortete Brunhild.

Lianna und Raghild standen ebenfalls auf. »Wir sehen uns gleich unten in der Halle«, meinte Raghild, »wir müssen uns auch noch fertig machen.«

Die beiden Mädchen eilten zurück in ihr Zimmer. Dort wartete schon die Gürtelmagd, um ihnen die Blumen aus den Haaren zu entfernen, die sie für die Trauung angesteckt hatten. Sie welkten schon ein wenig. Lianna schob nur eine schmale silberne Spange in das goldbraune Haar und ließ es frei über den Rücken herabhängen. Raghild brauchte etwas länger, bis die Gürtelmagd das Haar mit mehreren Bändern in der Farbe ihres Kleides kunstvoll zusammengeflochten hatte.

»Fertig?«, fragte Lianna.

»Fertig!«, rief Raghild übermütig. »Ich bin zuerst unten!«

Ihre Schwester folgte lächelnd. Die Kleine war wieder ganz fröhlich. Warum hatte Wolfun sie so außer Fassung gebracht? Sicher, er war unverschämt gewesen, deshalb hatte Lianna ihn auch so schroff zurückgewiesen. Zukünftig würde er sie beide wohl in Ruhe lassen. Aber es blieb ein ungutes Gefühl, denn Wolfun würde die Beleidigung sicher nicht vergessen. Ihr Hochmut würde sich irgendwann rächen. Lianna schob die unerfreulichen Gedanken beiseite und ging hinunter in die Halle.

Am Nachmittag bot der Turnierplatz vor der Burg ein buntes Bild. An den Längsseiten hatte man einige schützende Zeltbahnen gespannt, unter denen die Damen auf hölzernen Bänken Platz nahmen. Sie konnten das ganze Feld überblicken, ohne dass die Sonne sie blendete. Die älteren Herren setzten sich dazu und tauschten Bemerkungen über die Teilnehmer aus.

Dietrich von Lohr war wieder bester Laune. »Meine beiden ältesten Söhne sind noch bei keinem Turnier geschlagen worden«, prahlte er. »Es ist nur gut, dass sie nie gegeneinander antreten, sonst müsste ich mit gebrochenen Knochen rechnen.«

»Wir rechnen heute glücklicherweise nicht mit Verletzungen«, meinte Graf Heinrich. »Es ist ja ein Freundschaftsturnier mit stumpfen Waffen.«

Damit gab er dem Herold das Zeichen zum Beginn. Der ließ einige Fanfarenstöße hören, worauf die Ritter aus den kleinen Zelten kamen, die an den beiden Schmalseiten aufgestellt waren. Sie stiegen auf die bereitstehenden Pferde und ließen sich von den Knappen Schilde und Lanzen geben, während die Zuschauer aufgeregte Bemerkungen tauschten. Sie machten sich gegenseitig auf die Rüstungen und Helmziere aufmerksam, und die Damen reckten die Hälse, um zu erkennen, wer an seiner Lanze einen Schleier oder ein Band befestigt hatte. Die Ritter ordneten sich in einen Zug, der an den Zuschauern vorbeiführte, wobei jeder einzelne das Brautpaar und den Burgherrn begrüßte. Der Herold rief die Namen auf.

»Herr Gottfried von Schwarzberg!« Dieser ließ sein Ross einige Schritte nach vorne treten und senkte die Lanze. Natürlich flatterte daran ein hellrotes Band, weil seine Frau ein solches Kleid trug. Einige Zuschauer verbargen ihr Lächeln, denn sie wussten alle, dass Frau von Schwarzberg darauf bestand, dass ihr Gemahl in jedem Turnier ihre Farben trug. Dabei war sie schon über vierzig, und der gute Gottfried hätte wohl auch lieber auf der Tribüne gesessen, statt sich in die enge Rüstung zu zwängen.

»Herr Kunrad von Lohr!« Kunrad ritt nach vorn und grüßte. An seiner Lanze war keine Farbe zu sehen.

Die Namen der Ritter folgten im bunten Durcheinander. Schließlich war Michael an der Reihe. Er ritt zur Tribüne und senkte seine Lanze. Aus den Augenwinkeln konnte er Gisela sehen, die vor Freude rot wurde. Er trug das blaue Band, das sie ihm am Morgen gegeben hatte. Durch die Reihen der Zuschauer ging ein leises Raunen. Sieh an, der Kreßburger trägt die Farben seiner Base! Ob die Feindschaft wohl beigelegt wird? So flüsterte man hin und her. Herr Stephan sah etwas besorgt zu seinem Bruder hinüber und zuckte leicht zusammen. Dietrich war beängstigend blaurot im Gesicht und schnappte nach Luft. Dabei starrte er wütend auf seine Tochter, die seinen Zorn aber nicht bemerkte, weil sie nur Augen für ihren Ritter hatte. Michael trat zurück.

»Graf Philip von Flügelau!« Philip kam nach vorn und grüßte. An seiner Lanze war ein zartgelbes Band befestigt. Alle sahen sich eifrig nach einer Dame in Gelb um, aber es war keine da. Also trug der Graf von Flügelau die Farben einer Unbekannten.

Wie die anderen hatte Lianna die Ritter und ihre Zeichen interessiert betrachtet. Beim Anblick des gelben Bandes wurde eine vage Erinnerung wach. Als kleines Mädchen war sie einmal mit ihren Eltern auf der Flügelau gewesen. Damals hatte sie ihren Lieblingsschal verloren, den ihr Tante Katharina zu Weihnachten geschenkt hatte. Er war hellgelb gewesen und hatte an einer Seite einen blauen Vogel eingestickt. Sie hatte damals tagelang geweint – weniger um den Schal als um den blauen Vogel. Schließlich hatte die Tante ihr einen neuen geschenkt, den sie auf ein Kleid gestickt hatte. Das Kleid hatte sie getragen, bis es in allen Nähten krachte. Lianna lächelte vor sich hin. Wo der Gedanke auf einmal herkam? Sicher weil sie wieder auf der Flügelau war und Tante Katharina wiedergesehen hatte.

Die Vorstellung der Ritter war jetzt zu Ende und der Herold gab die Turnierregeln bekannt. Als besiegt galt, wer vom Pferd stürzte oder die Steigbügel verlor. Es sollte Einzelkämpfe geben, bei denen die Gegner ausgelost wurden. Dann sollten wieder die Sieger untereinander losen und kämpfen, bis der Beste übrig blieb.

Als erstes Paar ritt der dicke Gottfried von Schwarzberg mit Rudolf von Lohr in die Schranken. Rudolf nahm den Kampf ernst und versetzte seinem Gegner einen kräftigen Lanzenstoß. Aber der edle Gottfried nahm die Sache noch viel ernster, ließ mit einem schrillen Schrei die Lanze fallen und warf die Arme um den Hals seines Pferdes. Der Gaul begann wütend auszuschlagen, wobei der arme Herr von Schwarzberg die Steigbügel verlor und sich dafür umso fester an den Pferdehals klammerte. Das sah so komisch aus, dass die Zuschauer in lautes Gelächter ausbrachen. Dadurch wurde nun der Gaul vollends kopfscheu, übersprang die Schranke und rannte auf den Wassergraben zu. Dort blieb er vor dem ungewohnten Hindernis ruckartig stehen, und der arme Gottfried flog in hohem Bogen über seinen Kopf hinweg in das Wasser des Burggrabens. Einige Knappen liefen hinüber, um den edlen Streiter zu bergen, der soeben wieder auftauchte. Das Wasser war an dieser Stelle seicht, sodass er gut stehen konnte. Als er aber versuchte, einen Schritt vorwärts zu machen, verlor er das Gleichgewicht und fiel hintenüber. Nun blieb er im Uferschlamm liegen und ruderte mit Armen und Beinen wie ein verunglückter Käfer. Die Knappen schnappten nach Luft und versuchten, sich das Lachen zu verbeißen, aber umsonst.

»Warum helft ihr mir denn nicht?«, jammerte Gottfried, da nahte schon wirksamer Beistand in Gestalt der Edeldame von Schwarzberg.

»Ihr nichtsnutzigen Lümmel«, keifte sie, »steht da herum und haltet Maulaffen feil, anstatt zuzufassen! Los, du armseliger Brotfresser! Und ihr beiden blöden Kakerlakenjäger, holt ihn endlich raus!« Sie holte drohend aus. Diese Ermunterung gab den Knappen sofort die Fassung zurück. Sie holten eine Lanze und zogen den edlen Ritter mit vereinten Kräften aufs trockene Land. Frau von Schwarzberg zerrte ihren triefenden Gemahl zum Burgtor. Bis zum Turnierplatz war ihr Gezeter über die Ungeschicklichkeit und die Blamage deutlich zu hören.

»Herr Rudolf von Lohr siegte im ersten ritterlichen Kampf über Herrn Gottfried von Schwarzberg!«, verkündete der Herold, als das Paar verschwunden war, und die Zuschauer konnten ihrer Heiterkeit endlich freien Lauf lassen.

Das Turnier ging weiter und die Spannung stieg, aber kein Waffengang nahm mehr einen so lustigen Verlauf wie der erste. Schließlich rief der Herold die besten Kämpfer aus:

»Unbesiegt blieben bisher Herr Wolfun von Lohr«, hier wurde er vom Beifall der Zuschauer unterbrochen, denn der Lohrer hatte wirklich ausgezeichnet gekämpft. »Herr Michael von Kreßburg«, der Beifall wurde noch lauter, denn Michael war im Gegensatz zu Wolfun bei fast allen beliebt. »Und Herr Kunrad von Lohr!« Ihm wurde am lautesten zugejubelt, denn Kunrad hatte seinen Ruf als guter Kämpfer wieder einmal bestätigt. Er war nicht nur geschickt und stark, sondern auch

höflich gewesen, was die weiblichen Zuschauer natürlich für ihn einnahm.
Die drei Ritter zogen sich auf ihre Plätze zurück, um vor den entscheidenden Waffengängen noch einmal alles zu überprüfen. Wolfun und Kunrad hielten nebeneinander.
»Du wirst zuerst gegen ihn antreten«, meinte Kunrad, »es wird nicht leicht sein, er kämpft gut.«
»Er wird gleich Schlamm fressen wie der Schwarzberger«, knirschte Wolfun, »der Hund wird es nie mehr wagen, die Farben einer von Lohr zu tragen!«
»Immerhin wird Gisela sie ihm gegeben haben.«
»Das wird ihr noch leidtun! Ich werde dem Herrensöhnchen die Schulter ausrenken und ihn über den ganzen Platz schleifen!«
Kunrad erschrak. Er kannte diesen Stoß, der nicht gegen den Körper geführt wurde, den der Gegner mit dem Schild zu schützen versuchte. Vielmehr setzte dieser Stoß höher an, sodass man unterhalb des Schultergelenks traf. Gelang es, blieb die Lanzenspitze im Gurt des Schildes hängen, riss den Arm aus dem Gelenk, und man konnte den Gegner vom Pferd werfen und mitschleifen.
Andererseits war dieser Trick auch für den Angreifer gefährlich, weil ein so hoher Stoß nicht gut ausbalanciert werden konnte. Ein erfahrener Gegner konnte sich das zunutze machen, aber ob Michael so bewandert war? Er rechnete doch nicht damit.
Niemandem würde es einfallen, diese Kampftechnik bei einem Freundschaftsturnier anzuwenden, denn der Gegner würde dadurch ganz sicher zum Krüppel, wenn er es überhaupt überlebte. Niemandem außer Wolfun.
Kunrad fasste seinen Bruder beim Arm. »Tu das nicht, Wolfun! Der Kreßburger hat dir nichts getan, wofür du ihn umbringen solltest!«
»Er hat mich beleidigt!«, schnappte Wolfun. »Und seine Schwestern, die beiden edlen Damen, haben mich abfahren lassen wie einen dreckigen Pferdeknecht! Schon deshalb werde ich seine Knochen auf dem ganzen Platz verteilen, dann kann Lianna sie zusammensuchen und auf meine Teilnahme verzichten, wie sie so schön gesagt hat!«
»Wolfun! Was immer zwischen dir und Fräulein Lianna war, es recht-

fertigt doch keinen Mord! Und dass die kleine Raghild dich hat abfahren lassen, kann ich überhaupt nicht glauben. Dazu ist sie doch gar nicht fähig.«

Die Fanfare des Herolds klang in seine Worte hinein. Wolfun bestieg sein Pferd und ließ sich Schild und Lanze geben.

»Du brauchst mir nichts zu glauben! Du kannst es gleich mit ansehen!«, fauchte er und trieb sein Pferd an. Kunrad blieb fassungslos zurück. Der Waffengang war nicht mehr aufzuhalten, und wie im Traum sah er die beiden Gegner aufeinander zu jagen.

Aber da – kurz vor dem Zusammenprall – sprangen die Zuschauer mit einem vielstimmigen Entsetzensschrei von ihren Sitzen auf. Wolfun von Lohr hatte im letzten Augenblick seine Lanze hochgerissen und gegen die Achsel seines Gegners gerichtet. Michael sah es und reagierte einen Sekundenbruchteil zu spät. Er riss den Schild hoch und zielte gleichzeitig auf die ungedeckte Seite Wolfuns, der vollauf beschäftigt war, das Gleichgewicht zu halten. Der Kreßburger hörte die Kante seines Schildes zersplittern, fühlte einen Stoß an der Schulter und einen kräftigen Ruck. Dann war er plötzlich wieder frei. Sein Pferd lief noch einige Schritte, bevor er es anhalten und sich umsehen konnte.

Wolfun war durch den heftigen Aufprall aus dem Sattel gestürzt. Einige Knappen eilten herbei, fingen sein Pferd ein und halfen dem Lohrer auf die Füße. Er schien kaum verletzt zu sein, riss sich den Helm ab und stieß eine Flut von Verwünschungen aus. Selbst Graf Heinrich, dessen Aufgabe es gewesen wäre einzuschreiten, hörte fassungslos zu. Aber das war auch nicht mehr nötig, denn der Lohrer hinkte vom Platz, ohne noch jemanden anzusehen.

Der Herold besann sich als erster auf seine Pflicht, stieß ins Horn und stellte fest: »Herr Michael von Kreßburg besiegte Herrn Wolfun von Lohr!«

Die Zuschauer ließen sich mit einem hörbaren Aufatmen wieder auf ihre Plätze sinken und besprachen aufgeregt den letzten Waffengang. Dieses unglaubliche Verhalten des Lohrers! Und wie großartig Michael reagiert und seinen Gegner außer Gefecht gesetzt hatte! Viele gratulierten Herrn Stephan zum Sieg seines Sohnes, die Stimmung

war umgeschlagen. Alle hofften, dass Michael das Turnier letztlich gewinnen würde. Man wagte kaum, Dietrich von Lohr anzusehen, der wie versteinert auf seinem Platz saß.
Inzwischen hatte Michael das Ende der Schranke erreicht, wo ihm Gerfried aus dem Sattel half. Er nahm ihm den zersplitterten Schild ab und rief entsetzt: »Herr! Ihr seid ja verwundet!«
»Still!«, fuhr Michael ihn an. »Komm ins Zelt!«
Gerfried folgte ihm hinein und jammerte: »Aber ich muss doch den Arzt holen! Ihr habt doch sicher Schmerzen!«
»Sei ruhig! Du schreist ja, als hätte der Lohrer dich erwischt!«
Gerfried machte ein klägliches Gesicht. »So ähnlich fühle ich mich auch.«
Michael musste schon wieder lachen. »Ach was, es ist nicht so schlimm. Das Meiste hat der Schild abgehalten, aber der ist ja nun hinüber. Hol mir schnell den alten heraus, den du als Ersatz mitgenommen hast. Gleich wird der Herold rufen.«
»Aber Ihr wollt doch nicht weiterkämpfen?«
»Natürlich! Sonst kann ich nicht klar gewinnen.«
»Herr«, ächzte Gerfried, »Ihr seid verwundet. Ihr könnt gegen Kunrad von Lohr nicht gewinnen! Jeder wird es verstehen und gutheißen, wenn Ihr jetzt aufhört. Es ist ein ehrenvoller Abschluss …«
»Halt jetzt den Mund und gib mir den Schild! Ich mache weiter!«
Der Knappe hatte seinen Herrn noch nie so entschlossen und so unvernünftig erlebt. Aber er sah ein, dass da nichts zu machen war. Er holte den Schild und murmelte dabei: »Das wird mir Herr Stephan nie verzeihen …«
Michael hatte inzwischen ein weiches Tuch unter das Panzerhemd geschoben, um die verletzte Stelle notdürftig zu verbinden. Dann ließ er sich den Schild geben und trat vor das Zelt. In diesem Moment erklang die Fanfare des Herolds.
»Als Letzte kämpfen jetzt Herr Michael von Kreßburg und Herr Kunrad von Lohr gegeneinander!«, rief er.
Auf der anderen Seite des Platzes hörte Kunrad überrascht diese Ankündigung. Er hatte als Einziger gewusst, was sein Bruder vorhatte und den Kampf genau beobachtet. Er war sicher, dass sein Bruder den

Kreßburger an der Schulter getroffen hatte. Die Verletzung konnte zwar nicht schwer sein, aber sie machte Michael das Weiterkämpfen unmöglich. Warum nur wollte er nicht aufhören? Man würde sie beide für unbesiegt erklären, und das Turnier hatte dann eben keinen Gewinner.

Keinen Gewinner? Plötzlich fiel ihm Giselas blaues Band ein. Das war es! Der Kreßburger wollte unbedingt gewinnen, und zwar zu Ehren der Dame, deren Farben er trug. Nachdenklich bestieg Kunrad sein Pferd und ließ sich seine Waffen geben. Der Schildarm war jetzt des Kreßburgers schwache Stelle. Wahrscheinlich war er auch erschöpft und konnte keinen harten Stoß mehr führen. Der Lohrer ritt in die Schranken und wartete auf seinen Gegner, der jetzt einen anderen Schild trug. Seine Haltung wirkte gezwungen. Die Fanfare ertönte, und während er sein Pferd antrieb, fasste Kunrad einen Entschluss.

Die Gegner jagten aufeinander zu, aber unmittelbar vor dem Zusammenprall machte das Pferd des Lohrers einen falschen Schritt, wie die Zuschauer deutlich erkennen konnten. Seine Lanze schwankte ein wenig und konnte den Schild des Gegners nicht sicher treffen, während Michaels Stoß genau saß. Beide schwankten im Sattel, aber während der Kreßburger sich sofort wieder festsetzte, konnte Kunrad sich nicht halten und verlor die Steigbügel. Ein unbeschreiblicher Jubel brach los. Michael von Kreßburg hatte das Turnier gewonnen! Sicher hatte er Glück gehabt – wäre das Pferd des Lohrers nicht fehlgetreten, hätte die Sache auch anders ausgehen können. Aber er war der unbestrittene Sieger!

Für ein paar Minuten war die traditionelle Turnierordnung völlig über den Haufen geworfen. Alle umdrängten Stephan und Anna, um sie zu beglückwünschen und kamen dann zu Gisela von Lohr, um ihr als Turnierkönigin zu gratulieren. Gisela saß mit hochrotem Gesicht auf ihrem Platz und wusste kaum, was sie sagen sollte. Ihre Verlegenheit wurde noch größer, als Michael vor der Tribüne abstieg und die Fanfare des Herolds endlich durchdrang.

»Da Herr Kunrad von Lohr beim letzten Waffengang die Steigbügel verloren hat, ist Herr Michael von Kreßburg Sieger im heutigen Turnier. Die Königin des Turniers ist Fräulein Gisela von Lohr, unter deren Farben er gekämpft hat!«

Alle Zuschauer ordneten sich in einen Zug und begleiteten den Sieger und seine Königin mit tosendem Gejubel zur Burg. Die Knappen und Knechte blieben zurück, um die Pferde und Waffen zu versorgen und den Turnierplatz aufzuräumen.

Eine halbe Stunde später saß Michael umgekleidet in seinem Zimmer. Die Verletzung hatte sich wirklich als geringfügig erwiesen. Lianna hatte ihn verbunden und versprochen, niemandem davon zu erzählen. Da Philip in der Halle zu tun hatte, konnte er ungestört über den seltsamen Ausgang des Turniers nachdenken, kam aber zu keinem Ergebnis. Er musste mit Kunrad sprechen. Der bewohnte mit seinen beiden Brüdern einen Raum im zweiten Stockwerk, aber er hatte kaum die Treppe erreicht, als Kunrad von oben herunterkam.

»Wenn Ihr einen Augenblick Zeit habt, hätte ich dringend mit Euch zu sprechen, Herr von Lohr«, sagte er förmlich. Der nickte und folgte dem Kreßburger in sein Zimmer. Dort nahm er auf dem angebotenen Sessel Platz und sah Michael fragend an.

»Ihr reitet ein ausgezeichnetes Pferd, Herr von Lohr, es muss Euch schon viele gute Dienste geleistet haben.«

Kunrad nickte wieder, ohne zu antworten.

»Es ist erstaunlich, dass es Euch heute im entscheidenden Moment um den Sieg gebracht hat.«

Der Lohrer schwieg immer noch. Da beugte sich Michael vor und fasste ihn beim Arm. »Warum ist Euer Pferd gestolpert?«

Kunrad hob langsam die Hand und tippte mit dem Finger gegen Michaels Schulter: »Warum habt Ihr nach dem Kampf gegen meinen Bruder nicht aufgehört? Ich weiß doch, dass Ihr verwundet seid.«

Der Kreßburger fuhr zurück. »Woher wisst Ihr das?«

Die Antwort fiel Kunrad sichtbar schwer. »Ich wusste, was Wolfun vorhatte. Er sagte mir unmittelbar vor dem Kampf, dass er Euch die Schulter ausrenken und über den Platz schleifen wollte. Ich konnte ihn nicht davon abhalten, er wollte Euch töten oder zumindest zum Krüppel machen, weil er sich von Euch und Euren Schwestern beleidigt fühlte.«

Michael starrte ihn fassungslos an. Der Lohrer stand auf und ging

zum Fenster. Ohne sich umzudrehen, sprach er weiter. »Ich schäme mich für meinen Bruder und das, was er getan hat. Ich kann Euch nicht einmal für ihn um Verzeihung bitten.«
»Und darum ist Euer Pferd gestolpert?«
»Ich wusste, dass Ihr einen harten Stoß unmöglich aushalten konntet. Deshalb brauchte ich einen Grund, nicht ganz so genau zu treffen. Alles andere war echt – Euer Stoß hat gesessen und mich aus dem Gleichgewicht gebracht. Ihr habt das Turnier mit vollem Recht gewonnen.«
Das hatte Michael nicht erwartet. War das ein Feind, der sich so edel verhielt? Er trat neben den Lohrer und berührte ihn leicht am Arm.
»Ihr habt gehandelt, wie es kaum ein Freund getan hätte. Ich danke Euch.«
»Ich habe nur versucht, meines Bruders Verhalten ein bisschen auszugleichen.«
Michael schüttelte den Kopf und bot ihm die Hand. Kunrad zögerte einen Moment, aber dann schlug er ein und sah ihm offen in die Augen. »Ich bin dein Freund, Michael. Mein Vater hasst euch alle, und vor Wolfun kann ich dich nur warnen. Aber ich werde immer dein Freund sein.«

Gisela und Michael

»Lianna! Lianna, wach auf!«

Lianna ließ ein unverständliches Brummen hören und zog sich die Decke über den Kopf, aber Raghild ließ ihr keine Ruhe. Sie schüttelte ihre Schwester, bis diese die Decke zurückschlug und ein Auge öffnete.

»Was willst du denn?«, stöhnte sie. »Lass mich doch schlafen!«

»Das könnte dir so gefallen, du Faulpelz!«, lachte Raghild. »Mich hast du gestern zu Bett geschickt wie ein kleines Mädchen, obwohl das Bankett noch gar nicht zu Ende war. Und jetzt ist heller Tag und du wirst nicht wach, weil du zu lange gefeiert hast!«

Lianna war endlich munter geworden. Sie setzte sich auf und zog Raghild am Ohrläppchen. »Na, du scheinst dafür ja umso unternehmungslustiger zu sein. Liegt das an Philips Unterhaltungsgabe?«

Raghild ließ sich lachend auf die Bettkante fallen. »Natürlich. Und seit dieser grässliche Wolfun gestern so sang- und klanglos verschwunden ist, gefällt es mir hier noch viel besser.«

Lianna begann sich zu waschen, ohne auf Raghilds letzte Worte einzugehen. Sie machte sich Sorgen über den hastigen Aufbruch des Lohrers. Zu der Blamage von gestern kam seine Wut auf alle Kreßburger und auf sie, Lianna, im Besonderen. Michael hatte ihr von seinem Gespräch mit Kunrad berichtet, und sie bereute schon, dass sie Wolfun so gedemütigt hatte. Damit hatte sie ihn sich zum unversöhnlichen Feind gemacht, und wie gefährlich das war, hatte das Turnier gezeigt.

»Was hast du, Lianna?«, fragte Raghild in ihre Gedanken hinein.

Lianna zwang sich zu einem unbekümmerten Lächeln. »Ich überlege die ganze Zeit, wo ich meinen weißen Seidenschal habe. Schon gestern habe ich ihn überall gesucht.«

»Du wirst ihn zu Hause gelassen haben«, antwortete Raghild. »Willst du meinen nehmen?«

»O ja, danke. Wir müssen uns beeilen.«

»Nein, das müssen wir nicht. Du scheinst wirklich noch nicht ganz wach zu sein.«, lachte Raghild. »Darf ich dich, liebe Schwester, an das heutige Programm erinnern? Jeder kann frühstücken, wann er Lust hat. Die meisten verzichten lieber, weil sie gestern versucht haben, die Weinfässer trocken zu legen. Erst um zehn Uhr ist der gemeinsame Aufbruch zur Pfingstmesse nach Crailsheim. Fällt es dir jetzt wieder ein?«

Lianna sank mit dem Kleid in der Hand auf ihr Bett. »Und dann weckst du mich in aller Herrgottsfrühe?«, stöhnte sie.

»Erstens: In aller Herrgottsfrühe ist reichlich übertrieben. Es ist sieben Uhr! Zweitens: Ich will frühstücken, ich habe einen Bärenhunger. Und drittens: Wenn du so weiter trödelst, wirst du auch bis zehn nicht fertig!«

Lianna sah ihre Schwester anklagend an. »Und warum gehst du dann nicht frühstücken? Womit habe ich das verdient?«

»Bestimmt damit, dass du mich so drangsaliert hast. Ausruhen, früh zu Bett gehen und so weiter. Jetzt bin ich ausgeruht. Freust du dich nicht?«

Lianna verdrehte die Augen, legte eine Hand aufs Herz und deklamierte: »Ich habe eine Natter an meinem Busen genährt ...«

Gegen zehn Uhr trafen sich Burgbewohner und Gäste im Zwinger, wo die Knappen die Pferde bereithielten. Die Älteren gingen zum Tor hinaus zu den Wagen. Bei manchen wirkte das Lächeln etwas gezwungen, weil sie wirklich zu tief in die Humpen geschaut hatten. Vor allem Gottfried von Schwarzberg, der seinen kläglichen Auftritt durch besondere Trinkfestigkeit wieder wettgemacht hatte, sah etwas grün im Gesicht aus. Die Herren ritten voraus, schon wieder in eine politische Meinungsverschiedenheit vertieft, die aber viel ruhiger verlief als an den Vortagen. Ob das am Kirchgang lag oder an den Nachwirkungen des Weins, war nicht zu unterscheiden. Ihnen folgten die Damen, die zum Teil wie drohende Gewitterwolken hinter ihren Männern herzogen, und die Wagen. Den Abschluss bildeten die Jüngeren, deren Stimmung von allen die beste war. Philip brachte Raghild zum Lachen, und die anderen lachten mit.

Nach einer knappen halben Stunde erreichten sie das Stadttor. Herr

Burkhard machte sie auf die Neubauten aufmerksam, und auch Elsabetha trug den Kopf wieder ziemlich hoch. Im Zentrum sahen sie die Hügelburg liegen, von der aus Herr Burkhard die Verteidigung beaufsichtigte. Dort war auch der Graf von Öttingen häufig zu Gast. Auf dem Marktplatz, der genug Platz für Pferde und Wagen bot, hielten sie. Die Johanneskirche lag nur einige Gassen weiter.
Während der Messe gelang es Lianna nicht, sich auf die Worte des Priesters zu konzentrieren. Ihre Gedanken kreisten um Philip und Raghild. Wenn er nicht immer zur Stelle gewesen wäre, um sie abzulenken, hätte die Kleine das alles nicht so problemlos überstanden. Ob er ein besonderes Interesse an ihr hatte? Raghild war sehr schön, aber noch viel zu jung und unbekümmert. Vielleicht fesselte ihn das besonders, weil er vom gleichen Schlag war. Es störte und beunruhigte Lianna, obwohl sie allen Grund hatte, dem Flügelauer dankbar zu sein.
Schräg hinter ihnen saßen die Lohrer. Kunrad folgte auch nur mit Mühe dem Gottesdienst, weil er ständig an Wolfun denken musste. Wie konnte er seinen neuen Freund und dessen Familie vor ihm schützen?
Michael war ein Mann, der sich seiner Haut zu wehren wusste, aber Wolfun würde sich auch an den Mädchen rächen wollen. Lianna war ihm kaum gewachsen und die kleine Raghild so hilflos wie ein Kind. Ein besonders schönes Kind, das machte ihm Sorgen …
Und wenn er hundertmal mein Bruder ist, dachte Kunrad, ich werde seine Pläne vereiteln. Er wird ihnen nichts tun, solange ich es verhindern kann.

Auf dem Rückweg ging es am Ende des Zuges stiller zu als am Morgen. Auch Philip fiel kein weiteres Thema mehr ein. Nach dem Mittagessen war das Fest zu Ende, und wie und wann würden sie sich wiedersehen? Der Gedanke bedrückte die jungen Kreßburger genauso wie die Lohrer, denen sie in den letzten Tagen nähergekommen waren. Gernot, der ein besonderes Interesse an einer freundschaftlichen Verbindung hatte, hielt es schließlich nicht länger aus. Er beugte sich zu seiner Frau hinüber und flüsterte: »Brunhild, wir müssen etwas unternehmen, hilfst du mir?«

»Natürlich. Was hast du vor?«
»Das wirst du gleich sehen. Kunrad«, wandte er sich lauter an seinen Nachbarn, »ich rechne damit, dass ihr Brunhild und mich oft besucht. Da wir jetzt eine Familie sind, lade ich euch ein, am übernächsten Sonntag zu uns zu kommen und mindestens zwei Tage zu bleiben. Eure Eltern haben wahrscheinlich keine Zeit, aber mit dir, Rudolf und Gisela rechne ich einfach.«
Es entstand ein peinliches Schweigen, weil sich die Einladung nicht auf Wolfun erstreckte. Brunhild versuchte, die Worte ihres Mannes zu entschärfen.
»Ja, ihr müsst unbedingt kommen. Ich weiß ja, dass Vater auf Wolfun nur schwer verzichten kann, aber ihr drei dürft mich nicht einfach meinem Schicksal überlassen.«
Das letzte klang so komisch, dass Philip sofort einfiel: »In der Tat, liebe Brunhild. Ist dir inzwischen klar geworden, welch fürchterliches Schicksal dich bei uns erwartet?« Die Spannung löste sich in allgemeinem Gelächter, und die Lohrer versprachen zu kommen, um das schwere Los ihrer Schwester zu erleichtern. Gernot fuhr amüsiert fort: »Du wirst gleich sehen, dass du es wirklich nicht leicht mit mir hast, Brunhild. Ich habe nämlich einen Freund, ohne den ich es keine zwei Wochen aushalte.« Er sah Michael durchdringend an. »Und deshalb hast du, mein Lieber, die moralische Verpflichtung, uns auch am übernächsten Sonntag zu besuchen. Und ich befehle dir als der ältere, verheiratete Freund, deine Schwestern mitzubringen, damit ich mich von ihrem Wohlergehen überzeugen kann. Ist das klar?«
Michael zog den Kopf ein und machte ein unterwürfiges Gesicht. »Verehrungswürdiger Freund …«, begann er, wurde aber sofort vom Gelächter der anderen unterbrochen. Als er wieder zu Wort kam, wandte er sich an Brunhild: »Wie Ihr seht, habe ich den Befehlen des Gebieters zu folgen. Ich bitte demütig um Nachsicht.«
Brunhild freute sich. »Abgemacht. Wir sehen uns also in vierzehn Tagen auf der Flügelau.«
Einige Stunden später befanden sich die Gäste auf der Heimreise. Die Lohrer waren noch nicht außer Sichtweite der Wasserburg, als Herr Dietrich sich an seine Tochter wandte.

»Gisela, wie kam der Kreßburger dazu, deine Farben zu tragen?«
Davor hatte sich das Mädchen die ganze Zeit gefürchtet. »Er hat mich darum gebeten«, antwortete sie leise.
»Und wie kam er auf die Idee? Doch wohl nach eurem interessanten Tischgespräch am ersten Abend?«
»Ja ...«
»Ja – was? Was hatte ich dir gesagt? Was fällt dir ein, meine Anweisungen nicht zu befolgen?« Noch sprach er leise, damit die Knappen das Gespräch nicht mitbekamen. Aber der drohende Unterton war nicht zu überhören. »Antworte gefälligst!«
Was sollte sie antworten? Dass es ihr leid tat? Es tat ihr überhaupt nicht leid.
»Ich wollte Euch nicht verärgern, Herr Vater«, meinte sie schließlich. »Es ergab sich einfach so.«
»Einfach so?« Der Vater war inzwischen hochrot im Gesicht. »Du missachtest meine Worte einfach so?«
»Ich ... dachte nur ... zum ersten Mal wollte jemand meine Farben tragen. Ich habe nicht geglaubt ... naja, dass Euch das so wichtig ist.«
»Verdammte Eitelkeit!«, brüllte Herr Dietrich und versetzte seiner Tochter eine Ohrfeige. Gisela schrie auf und hielt sich die brennende Wange.
Kunrad drängte sein Pferd zwischen die beiden. »Vater, ich bitte Euch, Ihr vergesst Euch!«
»Halt du dich da raus! Du hattest auch nicht mehr zu bieten, als dich von diesem Wicht besiegen zu lassen!«
Kunrad hatte Gisela inzwischen von des Vaters Seite verdrängt. »Er ist alles andere als ein Wicht«, antwortete er ruhiger, als ihm zumute war. »Er ist ein ausgezeichneter Kämpfer, wie Euch auch Wolfun bestätigen wird. Außerdem wisst Ihr, dass mein Pferd gestolpert ist.«
»Gestolpert! Wahrhaftig, dem Gaul solltest du auf der Stelle den Hals durchschneiden!«
»Das werde ich nicht tun, Saturn ist ein ausgezeichnetes Pferd. Außerdem hatte Michael den Sieg verdient. Er hat sich gegen Wolfun großartig durchgesetzt.«
»Großartig? Meine beiden Söhne haben sich als Versager erwiesen!«

Kunrad holte tief Luft. »Vater, Wolfun hat bekommen, was er verdiente. Und Ihr habt kein Recht, mich zu beleidigen!« Seine Stimme klang immer noch beherrscht, was auf Herrn Dietrich Eindruck machte. Er wusste, wie gefährlich sein Sohn werden konnte. Mit Mühe brummte er etwas, was man als Einlenken deuten konnte und trieb sein Pferd an die Spitze des Zuges.

Gisela lächelte ihren Bruder dankbar an, aber der gab den Blick eher besorgt als freundlich zurück. Seine kleine Schwester war viel zu schüchtern, als dass er an die angebliche Eitelkeit geglaubt hätte. Bei ihr steckte etwas anderes dahinter, genauso wie bei Michael. Die beiden mochten sich mehr, als sie zugeben wollten, und das würde noch eine Menge Schwierigkeiten machen.

So wurde der Weg in bedrücktem Schweigen zurückgelegt, und alle atmeten auf, als sie die Burg Lohr erreichten. Dietrich fragte sofort nach seinem Ältesten, aber Wolfun war noch nicht da. Bis zum Tor konnte man sein Rufen hören, als der Bugherr zum Palas hinüberstapfte und einen Krug Wein verlangte. Rudolf beeilte sich, seiner Mutter vom Pferd zu helfen. Sie nahm seinen Arm und ließ sich von ihm ins Haus führen.

Also erteilte Kunrad die nötigen Befehle und fragte den Hofmeister, ob inzwischen etwas Besonderes geschehen war. Einer der Knechte hatte sich beim Holzfällen verletzt, erfuhr er.

»Bringt mich zu ihm«, befahl er kurz.

Der Hofmeister führte ihn in den Raum, wo der Mann im Dunkeln auf einem Haufen stinkenden Strohs lag.

»Holt eine Fackel!«

In ihrem Schein sah er zuerst das schmerzverzerrte Gesicht des Knechtes und betrachtete dann das Bein. Der schmutzige Verband strömte einen widerlichen Geruch aus. Dem Hofmeister war die Situation unangenehm, denn weder Herrn Dietrich noch Wolfun war es je eingefallen, nach einem einfachen Knecht zu sehen. Sie fragten höchstens, wann der Mann wieder einsatzfähig war und ob es sich lohne, ihn in der Burg zu behalten.

»Was hat der Arzt zu der Wunde gesagt?«, fragte Kunrad in seine Überlegungen hinein.

»Mit Verlaub, Herr, ohne besondere Anweisung wird kein Arzt gerufen, und schon gar nicht für einen Knecht.«
»Dann rufe jetzt einen. Lass diesen Mann nach draußen bringen und hier inzwischen frisches Stroh aufschütten.«
Der Hofmeister war empört. Frisches Stroh mitten in der Woche! Was fiel dem jungen Herrn eigentlich ein?
»Herr, heute wird kein frisches Stroh aufgeschüttet. Und ein Arzt? Das muss doch wohl Herr Dietrich entscheiden!«
Kunrad, der mit der Fackel die Wände abgeleuchtet hatte, trat plötzlich hart an ihn heran. Sein Gesichtsausdruck erschreckte den Mann.
»Ihr tut, was ich Euch sage. Und zwar sofort.«
»J… Ja, Herr. Wie Ihr befehlt, Herr.«
Kunrad verließ den Raum und ging zum Palas, wo Gisela auf ihn wartete.
»Ist alles in Ordnung?«, fragte sie.
Er nickte. »Ja, alles. Wieso interessiert dich das?«
»Ach, nur so… das heißt, eigentlich interessiert es mich gar nicht. Ich wollte nur… ich wollte dir danken, weil du mir geholfen hast.« So, nun war es heraus. Gisela hatte bisher zu keinem ihrer Brüder besonderes Vertrauen gehabt, und Kunrads Hilfe war für sie unerwartet gekommen. Warum hatte er es nur getan? Er war überhaupt so sonderbar seit dem Turnier. Lag es daran, dass ihn zum ersten Mal ein fremder Ritter besiegt hatte? Dann war es bestimmt nicht klug, mit ihm über Michael zu sprechen.
Kunrad betrachtete seine Schwester nachdenklich. Vielleicht ergab sich so bald keine günstige Gelegenheit, das Verhältnis zwischen ihr und dem Kreßburger zu klären, auch wenn er ihr damit wehtat. Er nahm seine Schwester beim Arm und stieg mit ihr die Treppe zur hinteren Burgmauer hinauf. Da oben waren sie ungestört.
»Willst du mir nicht sagen, warum du dem Kreßburger deine Farben gegeben hast?«
»Ich habe es Vater doch erklärt…«
»Ich glaube nicht, dass du Vater die ganze Wahrheit gesagt hast.« Gisela zögerte. »Kleines, ich will dir doch helfen. Hast du gar kein Vertrauen zu mir?«

»Bist du nicht wütend – ich meine, auf die Kreßburger?«, fragte sie vorsichtig.
Kunrad lächelte. »Nein, bin ich nicht. Michael ist mein Freund.«
»Dein Freund?« Sie konnte es nicht glauben. »Aber wie kann denn das sein?«
Er erzählte in kurzen Worten, was sich beim Turnier ereignet hatte – ohne zu erwähnen, dass er Michael gewissermaßen zum Sieg verholfen hatte – und von dem anschließenden Gespräch.
Von all dem interessierte Gisela aber zunächst nur eins: »Weißt du ganz genau, dass die Verwundung nicht schwer ist?«
Kunrad nickte. »Ich bin ganz sicher. Schon weil es außer mir keiner gesehen hat. Und er war ja kurz darauf schon wieder ganz in Ordnung.«
Gisela nickte erleichtert. »Das stimmt. Ich habe auch nichts davon gemerkt – aber Wolfun!« Sie sprang auf und stampfte mit dem Fuß. »Wie konnte er nur? Ich hasse ihn! Kein Wunder, dass er sich nicht nach Hause traut!«
Ihre Augen funkelten vor Wut. Kunrad erkannte seine kleine Schwester kaum wieder. So einen leidenschaftlichen Ausbruch hätte er ihr nie zugetraut, und ausgerechnet gegen Wolfun! Sie hatte wohl doch etwas vom Temperament des Vaters geerbt und war nicht nur das demütige Abbild ihrer Mutter. Sonderbar, dass er heute zum ersten Mal darüber nachdachte. Das war auch etwas, worum er Michael fast beneidet hatte: Er war für seine Schwestern Beschützer und Freund, ihr Umgang miteinander war so vertrauensvoll und unbefangen, wie er selbst es nie gekannt hatte. Laut antwortete er: »Wolfun ist bestimmt nicht weggeblieben, weil er sich nicht nach Hause traut, sondern weil er seine Wut noch nicht ausgetobt hat. Und Vater wird ihm höchstens vorwerfen, dass er keinen Erfolg hatte.«
»Ja, wird er denn gar nicht gemaßregelt?«, ereiferte sich Gisela.
Ihr Bruder lächelte. »Du redest, als wäre er ein kleiner Junge, der zur Strafe kein Essen bekommt. Wolfun ist schon bestraft, und zwar härter, als du dir vorstellen kannst. Er hat sich als hinterhältiger Feigling erwiesen und sich so blamiert, dass er sich in nächster Zeit nirgendwo sehen lassen kann. Alle würden mit dem Finger auf ihn zeigen. Kannst du dir vorstellen, was das für seinen Stolz bedeutet?«

»Du hast recht«, meinte Gisela nachdenklich. »So habe ich das noch gar nicht gesehen.«
»Und deshalb erwähne das Turnier am besten gar nicht mehr. Hier in der Burg wird man die Sache totschweigen, und das ist auch für dich besser, denn Wolfun würde bestimmt nicht an deine Eitelkeit glauben!«
Gisela war rot geworden.
»Willst du mir denn jetzt auf meine Frage von vorhin antworten?«, fragte er. Sie sah ihn zum ersten Mal offen an. Wenn Kunrad Michaels Freund war, würde er sie verstehen. So erzählte sie die ganze Geschichte, und er hörte schweigend zu.
Es wurde ihm immer klarer, dass er Gisela unterschätzt hatte. Sie verstand viel mehr von der politischen Lage, als er je vermutet hatte. Als sie mit Lianna und Raghild Freundschaft schlossen, waren seine Schwestern klüger gewesen als der Rest der Familie. Sie hatten einen Weg gewählt, auf dem die Gegensätze später überbrückt werden konnten. Kunrad fasste einen Entschluss. Giselas Bindung an Michael war enger, als sie selbst wahrhaben wollte. Sie würde dringend Hilfe brauchen.
»Wir wollen uns verbünden, Gisela«, schlug er vor. »Vorläufig werden wir es hier niemandem erzählen, aber wir sind Freunde der Kreßburger. Im Lauf der Zeit wird sich manches klären, wir müssen abwarten, wie die Fehde ausgeht. Einverstanden?«
Giselas Gesicht strahlte vor Freude. Ihr Bruder hatte ihr zugehört – mehr noch, er verbündete sich mit ihr. Er verließ sich auf sie, so wie sie sich auf ihn verlassen konnte. Die Zukunft schien gar nicht mehr so schwierig.
»Einverstanden«, sagte sie feierlich.

Die Heimreise der Kreßburger verlief unterdessen weniger stürmisch. Raghild hatte zwar protestiert, als sie in den Wagen steigen sollte, war aber schon nach kurzer Zeit in den Kissen eingeschlafen. Lianna, die neben ihr her geritten war, sprengte nach vorn.
»Sie schläft schon wieder. Kein Wunder, sie konnte schon beim Abschied nicht mehr aufhören zu gähnen.«
»Es geht ihr doch nicht schlechter?«, fragte Frau Anna besorgt.

»Oh nein, Mutter«, beruhigte Lianna sie, »im Gegenteil, sie ist viel lebhafter als vor der Reise. Sie ist so begeistert von ihren beiden neuen Freundinnen, dass sie bei dem Besuch in vierzehn Tagen unbedingt dabei sein will. Ich habe versprochen, sie mitzunehmen, wenn Ihr es gestattet, Vater.«
»Welche Freundinnen wollt Ihr denn besuchen?«, fragte Stephan.
»Brunhild und Gisela«, antwortete seine Tochter.
»Was, ihr wollt nach Lohr?«
»Nein, die Flügelauer haben uns zusammen mit den Lohrern eingeladen. Ist Euch das recht?«
»Wie kommt es, dass Brunhild und Gisela eure Freundinnen sind?«, fragte der Vater ohne auf ihre Bitte einzugehen. Sein Gesicht war ernst geworden. Lianna erzählte, wie Gisela sie nach der Trauung zu Brunhild gebracht hatte, verschwieg aber den Auftritt mit Wolfun vor der Kapelle. Der kam schließlich nicht mit, und sie wollte die Eltern nicht unnötig aufregen.
»Und jetzt wollt ihr sie besuchen«, meinte Herr Stephan. Er wandte sich mit besorgtem Ausdruck an seinen Sohn. »Und du willst auch mit, nehme ich an?«
Eine leichte Röte stieg in Michaels Gesicht, aber er antwortete ganz unbefangen. »Natürlich, wenn Ihr es erlaubt. Kunrad und Rudolf kommen auch, und Kunrad ist mein Freund.«
»Seit wann das?«
»Wir haben nach dem Turnier über die beiden letzten Waffengänge gesprochen. Es war ihm fürchterlich, dass Wolfun sich nicht an die Regeln gehalten hat.«
»Eine ziemlich milde Umschreibung!«, fauchte sein Vater grimmig.
Michael zuckte die Achseln. »Er hat sich bloß selbst geschadet. Aber Kunrad hat mir seine Freundschaft angeboten. Vater, Ihr habt mich immer getadelt, wenn ich wütend auf die Lohrer war. Was Kunrad betrifft, hattet Ihr völlig recht. Er ist ein Edelmann, und er ist mein Freund!«
Der alte Herr wechselte einen Blick mit seiner Frau und nickte. »Ich freue mich darüber. Natürlich könnt ihr alle in zwei Wochen reisen, wenn es Raghild gut geht.«

Am Abend, als Anna und die Mädchen schon in ihren Zimmern waren, kam Stephan bei einem Krug Wein in der Halle noch einmal auf das Thema zurück.
»Michael, ich muss dich warnen: Diese Freundschaft ist nicht ungefährlich. Mein Bruder wird dem nicht zustimmen, aber Kunrad und du, ihr beide seid Männer und wisst, was ihr tut. Aber niemals wird Dietrich zulassen, dass du dich um Gisela bemühst!«
Ohne zu antworten stand Michael auf und stocherte im Feuer, das schon ziemlich heruntergebrannt war. Es wurde abends schnell kühl in der Burg. Nach einer Weile versuchte Stephan es noch einmal. »Mein Sohn, du musst begreifen, dass du nicht nur dich in Schwierigkeiten bringst. Du verwickelst das Mädchen in Konflikte mit seinem Vater, denen es nicht gewachsen ist. Kannst du das verantworten?«
Michael starrte ins Feuer. Sein Vater meinte es sicher gut, aber was er für Gisela empfand, konnte der alte Mann nicht nachvollziehen. Schließlich meinte er: »Ich weiß Euren Rat zu schätzen. Aber ich tue, was ich muss.«
Stephan stand auf und streckte seinem Sohn die Hand hin.
»Ich will dich nicht drängen, Michael. Wenn es hart auf hart kommt, stehe ich zu dir. Und nun gute Nacht.«
Michael ergriff die dargebotene Hand. Er konnte sich nicht erinnern, dass sein Vater sich je so feierlich von ihm verabschiedet hatte. »Danke, Vater. Gute Nacht.«

»Gisela! Bist du endlich fertig?« Rudolf klopfte kräftig gegen die Tür seiner Schwester.
»Komm herein!«
Er betrat den freundlich eingerichteten Raum, den Gisela jetzt allein bewohnte. Es hatte sich nicht viel darin verändert seit Brunhilds Weggang. Die Gürtelmagd war gerade damit fertig, die Kleider einzupakken. Rudolf schickte sie mit dem Bündel hinaus und hielt Gisela zurück, die ihr folgen wollte.
»Ich habe mit dir zu reden.«
Sie sah ihn erstaunt an. »Ich dachte, wir reiten gleich los?«
»Ja, das tun wir. Aber vorher muss ich noch etwas mit dir besprechen.«

Sein Ton verhieß nichts Gutes. Gisela sank auf einen Schemel und zupfte nervös an ihren Fingerspitzen. »Was ist denn?«
»Vater hat mir aufgetragen, dafür zu sorgen, dass du dich nicht mit dem Kreßburger triffst. Er traut Kunrad in dieser Beziehung nicht.«
»In welcher Beziehung traut er Kunrad überhaupt noch?«, brauste Gisela auf. »Seit wir von der Flügelau zurück sind, gehen die beiden umeinander herum wie bissige Hunde!«
»Das ist Kunrads Schuld, weil er sich in die Belange der Burg eingemischt hat. Dass Vater es nicht hinnimmt, wenn er eigenmächtig einen Arzt für einen Knecht holt, konnte er sich schließlich denken.«
»Hätte er den Mann krepieren lassen sollen?« fauchte sie.
Rudolf seufzte. »Ich bin nicht hergekommen, um mit dir zu streiten.«
Seine Schwester senkte den Kopf. »Entschuldige. Aber seit wir wieder hier sind, gibt es nur noch Streit. Gestern hat Mutter sogar die Köchin angeschrien.«
»Und von ihr ist man solche Töne genauso wenig gewohnt wie von dir«, gab er ironisch zurück.
»Es tut mir leid. Ich bin einfach nervös, das ist alles. Was hast du Vater geantwortet?«
»Ich sagte, dass ich die Augen offenhalte.« Rudolf ging zu Tür. »Wir wollen aufbrechen. Aber ich warne dich, Gisela, Vater meint es ernst. Die harmloseste Konsequenz wäre, dass er dich in ein Kloster steckt, wenn du mit dem Kreßburger etwas anfängst.«
Gisela wurde blass. »In ein Kloster? Hat er das gesagt?«
»Gesagt nicht. Aber du kennst seinen Jähzorn genauso gut wie ich.«
»Weiß er von dir, dass die Kreßburger auch kommen?«
»Nein, sonst dürftest du nicht mit. Du brauchst vor mir keine Angst zu haben, ich werde mich aus der Sache heraushalten. Dass ich die Augen offenhalte heißt ja nicht, dass ich alles brühwarm weiter erzähle. Aber sei vorsichtig! Weise Michael ab, dann kann dir nichts passieren.«
Gisela schwieg. Sie gingen in die Halle hinunter, wo Kunrad und ihre Mutter sie erwarteten. Der Abschied von Frau Katharina war kurz und frostig, denn sie nahm ihrer jüngsten Tochter immer noch übel, dass sie den Vater so verärgert hatte.
Schweigend machten sich die Geschwister auf den Weg. Sie hatten

weder Knappen noch eine Magd für Gisela mitgenommen. Sie waren aber kaum außer Sichtweite der Burg, als Rudolf leicht verlegen meinte: »Ich biege gleich rechts ab, ich muss noch nach Crailsheim.«
»Was hast du denn da zu tun?«, fragte Kunrad erstaunt.
»Etwas Persönliches«, war die abweisende Antwort. Sein Bruder warf einen fragenden Blick in Richtung Gisela, die ratlos mit den Achseln zuckte.
Als sie die Abzweigung erreicht hatten, sagte Rudolf nur knapp: »Grüßt Brunhild inzwischen von mir« und verschwand in dem Hohlweg. Nach kurzer Zeit hörten sie sein Pferd auf dem weichen Waldboden nicht mehr.
»Weißt du, was er da will?«, fragte Kunrad. »Ihr seid doch zusammen heruntergekommen. Hat er dir nichts gesagt?«
»Nein. Wir haben von etwas ganz anderem gesprochen.« Gisela berichtete von Rudolfs Warnung. »Was soll ich denn jetzt machen?«
Kunrad überlegte. Die Sache spitzte sich schneller zu, als er befürchtet hatte. »Du solltest es Michael erzählen. Er muss wissen, was du für Schwierigkeiten hast. Und mach dir nicht so große Sorgen. Du weißt, was auch passiert, ich werde euch helfen. Das habe ich dir doch versprochen.«
Gisela sah ihn unglücklich an. »Ich fürchte mich«, flüsterte sie.

Die Kreßburger waren bereits am Tag zuvor in der Wasserburg eingetroffen. Philip begrüßte sie im Zwinger. Während Michael und Raghild zum Palas hinübergingen, zögerte Lianna bei den Pferden. Sie griff nach dem Zügel des Packtieres, als Philip meinte: »Ihr müsst schlechte Erfahrungen mit unserer Gastfreundschaft gemacht haben, Lianna, wenn Ihr Euch selbst um Euer Gepäck kümmern wollt.«
Sie lächelte verlegen. »Nein, Philip. Wir hatten in letzter Zeit Schwierigkeiten mit diesem Tier. Ich wollte nur nachsehen, ob sein rechter Vorderlauf in Ordnung ist.«
»Wollt Ihr das Pferd nicht meinen Leuten überlassen? Ihr seid doch sicher müde nach dem Ritt.«
»Ja, danke.«
Lianna blieb stehen, während er einen Knecht beauftragte, sich be-

sonders um das Maultier zu kümmern. Dann ging sie neben ihm her zum Palas.
»Philip, ich wollte Euch noch danken, dass Ihr Euch vor zwei Wochen so um Raghild gekümmert und sie von allen Grübeleien abgelenkt habt. Ich war ihretwegen in großer Sorge.«
Er machte eine beschwichtigende Geste. »Das war Euch deutlich anzusehen. Kurz vor dem Essen erwähnte Michael dann noch, dass die Kleine Angst vor Finsterlingen hat, da konnte ich mir den Rest zusammenreimen. Ich habe ein bisschen an der Tischordnung gebastelt und sie zum Lachen gebracht, das war alles. Keine Heldentaten und keine Zauberei!«
Lianna schüttelte lächelnd den Kopf. »So einfach war das bestimmt nicht. Ihr habt viel Geschick und Einfühlungsvermögen, und ich bin Euch sehr dankbar.«
»Den Dank könnt Ihr mir gleich nach dem Abendessen abstatten. Hiermit seid Ihr verpflichtet, mir mehr von Eurer Familie und dem Leben auf Eurer Burg zu erzählen. Ein richtiges Familienleben kenne ich fast gar nicht.«
»Wie kommt das?«
»Bestimmt liegt es daran, dass ich keine Schwester habe. Es wäre schön, wenn Brunhild so etwas wie meine Schwester würde, aber sie ist ja gerade erst verheiratet und hört und sieht nichts außer Gernot. Deshalb brauche ich Eure Hilfe. Gebt Ihr mir Unterricht im Umgang mit Geschwistern?«, fragte er augenzwinkernd
»Ich will es versuchen. Brunhild wäre bestimmt eine wunderbare Schwester für Euch.«

Nach dem Abendessen saßen die Flügelauer mit ihren Gästen in der Halle zusammen, Philip und Lianna etwas abseits in einer Fensternische. Lianna erzählte vom Zusammenleben auf der Kreßburg, von der Familie und von Bruder Thomas, dem weisen Burgpriester. Philip hörte mit steigendem Interesse zu. So etwas war ihm bisher fremd gewesen, als Page und Knappe und später als Ritter auf der Burg des Markgrafen von Baden hatte er kein Familienleben kennengelernt. Sein Vater war für ihn eine Respektsperson und sein älterer Bruder ein zuverlässiger Kampfgefährte, aber nie mehr gewesen. Bei Liannas Erzählungen empfand er ein klein wenig Neid, so als hätte ihn das Leben um etwas Wichtiges betrogen. Oder war es besser, nicht so zu fühlen? Sie war ja nicht glücklicher als er. Man hörte ihren Worten an, wie sie um Raghild gelitten hatte. Er schüttelte das Unbehagen ab und begann selbst zu erzählen, vom Leben am Hof und der kurzen Zeit, die er wieder zu Hause war.

Lianna war fasziniert von der Leichtigkeit, mit der er darüber sprach. Jedoch war er ein Mensch, den sie nicht verstand, einer von ganz anderer Art. Sie beneidete ihn nicht um seine liebenswürdige Oberflächlichkeit. Philip war ihr fremd, nicht weil sie ihn so lange nicht gesehen hatte, sondern weil sie die Welt mit völlig unterschiedlichen Augen sahen. Es machte sie traurig.

»Gegen mein Leben klingt Eures wie ein Märchen«, sagte er in ihre Gedanken hinein, »und da die schöne Fee es selbst erzählt, komme ich mir ganz verzaubert vor.« Lianna sah ihn befremdet an. Machte er sich über sie lustig?

»Ich hätte Euch nicht für so poetisch gehalten«, meinte sie kühler als bisher.

»Das liegt an Eurer Gegenwart. Womit soll ich Euch sonst vergleichen? Ich bin kein Barde oder Minnesänger, aber jetzt möchte ich einer sein, um die richtigen Worte zu finden.« Lianna zuckte zusammen, als Philip seine Hand über ihre Finger legte.

Sie lehnte sich hastig zurück und senkte den Blick als sie merkte, wie sie über und über rot wurde. Was sollte Philip jetzt von ihr denken? Sicher hatte er am Hof des Markgrafen schon unzähligen Damen solche Komplimente gemacht, und keine hatte so ungeschickt reagiert wie sie.

»Seid Ihr mir böse?«, fragte der Flügelauer behutsam. »Ich wollte euch wirklich nicht kränken. Eure Schönheit muss Euch doch die Bewunderung jedes Ritters einbringen.«

»Ihr vergesst, dass ich außer mit meinem Vater und Michael nur wenig Umgang mit Euresgleichen habe«, entgegnete sie schüchtern. »Und Ihr macht doch sicher allen Damen solche Komplimente.«

»Ich habe es aber noch nie so ernst gemeint wie heute Abend. Bitte sagt mir, ob ich Euch verletzt habe!« Lianna schüttelte nur den Kopf.

Drüben am Kamin stand der alte Graf auf und beendete sein Gespräch mit den Worten, dass der Abend sehr lang gewesen sei. Lianna atmete erleichtert auf, weil sie dadurch eine Gelegenheit hatte, aus der peinlichen Situation zu fliehen. Sie gingen hinüber und man wünschte einander gute Nacht. Als Lianna mit Raghild den Raum verließ, sah sie an der Tür noch einmal zurück. Philip schaute ihr mit einem rätselhaften Gesichtsausdruck nach. War er traurig oder täuschte sie die flackernde Beleuchtung?
Zum Glück war Raghild zu müde, um sich in ihrem Zimmer weiter zu unterhalten. Sie schlief schon ein, während die Gürtelmagd noch ihre Kleider zusammenlegte. Lianna dagegen lag noch lange wach und starrte in die Dunkelheit.

Am nächsten Vormittag kündigte das Horn des Turmwächters weitere Besucher an. Alle eilten hinunter in den Zwinger, um die Neuankömmlinge zu begrüßen. Es waren Kunrad und Gisela.
Brunhild fiel ihnen lachend und weinend um den Hals. Sie merkte erst jetzt, wie sie sich um Gisela gesorgt hatte. Hatte der Vater sie doch nicht bestraft?
Als sich das allgemeine Durcheinander gelegt hatte, konnte die neue Burgherrin endlich nach Rudolf fragen. Kunrad erzählte, wohin er geritten war und dass er spätestens am nächsten Tag eintreffen würde. »Ich habe nur keine Ahnung, was für persönliche Dinge er in Crailsheim zu erledigen hat«, fügte er hinzu.
Brunhild lachte. »Aber, Kunrad! Du bist doch sonst nicht so schwer von Begriff!«
»Wie meinst du das?«, fragte Gisela. »Wir haben uns den Kopf zerbrochen, was es sein könnte. Rudolf hat doch nie Geheimnisse, schon gar nicht vor Kunrad.«
»Ich müsste mich sehr täuschen, wenn seine ›persönlichen Dinge‹ nicht Elsabetha hießen.«
»Unmöglich! Rudolf ist erst neunzehn und Elsabetha zwei Jahre älter! Sie würde ihn auslachen!«
»Vermutlich«, erwiderte Brunhild, »deshalb ist es auch besser, wenn ihn niemand danach fragt. Es würde ihn noch mehr verletzen.«

»Woher weißt du das alles?«, fragte Gisela.
»Ich vermute es eigentlich nur. Ich sah die beiden zufällig nach dem Turnier im Garten, und Rudolf stand förmlich ins Gesicht geschrieben, was er dachte.«
Gernot legte den Arm um seine Frau. »Vor dir muss man sich ja in Acht nehmen! Was mache ich bloß, wenn ich dir mal was vorschwindeln will?«
Brunhild musste lachen: »Am besten versuchst du es erst gar nicht. Ich merke es ja doch!«
Philip mischte sich ein: »Liebe Schwägerin, ich bin trotzdem dafür, dass wir unsere Gäste nicht länger hier herumstehen lassen. Sonst denken sie noch, ihre Schwester sei unter die Raubritter geraten.«
Als sie hineingingen, machten Michael und Gisela den Schluss.
»Ich muss Euch dringend sprechen«, flüsterte er, »könnt Ihr vor dem Essen in den Laubengang kommen? Ich werde dort auf Euch warten.«
Gisela sah ihn bedrückt an. »Ich komme«, murmelte sie.

Kurz danach konnte sie unbemerkt in den Garten gelangen. Am Laubengang kam ihr Michael bereits voller Unruhe entgegen.
»Was müsst Ihr so Dringendes mit mir besprechen?«, fragte sie hastig und blickte sich um.
»Vor allem sagt mir, warum Ihr so traurig seid«, bat Michael und ergriff ihre Hände. Sie schien ihm völlig verstört.
»Mein Vater … woher wisst Ihr das?«
»Ich brauche Euch nur anzusehen. Bitte sagt mir, wie ich Euch helfen kann!«
»Mir? Ihr könnt mir nicht helfen …« Gisela brach in Tränen aus. Schluchzend erzählte sie alles, von der Ohrfeige beim Heimritt angefangen bis zu Kunrads Mahnung, ihm, Michael, alles zu sagen. »Und jetzt weiß ich einfach nicht mehr weiter!«
Das Letzte klang so hilflos, dass Michaels Augen, die während ihres Berichts mehrmals drohend geblitzt hatten, plötzlich weicher wurden.
»Ich liebe Euch, Gisela«, gestand er.
Sie schaute fassungslos zu ihm auf. Seine Worte machten ihr auf einmal klar, was sie die ganze Zeit so verunsichert hatte. Nicht um ihr ein

Kompliment zu machen oder um sich hervorzutun hatte Michael ihr so viel Aufmerksamkeit geschenkt. Zögernd legte sie eine Hand an seine Wange..

»Ich liebe Euch auch«, flüsterte sie, als könne sie es selbst noch nicht fassen. Michael küsste sie voller Freude, aber Gisela fing wieder an zu weinen. »Was tun wir denn jetzt?«, fragte sie verzweifelt.

Er nahm sich zusammen. Die Mahnungen seines Vaters fielen ihm wieder ein. Stephan hatte recht gehabt, für sie war das alles zu viel. Er streichelte beruhigend über ihr Haar.

»Nicht weinen, Liebling, es wird alles gut. Hörst du? Nicht weinen!«

Ihr Schluchzen verebbte langsam. »Was soll ich denn meinen Brüdern sagen?«

»Erst einmal gar nichts. Ich spreche morgen mit Kunrad darüber, wie ich mich mit deinem Vater verständigen kann. Du hast doch gesagt, er will uns helfen!« Gisela lächelte unter Tränen. Michael und Kunrad – ja, die beiden würden einen Ausweg finden, sie waren ja Freunde. Sie schmiegte sich in seine Arme, für kurze Zeit wunschlos glücklich.

Am späten Abend, als die Flügelauer mit ihren Gästen in der Halle saßen, hörten sie das Horn des Torwächters.

»Ob das Rudolf ist?«, fragte Philip. »So spät noch?«

Brunhild fasste nach der Hand ihres Mannes. »Es muss etwas passiert sein, wenn er in der Dunkelheit den Weg noch macht!«

Philip nahm eine Fackel aus dem Eisenring neben der Tür. »Ich sehe nach.«

Kunrad stand auf, um ihn zu begleiten. Die anderen warteten gespannt, bis die beiden mit Rudolf zurückkamen. Er machte einen erschöpften Eindruck. Brunhild brachte ihm einen Becher Wein, während Philip und Kunrad besorgte Blicke wechselten. Nach einigen Minuten hatte Rudolf sich soweit erholt, dass er in Ruhe erzählen konnte.

»Ich war in Crailsheim bei … bei Herrn Burkhard. Gegen Abend traf ein Bote ein, der meldete, dass Eberhard der Erlauchte von Württemberg König Heinrich den Krieg erklärt hat.«

Die anderen sahen sich bestürzt an.

»Was werden die Öttinger tun?«, fragte Brunhild atemlos.

»Der Schrimpf steht mit all seinen Leuten seinem Onkel bei. Morgen werden von Crailsheim aus alle Lehnsmänner und Burgen verständigt, die ihm verpflichtet sind. Also wir auch.«
»Um Himmelswillen!« Brunhild sank in ihren Sessel zurück. Das war die lang gefürchtete Katastrophe. Die Holacher würden wegen der entfernten Verwandtschaft auf König Heinrichs Seite stehen. Das bedeutete lange Kämpfe, fremde Ritter und Heere im Land, Belagerungen und unabsehbares Elend – und den vollständigen Untergang des Verlierers mit allen, die zu ihm gehalten hatten.
Lange Zeit sagte niemand etwas, der Schlag war zu plötzlich gekommen. Brunhild klammerte sich an die Hand ihres Mannes und kämpfte mit den Tränen. Sie würde Mutter und Schwester verlieren, weil sie ja nun zur Familie des Feindes gehörte. Alles Hoffen auf ein friedliches Nebeneinander war vergeblich gewesen. Gisela saß ihr gegenüber und sah verzweifelt zu Michael hin, den sie morgen verlassen musste. Würde sie ihn je wiedersehen? Michaels Blick glitt von ihr zu Kunrad, seinem Freund, der jetzt sein Feind sein musste. Die Kreßburger konnten sich unmöglich aus den Kämpfen heraushalten, gerade ihre Freiheit verpflichtete sie gegenüber dem König. Schließlich stand Graf Heinrich auf. Er fühlte sich uralt und müde. Seine jahrelangen Bemühungen um Frieden waren mit einem Mal wertlos geworden.
»Wahrscheinlich werden auch die Holacher morgen Botschaften an ihre Verbündeten schicken«, meinte er, »und am Montag wird man mit den Rüstungen beginnen. Ihr werdet alle morgen früh auf eure Burgen zurückkehren wollen, heute Abend kann nichts mehr unternommen werden. Gehen wir schlafen.«
Philip wandte sich an Rudolf. »Ich bringe dich in dein Zimmer. Willst du noch etwas essen?«
Der schüttelte den Kopf und folgte ihm nach dem allgemeinen »Gute Nacht« hinaus. Der alte Graf verließ mit Gernot und dessen Frau den Raum, Lianna und Raghild gingen ebenfalls auf ihr Zimmer. Michael und Gisela blieben mit Kunrad zurück. Der Kreßburger wandte sich an seinen Freund: »Wenn du erlaubst, möchte ich ein paar Minuten mit Gisela allein sprechen. Aber bitte bleibe in der Nähe, ich habe dir noch etwas Wichtiges zu sagen.«

Kunrad nickte. »Ich warte nebenan.«
Als sich die schwere Tür hinter ihm geschlossen hatte, fasste Michael Gisela bei den Schultern.
»Liebling, wir haben nicht viel Zeit. Du hast mir heute Vormittag gesagt, dass du mich liebst. Vielleicht verlange ich jetzt zu viel von dir, aber es ist unsere einzige Möglichkeit…«
»Eine Möglichkeit?«, unterbrach sie ihn. »Wir hatten nie eine! Bis der Krieg aus ist, hat mein Vater mich längst mit einem Mann verheiratet, von dem er sich Hilfe verspricht!«
»Nicht wenn du den Mut hast, etwas Ungewöhnliches zu tun!«
»Was denn?«
»Willst du mich heiraten, Gisela?«
Sie starrte ihn an. Hatte er den Verstand verloren?
»Ich meine es ernst, Liebling. Wir können uns morgen hier in der Burgkapelle trauen lassen. Kunrad wird es nicht verhindern, und ich nehme dich mit zur Kreßburg. Meine Eltern werden sich freuen, und bei uns bist du in Sicherheit.«
Gisela machte sich von ihm los. »Aber… dann kann ich nie mehr nach Hause!«, rief sie entsetzt. »Ich werde meine Mutter nie wieder sehen! Sie und Vater würden mir nie verzeihen!«
Michael wandte sich entmutigt ab. Das traf ihn härter als die Kriegserklärung. Er hatte fest geglaubt, dass er Gisela mehr bedeutete als ihre Eltern und die Burg Lohr.
»Ja, dann – dann sehen wir uns wirklich nie wieder. Leb wohl, Gisela.«
Er ging zur Tür, hinter der Kunrad wartete, und drehte sich noch einmal um. Sie stand noch an derselben Stelle, und in ihrem Gesicht spiegelte sich der Kampf, den sie mit sich ausfocht.
»Gisela!«, rief er mit rauer Stimme.
Da lief sie auf ihn zu, schlang die Arme um seinen Nacken und brach in krampfhaftes Schluchzen aus. Er hielt sie fest und wartete, bis sich der Sturm beruhigt hatte.
»Hilf mir doch!«, flüsterte sie schließlich.
»Ich kann dir nur helfen, wenn du mit mir kommst.«
Sie schloss die Augen. »Ich komme mit.«

Eine Viertelstunde später ging der Kreßburger ins Nebenzimmer, um Kunrad zu holen. Gisela saß mit verweinten Augen am Kamin. Michael stellte sich neben sie und hielt ihre Hände, während er seinem Freund alles erzählte.
Kunrad hörte schweigend zu. Schließlich beugte er sich über seine Schwester und zog ihre Hände aus denen des Kreßburgers.
»Weißt du genau, was du tun willst?«, fragte er eindringlich. »Ist dir klar, dass Vater und Wolfun dich bis in alle Ewigkeit hassen werden und dass auch Mutter dich verstoßen wird?«
Giselas Tränen waren versiegt. Jetzt, wo Kunrad ihr vorhielt, was sie aufgeben wollte, wurde sie plötzlich ruhig.
»Ja, das weiß ich alles, und das will ich«, antwortete sie fest.
Kunrad nickte. Er hatte es nicht anders erwartet, und wahrscheinlich war das für Gisela die beste Lösung. »Also gut, ich helfe euch«, erklärte er.

Michael verbrachte eine schlaflose Nacht. Als es dämmerte, zog er sich an und setzte sich auf den Fenstersitz. Er hatte Kunrad versprechen müssen, ihm alles zu überlassen, was zu erledigen war, aber das tatenlose Warten fiel ihm schwer.
Er sah über den Burghof und bemerkte erstaunt, dass schon ein gesatteltes Pferd vorgeführt wurde. Gleich darauf traten Kunrad und Rudolf aus dem Haus. Michael wich zurück, damit sie ihn nicht bemerkten, konnte aber jedes ihrer Worte verstehen.
»Ich werde deinen frühen Aufbruch entschuldigen«, hörte er Kunrad sagen, »aber da wir die Nachricht von der Kriegserklärung früher erhalten haben, können wir Vater unmöglich auf den offiziellen Boten warten lassen. Ich bleibe mit Gisela bis zum Frühstück und komme dann nach.« Rudolf schöpfte keinen Verdacht. Er verabschiedete sich und ritt davon.
Kunrad ging ins Haus zurück und suchte den Burgherrn auf. Es gehörte sich zwar nicht, ihn vor dem Frühstück zu stören, aber heute war ein außergewöhnlicher Tag. Das wurde auch Graf Heinrich klar, als der Lohrer die Bitte vortrug, Gisela und Michael heute durch seinen Burgpriester trauen zu lassen.

»Aber mein lieber Kunrad, wie soll ich das verantworten? Ohne das Einverständnis eures Vaters! Wie stellst du dir das vor?«
»Gisela ist unter meinem Schutz und meiner Verantwortung hier. Wenn ich es befürworte, könnt Ihr es auch erlauben. Es ist auf alle Fälle besser, als dass Michael sie einfach mitnimmt und erst auf der Kreßburg heiratet. Dann würde man ihm vorwerfen, er hätte sie entführt!«
»Würdest du denn zulassen, dass sie so mit ihm geht?«
»Ich müsste, wenn Ihr Euch weigert, aber es würde ihre Ehre gefährden. Ich kann sie schließlich nicht hinbringen, weil heute die Kriegserklärung überbracht wird. Damit wäre ich ein Verräter!«
»Warum willst du das Gisela überhaupt antun, Kunrad? Ihre Konflikte wären ja noch schlimmer als Brunhilds, und die ist doch schon unglücklich genug!«
Kunrads Augen blitzten. »Graf Heinrich, das dürfte mir sonst niemand sagen! Ich weiß, dass ich etwas Ungewöhnliches von Euch will, aber überlegt doch! Ich soll Gisela etwas antun? Das würde ich, wenn ich sie nach Lohr zurückbringe. Sie liebt Michael und ist nicht glücklich bei unseren Eltern, genauso wenig wie Brunhild je glücklich war. Für Vater sind die beiden nur als Tauschobjekte von Wert, und das wissen sie, seit sie Kinder sind. Vater war stolz darauf, Brunhild mit einem wohlhabenden Grafen und Erben einer großen Burg zu verheiraten, sonst hätte Gernot sie nie bekommen. Dass sie sich lieben, war Vater völlig egal. Sie wird bestimmt bald über die Trennung hinwegkommen.
Und Gisela? Sie würde irgendeinem Ritter gegeben, der dafür mit seinen Leuten Vaters Truppen verstärkt, und ich könnte sie nicht davor schützen. Das ist es, was ich ihr antue, wenn ich sie zurückbringe.« Er sah den Flügelauer eindringlich an. »Ich brauche Eure Hilfe, Graf Heinrich. Ich erkläre auch in Gegenwart der anderen, dass mein Vater nichts dagegen hat. Dann kann Euch niemand vorwerfen, dass Ihr es geglaubt habt.«
Der alte Mann schüttelte den Kopf. Er legte seine Rechte auf Kunrads Schulter und meinte: »Nein, mein Junge. Ich werde meinen Teil der Verantwortung tragen. Was du heute für die beiden tust, kann dir nur der Allmächtige vergelten. Dein Vater wird dich dafür wahrscheinlich

fortjagen, und dann denke daran, dass bei uns immer Platz für dich ist.«

Der Lohrer wehrte verlegen ab. »Das kann ich nicht annehmen, so sehr ich auch möchte. Ich gehe zu dem Heer, das in Crailsheim gesammelt wird, und werde meine Pflicht tun. Es wird sich jetzt so viel ändern, dass bald niemand mehr daran denkt, wie Gisela Michaels Frau geworden ist.«

»Deinem Vater wird es immer ein Stachel sein. Er wird dir niemals verzeihen.«

»Damit muss ich eben fertig werden«, antwortete Kunrad und stand auf.

Auch Graf Heinrich erhob sich. »Ich werde alles vorbereiten lassen. Um neun Uhr kann die Trauung stattfinden.«

Das Frühstück wurde in bedrücktem Schweigen eingenommen. Jeder hing seinen eigenen, unerfreulichen Gedanken nach. Schließlich stand Graf Heinrich auf und erklärte, dass Gisela und Michael jetzt in der Kapelle miteinander getraut würden, und zwar mit seinem ausdrücklichen Einverständnis. Es gab ein Durcheinander von Fragen, Einwänden und Vorwürfen. Vor allem Brunhild konnte sich nicht beruhigen, bis ihr Mann sie beiseite zog und meinte: »Was, wenn wir an Stelle der beiden wären?« Da wurde sie still. Bei Lianna und Raghild war die Freude bald größer als das Erstaunen. Sie umarmten abwechselnd den Bruder und seine Braut und waren überzeugt, dass die Eltern ihre neue Schwiegertochter genauso herzlich willkommen heißen würden.

Rechtzeitig gingen alle in die Kapelle, wo der Priester bereits wartete. Brunhild unterdrückte ein paar Tränen. Welch ein Unterschied zu ihrer eigenen Trauung vor zwei Wochen! Aber es blieb keine Zeit für wehmütige Erinnerungen. Die Zeremonie war nur kurz.

»Donec mors vos separaverit« sprach der Priester die Schlussformel. Gisela verstand nur wenige der lateinischen Worte, aber diese kannte sie: Bis der Tod euch scheidet! Jetzt war sie unwiderruflich Frau von Kreßburg, und ihr Mann führte sie aus der Kapelle.

Nachdem alle dem Paar Glück gewünscht hatten, drängte Kunrad zum Aufbruch. »Ihr habt eine halbe Stunde Vorsprung, dann muss ich auch aufbrechen. Wenn ich ohne Gisela zurückkomme und mein Vater erfährt, was geschehen ist, müsst ihr mit einem Überfall auf die Kreßburg rechnen. Seid also vorsichtig und vor allem: Lasst niemals eine der Frauen allein die Burg verlassen. Ihr wisst nicht, wozu Wolfun fähig ist!«

Michael nickte: »Wir passen auf, mach dir keine Sorgen. Und, Kunrad« – er beugte sich vom Pferd herab und gab seinem Schwager noch einmal die Hand, »wann immer wir uns wiedersehen oder nicht, was du heute getan hast, vergesse ich dir nie.«

Kunrad schüttelte ungeduldig den Kopf. Es war keine Zeit für Gefühle! »Macht, dass ihr fortkommt! Pass auf Gisela auf, dann sind wir quitt!«

Der Kampf um die Kreßburg

Die Kreßburger ritten davon. Sie hatten keine Zeit zu verlieren, mussten in kürzester Frist die Burg erreichen, damit man sich dort auf den Angriff der Lohrer vorbereiten konnte. Michael befürchtete die meisten Schwierigkeiten auf der offenen Ebene, denn um diese Zeit konnten die Boten schon unterwegs sein. Als sie den bewaldeten Höhenzug unbehelligt erreicht hatten, atmete er auf. Nach zweieinhalb Stunden sahen sie die Kreßburg vor sich liegen. Alles war ruhig, offenbar wusste hier noch niemand, was geschehen war. Sie trieben die erschöpften Pferde den Burgberg hinauf und über die Zugbrücke. Noch ehe er abstieg, rief Michael dem Wächter zu: »Blas Alarm!«

Dann half er Gisela und seinen Schwestern von den Pferden. Die Mädchen, denen ein solcher Gewaltritt sonst nie zugemutet wurde, waren erschöpft, und Raghild konnte kaum noch stehen. Auf Michaels Geheiß führte Lianna die beiden in den Palas, damit sie sich ausruhen konnten, während der Turmwächter das Alarmsignal gab. Zwei Minuten später glich der Zwinger einem wimmelnden Ameisenhaufen. Von überall strömten die Leute herbei, und erst als Herr Stephan mit seiner Frau und Bruder Thomas aus der Kapelle trat, wurde es still.

Michael berichtete von der Kriegserklärung. »Aber nicht deshalb habe ich Alarm geben lassen«, fuhr er fort, »sondern weil in Kürze ein Angriff aus Lohr zu erwarten ist. Wir müssen uns sofort darauf vorbereiten!«

Stephan trat hart an ihn heran. »Was ist geschehen? Die Lohrer müssen für den Öttinger rüsten, das ist kein Grund, jetzt gegen uns zu ziehen!«

Michael wusste, dass seine nächsten Worte dem Vater einen schweren Schlag versetzen würden, aber er konnte ihm die Wahrheit nicht ersparen.

»Sie haben einen guten Grund, Vater – ich habe ihnen einen gegeben.«

»Was hast du getan?«, fragte der alte Mann heiser.

Michael sprach so laut, dass ihn alle hören konnten.

Sie würden es sowieso erfahren, wenn die Lohrer kamen.
»Ich habe mich heute Morgen auf der Wasserburg mit Gisela von Lohr verheiratet und sie hierher gebracht. Herr Dietrich hat es erst vor knapp zwei Stunden erfahren, wir hatten einen Vorsprung. Deshalb müssen wir am späten Nachmittag mit seinem Erscheinen rechnen.«
Sekundenlang herrschte völliges Schweigen. Anna starrte ihren Sohn an, als sei er verrückt geworden, und auch Stephan fasste sich nur mühsam. Aber jetzt war keine Zeit für Vorwürfe, und die Sache konnte nicht mehr rückgängig gemacht werden. Der alte Herr drehte sich um. »Gerfried!« rief er.
»Ja, Herr!«
»Du nimmst das schnellste Pferd und reitest nach Wüstenau. Melde dem langen Friedung, dass die Lohrer uns wahrscheinlich heute noch überfallen. Er soll die Anlage sicher verwahren und morgen den Feind mit allen verfügbaren Männern von hinten angreifen, wenn sie versuchen, die Kreßburg zu stürmen.«
»Ja, Herr!«
Gerfried ging sofort zu den Ställen. Er wusste, was auf dem Spiel stand und war der beste Mann für einen solchen Ritt.
»Herr Gisbert!«
Der Hofmeister drängte sich nach vorn. »Ja, Herr.«
»Ihr leitet die Vorbereitungen hier im Zwinger und schickt die Nachricht ins Dorf hinunter. Mein Sohn und ich werden das Übrige tun.«
»Ja, Herr.«
Gleich darauf schallten Gisberts Kommandos über den Hof. Stephan nahm seine fassungslose Gattin beim Arm und winkte Michael und dem Pater, ihm zur Oberburg zu folgen. Im Palas, wo die Mädchen sie erwarteten, sank Frau Anna in einen Stuhl.
»Wie konntest du das nur tun«, stöhnte sie, »wie in aller Welt konntet ihr uns das nur antun?!« Gisela warf Michael einen hilfesuchenden Blick zu, aber es war Lianna, die sich vor sie stellte.
»Mutter, wir haben jetzt sicher keine Zeit für Erklärungen, aber Ihr werdet sehen, dass Michael und Gisela nicht anders handeln konnten!«
»Das spielt jetzt alles keine Rolle mehr«, unterbrach Herr Stephan.

Dann wandte er sich an Gisela: »Mein Kind, wir heißen dich als unsere Schwiegertochter willkommen. Du sollst wissen, dass du nun zu uns gehörst und wir für dich einstehen. Aber wir haben einen schweren Kampf vor uns. Am besten bleibst du zunächst bei meinen Töchtern. Michael, kümmere dich darum, dass Wasser und Pech heiß gemacht werden. Ich verteile die Männer auf ihre Posten.« Die beiden Männer eilten hinaus. Bruder Thomas versuchte, die Burgfrau zu beruhigen, und Lianna half Raghild auf die Füße und winkte Gisela, ihnen zu folgen.

In der Burg begann eine fieberhafte Tätigkeit. Über die Zugbrücke strömten aufgeregte Dorfbewohner mit ihren Habseligkeiten, Nahrungsmitteln und Tieren. Herr Gisbert schien überall zugleich seine Befehle zu geben, und so ging alles erstaunlich glatt. Da man schon so lange mit einer Fehde rechnete, wussten alle, was sie zu tun hatten. Nach kaum zwei Stunden waren sie bereit, die Lohrer konnten kommen.

Als Kunrad die Wasserburg eine halbe Stunde nach den Kreßburgern verließ, war Rudolf bereits in Lohr angekommen und hatte seinem Vater die Neuigkeit überbracht. Kurz nach ihm traf der Bote aus Crailsheim ein. Der Befehl lautete, die Straßen nach Dinkelsbühl und Ellwangen zu überwachen und sich bis auf Weiteres nicht auf Kämpfe einzulassen. Herr Dietrich beriet in aller Ruhe mit Wolfun, welche Vorkehrungen zu treffen waren. Kunrad sollte mit einigen Männern zum Heer der Öttinger gehen, das in Feuchtwangen gesammelt wurde, Rudolf wollte sich den Verteidigern Crailsheims anschließen.

Als sie eben begannen, die Männer auszusuchen, die in der Burg bleiben sollten, trat Kunrad ein. Herr Dietrich winkte ihm zu. »Gut, dass du kommst, du kannst uns helfen.« Er deutete auf einen Platz am Tisch und schob seinem Sohn einen Becher Wein zu. Kunrad setzte sich. Das Herz schlug ihm wie ein Hammer in der Brust und seine Gedanken warnten ihn vor dem Kommenden: Dies ist das letzte Mal, dass mein Vater mich willkommen heißt, in ein paar Minuten ist er mein Feind. Er nahm den Becher, trank einen Schluck und blickte sich in der Halle um, als sehe er sein Zuhause zum ersten Mal – und wusste genau, es war das letzte. So ähnlich musste Gisela sich gestern Abend

gefühlt haben. Aber dann riss er sich zusammen und wandte sich an seinen Vater: »Bevor wir darüber sprechen, habe ich Euch noch etwas Wichtiges mitzuteilen.«
Herr Dietrich sah überrascht auf: »Was ist wichtiger als die Kriegsvorbereitungen?«
»Es handelt sich um Gisela«, Kunrad holte tief Luft. »Ich habe sie nicht wieder mitgebracht.«
»Nicht mitgebracht? Hast du sie etwa bei Brunhild gelassen, jetzt, wo die Flügelauer sich bestimmt auf die Seite des Königs schlagen?«
»Nein, nicht bei Brunhild. Sie ist auf der Kreßburg.«
»Auf – der – Kreßburg?« Herr Dietrich schnappte nach Luft.
Rudolf sprang auf. »Was redest du da für einen Unsinn? Gisela war mit uns auf der Wasserburg!«
Kunrad stand langsam auf. »Du täuscht dich, Rudolf. Ich habe dich heute in aller Frühe weggeschickt, um dich aus der Sache herauszuhalten.«
»Aus welcher Sache wolltest du ihn heraushalten?« fragte Wolfun mit leiser Stimme. Es klang bedrohlicher als seine sonstigen Wutanfälle.
»Gisela hat Michael geheiratet und ist mit ihm auf die Kreßburg gezogen.«
Eine unheilvolle Stille verbreitete sich im Raum. Rudolf starrte seinen Bruder an, als könne er nicht begreifen, was er gesagt hatte. Herrn Dietrichs Gesicht war aschfahl, und Wolfun stand auf und griff mit versteinertem Gesicht nach dem Weinkrug.
»Sag das noch einmal«, flüsterte der Vater rau.
»Gisela hat heute Morgen mit meinem Einverständnis den Kreßburger geheiratet.«
Wolfun schleuderte mit einer blitzschnellen Bewegung den schweren Weinkrug nach Kunrads Kopf. Der konnte gerade noch ausweichen, und der Krug prallte hinter ihm gegen die Mauer. Es gab ein ohrenbetäubendes Krachen, Wein und Tonsplitter flogen herum.
Kunrad richtete sich wieder auf. Ein Blick in Wolfuns Gesicht zeigte ihm deutlich, dass der nicht in heller Aufregung, sondern kalt und überlegt gehandelt hatte. Hätte der Krug ihn getroffen, wäre er jetzt wahrscheinlich tot. Herr Dietrich riss seinen ältesten Sohn zurück

und drückte ihn auf einen Sitz. Im Gesicht des Burgherrn stand mehr Schrecken als Empörung.
»Kunrad!«, keuchte er. »Erkläre uns das! Das kann doch nicht dein Ernst sein!« Kunrad berichtete, was sich auf der Wasserburg zugetragen hatte, und erst jetzt fühlte er sich schuldig. Nicht wegen seiner Handlungsweise, sondern weil er hier mit dürren Worten die Welt seines Vaters zerstörte, der immer so stolz auf ihn gewesen war. Dieser hörte schweigend zu. Aus seiner Miene verschwand das Entsetzen und machte einer finsteren Entschlossenheit Platz. Schließlich meinte er: »Du hast gehandelt wie ein Verräter. Du bist nicht mehr mein Sohn, nimm deine Sachen und verschwinde! Und wenn du mir je wieder unter die Augen kommst, hat deine letzte Stunde geschlagen!«
Kunrad hatte es nicht anders erwartet. Er verließ die Halle und packte seine Habseligkeiten zusammen. Außer Waffen, Rüstung und Kleidung war es nicht viel, er konnte es problemlos auf ein Pferd laden. Während er im Zwinger damit beschäftigt war, sah er Wolfun in aller Eile die Männer aufstellen. Also würden sie heute noch gegen die Kreßburg ziehen. Hoffentlich war Michael zeitig genug heimgekommen, um seinen Vater zu warnen. Kunrad nahm Saturn, sein kostbares Turnierpferd, saß auf und verließ die Burg. Er hatte sich nicht einmal von seiner Mutter verabschieden können.

Gegen fünf Uhr erreichten die Lohrer die Kreßburg. Wie Herr Stephan vorausgesehen hatte, kümmerten sie sich nicht um das etwas abseits liegende Wüstenau, sondern griffen die Burg an, ohne eine Kampfansage vorauszuschicken. Herr Dietrich hatte aber nicht damit gerechnet, dass sein Bruder ihm einen so heißen Empfang bereiten würde. Seine Hoffnung, die Burg überraschend im Sturm zu nehmen, wurde bitter enttäuscht.
War Michael etwa schon in der Absicht zur Wasserburg gekommen, Gisela zu entführen? Waren sie deshalb so gut vorbereitet? Als Wolfun diese Vermutung aussprach, steigerte sich die Erbitterung seines Vaters zu blindem Zorn.
»Die sollen mich kennenlernen!«, brüllte er.
Wolfun versuchte, ihn zu beruhigen. »Heute können wir nicht mehr

viel unternehmen, es wird bald dunkel. Wir müssen die Burg so einschließen, dass kein Bote durchkommt, um Hilfe zu holen.«

Eine Stunde später war Ruhe eingekehrt, auf der Burg ebenso wie bei den Belagerern. Nur die Wachen wurden regelmäßig abgelöst. In einem provisorischen Zelt saß Herr Dietrich mit Wolfun, um die nächsten Schritte zu planen.

»Wir wissen jetzt, dass sie mit unserem Angriff gerechnet haben«, meinte Wolfun, »entweder haben sie die Sache von langer Hand geplant, oder Michael, dieser Hund, ist früher aufgebrochen, als wir dachten und ohne Aufenthalt hierher geeilt. Ihr kennt die Kreßburg, Vater, Ihr habt lange hier gelebt. Ihr wisst, wo die Schwachstellen sind und was man bei einem Überraschungsangriff zuerst tut. Ihr kommt bestimmt dahinter, wie wir diese Ratten aus ihrem Loch jagen!«

Herr Dietrich überlegte und meinte schließlich: »Wenn er die Sache schnell zu Ende bringen will, braucht er Hilfe von außen. Wahrscheinlich rechnet er mit dem Boten der Holacher. Der würde gleich umkehren und die Belagerung auf der Flügelau melden.«

Wolfun lächelte böse. »Der Bote wäre uns begegnet, wenn er schon unterwegs wäre. Ich habe auch sicherheitshalber einen Wächter am Hohlweg postiert, wo er unbedingt vorbeikommen müsste. Aber ich bin überzeugt, dass in den nächsten Tagen erst alle lehenspflichtigen Burgen verständigt werden. Von da haben wir nichts zu befürchten.«

Herr Dietrich nickte: »Er könnte auch nach Wüstenau geschickt haben, dort gibt es nur eine Handvoll Männer, die uns nichts anhaben können. Aber immerhin wäre es möglich, dass die die Flügelauer holen.«

»Die müssten aber auch an unserem Wächter vorbei. Wir würden es rechtzeitig erfahren. Schlimmer ist, dass wir uns hier nicht lange festsetzen können. Die Öttinger brauchen uns, wir können die Belagerung vor ihnen nur rechtfertigen, wenn sie Erfolg hat.«

»Da wäre noch der unterirdische Gang …« meinte sein Vater schließlich zögernd, »er führt in den kleinen Bach, die Zwergwörnitz, von da bekommen sie ihr Trink- und Löschwasser bei Belagerungen.«

»Ein geheimer Weg? Kennt Ihr den Ausgang?«, fragte Wolfun gespannt.

»Den alten Ausgang, ja. Aber Stephan hat ihn nach meinem Weggang bestimmt anders angelegt.«

»Das mag sein, aber der neue Ausgang müsste doch auch in der Nähe der Zwergwörnitz münden. Während wir sie morgen hier in Atem halten, schicken wir zwei zuverlässige Leute, die danach suchen.«
Der alte Ritter grinste: »Das wäre ein tolles Stück, wenn wir sie auf diesem Weg überrumpeln könnten!«
»Was gibt es noch für Möglichkeiten?«
»Wenige. Wenn alles gut vorbereitet ist, ist die Burg fast uneinnehmbar. Das Gelände ist zu schwierig, der Hang fällt an zwei Seiten so steil ab, dass man nur langsam hinaufkommt. Bis man oben ist, hält die Besatzung in aller Ruhe ihre Schießübungen ab. Mein Vater hat erzählt, dass sie auf diese Weise ein ganzes Heer niedergemacht haben, obwohl nur eine kleine Besatzung in der Burg war. Der ganze Hang war mit Leichen bedeckt. Auf der dritten Seite ist der Halsgraben so breit, dass sie auch da alles abschießen können, was hinüber will. Die einzige Möglichkeit bleibt der Weg über die Zugbrücke.«
»Und der ist bestens befestigt und verteidigt«, knurrte Wolfun, »da beißen wir uns die Zähne aus.«
»Die Kreßburg gilt nicht umsonst als stärkste Festung im Grenzgebiet!«
»Wir müssten Feuer legen«, überlegte Wolfun weiter. »Dann werden sie kopflos, rennen nach Löschwasser und die Verteidigung wird schwächer. Wenn sie viel Löschwasser brauchen, müssen sie die Zisterne in der Burg auffüllen, und wir finden den Zugang zum unterirdischen Weg leichter!«
»Du hast recht, aber wie soll das gehen?«
»Wir versuchen, einen gepanzerten Wagen an die Zugbrücke zu bringen. Da drin müssen die Pechfackeln sein und unsere besten Werfer. Es müsste doch mit dem Teufel zugehen, wenn das nicht klappt.«
»Der Wagen mit den Wurfgeschossen ist ja da«, griff Herr Dietrich die Idee auf, »wir müssten ihn irgendwie panzern. Wenn er von drei Seiten und von oben geschlossen ist, kann man ihn von hinten schieben und die Fackeln werfen.«
Wolfun nickte und stand auf. »Ich lasse sofort Bäume fällen und schicke zwei Männer zum Bach.«

Am nächsten Morgen war der Wagen fertig, und es gelang den Lohrern wirklich, ihn – wenn auch unter großen Opfern – bis an die hochgezogene Zugbrücke zu schieben. Die Männer darauf waren geschützt, und kaum war der Wagen in Position, begannen sie mit Brandfackeln zu werfen. Die meisten fielen zu kurz und verloschen zischend im Wassergraben, aber einige kamen doch über die Mauer. Die Verteidiger hatten alle Hände voll zu tun, die kleinen Brandherde zu löschen, während der Angriff unvermindert heftig weiter ging. In dieser kritischen Situation flog eine Fackel bis in den Zwinger auf einen Strohhaufen am Stall. Die Flammen züngelten empor und setzten das Dach in Brand.
Frau Anna beobachtete die Verteidiger mit ihren Töchtern und Gisela von der Oberburg aus. Seit der Kampf begonnen hatte, wurde sie von schmerzhaften Stichen in der Brust geplagt. Sie kannte das von früher, bei Raghilds Erkrankung war es besonders schlimm gewesen. Der Medikus hatte sie schon oft ermahnt, dass sie ihr Herz schonen und sich nicht aufregen solle, aber wie war das möglich, wenn die Burg belagert wurde?! So sagte sie nichts darüber, dass sie sich schlecht fühlte, um ihre Töchter nicht zu beunruhigen.
Als nun das Dach in Flammen aufging, schrie sie vor Entsetzen laut auf. Ehe sie jemand daran hindern konnte, war sie hinausgestürzt und rannte rufend und gestikulierend auf das brennende Gebäude zu. Die Mädchen sahen ihr wie gelähmt nach.
»Sie ist verrückt geworden«, murmelte Gisela entsetzt. Das gab Lianna die Fassung zurück, und sie eilte ihrer Mutter nach. Die alte Frau wusste kaum noch, was sie tat. Ein scharfer Schmerz fuhr plötzlich durch ihre Brust, und sie hatte einen unangenehm rostigen Geschmack im Mund. Sie versuchte, den Arm zu heben, aber der Schmerz lähmte sie völlig. Mit weit aufgerissenen Augen starrte sie auf das Feuer, während ihr Körper langsam zusammensank. Sie sah nicht mehr, wie die Leute unter Gisberts Kommando eine Löschkette bildeten, sie nahm auch Lianna nicht mehr wahr, die neben ihr kniete. Nur der Schmerz in der Brust war noch da, unerträglich und vernichtend.
»Mutter!«, schrie Lianna, aber aus Annas Mund kam nur noch ein undeutliches Gurgeln, dann fiel ihr Kopf nach vorn. Die Tochter drehte sie mühsam um und starrte in ein Paar gebrochene Augen. Als Rag-

hild und Gisela über den Hof gelaufen kamen, hockte Lianna am Boden und hatte beide Arme um die Burgherrin gelegt.
»Mutter«, murmelte sie, »Mutter ist tot …«
Raghild schrie laut auf. »Nein! Oh nein, das nicht! Nicht Mutter!«
Herr Gisbert, der immer noch die Löscharbeiten leitete, wurde aufmerksam. Er kam zu ihnen gerannt und nahm die Leiche aus Liannas Armen, die es widerstandslos geschehen ließ. Zu unerwartet war dieses neue Verhängnis gekommen. Drüben krachten polternd einige Balken zu Boden und rissen Lianna aus ihrer Erstarrung. »Schickt mir zwei Knechte und geht zurück zum Feuer«, flüsterte sie tonlos.
Gisbert nickte und holte zwei Männer herbei. Es war nicht die Zeit für Mitleid oder Trost. Die Leiche wurde zur Oberburg gebracht und von den Mädchen auf ihr Bett gelegt. Sie kümmerten sich nicht mehr darum, dass der Hofmeister den Brand löschte. Sie bekamen auch nicht mit, dass Friedung mit fünfzig Männern den Lohrern in den Rücken fiel. Sie hörten nicht einmal das Jubelgeschrei in der Burg, als die Feinde, von den Wüstenauern noch ein ganzes Stück verfolgt, vor der Übermacht flohen.
Nachdem sich das erste Durcheinander gelegt hatte, trat der Hofmeister auf Herrn Stephan und seinen Sohn zu, aber selbst diesem hartgesottenen Mann fiel es schwer, zu sprechen.
»Herr …«, begann er stockend.
Stephan wandte sich nach ihm um. Sein zufriedenes Lächeln erlosch, als er Gisberts Miene sah. »Was ist passiert?«, fragte er heiser.
»Die Frau Anna …«
»Was ist mit meiner Mutter?« Michael packte den Hofmeister am Arm und schüttelte ihn. Sein Gesicht verzerrte sich vor Angst.
»Sie … sie ist … tot«, brachte der endlich heraus. Michaels Hände sanken schlaff herab. Er sah von seinem Vater zu Gisbert, als könne er nicht begreifen, was er da hörte.
»Wo?«, fragte er nur. Gisbert deutete zur Oberburg hinauf, und Michael stürmte hinüber, ohne sich darum zu kümmern, dass sein Vater ihm langsam folgte. Er erreichte das Zimmer seiner Mutter und blieb auf der Schwelle stehen. Anna lag mit geschlossenen Augen da, einen fremden, harten Zug um den Mund. Bruder Thomas murmelte Ster-

begebete, und am Fußende des Bettes knieten Lianna und Raghild. Gisela war nicht da. Michael sah das alles, aber er konnte weder denken noch Schmerz empfinden. Jemand schob ihn zur Seite. Es war sein Vater, der ins Zimmer trat. Beim Anblick seiner toten Frau brach er ohnmächtig zusammen.

Als die Wüstenauer Männer von der Verfolgung zurückkehrten, herrschte tiefe Stille in der Kreßburg. Friedung hatte den Feinden noch einige Späher nachgesandt, um sicher zu gehen, dass sie ohne Aufenthalt das Gebiet verließen. Die Dorfbewohner kehrten in bedrücktem Schweigen in ihre Häuser zurück, und im Zwinger wurden selbst die Aufräumarbeiten ohne Lärm erledigt. Man hatte den alten Burgherrn in seinem Zimmer zur Ruhe gebracht, und Michael hielt mit Lianna die Totenwache. Jetzt wollte er nur für die Mutter da sein; der Schock war zu groß, um an Anderes zu denken. Auch nach seiner Frau fragte er nicht.
Die saß wieder in dem Raum, den Lianna ihr nach der Ankunft zugewiesen hatte, und starrte vor sich hin. Die Magd, die sie bediente, war scheu und schweigsam, und Gisela meinte, in deren Augen zu lesen, was sie selbst seit gestern ununterbrochen dachte: Dass sie das Unglück über die Burg gebracht hatte. Wäre sie nicht mit Michael hergekommen, würde Frau Anna noch leben und auch die anderen, deren Leichen man draußen unter Gisberts Aufsicht zusammentrug. Sie konnte es vom Fenster aus sehen: Kreßburger und Lohrer, Freunde und Feinde, im Tod alle gleich. Und sie selbst? Sie war schuld am Tod der Herrin, und nicht einmal ihr Mann kümmerte sich um sie. Das würde von nun an immer zwischen ihnen stehen.

Die nächsten Tage vergingen wie in einem Albtraum. Die Geschwister und Gisela trafen sich fast nur bei den Mahlzeiten. Danach ging die junge Frau gleich wieder in ihr Zimmer, während Lianna und Raghild in ihrer Trauer immer enger zusammenrückten. Der alte Burgherr saß stundenlang im Zimmer seiner geliebten Frau und starrte vor sich hin. Das Essen, das man ihm hinaufbrachte, rührte er kaum an. Wenn jemand mit ihm sprach, wirkte er geistesabwesend, und auch um die

nötigen Instandsetzungsarbeiten in der Burg kümmerte er sich nicht. Er war ein gebrochener Mann.
Michael übernahm diese Aufgaben an seiner statt. Er beriet sich mit Herrn Gisbert und trug die Verantwortung wie selbstverständlich. Die Spannungen zwischen ihm und dem Hofmeister waren verschwunden. Der war zwar immer noch ein rauer Patron, aber der Tod der Burgherrin und der traurige Zustand ihres Mannes hatten ihn verändert. Alles Kleinliche, alle Rivalität war angesichts der Aufgabe, die sie gemeinsam zu lösen hatten, aus seinem Verhalten verschwunden. Sie mussten die Burg sichern und das kleine Wüstenau, das jetzt eine gut befestigte Anlage mit ausreichender Besatzung war.
Von den Holachern traf tatsächlich ein Bote ein, der um die Unterstützung der Kreßburger bat, und der junge Burgherr sagte zu. Er war selbstbewusster geworden, aber auch wortkarg. Für seine Familie hatte er nur wenig Zeit.

Schließlich verlangte er schroff von seiner Frau, sie solle ihrer Aufgabe als Burgherrin nachkommen. Gisela zuckte schuldbewusst zusammen. Natürlich hatte sie bei ihrer Mutter alles darüber gelernt, wie jedes Mädchen von Adel. Aber es kostete sie Überwindung, Annas Platz einzunehmen, und so hatte sie die Anordnungen bisher Lianna überlassen.
Weil ihr keine Ausrede einfiel, ging sie hinunter in die Küche und rief die Köchin und die Beschließerin zu sich. Die beiden arbeiteten seit Jahren auf der Burg und hatten Frau Anna sehr gemocht. Die junge Herrin, die so verschüchtert wirkte, dass alle in der Burg darüber redeten, tat ihnen leid. Sie waren sich einig darüber, dass es in Annas Sinn sei, ihr zu helfen, und so verlief die Unterredung besser, als Gisela befürchtet hatte. Sie änderte auch fast nichts an den Aufgaben des Gesindes, denn sie hatte ja die Haushaltsführung von Katharina gelernt, die früher gemeinsam mit Anna auf der Kreßburg gearbeitet hatte. Aber Gisela war freundlicher als ihre Mutter, sie war in ihrem Wesen Anna ähnlich, und nach kurzer Zeit ging die Arbeit weiter, als sei alles noch wie vorher.

Ihre Ehe war weniger harmonisch. Wenn ihr Mann spät abends in das gemeinsame Schlafzimmer kam, verlangte er nur selten nach ihr. Sie hatte dann das Gefühl, im Arm eines Fremden zu liegen, und die scheinbare Teilnahmslosigkeit seiner Frau verärgerte Michael. Wie hatte er früher die derben Witze der Ritter verabscheut, dass man mit einem Bauernmädchen mehr Spaß hatte als mit jeder hochgeborenen Ehefrau, die nur dazu gut war, standesgemäßen Nachwuchs zu gebären!

Und jetzt? Michael hatte sich immer eine Ehe wie die seiner Eltern gewünscht und geglaubt, Gisela würde ihm eine echte Gefährtin sein. Aber sie wirkte kalt und abweisend und kümmerte sich nur um den Haushalt, statt nach ihm zu fragen.

Dass er an der Enttäuschung, die er jetzt erlebte, genauso schuld war wie sie, kam ihm nicht in den Sinn. Er sprach nie mit ihr über den Tod seiner Mutter, und Gisela fühlte sich in ihren Selbstvorwürfen bestärkt und zog sich immer mehr von ihm zurück.

Mehrere Wochen vergingen. Überall rüstete man eifrig, und es wurde erzählt, der Graf von Öttingen habe einen Tobsuchtsanfall bekommen, als er von dem fruchtlosen Angriff auf die Kreßburg erfuhr, die ihn dreißig Männer gekostet hatte. Die Lohrer konnten jetzt keine Streitmacht mehr ausschicken, was ihnen geblieben war, genügte gerade, um die Burg zu verteidigen. Herr Dietrich und sein ältester Sohn hatten trotz ihres eigenmächtigen Handelns den Befehl dort behalten. Kunrad von Lohr hatte sich dem Heer der Öttinger in Feuchtwangen angeschlossen und Rudolf war jetzt bei den Verteidigern von Crailsheim. Die Flügelauer hörten mit Schrecken von der Tragödie, die Giselas Ankunft auf der Kreßburg verursacht hatte, und vor allem Brunhild sorgte sich um ihre Schwester. Aber es war unmöglich, sie zu besuchen.

Der geheimnisvolle Späher

Im Hochsommer erschien ein Bote mit dem geheimen Zeichen, das der Holacher mit seinen Verbündeten ausgemacht hatte, auf der Kreßburg. Er überbrachte die Mitteilung, dass Michaels Anwesenheit auf der Flügelau gewünscht sei. Es musste etwas Wichtiges geschehen sein, dass man ihn jetzt holte, also übergab der junge Burgherr die Verantwortung an Herrn Gisbert und verließ mit dem Knappen Gerfried die Burg. Sie vermieden die breiten Straßen und gelangten auf Umwegen unbemerkt durch das feindliche Gebiet. Das offene Gelände vor der Flügelau überquerten sie schnell und wurden sofort eingelassen.
Schon im Burghof war Michael von den vielen Männern überrascht, die er nicht kannte. Fahnen und sonstige Erkennungszeichen fehlten, also waren sie genauso heimlich hierhergekommen wie er selbst. Kurz vor dem oberen Burghof fiel ihm ein großer Apfelschimmel auf, der ungeduldig stampfte. Michael betrachtete ihn einen Augenblick und lächelte dann: Das war das Lieblingspferd des Herrn von Leofels. Wahrscheinlich würde er noch mehr solche Entdeckungen machen, wenn er sich den Tross im Zwinger genauer ansah.
Auf der Flügelau sollte offenbar eine wichtige Versammlung stattfinden, und er beeilte sich, dem Burgvogt in den Palas zu folgen.
An der Tür zur großen Halle wurde er von Philip in Empfang genommen, der ihm kurz erzählte, worum es sich handelte: Der Herr von Holach war da und hatte alle seine Verbündeten zu sich bestellt. Er wolle die Öttinger mit einem Überraschungsangriff vernichtend schlagen und den Krieg beenden, ehe er richtig begonnen hatte. Michael schüttelte erstaunt den Kopf. Wie stellte sich der Holacher das vor? Aber er fragte nicht weiter, sondern begrüßte die Herren, die schon anwesend waren. Er kannte sie fast alle, nur neben Kraft von Holach saß ein Mann, den er noch nie gesehen hatte. Er war mittelgroß und noch verhältnismäßig jung, aber ziemlich dick, was ihn gemütlich wirken ließ. Aber wenn man die kleinen, tiefliegenden Augen näher betrachtete, erkannte man, dass dieser Mann alles andere als gemütlich war. Er

trug eine Mönchskutte, hatte krauses, schwarzes Haar mit einer schon wieder zuwachsenden Tonsur und einen verwilderten Bart. Nachdem er alle begrüßt hatte, setzte Michael sich zu Gernot in eine Fensternische. Man wartete noch auf den Herrn von Vellberg, und die Ritter standen in Gruppen zusammen und redeten halblaut miteinander.
»Wer ist dieser Mann?« fragte Michael seinen Freund, um einem Gespräch über die Verhältnisse auf der Kreßburg zu entgehen.
»Das weiß niemand«, erwiderte Gernot, »sein Name ist Wolfram im Bart. Es heißt, er sei ein Kundschafter der Holacher, aber woher er kommt oder wer er ist, weiß wahrscheinlich nicht einmal Kraft selbst!«
»Wie kommt er zu diesem sonderbaren Namen?«
»Darüber gibt es nur Gerüchte: Der Holacher soll ihn halbtot im Wald gefunden haben, in der Nähe des Klosters Schöntal. Er brachte ihn dorthin, damit sich die Mönche um ihn kümmerten. Im Fieber hat der Mann in einer fremden Sprache fantasiert, deshalb konnte man nichts aus ihm herausbekommen. Als er wieder gesund war, hatte er das Gedächtnis verloren.«
»Wurde er von einem Raubtier so zugerichtet?«
»Nein, das ist das Seltsame. Weder ein Raubtier noch Verletzungen von irgendwelchen Waffen. Er hatte überall Prellungen, Blutergüsse und einige gebrochene Knochen. Der Medikus des Klosters meinte, er sei mit irgendetwas Stumpfem fast totgeschlagen worden.«
»Eine Keule?«
»Ja, vielleicht. Niemand hat herausgefunden, wer er sein könnte. Er ist kein Edelmann, denn so benimmt er sich nicht. Er ist aber auch keiner aus dem Volk, denn dafür weiß er zu viel. Man könnte ihn für einen Mönch halten, aber er kennt nicht einmal die Heiligen.«
»Und er ist hier als Späher der Holacher?«, fragte Michael.
Gernot nickte: »Man nennt ihn Wolfram, weil er ein Amulett mit einem eingeritzten Wolf in der Hand hatte. Und der Beiname – dazu musst du ihn nur ansehen. Bei dem wachsen Haare und Bart wie Unkraut.«
Ehe er weiter erzählen konnte, trat der Herr von Vellberg ein, und die Ritter setzten sich um den großen Tisch in der Mitte. Kraft von Holach stand auf und sah lächelnd in die erwartungsvollen Gesichter.
»Meine Herren, Ihr wundert euch sicher, dass ich Euch mitten aus den

Vorbereitungen heraus hierher bestellt habe. Aber es gibt einen guten Grund dafür: Ich habe erfahren, dass der Schrimpf von Öttingen mit seinem Onkel in den nächsten Tagen nach Crailsheim kommen wird!« Hier wurde er erst einmal von den erregten Bemerkungen der Männer unterbrochen.

»Der Schrimpf und Eberhard der Erlauchte in Crailsheim?«

»Das ist ja unglaublich!«

»Ausgerechnet jetzt!«

»Der Erlauchte hat doch wohl anderes zu tun …«

So redeten alle durcheinander. Es dauerte eine Weile, bis sie sich soweit beruhigt hatten, dass der Holacher weiter reden konnte.

»So unwahrscheinlich es auch klingt, es ist trotzdem so! Der Württemberger hat sogar einen guten Grund für diesen Besuch. Seine Tochter Adelheid begleitet ihn. Sie soll in Crailsheim bleiben, ohne dass jemand davon erfährt. An seinem Hof hält er es für nicht sicher genug, weil schon einmal ein Anschlag auf sie verübt wurde, sie ist seine einzige Erbin.«

Der Herr von Leofels stand auf. Er streifte Wolfram mit einem misstrauischen Blick. »Woher wisst Ihr das so genau, Herr von Holach? Auf ein Gerücht hin werdet Ihr das Wagnis doch nicht eingehen?«

Der Holacher gab dem Kundschafter einen Wink. Der wuchtete seinen Körper aus dem Sessel und erklärte: »Ich war bei den Öttingern und habe erfahren, was Euch Herr Kraft gerade mitgeteilt hat. Wenn die drei in der Hügelburg eingetroffen sind, benachrichtige ich die Flügelauer. Dann werdet Ihr alle Crailsheim einschließen – völlig überraschend. Ihr nehmt die Burg ein, und der Württemberger wird König Heinrich übergeben. Damit ist der Krieg zu Ende.« Damit ließ er sich in den Sessel zurückfallen und trank mit einem hörbaren Zug seinen Pokal leer. Offenbar war er sich so sicher, dass er keinen Widerspruch erwartete.

Michael wandte sich an den Holacher. »Wenn der Württemberger wirklich hierher kommt, ist das eine einmalige Gelegenheit, die Fehde fast unblutig zu beenden. Aber es könnte auch eine Falle sein. Wer garantiert uns, dass wir nicht verraten werden – so wie Eberhard hier verraten wird?«

»Ich«, schnappte Wolfram zurück, ehe Kraft etwas sagen konnte. »Ich bin zwar kein Edelmann, der auf seiner Burg sitzt, sondern ein Spion, den Ihr verachtet. Aber ich bin kein Verräter, und wer mich so nennt, wird mich kennenlernen!«

Der Kreßburger war wenig beeindruckt. »Wenn Ihr kein Verräter seid, dann sagt uns, wie Ihr an diese Nachricht gekommen seid!«

Überraschenderweise fing der Bärtige an zu grinsen. »Ich habe den Schrimpf selbst auf die Idee gebracht! Er ist nämlich ehrgeizig, der gute Öttinger. Er will das Mädchen heiraten, weil ihr Vater reich und mächtig ist. Und nichts ist leichter, als einen ehrgeizigen und habgierigen Edelmann auf einen Plan zu bringen, mit dem er seinem Ziel näherkommt! Überlegt doch, Ihr Herren. In der Residenz kann das Fräulein nicht allein bleiben, wenn ihr Vater in den Krieg zieht. Nach Öttingen kann sie auch nicht, denn das schickt sich nicht, wenn der Schrimpf sie heiraten will. Am besten bringt man sie an einen Ort, wo sie keiner vermutet, unauffällig und doch bestens befestigt, wo der Schrimpf sie auch öfter sehen kann, um sie unter seinen Einfluss zu bringen. Also: Was ist besser als Crailsheim? Und was liegt näher, als dass der besorgte Vater sie selbst hinbringt, um sich von der Sicherheit der Anlagen zu überzeugen? Der Schrimpf fand meine Idee so gut, dass er sie nach einer halben Stunde für seine eigene hielt.« Wolfram kicherte vor sich hin. Dann sah er Michael wieder an, und sein Blick wurde eisig. »Und da ich von Herrn von Holach, Eurem und meinem Kriegsherrn, zu dem Öttinger geschickt wurde, um ihn auszuforschen und zu unserem Vorteil zu beeinflussen, frage ich Euch, mein Herr: Haltet Ihr mich noch immer für einen Verräter?«

Der Kreßburger schüttelte den Kopf. »Wenn das so ist, seid Ihr einer der raffiniertesten Männer, die ich kenne. Aber welche Stellung habt Ihr beim Öttinger, dass Ihr ihn beratet?«

Das Gesicht des Bärtigen war plötzlich völlig ausdruckslos. »Das ist mein Geheimnis«, antwortete er kühl.

»Tatsache ist, dass Wolfram uns den Öttinger und den Württemberger hierherlockt«, unterbrach Kraft die beiden. »Ich will deshalb, dass Ihr, meine Herren alle so schnell und so unauffällig wie möglich auf Eure Burgen zurückkehrt und auf das geheime Zeichen sofort mit allen verfügbaren Männern vor Crailsheim erscheint. In etwa zehn Tagen ist es so weit.«

Der Holacher erklärte seine Pläne, nach denen der Ort eingeschlossen werden sollte. Eine halbe Stunde später war alles genau abgesprochen, und die Männer brachen auf. Keiner wollte länger als nötig auf der Flügelau bleiben. Auch Michael verabschiedete sich, aber Philip hielt ihn zurück. »Bleib noch eine halbe Stunde«, meinte er. »Du kannst unmöglich fort, ohne dass Brunhild Nachricht von ihrer Schwester bekommt.«

Michael setzte sich wieder und machte ein unbehagliches Gesicht. Er hatte gehofft, dass sich diese Begegnung vermeiden ließ. Aber Philip hatte noch ein Anliegen: »Außerdem will ich noch etwas mit dir besprechen.«

»Was denn?«

»Was hältst du von diesem Wolfram im Bart?«

»Zuerst hielt ich ihn nur für einen Spion, der Geld will. Aber der Mann ist gefährlich – und stolz. Er verachtet uns ebenso wie wir ihn. Seine Bemerkung über habgierige Edelleute war ziemlich beleidigend. Warum fragst du danach?«

Philip überlegte. »Weil ich mir über den Mann nicht klar bin. Sein Plan ist perfekt – er verhilft uns zu einem leichten Sieg.

Auf der anderen Seite hast du recht, er verachtet uns. Warum tut er das also? Ist er wirklich ein Mensch ohne Gedächtnis und ohne Vergangenheit? Vielleicht täuscht er uns alle.«

Michael zuckte ratlos die Achseln. »Ich habe keine Ahnung. Und ich traue ihm nicht. Ich glaube, er würde uns genauso an die Öttinger verkaufen, wenn das in seine Pläne passte. Er ist bestimmt kein Mensch ohne Erinnerung!«

»Es wäre aber möglich. Denk nur an deine kleine Schwester, sie hat auch die Erinnerung an den Überfall verloren, und sie war nicht so schwer verletzt«, meinte Philip. »Aber ich denke so wie du, ich reite ihm nach und finde heraus, was er vorhat. Bevor die Belagerung losgeht, komme ich auf die Kreßburg und gebe dir Bescheid.«

»Du bist der Einzige, der das tun könnte«, stimmte Michael zu. »Ich kann nicht weg, aber du hast mehr Möglichkeiten, weil dein Vater und

Gernot hier sind.« Philip griff nach seinem Umhang. »Ich muss mich beeilen, damit er mir nicht entwischt«, erklärte er und ließ ihn allein. Michael starrte düster vor sich hin. Wenn er das Gespräch mit Brunhild bloß schon hinter sich hätte! Aber ihm blieb keine Zeit, darüber nachzudenken, denn jetzt kam Gernot mit seiner Frau herein. Sie gab ihm die Hand und fragte dann gleich: »Wie geht es meiner Schwester?«

Michael machte ein möglichst unbefangenes Gesicht: »Danke, gut. Sie vermisst dich natürlich und lässt dich herzlich grüßen. Aber sonst fehlt ihr nichts.« Er redete pausenlos weiter, erzählte nebensächliche Dinge, um Brunhild daran zu hindern, Fragen zu stellen. Sie hörte ihm schweigend zu. Als ihm nichts mehr einfiel, was er noch hätte berichten können, stand sie auf. Ihr Gesicht war traurig.

»Ich danke dir, dass du mir so viel erzählt hast. Ich weiß ja, wie sehr du in Eile bist. Grüße Gisela und deine übrige Familie von mir.« Michael sprang auf. Das ging ja besser, als er geglaubt hatte, obwohl ihm ihr Gesichtsausdruck nicht gefiel. Hatte sie doch etwas bemerkt?

»Soll ich noch etwas ausrichten?«, fragte er flüchtig.

»Sag ihr bitte, dass ich jeden Abend für euch beide bete«, erwiderte seine Schwägerin und ihm wurde klar, dass er sie keinen Moment lang getäuscht hatte. Verlegen verabschiedete er sich und verließ fast fluchtartig die Oberburg.

Brunhild sah ihren Mann an. »War es so richtig?«, fragte sie.

Gernot nickte. »Du warst sehr tapfer. Glaub mir, es ist besser so. Die beiden müssen mit sich selbst ins Reine kommen, ohne dass wir uns einmischen.«

»Hoffentlich schaffen sie es«, murmelte sie.

Auf dem Heimweg grübelte Michael über das Gespräch nach. Es hatte ihm schmerzhaft vor Augen geführt, was er sonst beiseiteschob: wie wenig er und seine Frau sich verstanden. Warum redete sie nicht mit ihm? Sie musste doch wissen, dass es an ihr lag. Sie war die Herrin, warum versuchte sie nicht gemeinsam mit seinen Schwestern, die Burg wieder zu einem Zuhause zu machen? Aber nein, sie tat ihre Pflicht und keinen Handschlag mehr. Suchte man sie, saß sie in ihrem

Zimmer und starrte aus dem Fenster. Hatte er dafür das Wagnis auf sich genommen? War seine Mutter dafür gestorben? Michael hob den Kopf und sah von Weitem die Kreßburg liegen. Der Gedanke, dorthin zurückzukehren, erschien ihm auf einmal unerträglich. Besser, er ritt noch nach Wüstenau, um mit Friedung über die vorgesehene Belagerung zu sprechen. Er wandte sich an Gerfried: »Reite allein weiter und sage Herrn Gisbert, dass ich noch nach Wüstenau muss. Ich komme morgen nach ...«

Sechs Tage später kam Philip zur Kreßburg. Niemand außer Michael hatte ihn erwartet, und der kontrollierte gerade den unterirdischen Gang. Lianna entschuldigte sich bei dem Gast, dass er auf den Burgherrn einige Zeit warten müsse. Philip schien nicht ungeduldig zu sein. Er setzte sich zu ihr in die Halle, nahm den angebotenen Becher Wein und begann, in seiner oberflächlichen Art von allen möglichen Dingen zu reden. Schließlich fragte er nach dem Befinden der Burgherrin. Lianna erklärte mit leichter Verlegenheit, dass Gisela sich nicht ganz wohl fühle. Er nickte nachdenklich. Sonst hielt er sich grundsätzlich aus solchen Konflikten heraus, aber Lianna stand der Kummer ins Gesicht geschrieben. Ihm fiel wieder ein, was sie von ihrer Familie erzählt hatte, und das gab den Ausschlag. Er entschied sich gegen alle seine Prinzipien.

»Lianna«, er suchte krampfhaft nach den richtigen Worten, »kann ich Euch irgendwie helfen? Ich meine ...«, er verstummte wieder. Wie sollte er von dieser vertrackten Geschichte reden, ohne sie zu verletzen? Immerhin war Michael ihr Bruder! »Ich wollte fragen, ob ich etwas tun kann, damit Euer Bruder und meine Schwägerin ... ich meine, damit die Sache wieder in Ordnung kommt.«

»Um den beiden zu helfen, müsste jemand ein Wunder tun«, antwortete Lianna.

Philip sah sie überrascht an. Wollte sie wirklich mit ihm darüber reden? Hatte er sie also nicht beleidigt?

»Michael und Gisela reden kaum miteinander«, fuhr Lianna fort, »Gisela scheint ganz erstarrt seit dem Tod meiner Mutter. Ich glaube, sie fühlt sich schuldig, obwohl das Unsinn ist. Und der Krieg macht es

noch schlimmer. Wir sind ja alle hier eingesperrt, und Gisela tut das Herumsitzen und Grübeln gar nicht gut.«
»Und was für ein Wunder müsste Eurer Meinung nach geschehen?« fragte er.
»Wenn es meinem Vater besser ginge – wenn wir mit den Lohrern Frieden hätten – ich denke oft, dass Vater nicht nur wegen Mutters Tod so verändert ist. Es sind die Umstände ihres Todes, und dass es sein eigener Bruder war. Seine Träume von einer Versöhnung sind für immer zerstört.«
Philip horchte auf. »Denkt Ihr, dass es besser wird, wenn … na sagen wir, wenn der Krieg bald zu Ende wäre?«
»Ebenso könnte ich den Mond auf die Erde herunterwünschen«, erwiderte sie traurig.
Philip schüttelte den Kopf. »Sagt das nicht. Glaubt Ihr, alles könnte wieder in Ordnung kommen, mit Gisela und mit Eurem Vater, wenn Frieden geschlossen wird?« Sie betrachtete ihn erstaunt. Warum war er auf einmal so anders? Warum redete sie eigentlich mit ihm darüber, ausgerechnet mit Philip, der keinen ernsthaften Gedanken im Kopf hatte? Sie lehnte sich zurück. »Es wäre möglich«, meinte sie kühl. Aber Philip schien das nicht zu bemerken. Er stand auf und begann im Zimmer auf und ab zu gehen. Sie schwiegen lange, aber es fiel keinem von beiden auf. Lianna konnte sich sein sonderbares Verhalten nicht erklären, und Philip überlegte, wie er ›den Mond auf die Erde herunterbekommen‹ konnte. Es war gar nicht so unmöglich, wie sie glaubte, aber er durfte ihr noch keine Hoffnungen machen. Nicht, solange er nicht mehr hatte als einen namenlosen Spion und eine verrückte Idee. Schließlich kam Michael herein. Er begrüßte den Flügelauer, und Lianna stand auf, um die beiden allein zu lassen.
Philip hielt ihre Hand fest. »Ich kann Euch nichts versprechen, aber ich werde alles tun, um den Mond auf die Erde zu holen.«
Sie errötete jäh, murmelte etwas Unverständliches und ging hinaus.
»Was ist mit dem Mond?«, fragte Michael.
»Ach nichts – du weißt doch, dass ich manchmal dummes Zeug rede«, erwiderte Philip verlegen.
»Sooo«, dehnte Michael. War da etwas zwischen dem Flügelauer und

seiner Schwester? Sie hatte so seltsam reagiert, gar nicht wie auf einen dummen Witz. Und ›den Mond auf die Erde holen‹, das klang doch verdächtig nach einer Liebeserklärung.

Philip hatte sich wieder gefasst. »Ich muss unbedingt mit dir reden.«

»Über diesen Wolfram?«

»Ja, aber es darf niemand hören.«

»Hier bei uns gibt es keine Verräter«, antwortete Michael etwas gekränkt.

»Natürlich nicht, aber lass uns auf den Söller steigen. Da oben redet es sich gut.«

»Warum das?«

»Vielleicht, weil man da dem Himmel näher ist?«

»Philip, du scheinst wirklich nicht ganz bei Verstand zu sein!«

Der lachte plötzlich. »Kann schon sein. Vielleicht bin ich verrückt, vielleicht habe ich auch einen guten Einfall, kommt ganz darauf an!«

Michael schüttelte den Kopf, aber er widersprach nicht mehr. Sie stiegen auf den Söller des Bergfrieds und schickten den Wächter weg, der jetzt ständig dort oben postiert war.

»Ich habe diesen Wolfram im Bart eingeholt, bevor er unser Gebiet verlassen konnte«, begann Philip nun wieder ganz sachlich, »er war gar nicht erstaunt, dass ich ihm nachkam. Er hatte damit gerechnet, dass wir ihm nicht trauen. Erst gingen wir wie zwei bissige Hunde umeinander herum, denn er wollte nicht mit seinen Absichten herausrücken und ich wollte mich nicht wegschicken lassen wie einen dummen Jungen. Wir waren den ganzen Nachmittag zusammen unterwegs, und weil uns niemand sehen durfte, war das nicht so einfach. Deshalb kamen wir am Abend nur bis zum Wald zwischen Lohr, Honhardt und dem Rechenberg. Das ist Öttinger Gebiet, und wenn uns jemand erwischt hätte, wären wir beide dran gewesen. Aber Wolfram sagte, er wüsste dort ein gutes Versteck. Er führte mich auf eine kleine Anhöhe, wo ein uralter Ringwall ist. Das muss früher mal eine Fliehburg gewesen sein, so versteckt, dass sie niemand mehr kennt.«

»Die Rappenau«, unterbrach Michael, »als kleiner Junge war ich mal da, aber du hast recht, sie ist völlig bedeutungslos geworden. Seit Jahren habe ich nicht mehr daran gedacht …«

»Wir machten es uns so bequem wie möglich, aber weil wir kein Feuer machen konnten, ist es eben passiert: Er kam einer Giftnatter im Gebüsch zu nahe, und die hat ihn gebissen.«
Philip schwieg einen Augenblick.
»Ja, und«, drängte Michael, »ist er tot?«
Der Flügelauer schüttelte den Kopf. »Mir waren plötzlich sämtliche Öttinger egal, ich machte schnell Feuer, hackte ihm die halbe Hand ab und brannte die Stelle aus.«
»Er muss gebrüllt haben wie ein Stier! Hat euch keiner entdeckt?«
»Nein. Er brüllte auch nicht, ich habe ihm erst eins über den Schädel gegeben, damit er still war.«
»Und du warst schnell genug? Er hat es doch überstanden?«
Philip grinste schief. »Er bekam hohes Fieber, und wir saßen zwei Tage da oben fest. Zum Glück hatten wir genug zu essen, und niemand hat uns entdeckt. Danach war er wieder klar im Kopf und konnte weiter, aber ich habe ihn vorher gefragt, wie das mit dem Öttinger ist.«
Michael beugte sich vor. »Hat er es dir gesagt?«
»Ich hatte noch nie so ein mieses Gefühl wie in dem Moment«, bekannte der Flügelauer bedrückt. »Es war, als verlangte ich eine Gegenleistung, und genauso hat er es auch aufgefasst. Er meinte, er sei mir etwas schuldig, weil ich ihm das Leben gerettet habe, und würde mir die Wahrheit sagen, soweit er sie selbst kennt. Es stimmt, dass Kraft ihn übel zugerichtet im Wald gefunden hat und von den Mönchen gesund pflegen ließ. Das ist auch der Grund, warum er dem Holacher dient. Er will in niemandes Schuld stehen. Nur deshalb wird er uns nicht verraten, denn er hat nichts übrig für das ›vornehme Gesindel‹, wie er uns genannt hat. Er hat auch wirklich sein Gedächtnis verloren, aber die Mönche haben trotzdem einiges nach seiner Genesung herausgefunden. Zum Beispiel spricht er fließend Französisch und noch eine seltsame Sprache, die sie für einen arabischen Dialekt halten. Das meinte einer der Mönche, der den Kreuzzug mitgemacht hat, aber sicher war er sich nicht. Auch versteht Wolfram viel von Heilkunde, und so hat er sich auch bei dem Öttinger eingeführt. Er hat seinen Lieblingshund gerettet, nachdem der vergiftetes Fleisch gefressen hatte. Er fand auch heraus, wer den Hund vergiften wollte, und der

Schrimpf war ihm dankbar und hat ihn zu einer Art Ratgeber gemacht. Wolfram sagte, dass er keinen Menschen so verachtet wie den Schrimpf.« Philip hielt inne.
»Und sonst verfolgt er keine Ziele?«
»Doch. Er will seinen Feind, wie er ihn nennt, finden. Den Mann, der ihn so zugerichtet hat und der ihm wohl als einziger sagen kann, wer er ist. Er gehört nirgendwo hin, und bestimmt spricht er deshalb so verächtlich über andere. Er ist nicht zu beneiden.«
Der Kreßburger sah ihn von der Seite an. »Du redest ganz anders als früher.« Philip schien ihm plötzlich fremd.
»Wir sind alle anders als früher«, antwortete der. »Keiner von uns ist noch derselbe, der vor ein paar Wochen beim Hochzeitsturnier zum Spaß gekämpft hat.« Er sah Michael direkt an. »Du auch nicht.« Der schwieg verlegen. Erst nach einer Weile kam er auf den Kundschafter zurück.
»Du meinst also, dass wir uns auf ihn verlassen können.«
»Ja.«
»Du hast vorhin gesagt, dass du noch eine Idee hast.«
»Stimmt, aber dazu brauchen wir deinen Vater. Er weiß doch von der Falle, in die der Schrimpf gehen soll?«
Michael zuckte die Achseln. »Als ich ihm davon erzählt habe, winkte er nur ab und sagte, ich soll machen, was ich für richtig halte. Ich glaube auch nicht, dass er dir zuhören wird.«
»Ich will es trotzdem versuchen. Ist es zu viel verlangt, wenn wir ihn hierherbitten?«
»Er ist körperlich gesund. Ich kann ihn holen.«
»Bitte, tu das. Hauptsächlich deshalb wollte ich hier herauf, damit keiner dieses Gespräch mitbekommt.«
Während der Kreßburger seinen Vater holte, saß Philip reglos auf dem Söller und fragte sich zum hundertsten Mal, warum er das tat. Für Michael und Gisela? Für Wolfram, der die ganze Welt hasste? Für Lianna, die er nie verstehen würde? Oder für den alten Mann selbst? Früher hatten Stephan und sein Vater immer Auswege aus allen Schwierigkeiten gefunden.
Ja, dachte er, das ist es. Ich will, dass Herr Stephan wieder so ist wie

früher. Er wird einen Rat wissen, wenn ich ihn für den Plan gewinnen kann.

Er hörte Schritte auf der Treppe, und gleich darauf kam Michael mit seinem Vater herauf. Beim Anblick des Alten wurde Philip klar, dass er sich die Sache zu einfach vorgestellt hatte. Stephan schien um Jahre gealtert, gebeugt und mit schlohweißem Haar. Er setzte sich Philip gegenüber und begrüßte ihn höflich, stellte aber keine Fragen, sodass der Flügelauer selbst beginnen musste.

»Herr Stephan, ich bin gekommen, um Euch um Hilfe zu bitten. Es handelt sich um Euren Bruder.« Der alte Mann reagierte nicht, und Philip sah kurz zu Michael hinüber, der ratlos die Achseln zuckte. »Herr Dietrich ist in großen Schwierigkeiten! Er braucht Eure Hilfe!« Noch immer kam keine Antwort. »Oder glaubt Ihr, dass Eure Frau nicht wollte, dass Ihr ihm helft?«

Michael fuhr von seinem Sitz auf und blitzte ihn drohend an, aber Philip war schon so weit gegangen, dass ihn das nicht mehr beeindruckte. »Sie wäre bestimmt damit einverstanden«, bohrte er weiter.

Michael wollte sich gerade zwischen die beiden stellen, als er seinen Vater sagen hörte: »Ja, sie war immer dafür, dass ich Dietrich helfe …« Stephans Stimme klang verloren und leise, und die beiden jungen Männer beobachteten gespannt, wie sich sein Blick langsam klärte. »Sie wollte immer, dass ich Dietrich helfe«, wiederholte er. »Sie hätte auch jetzt nichts dagegen, obwohl sie nicht mehr da ist.« Seine Stimme wurde fester, und er sah den Flügelauer direkt an. »Was hast du gesagt, Philip? Dietrich ist in Schwierigkeiten?« Das erste Hindernis war überwunden.

»Ja«, fuhr der Flügelauer eindringlich fort, »es handelt sich darum, dass wir den Öttinger in eine Falle locken. Michael hat Euch doch davon erzählt?«

Stephan überlegte. »Es kann sein, ich weiß es nicht mehr genau …«

Michael berichtete nochmals kurz vom bevorstehenden Überfall auf Crailsheim. Dieses Mal hörte der Vater aufmerksam zu.

Dann fragte er: »Aber wieso braucht Dietrich meine Hilfe?«

»Er steht auf der falschen Seite. Er wird alles verlieren, wenn wir den Schrimpf haben, so wie er hier auf der Kreßburg vor Jahren schon

einmal alles verloren hat. Aber diesmal würde man ihn als Vasall des Öttingers fortjagen, und was dann? Er wäre ein des Lebensmutes beraubter Mann!«
Gespannt wartete Philip auf Stephans Antwort. Ob der bemerkte, dass seine Worte nicht ganz folgerichtig waren? Natürlich war zu erwarten, dass man den Lohrer davonjagte, dass der Hilfe von seinem Bruder annahm, war hingegen kaum anzunehmen.
»Wie soll ich das verhindern?« fragte Stephan.
Philip atmete auf. Der alte Mann grübelte nicht länger über seine zerstörten Hoffnungen nach, er war wieder bereit, etwas zu tun!
»Ihr seid der Einzige, der den König dazu bewegen kann, den Lohrer als Lehnsmann anzunehmen und ihm die Burg zu überlassen. Das wird sehr schwer sein, denn warum sollte König Heinrich Euren Bruder anders behandeln als die übrigen Feinde? Nur wenn Ihr trotz allem zu Herrn Dietrich haltet, wird er nicht hinter Euch zurückstehen wollen. Er weiß, dass sich ein König auch großmütig zeigen muss, und Ihr könnt ihm nahelegen, wann er das tun sollte!«
Stephan dachte lange nach. »Es ist fast unmöglich«, meinte er schließlich.
Philip nickte. »Ihr habt recht, es ist fast unmöglich .Wollt Ihr es trotzdem versuchen?«
»Die größte Schwierigkeit besteht darin, dass Dietrich zunächst gar nicht wissen darf, dass ich ihm helfe, sonst würde er alles verderben.« Er sah den jungen Mann scharf an. »Das weißt du doch, oder?!«
Philip wurde rot. Er hätte sich eigentlich denken können, dass er Herrn Stephan nicht täuschen konnte. Sobald der seine Teilnahmslosigkeit abgeschüttelt hatte, war er ihm weit überlegen. »Ja, ich weiß«, gab er zu, »aber etwas Besseres fällt mir nicht ein.«
Der alte Mann sah von Philip zu seinem Sohn hinüber, der ihn gespannt und etwas schuldbewusst beobachtete. Da hatten die beiden ihn hier heraufgeschleppt, damit niemand hörte, wie sie ihm zusetzen mussten, damit er wieder ins Leben zurückfand! Und ausgerechnet Philip hatte dabei so viel Takt und Mut bewiesen, dass Stephan sich nicht einmal gedemütigt fühlte. Er hatte den jungen Mann, der immer so harmlos wirkte, gewaltig unterschätzt.

»Wir versuchen es gemeinsam«, entschied er und sah, wie sich Michaels verkrampfte Hände lockerten und Philip sich ein paar große Schweißtropfen abwischte.

Eine Stunde später verließ der Flügelauer die Kreßburg, ohne eine der Frauen wiedergesehen zu haben. Für Gisela konnte er im Moment nichts tun. Beim Mittagessen hörte Lianna ihren Vater zu ihrer Überraschung sagen, dass er am Nachmittag mit Herrn Gisbert sprechen wolle. Die Männer, die die Burg bald in geheimer Mission verlassen sollten, müssten besonders gut ausgerüstet sein. Auch Raghild und Gisela blickten erstaunt auf. Aber Stephan achtete nicht auf sie, sondern besprach sich weiter mit seinem Sohn, wie er es früher getan hatte. Lianna saß wie gelähmt auf ihrem Stuhl. War das ein Zufall, oder hatte Philip wirklich ein Wunder vollbracht? Konnte er so etwas denn tatsächlich? Auch den Mond auf die Erde herunterholen?

Die Belagerung von Crailsheim

Eine Woche später brachte ein Bote das vereinbarte Zeichen. Michael zog mit den Männern los, während sein Vater mit einer kleinen Besatzung in der Burg blieb. Auf seinen Rat hin hatte Michael die Truppe geteilt, um auf verschiedenen Wegen unauffällig an Crailsheim heranzukommen. Friedung führte ein Drittel von Wüstenau über Marienbrunn nach Crailsheim. Ein weiteres Drittel nahm den direkten Weg unter Gerfrieds Leitung. Der Knappe hatte sich bewährt und war stolz auf die verantwortungsvolle Aufgabe, die sein Herr ihm übertragen hatte. Michael selbst nahm mit dem Rest der Leute den gefährlichsten Weg: In einem Bogen nach Süden hatte er fast nur feindliches Gebiet zu durchqueren.

Am Abend hatten alle Gruppen ihr Ziel ohne Zwischenfälle erreicht, wo sie bereits von der Streitmacht der Verbündeten erwartet wurden. Im Schutz der Dunkelheit wurde die Stadt von den drei Seiten eingeschlossen, an denen Wald und Buschwerk Deckung boten. Die Herren von Vellberg und Sontheim hatten es übernommen, die Wege nach Honhardt und Lohr zu bewachen und Angriffe von da zurückzuschlagen, um den Belagerern den Rücken frei zu halten. Erst kurz vor dem Morgengrauen rückten die Flügelauer mit den Holachern von Westen vor, wo das Gelände offen war.

»Und wenn es so hell ist, dass die Wächter auf der Stadtmauer etwas erkennen können, sitzt das ganze Nest in der Falle«, meinte der Ritter von Thys vergnügt und behielt damit recht. Als es dämmerte, sah sich der Turmwächter einer Schar von Bewaffneten gegenüber, die von der Flügelau aus auf die Stadt vorrückten. Er blies Alarm, hörte aber zu seinem Schrecken, dass der Wächter von der Ostseite das gleiche Signal gab, und wenige Augenblicke später kam der Alarmruf auch von den Nord- und Südtürmen. Wie in einem Ameisenhaufen, der von einem Stock zerstört wird, verbreitete sich Panik unter den Stadtbewohnern. Auf den Straßen rannten schreiende und gestikulierende Menschen durcheinander, und in der Hügelburg fiel Herr Burkhard

erst halb angezogen vor Hast fast die Treppe hinunter. Auch die Gäste kamen gelaufen, um zu erfahren, warum Alarm gegeben wurde. Durch die Eingangstür stürzte ein Knappe.
»Herr«, keuchte er, »wir sind von allen Seiten eingeschlossen! Die Holacher kommen!«
»Rede vernünftig, Kerl«, schnappte Herr Burkhard. »Wer kommt und von welcher Seite? Von allen Seiten ist es unmöglich! Eine so große Streitmacht hätten unsere Leute rechtzeitig bemerkt!«
»Es ist aber trotzdem so«, beteuerte der Mann, »kommt mit und seht es Euch an!«
In diesem Moment betrat der Vogt die Halle. Er war ebenso aufgeregt wie der Knappe, hatte sich aber besser unter Kontrolle.
»Die Sache hat ihre Richtigkeit, Herr«, meldete er. »Der Holacher muss mit all seinen Verbündeten da sein. Ein Bote von ihm, der wohl die Kampfansage überbringen soll, ist am westlichen Tor.«
Her Burkhard hatte sich gefasst. »Bereitet alles zur Verteidigung vor«, befahl er, »und bringt die Botschaft des Holachers sofort hierher!«
Er wandte sich an seine Gäste: »Ihr könnt Euch gleich überzeugen, dass wir den Angriff leicht abschlagen können, meine Herren. Wir sind darauf vorbereitet, dass unsere Feinde uns einen Besuch abstatten. Es gibt keinen Grund zur Besorgnis, spätestens wenn die Herren von Lohr und Honhardt merken, was hier los ist, wird Euer Reiseweg wieder frei sein!«
Der Schrimpf von Öttingen und sein Onkel, Eberhard der Erlauchte von Württemberg, sahen sich zweifelnd an.
»Aber dieser Mann sagt, dass der Holacher mit all seinen Verbündeten angerückt ist«, meinte der Württemberger.
»Wir werden bald Gewissheit haben«, fiel der Öttinger ein, »die Fehdeansage muss ja gleich hier sein.«
»Mich wundert, dass er überhaupt noch eine Botschaft schickt«, fuhr Eberhard fort. »Der Krieg ist doch längst erklärt, er könnte ohne Weiteres angreifen. Herr Kraft muss etwas Besonderes wollen.«
Er sollte richtig vermutet haben, denn die Nachricht, die Herrn Burkhard nach wenigen Minuten übergeben wurde, lautete:

AN HERRN BURKHARD VON CRAILSHEIM

DA WIR IN ERFAHRUNG GEBRACHT HABEN, DASS SICH BEI EUCH DER WÜRTTEMBERGER BEFINDET, DER SICH GEGEN DEN KÖNIG ERHOBEN HAT, UND EBENSO UNSER FEIND KONRAD VON ÖTTINGEN, DEN MAN DEN SCHRIMPF NENNT, SIND WIR MIT UNSEREN VERBÜNDETEN GEKOMMEN, UM DEN ORT CRAILSHEIM UND DIE HÜGELBURG MIT FEUER UND SCHWERT ZU ZERSTÖREN. DAS EINZIGE, WAS UNS BEWEGEN KANN, EURE STADT ZU SCHONEN, IST DIE AUSLIEFERUNG DER BEIDEN VERRÄTER. KOMMEN SIE IN EINER HALBEN STUNDE OHNE WAFFEN AUS DEM WESTLICHEN TOR UND ERGEBEN SICH, ZIEHEN WIR AB.

KRAFT VON HOLACH, IM AUFTRAG DES KÖNIGS

Burkhard rollte das Pergament zusammen und sah seine Gäste betreten an. Graf Konrad schlug mit der Faust auf den Tisch und fluchte, aber eine Handbewegung des Württembergers brachte ihn zum Schweigen.

»Wie konnten sie wissen, dass wir hier sind?«, fragte er.

Herr Burkhard zuckte ratlos die Achseln. »Ich weiß es nicht. Aber wir müssen auf den Bergfried und uns die Sache ansehen.«

Die Aussicht vom Bergfried bestätigte, was man ihnen gemeldet hatte: Crailsheim war von allen Seiten eingeschlossen. Die Zahl der Männer, die Wurfmaschinen in Stellung brachten, und den Ring um die Mauern gerade außerhalb der Schussweite bildeten, war größer, als selbst der Württemberger gefürchtet hatte. Es mussten mehr als tausend sein. Man sah ihre Banner im Wind flattern.

»Sie sind tatsächlich alle dabei«, knurrte der Schrimpf, »die Sache muss von langer Hand vorbereitet worden sein.«

»Es ist mir unbegreiflich, wie sie davon erfahren haben«, beteuerte Herr Burkhard.

»Nur durch einen Verräter«, fauchte der Öttinger. »Wenn ich den in die Finger kriege!«

»Das führt zu nichts«, unterbrach Eberhard, »viel wichtiger ist: Wie lange können wir uns gegen eine solche Übermacht halten? Und wie rufen wir Hilfe herbei? Allein schaffen wir das nicht, unmöglich!«

Wie unmöglich der Widerstand auf die Dauer sein musste, zeigten bereits die nächsten Stunden. Crailsheim war zwar gut befestigt, so-

dass die Verteidiger sich erfolgreich wehrten, aber als die abendliche Dunkelheit den Kampf unterbrach, zählte man in der Stadt bereits fünfundzwanzig Tote.
»Wir müssen hier raus«, erklärte der Württemberger seinem Neffen, »das ist unsere einzige Möglichkeit. Wenn keine Hilfe von außen kommt, hält sich die Stadt höchstens eine Woche.«
Der Schrimpf nickte. »Wir sitzen wie die Ratten in der Falle. Selbst wenn wir einen Boten durch die feindlichen Linien bekämen, wäre er nicht schnell genug in Öttingen, um uns hier herauszuholen. Die Lohrer und Honhardter sind allein zu schwach, um uns zu helfen.«
»Nicht nach Öttingen«, murmelte Eberhard nachdenklich und fasste dann hastig nach der Hand seines Neffen. Ihm war etwas eingefallen. »Nicht nach Öttingen, Konrad, aber vielleicht nach Dinkelsbühl!«
»Wieso dahin? Dinkelsbühl ist eine freie Stadt, und der Rat will sich aus den Kämpfen heraushalten!«
»Ja, der Rat! Aber der Spitalpfleger ist ein entfernter Vetter meiner verstobenen Frau, er würde uns aufnehmen, ohne den Rat zu fragen und sofort Nachricht an das Heer schicken, das ich in Feuchtwangen stehen habe!«
Der Öttinger sah ihn erstaunt an. »Uns aufnehmen?«
Eberhard nickte energisch. »Wir können keinen Boten schicken, wir müssen selbst da durch. Wenn wir hier bleiben, kommt die Hilfe wohlmöglich zu spät.«
»Aber wie denn?«
»Das müssen wir mit Herrn Burkhard besprechen. Er kennt sich als Einziger gut genug aus.«
Der Burgherr wurde geholt, aber wie man die Sache auch drehte und wendete, wie hartnäckig der Württemberger auch fragte und der Schrimpf auch drohte, es blieb dabei: Auch Herr Burkhard wusste keinen Durchschlupf.
»Bei weniger Belagerern wäre es leichter«, erklärte dieser schließlich, »da könnte man versuchen, durch den Fluss zu entkommen. Aber der Ring um Crailsheim ist so dicht, dass auch da keine Hoffnung besteht.«
»Durch den Fluss …«, wiederholte der Württemberger. »Wie ist das möglich, wenn weniger Belagerer da sind?«

»Man kann mit Pferden flussabwärts waten, weil die Jagst hier nicht tief ist. Das Ufer ist überall dicht mit Buschwerk bestanden, der Fluss macht einige Windungen und rauscht auch stark. Man muss vorsichtig und leise sein, dann kann man vielleicht unbemerkt durchkommen. Aber sie werden den Fluss bewachen und an der Furt einen Posten aufstellen.«
Eberhard nickte, das leuchtete ihm ein. »Und wie ist es flussaufwärts?«
»Flussaufwärts?«, echote Herr Burkhard ratlos, »ich verstehe Euch nicht. Man kann von hier aus nicht durch den Fluss aufwärts kommen. Die Strömung ist zu stark, kein Pferd geht ohne Stampfen und Schnauben hinein. Außerdem ist oberhalb ein großes Wehr, da bleibt Ihr hängen, wenn Ihr überhaupt so weit kommt!«
»Und deshalb wird auch niemand damit rechnen, dass wir es versuchen«, ergänzte der Württemberger.
»Natürlich nicht!«, fiel Graf Konrad ein. »Im Süden haben sie sowieso alle Hände voll zu tun, weil sie ja mit Angriffen aus Lohr und Honhardt rechnen!«
Herr Burkhard schüttelte den Kopf. »Sie bewachen die Jagst deshalb nicht, weil der Fluss selbst der beste Wächter ist! Und am Wehr haben sie bestimmt eine Wache.«
»Wie günstig, dann wissen wir ja, wo wir Pferde herbekommen. Jetzt hört meinen Plan! Wir gehen durch den Fluss aufwärts, nur zu dritt. Keine Pferde, denn die würden uns verraten. Wir werden nur langsam vorwärtskommen, aber je langsamer, desto leiser! Im Notfall haben wir die ganze Nacht Zeit. Unterhalb des Wehres müssen wir an Land. Sagt nicht, dass es unmöglich ist, Herr Burkhard. Es muss möglich sein. Wir machen den Posten nieder, nehmen uns die Pferde und reiten nach Lohr. Von da aus geht es nach Dinkelsbühl, und in sechs Tagen kommt mein Heer Crailsheim zu Hilfe.«
Herr Burkhard hob resigniert die Hände. »Ich glaube zwar, dass Ihr es Euch zu einfach vorstellt, aber eine andere Idee habe ich auch nicht.«
Der Öttinger nickte. »Wir müssen es versuchen. Schlimmeres kann uns nicht geschehen, als in die Hände des Holachers zu fallen. Und das ist uns auch sicher, wenn wir hier bleiben! Aber Ihr habt gesagt, dass wir zu dritt gehen, Onkel. Wer soll der dritte Mann sein?«

»Kein Mann«, erwiderte Eberhard, »Adelheid kommt mit uns. Oder hast du geglaubt, dass ich sie hier lasse?«
»Adelheid?« Der Schrimpf prallte zurück. »Onkel, seid Ihr noch …« Er verschluckte das letzte Wort und begann noch einmal von vorn.
»Unmöglich! Sie würde ertrinken! Sie hat nicht die Kraft, sich über Wasser zu halten. Das kann nicht Euer Ernst sein!«
Der Württemberger sah ihn zornig an. »Die Beurteilung, was meine Tochter kann, darfst du ruhig mir überlassen. In einer halben Stunde brechen wir auf. Und noch etwas! Außer Herrn Burkhard darf niemand davon erfahren. Es ist ein Verräter im Gefolge, und der merkt morgen noch früh genug, dass wir verschwunden sind!«
Damit stand er auf und verließ den Raum. Er stieg eine Treppe hinauf und klopfte an die Tür seiner Tochter. Adelheid rief überrascht zum Eintritt.
»Vater, Ihr seid es?«, fragte sie und zog ihn zum Tisch, wo sie ihm einen Pokal Wein einschenkte. Er setzte sich und sah ihr zu. Wie hatte der Öttinger nur glauben können, dass er sie zurücklassen könnte! Adelheid war die Zukunft. Als sein einziges Kind hatte er sie erziehen lassen wie einen Kronprinzen und sie alles gelehrt, was er selbst wusste. Sie würde seine Erwartungen erfüllen. Er wusste, dass sein Neffe sich Hoffnungen auf Adelheid machte, aber er war lange nicht gut genug für seine Tochter. Der Herzog von Bayern war der Mann, den er sich als Schwiegersohn wünschte, dann würden seine Enkel über ein Land gebieten, das dem untergegangenen Stauferreich in nichts nachstand. Sie konnten sogar Kaiser werden!
Sein Neffe war für Eberhard ein Mittel zum Zweck, seine Macht zu vergrößern, nicht mehr.
»Warum kommt Ihr noch so spät zu mir, Vater?«, fragte Adelheid in seine Gedanken hinein.
Er riss sich zusammen. »Weil wir Crailsheim noch in dieser Stunde verlassen müssen, mein Kind«, antwortete er. »Der Holacher und seine Verbündeten werden die Stadt erobern, und du darfst nicht in ihre Hände fallen. Deshalb musst du mit Konrad und mir kommen.«
»Wohin denn, Vater? Ich dachte, es gibt keinen Weg hinaus?«
»Doch, Adelheid. Aber es ist ein schwerer Weg, durch das Wasser ge-

gen eine starke Strömung. Du darfst es auch niemandem sagen, damit wir unbemerkt entkommen können.«
Sie runzelte die Stirn. »Wir fliehen und lassen Crailsheim im Stich?«
»Wir sind die Einzigen, die rechtzeitig Hilfe bringen können. Mein Heer aus Feuchtwangen wird die Belagerer vertreiben. Aber zuerst müssen wir hier heraus!«
Seine Tochter nickte. »Wie Ihr wollt, Vater. Wann brechen wir auf?«
»Sofort. Zieh Männerkleider an und nimm einen Dolch mit. Alles andere lässt du hier, es würde dich im Wasser nur behindern. Ich hole dich gleich ab.« Adelheid ging mit ihm zur Tür. Er hob ihr Kinn empor, sah sie scharf an und fragte: »Hast du Angst?«
Sie schüttelte den Kopf.
»Das ist gut, mein Kind. Konrad denkt, dass du alles verderben wirst, aber du wirst ihn eines Besseren belehren! Ich werde stolz auf dich sein!« Mit diesen Worten verließ er ihr Gemach. Das Mädchen zog sich mit fliegenden Händen um. Sie fürchtete weder das Wasser noch die Strömung, ihr Vater hatte sie gelehrt, sich auch darin zu behaupten. Weniger gut fand sie, dass sie Crailsheim schon wieder verlassen sollte, denn das Städtchen und das liebliche Land hatten ihr sofort gefallen. Hier war es viel schöner als in der Residenz mit ihrer kalten Pracht, die mitten im flachen Land lag. Der Gedanke, dass sie hier das Ende des Krieges und die siegreiche Rückkehr des Vaters abwarten sollte, war der beste, den Vetter Konrad je gehabt hatte. Aber nun mussten sie fliehen, um dieses hübsche Städtchen zu befreien – also vorwärts! Vielleicht konnte sie später wieder herkommen.
Nach Ablauf der halben Stunde, die Eberhard festgesetzt hatte, trafen sie sich am Burgtor und gingen durch die stillen Gassen zum Fluss. Der Württemberger gab seiner Tochter einen starken Strick.
»Binde dir das um«, befahl er und befestigte das andere Ende um seine eigenen Hüften. Adelheid gehorchte, und die drei Flüchtlinge stiegen, darauf bedacht, jedes Geräusch zu vermeiden, in den Fluss. Nach einiger Zeit erreichten sie die Stelle, wo er unter der Stadtmauer durchfloss, hier musste man unter Wasser schwimmen. Herr Burkhard hatte erklärt, dass dort ein hölzernes Gitter sei. Es habe aber auf einer Seite so viel Abstand von der Mauer, dass sich ein Mann durch-

zwängen konnte. Das ging ohne Schwierigkeiten, aber danach wurde das Flussbett schmaler, steinig und uneben, und es war mühsam, sich im Dunkeln geräuschlos vorwärts zu tasten. Der halbe Mond am Himmel verbreitete ein ungewisses Licht, so konnten sie wenigstens die Umrisse des Ufergebüschs erkennen. Eberhard führte sie am linken Flussufer aufwärts, Adelheid folgte und der Schrimpf machte den Schluss.

Er musste sich wirklich über dieses Mädchen ärgern. Dass ihr Vater sie fast wie einen Mann erzogen hatte, wusste er, und wie alle anderen fand er es unpassend für eine Adlige. Ein Glück, dass niemand von dieser nächtlichen Unternehmung wusste! Wenn sie seine Frau war, musste das sofort aufhören, sonst blamierte sie ihn überall. Adelheid ahnte nichts von seinen Überlegungen. Sie konzentrierte sich ganz darauf, ihrem Vater geräuschlos zu folgen und auf den glatten Steinen nicht auszurutschen. Trotz der Gefahr genoss sie dieses Abenteuer. Zum ersten Mal konnte sie beweisen, was sie als seine Schülerin gelernt hatte.

Es dauerte über zwei Stunden, bis sie das Wehr erreichten. Das Mädchen war fast am Ende seiner Kraft, als Eberhard stehen blieb.

»Hier müssen wir an Land gehen«, flüsterte er.

Sie erklommen mühsam das steile Ufer, und nur der Strick um ihre Hüften bewahrte Adelheid davor, zurück ins Wasser zu fallen. Als sie den Halt verlor, griff der Vetter beherzt mit zu und half, sie aufs trockene Land zu ziehen. Ein Stück links von ihnen glomm über den Büschen der schwache Schein eines Feuers, doch sie konnten nicht sehen, wie viele Männer sich dort aufhielten. Fünf Pferde standen bei dem Gebüsch, aber wahrscheinlich waren mehr Feinde da. Einen Wächter sahen sie nicht.

»Wir müssen hinüber«, flüsterte der Schrimpf, »vielleicht schlafen sie alle.«

»Wahrscheinlich nicht«, gab der Württemberger zurück, »es wäre sträflicher Leichtsinn, nicht wenigstens eine Wache aufzustellen.« Er wandte sich an seine Tochter. »Du bleibst hier, bis wir mit den Pferden zurück sind.« Die beiden Männer schlichen so leise wie möglich zu den Pferden hinüber.

»Machen wir die Männer kalt?«, wisperte der Öttinger.
Eberhard schüttelte den Kopf. »Es braucht nur einer zu schreien, dann haben wir die ganze Bande am Hals.«
Er band vorsichtig ein Pferd los und legte ihm ein Zaumzeug an. Auf Sättel mussten sie verzichten, das hätte zu lange gedauert und Geräusche verursacht. Die Gäule verhielten sich ruhig, aber als sie die Tiere wegführten, raschelte es im Gebüsch gegenüber und ein Mann trat heraus.
Eberhard überlegte blitzschnell. Das war der Wächter, im nächsten Augenblick musste er bemerken, dass etwas nicht stimmte. Also sprang der Württemberger auf den einen Gaul und trieb ihn vorwärts. Sein Neffe begriff und machte es genauso. Sie waren noch keine zehn Schritte weit gekommen, als jemand brüllte: »Alarm! Feinde!«
Sie erreichten Adelheid und brachten die Pferde zum Stehen. Hinter ihnen war ein Höllenlärm ausgebrochen, und das Mädchen hatte Mühe, auf den nervösen Gaul zu kommen. Dadurch gingen kostbare Sekunden verloren, und als sie endlich aufgesessen war, hatten die Feinde sie fast erreicht.
Der Schrimpf sprengte vorwärts und hieb mit seinem kurzen Schwert nach rechts und links. Die Gegner, im Schlaf überrascht und nur unzureichend bewaffnet, wichen zurück. Dadurch bekamen die Flüchtlinge Luft und brachen nach Südwesten durch – die Männer, wild um sich schlagend, voran und Adelheid hinterdrein. Aber einer der Verfolger hatte eine Lanze bei sich, die er ihnen nachschleuderte. Er traf das Pferd des Mädchens, das schrill wiehernd zusammenbrach. Im nächsten Moment waren die Feinde da und packten sie.
Der Württemberger bemerkte nicht, dass seine Tochter nicht mehr hinter ihm war, das Wiehern des Pferdes war im Geschrei der Verfolger untergegangen. Er und sein Neffe verschwanden im rasenden Galopp auf der Straße nach Lohr, ohne dass jemand sie einholen konnte. Inzwischen hatte der Lärm auch die umliegenden Posten alarmiert, und als Eberhard entdeckte, dass Adelheid nicht mehr bei ihnen war, konnten sie schon nicht mehr umkehren. In finsterem Schweigen setzten sie ihren Weg fort.

Die Vellberger, die an dieser Stelle postiert waren, suchten das Flussufer nach weiteren Flüchtlingen ab. Die durchnässten Kleider der jungen Frau zeigten deutlich, auf welchem Weg sie die Stadt verlassen hatte. Dem Ritter von Vellberg, der die Gefangene verhören wollte, war die ganze Sache sowieso rätselhaft. Auf seine Fragen antwortete sie überhaupt nicht und würdigte ihn keines Blickes. Aber wer nahm auf einen solchen Weg eine Frau mit? Und dazu noch eine Edeldame, das sah man trotz der Männerkleidung sofort.

Adelheid, die vor Kälte und Aufregung zitterte, schwieg eisern, denn ihr war klar geworden: Solange sie unerkannt blieb, wusste auch niemand, wer da entkam. Ihr Vater konnte sich in Sicherheit bringen und bald mit Verstärkung zurückkommen.

Der Herr von Vellberg sah ein, dass er so nichts erreichte. Die Dame konnte auch nicht hierbleiben, also beauftragte er zwei zuverlässige Männer, mit ihr zum Holacher zu reiten und ihm zu berichten. Vorher suchte er aus einem Bündel ein paar Kleidungsstücke heraus und brummte halb verlegen, halb amüsiert: »Ich gehe für einen Moment hinaus, damit Ihr Euch umziehen könnt. Macht keine Dummheiten, denn das Zelt ist umstellt. Wenn Ihr aber lieber das nasse Zeug anbehalten wollt, bin ich wenigstens nicht schuld, wenn Ihr Euch den Tod holt.«

Damit ging er hinaus, und Adelheid starrte ihm wütend nach. Weil sie erbärmlich fror, zog sie sich rasch um. Als der Vellberger wieder eintrat, konnte er ein Grinsen nicht unterdrücken. Das zierliche Ding sah in seinen Sachen zu komisch aus.

»Gebt mir gefälligst einen Umhang!«, fauchte sie ihn an.

»Oooh …«, dehnte der Ritter ironisch, »scheinbar seid Ihr das Befehlen gewohnt, meine Dame.«

»Ich bin gewohnt, dass man mich wie eine Dame behandelt«, schnappte sie zurück.

»Dann benehmt euch auch so«, konterte er. »Ist Euch dieser Umhang recht?«

Adelheid zitterte vor Wut, wagte aber keinen weiteren Widerspruch. Der Vellberger führte sie hinaus und hieß sie, das bereitstehende Pferd zu besteigen. Die beiden Männer brachten sie die Postenkette entlang zum Lager der Flügelauer. Dort wurde die Gefangene vor den Holacher und Philip von Flügelau geführt, und hier half weder Schweigen noch Leugnen. Philip hatte sie vor einem Jahr in der Residenz kennengelernt.

»Gräfin Adelheid!«, stieß er in höchster Überraschung hervor, und dem Holacher wurde sofort klar, wer die beiden anderen Flüchtlinge gewesen waren.

»Der Erlauchte und der Schrimpf«, stöhnte er, und das triumphierende Lächeln der Württembergerin verriet ihm, dass er recht hatte. Es hatte keinen Zweck, sie zu befragen, denn was ihr Vater tun würde, war klar: ein Heer herbeischaffen, um Crailsheim zu befreien. Also wandte er sich an Philip: »Eure Burg liegt am nächsten. Wollt Ihr die Gräfin vorläufig dort unterbringen?«

Es kostete Herrn Kraft einige Anstrengung, gleichgültig zu scheinen, aber er wollte Adelheid nicht merken lassen, wie hart ihn das Entkommen ihres Vaters traf. Er wandte sich ab und trat in den Zelteingang. Niedergeschlagen beobachtete er, wie Philips Knappe mit der Gefangenen und mehreren Männern als Begleitschutz in der Dunkelheit verschwand. Das Letzte, was er von ihr sah, war ihr zurückgewandtes Gesicht mit einem spöttischen Lächeln.

Philip trat auf ihn zu. »Kommt wieder herein«, bat er.

Der Holacher warf sich drinnen auf sein Lager und starrte finster vor sich hin. Philips Gedanken rasten. Das Entkommen der Feinde machte alle ihre Pläne zunichte. Stattdessen hatten sie dieses Mädchen am Hals, das ihnen nur eine Last war. Sie würde alle möglichen Rücksichten verlangen. Am besten ließ man sich für sie ein Lösegeld zahlen und war sie damit los.

Aber was sollte jetzt werden? Die Belagerung hatte ihren Zweck verfehlt, und ein Friedensschluss war wieder in weite Ferne gerückt.

»Der Württemberger muss doch wahnsinnig sein«, meinte Kraft plötzlich, »seine Tochter bei einem lebensgefährlichen Ausbruchsversuch mitzunehmen! Was denkt er sich bloß dabei?«

Philip sah ihn überrascht an. Ja, was hatte Eberhard sich nur dabei gedacht? Er versuchte sich zu erinnern, was man ihm über das Mädchen erzählt hatte.

»Der Graf soll sie über alles lieben«, berichtete er langsam, »aber nicht wie eine Tochter, die man irgendwann verheiratet, wie es die Politik erfordert. Er soll sie aufgezogen haben wie einen Mann – sie kann reiten und kämpfen, und sie soll Latein gelernt haben und alles Mögliche, was nur in ihren Kopf hineinging – so, als sollte sie ein Thronfolger werden. Man sagt, der Erlauchte will sie mit einem König verheiraten.«

»Deshalb konnte er sie mitnehmen«, murmelte Kraft. »Welche Frau könnte sonst stundenlang durch einen Fluss waten, bei Nacht und ohne ein Geräusch?«

»Aber warum hat er sie dieser Gefahr ausgesetzt?«, widersprach der Flügelauer. »Sie hätte höchstens mit der Stadt in unsere Hände fallen können, und dass wir keinen Krieg gegen Frauen führen, weiß er doch schließlich. Er hat sie mitgenommen, und das beweist uns …« Er verstummte.

»Was beweist es?«, fragte der Holacher ungeduldig.

»Dass die Gräfin in unseren Händen eine ebenso große Macht ist wie er selbst oder der Schrimpf«, meinte Philip langsam.

»Ich verstehe kein Wort«, knurrte Kraft.

»Aber das ist es!«, rief der Flügelauer plötzlich. »Jetzt ist mir alles klar. Für den Württemberger ist nichts wichtiger als seine Tochter, und wer sie hat, kann alles von ihm verlangen. Einen Waffenstillstand oder die Auslieferung des Schrimpf. Ich bin sicher, dass er diese Bedingungen annimmt, wenn wir sie dafür unversehrt freilassen.«

»Wir sollen ihm damit drohen, dass wir einer Frau etwas antun? Habt Ihr denn überhaupt keine Ehre?« Der Holacher war ehrlich empört.

Philip schüttelte den Kopf. »Natürlich nicht. Wir brauchen nur zu sagen, dass die Gräfin bei uns bleibt, bis die Fehde zu Ende ist – als Unterpfand gewissermaßen. Sie wird mit allem Respekt behandelt, aber sie kommt erst frei, wenn das Land befriedet ist.«

»Und wenn er nicht darauf eingeht?«

»Dann werden wir sie dem König übergeben, und der bestimmt einen Mann, der sie heiratet. Er würde einen Verwandten wählen, und der Erlauchte könnte ihn nie wieder bekriegen, weil er damit gegen seine Tochter und seine Enkel kämpft. Damit wäre zwar die Fehde mit dem

Öttinger noch nicht aus der Welt, aber ich glaube nicht, dass Eberhard es überhaupt so weit kommen lässt.«
Der Holacher sprang auf die Füße. »Bei allen Heiligen, Philip, Ihr habt recht!«, brüllte er. »Eure Idee ist großartig! Wie seid Ihr bloß darauf gekommen?«
»Darauf habt Ihr mich gebracht, weil Ihr gefragt habt, warum er sie mitgenommen hat. Das Andere ergab sich von selbst. Der Graf muss befürchtet haben, dass wir ihn mit seiner Tochter erpressen.« Die Augen des Holachers glitzerten. »Er wird seine schlimmsten Befürchtungen bestätigt finden. Ihr müsst den Unterhändler machen, Graf von Flügelau, Ihr seid der richtige Mann dafür.«
Der sah ihn von der Seite an. »Gerade habt Ihr noch Philip zu mir gesagt …«
»Das ist mir so herausgerutscht …«, sagte Kraft grinsend.
»Ihr könnt es dabei lassen«, gab der Flügelauer fröhlich zurück, »wenn wir das zusammen fertigbringen, sind wir sowieso mehr als Verbündete.«
Sie gaben sich die Hand. »Auf die Verhandlungen!«, sagte Philip.
»Auf die Gräfin!«, lachte Kraft. Sie verstanden sich ohne weitere Worte.

Am nächsten Tag wurde der Angriff mit unverminderter Heftigkeit fortgesetzt. Man wollte dem Öttinger auf jeden Fall seine stärkste Festung im umstrittenen Gebiet nehmen. Auch wenn er entkommen war, glaubte man, dass er frühestens in zwei Wochen mit einem Heer zurückkehren konnte, und bis dahin hatten sie die Stadt erobert und gesichert. Adelheid war unter starker Bewachung auf eine weiter westlich liegende Burg gebracht worden. Die wertvolle Geisel durfte auf keinen Fall in der Nähe des Kampfplatzes bleiben, denn ihr Vater würde sicher versuchen, sie zu befreien. Später sollte sie dann der Obhut des Königs übergeben werden. Die Württembergerin hatte keine Ahnung, was man mit ihr vorhatte und glaubte, nach Zahlung eines Lösegeldes wieder frei zu sein. So ergab sie sich ihrem Schicksal.
Schon am darauffolgenden Tag unternahmen die Honhardter einen Angriff auf die Wasserburg, aber sie waren zu schwach, um die Bela-

gerer ernsthaft zu gefährden. Auf Verstärkung wartend, zogen sie sich bald wieder zurück.

Am fünften Abend nach Beginn der Belagerung saßen Herr Burkhard und Rudolf von Lohr im Palas der Hügelburg. Der junge Ritter hatte inzwischen das volle Vertrauen des Burgherrn erworben, seine Umsicht und sein Mut hatten den Crailsheimer beeindruckt. Er behandelte ihn wie einen Gleichgestellten und vergaß meist, dass Rudolf erst neunzehn Jahre alt war.

Die wachsende Anerkennung machte dem Lohrer Mut, wenn Elsabetha ihm die kalte Schulter zeigte. Ihr kühler Stolz hatte ihn von Anfang an erregt, und er malte sich täglich aufs Neue aus, wie er sie mit einer Heldentat erobern würde, und wie sie sich ihm allein ergab. Aber bis jetzt nahm Elsabetha alle seine Liebenswürdigkeit als selbstverständlich hin, ohne ihm auch nur einen Schritt entgegenzukommen. Manchmal befürchtete er, dass sie sich heimlich über ihn lustig machte, aber sicher war er sich nicht. Doch jetzt war keine Zeit, über die Liebe nachzudenken, denn die Situation war mehr als ernst.

»Wir sitzen hoffnungslos in der Klemme«, meinte Herr Burkhard gerade. »Wenn die Württemberger morgen nicht kommen, müssen wir uns ergeben.«

Rudolf versuchte, ihm Mut zu machen: »Sie müssen schon sehr nahe sein. Wir halten uns bestimmt so lange. Ihr werdet sehen, Crailsheim wird gerettet.«

»Ihr habt mehr Zuversicht und Vertrauen als ich, mein Freund.«

Der Lohrer stand auf. »Ihr seid überanstrengt, Herr Burkhard. Legt Euch für ein paar Stunden hin, ich sehe noch einmal nach den Wachen.«

Unten in der Halle traf er Elsabetha. Sie zitterte vor Angst.

»Herr von Lohr«, begann sie aufgeregt, »ist es wahr, dass wir uns morgen ergeben müssen? Was … was wird dann aus uns?«

Rudolf fasste ihre Hände. Kam er ihr jetzt näher? »Wir werden uns nicht ergeben. Habt keine Angst, wir bekommen Hilfe. Die Holacher werden Crailsheim nicht erobern.«

»Hilfe?«, fragte sie. »Aber das versuchen die Honhardter schon seit Tagen. Und Öttingen ist weit!«

Er biss sich auf die Lippen. Niemand außer ihm und Herrn Burkhard wusste, dass die Hilfe nicht aus Öttingen, sondern aus Feuchtwangen kommen sollte. Der Verräter war noch nicht gefunden, und so hatte der Crailsheimer nur Rudolf ins Vertrauen gezogen.
»Ihr braucht Euch wirklich nicht zu fürchten«, versicherte er, »wir bekommen rechtzeitig Hilfe. Und jetzt entschuldigt mich, ich muss nach den Wachen sehen.« Damit ging er hinaus.

Am nächsten Nachmittag glaubte auch Rudolf nicht mehr an Rettung. Auf den Mauern unterstützten inzwischen sogar Frauen und Kinder die Verteidiger. Das westliche Tor wurde heiß umkämpft, und waren die Feinde erst innerhalb der Stadtmauern, blieb die Hügelburg die einzige Zuflucht.
Da glaubte der junge Lohrer, von weither ein Horn zu hören. Oder bildete er sich das nur ein, weil er schon den ganzen Tag sehnsüchtig darauf wartete? Er lauschte angespannt. Wahrhaftig, der Ruf wiederholte sich. Und bei den Feinden machte sich deutliche Verwirrung bemerkbar.
Der Turmwächter rief ihn an: »Herr! Herr, ich sehe eine riesige Streitmacht von Osten kommen!«
»Das sind sie!«, jubelte Rudolf. »Haltet durch, Leute! Die Württemberger kommen uns zu Hilfe!«
Die Angriffe wurden merklich schwächer, denn der Holacher rief seine Leute zusammen, um sich des neuen Gegners zu erwehren. Der Kampf tobte, bis ihn die Dunkelheit unterbrach. Die beiden Heere lagerten sich, während die Herolde »Ruhe bis zum Morgengrauen und Versorgung der Verwundeten« ausriefen.
Eberhard der Erlauchte saß nachdenklich in seinem Zelt. Der Schrimpf war nach ihrer Flucht gleich nach Öttingen weitergeritten, um seine eigene Streitmacht herbeizubringen. Die Württemberger konnten nicht lange hier bleiben, sie mussten gegen die Truppen des Königs ziehen, die auf Württembergs Grenzen zumarschierten. Er ging ein großes Risiko ein, aber wegen Adelheid hatte er keine andere Wahl. Ob sie sich noch in der Nähe befand? Würde der Holacher hohe Forderungen für ihre Freilassung stellen?

Da trat der Ritter von Neuberg ein.
»Die Holacher schicken einen Unterhändler«, meldete er.
»Bringt den Mann her!« befahl der Graf.
Während er wartete, ging er hastig im Zelt auf und ab. Bestimmt kam der Unterhändler wegen Adelheid. Draußen hörte er Schritte, und der Neuberger führte einen Ritter herein.
»Graf von Flügelau!«, rief der Württemberger überrascht. Er kannte Philip und hatte keine hohe Meinung von ihm. Ein Leichtfuß ohne Ehrgeiz, oberflächlich und nur zum Kampf zu gebrauchen. Dass der Holacher ausgerechnet ihn als Unterhändler schickte! Der Flügelauer grüßte höflich. Eberhard deutete auf einen Sitz und ließ sich selbst nieder. »Was führt Euch zu mir?« fragte er.
»Ich komme wegen Eurer Tochter Adelheid.«
»Wie geht es ihr?«
»Sie ist wohlauf und wird ihrem Rang entsprechend behandelt.«
Der Württemberger atmete auf. Er hatte in den letzten Tagen alles Mögliche befürchtet: dass sein Kind verletzt oder sogar getötet worden war, ehe jemand sie erkannte ... jetzt würde alles gut werden. Ohne es zu wissen, lächelte er. Philip, der ihn genau beobachtete, konnte sich seine Empfindungen vorstellen. Dem Württemberger stand eine herbe Enttäuschung bevor.
»Was verlangt Ihr für die Freilassung meiner Tochter?«, fragte Eberhard.
»Wir möchten die Fehde beenden«, antwortete der Flügelauer.
Der Graf runzelte die Stirn. »Was hat das mit meiner Tochter zu tun?«, fragte er irritiert.
»Alles, Euer Gnaden«, war die lakonische Antwort. Irrte er sich, oder schwang im Ton des Unterhändlers Spott mit? Aber Philip sprach schon weiter. »Wir betrachten die Gräfin gewissermaßen als Unterpfand. Sie bleibt bei uns, bis die Verhandlungen zu einem befriedigenden Abschluss gekommen sind. Zunächst schlagen wir Euch einen Waffenstillstand vor.«
Eberhard schnappte nach Luft. »Ihr schlagt was vor? Meine Tochter als Druckmittel, damit ich vor Euch krieche? Seid Ihr Ritter oder Strolche?«

Philip zog die Augenbrauen in die Höhe. »Eigentlich sollte ich Euch den Handschuh hinwerfen und gehen. Aber ich bin Unterhändler und will Eurer Aufregung einiges zugutehalten. Also habe ich Euren letzten Satz nicht gehört.«
Der Württemberger lehnte sich schwer atmend zurück. Ihm wurde plötzlich klar, dass er den Flügelauer unterschätzt hatte. Der hatte ihn ins Leere wüten lassen, während er selbst ganz gelassen blieb.
Philip fuhr fort: »Erstens: Eure Tochter steht keineswegs unter Druck. Sie wird der Obhut des Königs übergeben. Zweitens: Auch wenn Ihr unsere Vorschläge ablehnt, wird ihr nichts geschehen. Wir führen keinen Krieg gegen Frauen, auch nicht, wenn sie wie halbe Männer erzogen sind. Übrigens«, lenkte er ab, um dem Grafen Zeit zu geben, sich zu fassen, »es war ein tolles Stück, wie Ihr aus der Belagerung ausgebrochen seid. Es gehört Mut dazu, ein Mädchen auf einen solchen Weg mitzunehmen.«
»Ich weiß, was ich meiner Tochter zutrauen kann«, gab Eberhard zurück, »aber das gehört nicht hierher. Was geschieht mit ihr, wenn ich nicht auf Eure Bedingungen eingehe?«
»Gar nichts. Wie ich schon sagte, wird sie dem König anvertraut. Als Landesherr wird er einen passenden Gemahl für sie finden …«
Weiter kam er nicht. Der Württemberger fuhr wutschnaubend auf ihn los und packte ihn. »Wagt es nicht!«, knirschte er.
Philip riss seine Hände herunter und trat einen Schritt zurück. »Ihr vergesst Euch, Graf von Württemberg.«
Der konnte seine Aufregung kaum bemeistern. »Wessen Idee war das?«, keuchte er.
»Das ist für unsere Verhandlungen unwichtig.«
»Unwichtig? Das kann sich nur der Teufel persönlich ausgedacht haben! Ihr … Ihr seid es gewesen! Ich sehe es Euch doch an! Ihr …«
»Ich bin nur der Unterhändler. Ihr kennt jetzt unseren Standpunkt. Wenn ich unverrichteter Dinge zurückkomme, könnt Ihr Euch wegen Eurer Tochter an den König persönlich wenden!« Der Flügelauer setzte sich wieder. Er tat zwar gleichgültig, aber innerlich zitterte er vor Aufregung. Philip wünschte sich zum hundertsten Mal, dass er sich aus der Sache herausgehalten hätte. Aber er hatte Lianna ein Verspre-

chen gegeben, er konnte nicht mit leeren Händen zurückkommen. Sie würde sich wieder mit diesem traurigen Blick von ihm abwenden, wie schon früher, und das ertrug er einfach nicht mehr. Dann überwältigte ihn ein Gedanke: Ich liebe Lianna – deshalb tue ich das alles. Mein Gott, wie ich sie liebe! Diese Erkenntnis nahm ihm die Überlegenheit, die er bisher ausgespielt hatte. Zu seinem Glück hatte der Württemberger sich abgewandt, um seine eigene Aufregung zu verbergen, sonst hätte er die Fassungslosigkeit seines Gegenübers ausnutzen können. Als der Graf sich hinsetzte, hatte sich auch Philip wieder in der Gewalt.

»Wie stellt Ihr Euch den Waffenstillstand vor?«, fragte Eberhard.

»Zunächst so, dass hier alle Kampfhandlungen eingestellt werden. Wir haben zwar Crailsheim nicht erobert, aber das ist jetzt nicht so wichtig.«

»Damit bin ich einverstanden. Was noch?«

»Ihr verpflichtet Euch, nie mehr mit dem Öttinger zu paktieren, weder gegen König Heinrich, noch gegen die Holacher.«

Eberhard machte ein abweisendes Gesicht. »Darauf kann ich mich nicht einlassen. Der Holacher ist mir zwar gleichgültig, aber wenn ich meinen Neffen als Verbündeten verliere, wird der König mein Land einnehmen und mich völlig entmachten. Das würde auch meiner Tochter nicht dienen.«

Philip lächelte. »Wir haben schon an die Belange der Gräfin gedacht. Noch habt Ihr nicht gegen den König gekämpft, Ihr könnt Euch ehrenvoll mit ihm einigen, ohne Eure Stellung zu verlieren. Ein Reichstag wäre dazu die passende Gelegenheit.«

Der Württemberger wand sich wie ein Aal. »Das könnt Ihr mir nicht zumuten. Ich werde mich nicht vor Heinrich beugen ohne Sicherheiten!«

»Ich kann Euch keine Sicherheit geben. Die Verhandlungen mit dem König sind Eure Angelegenheit. Für jetzt wollen wir mit Euch verhandeln. Herr Kraft ist bereit, Crailsheim mit allen Besitzungen bis an die Grenzen von Feuchtwangen und Dinkelsbühl mit Geld auszulösen. Geht der Schrimpf nicht darauf ein, ist Eure Tochter für Euch verloren, denn noch ist sie im Gewahrsam des Holachers. Also redet mit Eurem Neffen!«

Eberhard knurrte: »Ich gehe auf den Waffenstillstand und die Verhandlungen ein. Ihr müsst mir aber zugestehen, dass ich mein Heer in meine eigenen Grenzen zurückführe, um sie zu schützen.«
Philip lächelte leicht. »Ich weiß, dass Ihr einen Einfall der königlichen Truppen befürchtet. Also soll Euer Heer zurückkehren, wir schicken einen Boten an König Heinrich, dass wir mit Euch verhandeln.«
»Und wo?«
»Da es hier kein neutrales Land gibt, schlage ich eine kleine Befestigungsanlage vor, die einem freien Herrn gehört: Wüstenau.«
»Die Kreßburger sind eure Verbündeten«, widersprach Eberhard.
»Das wohl, aber sie sind trotzdem unabhängig. Und sie leben nicht auf Wüstenau, sondern haben dort nur einen Burgwart und ein paar Männer. Herr Stephan ist ein Ehrenmann, den auch Ihr achtet – auf seinem Land sind die Unterhändler sicher.«
Dagegen konnte der Württemberger nichts mehr einwenden. Er stand auf und nickte.
»Die Verhandlungen beginnen am Sankt Magdalena Tag. Dann ist auch der Öttinger zurück«, meinte Philip abschließend und ging. Erst draußen merkte er, wie seine Knie zitterten.

Am nächsten Morgen bot sich den Crailsheimern das unglaubliche Schauspiel, dass sich das Heer der Feinde teilte, um eine Abteilung der Württemberger durchzulassen. Die Kämpfe wurden eingestellt und die Belagerer sammelten sich im Westen, Eberhards Heer ihnen gegenüber. Inzwischen traf sich dessen Abgesandter, der Ritter von Neuberg, mit Herrn Burkhard. Rudolf von Lohr war bei ihnen, und Elsabetha wartete wie ein Schatten an der Tür, ohne dass sie jemand bemerkte. Die Verhandlungen gingen sie nichts an, und ihr Vater hätte ihr bestimmt einen strengen Verweis für ihr Lauschen erteilt, aber sie musste einfach Bescheid wissen.
Sicher hatte Rudolf schon vor zwei Tagen vom Anrücken des Grafen gewusst, während sie die Angst fast umgebracht hatte. Das würde er ihr eines Tages büßen. Unbegreiflich, was der Vater an ihm fand. Der kleine Lohrer sollte sich ja nicht einbilden, in Crailsheim je eine Rolle zu spielen.

So weit war Elsabetha mit ihren Überlegungen gekommen, als drinnen der Neuberger vom Waffenstillstand und den bevorstehenden Friedensverhandlungen in Wüstenau berichtete. Von Seiten der Crailsheimer habe jede Feindseligkeit zu unterbleiben. Mit dieser dürftigen Erklärung musste sich Herr Burkhard zufriedengeben. Der Neuberger beantwortete keine Fragen nach dem Warum und Wozu. Die wenigen Männer, die vor einer Woche mit dem Schrimpf und dem Württemberger nach Crailsheim gekommen waren, wurden herbeigeholt. Unter ihnen war auch Wolfram im Bart.

Sie verließen mit dem Ritter von Neuberg die Stadt und kehrten zu ihren Herren zurück.

Am nächsten Tag war für die Crailsheimer alles vorbei – wie ein nächtlicher Albtraum. Nur die verweinten Gesichter derer, die ihre Angehörigen verloren hatten, zeigten deutlich, dass der Tod kein Spuk gewesen war.

Gescheiterte Pläne

Auch die Kreßburger kehrten nach Hause zurück. Michael gab Friedung unterwegs einige Befehle, wie Wüstenau auf die Verhandlungen vorzubereiten sei. Er selbst wollte die verblüffende Wendung der Ereignisse zuerst mit seinem Vater besprechen. In der Kreßburg angekommen, berichtete er vom Ausgang der Belagerung. Seine Schwestern und Gisela waren auch dabei; und vor allem Lianna hörte atemlos zu, wie Philip die verfahrene Situation doch noch zu Gunsten der Holacher gewendet hatte.

»Philip will morgen zu uns kommen, um alles Weitere mit uns abzustimmen«, schloss Michael seinen Bericht.

»Muss er nicht mit Herrn Kraft das Vorgehen bei den Verhandlungen besprechen?«, fragte sein Vater.

»Doch, aber das will er heute noch tun. Die Zeit ist knapp, deshalb sollen wir die Vorbereitungen auf Wüstenau allein treffen, nachdem er hier war, um uns die Wünsche des Holachers mitzuteilen. Er will dann weiter reiten, um diejenigen auszuschalten, die die Verhandlungen zum Scheitern bringen könnten.«

»Meinst du den Schrimpf?«

»Den auch – aber vor allem die Lohrer!« Michael dachte in diesem Moment nicht daran, dass Gisela eine von Lohr war. »Der Schrimpf wird sich erst mit Eberhard auseinandersetzen, und außerdem hoffen wir, dass Wolfram im Bart ihn zu unseren Gunsten beeinflusst. Aber hier, am Ort der Verhandlungen, werden die Lohrer versuchen, die Sache zu hintertreiben. Sie sind die Einzigen, von denen wir Feindseligkeiten zu befürchten haben.«

»Aber es ist doch Waffenstillstand!«, wandte Lianna ein. »Glaubst du, dass sie ihn brechen könnten?«

»Wolfun ist alles zuzutrauen, weil er Rache will«, antwortete ihr Bruder grimmig. »Deshalb wird Philip mit Onkel Dietrich reden, bevor die Verhandlungen beginnen. Es muss ihm gelingen, wenigstens ihn auf unsere Seite zu bringen. Wenn er glaubt, dass er bei einem Frie-

densschluss gewinnen kann, wird er Wolfun zurückhalten. Das müsst Ihr mit Herrn Kraft besprechen, Vater. Philip will Euch schon vorarbeiten, er sagt uns morgen, was er erreicht hat.«
Der alte Kreßburger nickte. Er war fest entschlossen, seinem Bruder zu helfen, denn Philips Argumente hatten ihn überzeugt. Endlich sah er einen Weg in eine bessere Zukunft.

Der Rest des Tages verging schnell. Die Frauen kümmerten sich um die Verwundeten, von denen zum Glück keiner ernsthaft verletzt war. Die Waffen der Heimkehrer mussten ausgebessert und ergänzt werden, und Herr Stephan bereitete seine Reise zum Holacher vor. Michael schickte einige Männer aus, das Gebiet um die Kreßburg zu durchstreifen. Er wollte keine bösen Überraschungen erleben, bis die Unterhändler eintrafen. Als er schließlich mit allem fertig war, schien der Mond auf den Burghof hinunter. In der Oberburg war es still und dunkel, offenbar schliefen schon alle.
Er war müde und verschwitzt, und das Abendessen hatte er auch verpasst. Michael stapfte zu den Räumen, die er mit seiner Frau bewohnte und gab sich keine Mühe, leise zu sein. Eigentlich war es ja Giselas Pflicht, für ihn noch etwas zu Essen zu besorgen, aber sie war nicht da. Wie immer, dachte Michael verärgert. Ich reiße mir alle Beine aus, um ihrer Familie zu helfen, und die Dame geht einfach schlafen!
Dass die Art, wie er heute von ihrer Familie gesprochen hatte, sie verletzt hatte, darauf kam er nicht. Der Kreßburger zog seine Stiefel herunter und schleuderte sie durch das Zimmer. Immer noch rührte sich nichts. Da riss er die Schlafzimmertür auf. Es war leer, aber er hörte das leise Klirren von Essgeschirr durch die angelehnte Tür, die in Giselas Kemenate führte. Von da kam auch ein schwacher Lichtschein. Also doch, dachte Michael etwas besänftigt. Auf dem Tisch neben dem Bett standen eine Waschschüssel und ein Krug mit Wasser bereit. Ein Tuch lag zusammengefaltet daneben – Gisela hatte an alles gedacht.
Während er sich wusch, fiel ihm der Abschied von Philip wieder ein. Sie hatten von den Lohrern gesprochen und zum Schluss hatte Philip gemeint: »Wenn alles klappt, siehst du deinen Freund Kunrad bald wieder. Er ist beim Heer des Öttingers, weil sein Vater ihn verstoßen

hat. Wusstest du das?« Michael hatte genickt und Philip fuhr fort: »Du kannst froh sein, dass du einen solchen Freund hast. Es gehört einiges dazu, zu seiner Schwester und ihrem Liebsten zu halten, so wie er es getan hat, und sich deshalb davonjagen zu lassen. Ihr beide müsst ihm viel bedeuten.«

Auch jetzt, Stunden später fühlte Michael wieder den Schmerz und die Beschämung, die ihn bei Philips Worten befallen hatten. »Wir beide müssen ihm viel bedeuten!«

Hatte er laut gesprochen? Er sah wieder vor sich, wie ihm sein Freund nach der Trauung die Hand gegeben hatte. »Beschütze Gisela, dann sind wir quitt!« hatte er gesagt. Und jetzt? Was würde Kunrad sagen, wenn er kam, um zu sehen, ob seine Schwester glücklich geworden war? Wenn er erkannte, dass alles umsonst gewesen war?

Michael hielt es nicht länger aus. Er streifte hastig ein bequemes Gewand über und ging in die Kemenate. Zur gleichen Zeit kam Gisela vom Gang herein. Sie trug eine Platte mit Fleisch und Brot und setzte sie auf den Tisch, ohne ihn zu bemerken. Er rief leise ihren Namen.

Sie zuckte so heftig zusammen, dass sie den Zinnpokal umstieß, der daraufhin mit lautem Scheppern herunterfiel und vor seine Füße rollte. Der Burgherr hob ihn auf und sah seine Frau an, die sich zitternd gegen den Tisch lehnte. Soweit ist es also schon gekommen, dachte er, sie hat panische Angst vor mir. Langsam ließ er sich auf der Bank nieder, und Gisela beeilte sich, ihn zu bedienen.

»Bitte, setz dich doch zu mir«, bat er. Sie sah ihn überrascht an, denn seit Wochen hatte Michael ihr nur noch Befehle erteilt. Zögernd setzte sie sich auf den äußersten Rand der Bank. »Danke, dass du mir noch etwas zu Essen gebracht hast.«

Offenbar wollte er eine Antwort. »Du hattest ja zu viel zu tun, um zum Abendbrot zu kommen«, erwiderte sie vorsichtig.

»Du hast mir auch Waschwasser hingestellt. Du kümmerst dich gut um alles.«

»Das ist meine Aufgabe. Du hast ja gesagt, dass ich die Arbeit der Burgherrin tun soll.«

»Du *bist* die Burgherrin!« Seine Stimme wurde wieder schärfer, aber diesmal ignorierte Gisela das. Er wollte ein Gespräch, also sollte er eins haben. Schon lange hatte sie das Bedürfnis, ihm die Wahrheit ins Gesicht zu schreien, und diesmal würde sie ihre Angst überwinden.

»Leider«, gab sie zurück, »auch wenn das bedauerlich ist, weil ich ja eine von den Lohrern bin, die allesamt den Frieden stören und nichts taugen!«

»Wie kommst du denn darauf?«, fragte er, überrascht von ihrem bitteren Ton.

»Du hast es doch heute Vormittag selbst gesagt. Die Lohrer machen wieder Schwierigkeiten. Nun, ich bin auch eine von ihnen.«

»Aber dich habe ich doch nicht gemeint!«

»Tatsächlich nicht? Es hörte sich für mich so an …«

Er schüttelte den Kopf. Was war nur mit ihr los? Sonst bekam sie den Mund nicht auf, und jetzt machte sie ihm Vorwürfe. Aber Gisela war noch nicht fertig: »Ich bin doch seit dem ersten Tag nur ein Eindringling hier. Ich bin schuld, dass deine Mutter tot ist. Niemand will mich hier haben, du am allerwenigsten. Am liebsten würdest du mich zurückschicken nach Lohr. Dann würde ich dich nicht dauernd an deine Mutter erinnern und daran, dass sie sterben musste, weil ich hergekommen bin …«

Ihre Stimme erstickte in einem Schluchzen, während ihr Mann diesem Ausbruch fassungslos zuhörte. In was für verrückte Ideen hatte sie sich bloß verrannt? Oder war doch etwas Wahres an dem, was sie sagte? Er rief sich jenen verhängnisvollen Tag wieder ins Gedächtnis, sah seine Mutter tot daliegen, und Gisela war nicht da. Sie hatte ihn mit seiner Trauer allein gelassen, und das hatte er ihr nicht verziehen. Plötzlich schämte er sich. Warum hatte er nicht versucht, die Situation aus ihrem Blickwinkel zu betrachten?

»Gisela«, versuchte er, sie zu unterbrechen, aber sie ließ ihn nicht zu Wort kommen.

»Zu Hause hatte mich auch niemand lieb außer Brunhild, und ich dachte, das ist eben so. Frauen sind nichts wert. Dann war sie so glücklich mit ihrem Mann, und ich glaubte, das würde ich auch, weil du anders bist als mein Vater … Doch jetzt ist es hier genauso schlimm wie früher auf Lohr. Nein, viel schlimmer, denn ich bekomme ein Kind von einem Mann, der mich hasst!«

Michael saß da wie vor den Kopf geschlagen.
»Ein Kind?«, war alles, was er hervorbrachte.
Gisela nickte und verbarg das Gesicht in den Händen. Sie wollte den Triumph in seinen Augen nicht sehen, weil er jetzt sein Ziel erreicht hatte. Dafür hatte er sie trotz aller Abneigung in sein Bett geholt: für ein Kind, vielleicht einen Sohn, einen Erben.
Sie fuhr verstört zurück, als sie seine Hände auf ihren Schultern spürte, aber Michael ließ sie nicht los. Irgendwie musste er die Mauer aus Missverständnissen zwischen ihnen überwinden. Sie war schwanger und hatte es ihm verheimlicht, weil sie sich benutzt fühlte. Sicher war sie auch mit diesen abfälligen Bemerkungen aufgewachsen: *Eine Dame ist nur dazu gut, standesgemäßen Nachwuchs zu gebären.*
»Verzeih mir, mein Liebling. Ich hätte früher begreifen müssen, wie verzweifelt und einsam du warst. Ich hätte zu dir halten, mit dir reden sollen, statt enttäuscht zu sein, weil du nicht zu mir gekommen bist. Es tut mir so leid, verzeih mir. Ich liebe dich doch!« Er schloss sie in die Arme und hielt sie fest, wiegte sie behutsam wie ein Kind. Nach einigen Minuten machte sie sich los und sah ihn zweifelnd an.
»Ist das wirklich wahr?«, fragte sie.
Die Worte blieben ihm wie ein Kloß im Hals stecken. Was konnte er jetzt noch sagen, damit sie ihm glaubte? Er kämpfte gegen die Tränen, die ihm in die Augen stiegen. Gisela hatte noch nie einen Mann weinen sehen. Männer waren hart und gefühllos und Tränen ein Zeichen von Schwäche, so hatte sie es gelernt. Wie stark mussten Michaels Gefühle für sie sein, dass sie ihn so überwältigen konnten?
Sie schmiegte sich in seinen Arm und verbarg ihr Gesicht in seiner Halsbeuge, damit er ihre Verlegenheit nicht bemerkte. Seine Bartstoppeln waren rau und die Haut warm, und ein Gefühl von Geborgenheit überkam sie. Michael spürte, wie sie sich entspannte. Sie ließ sich aufheben und zum Bett tragen, und als er sich über sie beugte, küsste sie ihn zärtlich. Ihre Hingabe entfachte ein Feuer in ihm, das alle Not der letzten Zeit verzehrte.

Am nächsten Morgen hatte der Alltag ihn wieder eingeholt. Herr Gisbert berichtete beim Frühstück über einen Pechtopf, der sich schlecht

erhitzen ließ. Nachdem er gegangen war, ärgerte Michael sich halblaut über die zugige Ecke des Wehrganges, wo man kein Feuer unterhalten konnte, ohne die umstehenden Männer zu gefährden. Dabei fiel ihm Giselas eifriges Gesicht auf. Offenbar hatte sie ihm genau zugehört.
»Hast du vielleicht eine Idee?«, fragte er verblüfft.
Sie nickte. »Wir hatten mal so etwas Ähnliches – ich meine, auf Lohr.« Sie biss sich auf die Lippe. Wie dumm von ihr, das zu sagen! Ihrem Mann machte die Bemerkung nichts aus.
»Und wie habt ihr das gelöst?«, fragte er weiter.
»Kunrad hatte einen guten Einfall …« Sie bemühte sich, so genau wie möglich zu beschreiben, was ihr Bruder getan hatte, um das Problem zu beheben.
Michael hörte zu. Nach einer Weile hellte sein Gesicht sich auf: »Das könnte gehen!«
Er sprang auf und rief Herrn Gisbert zurück. In der Tür drehte er sich noch einmal um und nickte ihr zu. Sein Lächeln war wieder wie damals auf der Flügelau – vor hundert Jahren, wie es Gisela schien – oder war es erst gestern gewesen?

Mittags meldete das Horn des Wächters den erwarteten Gast. Michael empfing ihn im Zwinger, und Philip fragte nach einem Blick in dessen Gesicht: »Alles in Ordnung?« Der Kreßburger erschien ihm zu fröhlich für die ungewisse Lage.
»Ja, alles!«
Michael strahlte ihn an, und Philip folgte ihm kopfschüttelnd zur Oberburg, wo Herr Stephan auf sie wartete. Er begrüßte den Flügelauer herzlich, und nach ein paar Minuten saßen sie in der Halle. Gisela brachte etwas zu trinken. Sie lächelte ihm freundlich zu und fragte nach Brunhild. Während er antwortete, sah er die Burgherrin verwundert an. Auch sie machte einen völlig veränderten Eindruck auf ihn: selbstsicher und trotz des Krieges fast ein wenig heiter. Wie ihr Mann, dachte der Flügelauer und blickte flüchtig zu Michael hinüber, bis ihm ein Licht aufging. Die beiden sahen glücklich aus! Das war keine unangemessene Fröhlichkeit, sondern Liebe, die sich auf ihren Gesichtern spiegelte.
Gisela verabschiedete sich, um sie für die Beratung allein zu lassen,

und Michael strich rasch über ihren Arm, als sie an ihm vorbeiging. Dem Flügelauer wurde heiß und kalt, als die beiden sich für einen Moment ansahen, als wäre außer ihnen niemand im Raum. Er wandte sich verlegen an den alten Burgherrn, der die kleine Szene offenbar nicht bemerkt hatte.

»Verzeiht, Herr Stephan, dass ich es so eilig habe, aber ich muss bald wieder fort.« Er wartete, bis sich die Tür hinter der Burgherrin geschlossen hatte. »Wir müssen über Euren Bruder sprechen.«

Stephan hob erstaunt die Augenbrauen. »Du wirst doch sicher bis morgen bleiben?«

»Nein. Ich will noch heute Abend über die Vogelhalde, um morgen früh in Lohr zu sein. Die Zeit ist zu knapp.«

»Wofür zu knapp?«, fragte Michael.

»Ich weiß, dass Wolfun nicht in Lohr ist. Ich muss einen Treffpunkt mit ihm ausmachen, er wird schwerer zu überzeugen sein als sein Vater.«

»Sag uns, wie wir dir helfen können«, bat der alte Mann.

»Es kommt alles darauf an, dass Ihr den Holacher von Herrn Dietrichs Ergebenheit überzeugt. Nach dem Friedensschluss kann Kraft sich nicht selbst um alle seine Besitzungen kümmern. Er hat mir schon für meine Dienste als Unterhändler eine freie Herrschaft angeboten, er braucht zuverlässige Verbündete. Aber ich will, dass das Land befriedet wird. Wenn Ihr ihm klarmachen könnt, dass Euer Bruder ein Gewinn für Holach ist, geht er bestimmt darauf ein. Dasselbe werde ich Herrn Dietrich sagen. Es soll so aussehen, als käme die Hilfe von der Flügelau, weil wir verschwägert sind. Ich lasse ihn glauben, dass mein Vater mich schickt, vor dem hat er Achtung. Das eigentliche Problem ist aber Wolfun.«

»Warum ist er nicht in Lohr?«

»Er ist nach dem Waffenstillstand verschwunden. Ihr solltet die Augen offenhalten, er hat bestimmt nichts Gutes vor. Ein Überfall auf die Unterhändler oder ein Zwischenfall auf Wüstenau könnte alles zum Scheitern bringen.«

Michael nickte, er war derselben Ansicht. »Meine besten Leute durchstreifen unser Gebiet, vor allem um Wüstenau herum. Ich werde schon dafür sorgen, dass die Verhandlungen nicht gefährdet werden.«

Philip fuhr fort: »Da ich nicht weiß, wie ich Wolfun erreichen kann, werde ich seinem Vater sagen, dass ich am Sonntagmorgen um neun Uhr mit ihm sprechen will. Abends beginnen die Verhandlungen und vorher kommt er bestimmt noch einmal nach Hause.«

»Wo willst du ihn treffen?«

»Ich denke, auf dem Hirtenberg. Dort stoßen unsere drei Gebiete zusammen: Flügelau, Lohr und Kreßburg. Es ist der neutralste Platz, der mir einfällt.«

Michael überlegte. »Das geht, aber du darfst dich nicht allein mit ihm treffen. Er ist zu gefährlich.«

»Ich weiß schon, worauf ich mich einlasse, und Geld hat schon viele überzeugt. Warum sollte er mich umbringen, wenn ich ihm eine Summe biete, mit der er sich unabhängig machen kann?«

Er wandte sich an Stephan. »Herr, könnt Ihr gleich aufbrechen? Ihr könntet auf der Flügelau übernachten und morgen Abend beim Holacher sein.«

Der alte Kreßburger nickte. »Auf welcher seiner Burgen ist er jetzt?«

»Auf dem langen Berg. Es ist seine stärkste Festung, und dort ist auch die Gräfin Adelheid untergebracht.«

»Ich breche sofort auf.«

Der alte Mann erhob sich und ließ seine Töchter und Gisela rufen. Gemeinsam gingen sie in den Zwinger hinunter, während die Pferde gebracht wurden. Gerfried und ein Knecht sollten ihn begleiten.

Nachdem sie sich verabschiedet hatten und die Reiter außer Sichtweite waren, wandte Philip sich an Lianna.

»Ich muss Euch noch etwas Wichtiges mitteilen«, bat er. »Michael, erlaubst du, dass ich kurz mit deiner Schwester allein spreche?«

Der war nicht so erstaunt, wie Philip erwartet hatte. »Ihr könnt in den kleinen Hof gehen, da ist jetzt niemand«, meinte er, während er den Arm um seine Frau legte. Dass Gisela nicht stolperte, war ihm wichtiger. Der Flügelauer folgte Lianna in einen kleinen Innenhof zwischen Palas und Bergfried, den schon Anna zu ihrem Lieblingsplatz gemacht hatte. Er war ringsum mit Blumen bepflanzt und diente den Frauen anstelle eines Burggartens als Sitzplatz im Freien. Lianna setzte sich auf eine Steinbank und sah Philip erwartungsvoll an. Er

ging auf und ab, eine Gewohnheit, die sie schon an ihm kannte und die seine Unruhe verriet.
»Ich bin froh, dass es Eurem Vater wieder besser geht«, begann er schließlich, ohne seine Wanderung zu unterbrechen.
»Es geht ihm besser, weil Ihr tatsächlich den Mond auf die Erde herunterholen könnt«, antwortete sie leise. »Ich weiß nicht, wie Ihr das gemacht habt. Seid Ihr ein Zauberer?«
»Unsinn«, brummte er grob, »ich habe ihn bloß um Hilfe gebeten.«
»Ihr habt sicher noch mehr getan«, sagte sie und trat vor ihn hin, so dass er stehenbleiben musste. »Philip, ich möchte Euch um Verzeihung bitten. Ich habe Euch für oberflächlich und leichtsinnig gehalten, und jetzt seid Ihr der Mensch, dem ich am meisten verdanke. Auch zwischen meinem Bruder und seiner Frau scheint es besser zu werden. Ihr müsst irgendetwas getan haben, damit er sich besinnt. Ich schäme mich, dass ich Euch so falsch beurteilt habe.«
Der Flügelauer nahm ihre Hand. »Ihr habt mich ganz richtig beurteilt. Ich bin so, und ich habe selbst erst nicht begriffen, warum ich mich mittlerweile in Sachen einmische, um die ich mich sonst nie gekümmert hätte.«
»Und warum tut Ihr das alles?«
»Es ist für die Frau, die ich liebe. Ich habe auf dem Turnier ihre Farben getragen, erinnert Ihr Euch?«
Lianna trat einen Schritt zurück und befreite ihre Hände. Sie fühlte sich, als hätte man sie mit kaltem Wasser übergossen.
»Ja, ich weiß«, sie versuchte, ihre Enttäuschung zu verbergen, »es war gelb.«
»Ihretwegen muss ich mit Euch sprechen. Ich brauche Euren Rat – und ein bisschen Trost.«
Steif wie eine Holzfigur setzte sie sich wieder auf die Bank. Wie hatte sie sich nur einbilden können, dass er das alles für sie getan hatte?! Und jetzt musste sie ruhig zuhören, wie er von einer anderen erzählte.
Er setzte sich neben sie und sagte: »Sie verachtet mich, weil ich leichtsinnig bin, wie Ihr gerade gesagt habt. Sie ist ganz anders als ich, und oft verstehe ich sie nicht. Aber ich liebe sie und will alles tun, damit sie glücklich ist. Dazu muss aber erst wieder Friede sein, und ich will sie

vorher nicht fragen, ob sie mir jetzt mehr vertraut und mich heiratet. Versteht Ihr das?«
Lianna nickte mühsam. Das war ja nicht auszuhalten! »Sie hat Euch doch ihre Farben gegeben. Demnach verachtet sie Euch also gar nicht.«
Philip ging schon wieder auf und ab. »Ja, das ist der Punkt, in dem ich Euren Rat brauche. Sie hat mir den Schal nicht freiwillig gegeben, sie hat ihn vor langer Zeit verloren. Damals war ich noch ein Junge und habe ihn behalten, weil mir der blaue Vogel so gefiel …«
Sie hob mit einem Ruck den Kopf. »Was für ein blauer Vogel?«
Der Flügelauer zog aus seinem Wams einen gelben Seidenschal und breitete ihn aus. Die Seide war alt und brüchig, und auf einer Seite war ein blauer Vogel eingestickt – eine Arbeit, die Katharina von Lohr vor langer Zeit einmal für ihre Nichte gemacht hatte. Lianna sah wie im Traum darauf nieder.
»Muss ich ihn zurückgeben, Lianna«, hörte sie ihn fragen, »oder darf ich ihn tragen, bis Friede ist und ich seine Besitzerin fragen kann, ob sie mich heiraten will?«
Ihre Augen standen voller Tränen, aber sie lächelte. »Ihr müsst nicht warten. Sie wird Euch immer vertrauen.«
Philip schüttelte den Kopf. »Ich habe selbst zu viele Zweifel. Noch sind wir nicht sicher. Siehst du, mein Liebling, ich hätte tausend Eide darauf geschworen, dass Gisela und Michael glücklich miteinander werden. Und nach dem Tod Eurer Mutter – du weißt besser als ich, was dann passiert ist. Erst seit heute habe ich Hoffnung, dass sie wieder zueinanderfinden. Ich kann es nicht so machen wie die beiden, ich hätte immer Angst, dich zu verlieren.«
Lianna nickte. »Ich verstehe. Ein Unglück oder ein Verbrechen kann zwar immer geschehen – aber ich warte, bis du kommst, um mit meinem Vater zu sprechen. Wenn die Verhandlungen erfolgreich sind, wird es ja nicht mehr lange dauern.«
Sie streckte ihm beide Hände entgegen, und er beugte sich darüber, um sie zu küssen. Dann schob er den gelben Schal wieder in sein Wams und ging.
Die nächsten Tage vergingen für Lianna wie im Flug. Ihr Vertrauen in Philip war grenzenlos, sie glaubte, dass er die Lohrer ohne Weiteres

überzeugen würde. Bald würde Frieden herrschen und sie könnte mit ihm auf die Flügelau ziehen.
Voller Dankbarkeit sah sie, wie das Verhältnis zwischen ihrem Bruder und ihrer Schwägerin täglich besser wurde. Auch wenn sie immer noch rätselte, was er zu Michael gesagt hatte, war sie sicher, dass die Veränderung Philip zu verdanken war.
Der Vater hatte Gerfried vom langen Berg zurückgeschickt. Die Gespräche mit dem Holacher waren erfolgreich gewesen. Dieser war sogar damit einverstanden, dass die Lohrer nichts von der Fürsprache der Kreßburger erfuhren. Der alte Herr selbst wollte gemeinsam mit Kraft am Tag vor dem Treffen zurückkommen.
Philip schickte ebenfalls eine Nachricht, dass Herr Dietrich ihn gut aufgenommen habe, aber seine Entscheidung mit Wolfun gemeinsam treffen wolle. In der Burg wusste nur Michael, dass Philip sich noch mit Wolfun treffen würde, und je länger er darüber nachdachte, desto weniger gefiel ihm die Idee. Unablässig beschäftigte ihn die Frage, ob Wolfuns Gier größer war als seine Rachsucht.
Am Tag der heiligen Magdalena um neun Uhr auf dem Hirtenberg, hatte sein Freund ihm gesagt, und niemand sonst würde dabei sein, damit Wolfun die Entscheidung leichter fiel.
Aber darin lag auch die Gefahr. Wenn man später Philips Leiche dort fand, war das genau der Anlass, der die Verhandlungen zum Scheitern bringen konnte.

Am Sonnabend meldete der Wächter die Rückkehr des alten Burgherrn. Die Familie begrüßte ihn froh, denn Stephan sah trotz des anstrengenden Rittes genauso wohl und tatkräftig aus wie vor Annas Tod. Nur das schneeweiße Haar erinnerte noch an die schwere Zeit, die er durchgemacht hatte.
»Was hast du von Philip gehört?«, fragte er Michael.
»Onkel Dietrich hat ihn freundlicher aufgenommen, als Philip erwartet hat.«
»Der Mann hat etwas von einem Hexenmeister. Er bringt Dinge zustande, die wir alle noch vor drei Wochen für unmöglich gehalten haben!«

Herr Stephan sah, dass seine älteste Tochter bei seinen Worten vor Freude rot wurde und eifrig nickte. Erstaunt fragte er: »Was hast du, Lianna?«
Sie versuchte, ihre Verlegenheit zu verbergen, und Raghild rief übermütig: »Lianna strahlt jetzt immer wie ein Kerzenleuchter, wenn von Philip die Rede ist! Was er ihr wohl im kleinen Hof alles erzählt hat?«
»Sei nicht so vorlaut!«, wies Michael seine kleine Schwester zurecht.
Über das Gesicht des alten Mannes huschte ein verstehendes Lächeln. Er fragte nicht weiter, sondern bat nur: »Lasst mich jetzt mit Michael allein, Kinder, wir haben noch viel zu besprechen.«
Als sich die Tür hinter den Frauen geschlossen hatte, fragte er sofort: »Hat Philip schon mit Wolfun gesprochen oder findet dieses Treffen morgen auf dem Hirtenberg statt?«
»Morgen. Ich mache mir deshalb große Sorgen. Nicht, dass ich Philip für unfähig halte, aber ich will trotzdem dabei sein. Ich denke, dass Euch das recht ist, Vater.«
Stephan zögerte. »Du solltest Philips Wunsch nachkommen«, meinte er schließlich. »Er hat ein Einzeltreffen verabredet und soll nicht wortbrüchig werden.«
»Ich will ja gar nicht, dass Wolfun mich sieht. Ich werde schon früher da sein und mich verstecken. Aber im Notfall kann ich eingreifen.«
»Wenn er dich entdeckt, wird er an Verrat glauben. Das könnte alles gefährden.«
»Er wird mich nicht entdecken«, widersprach Michael voller Überzeugung, »ich kenne den Berg genau. Glaubt mir, Vater, es ist besser so!«
Der alte Mann schüttelte den Kopf. »Wenn du ein paar Jahre jünger wärst, würde ich es dir verbieten. So kann ich dich nur bitten, es zu lassen. Die Gefahr ist zu groß, und es steht zu viel auf dem Spiel. Überlass das Philip!«
Michael senkte den Kopf und schwieg.

Am nächsten Tag erreichte der Fügelauer den Hirtenberg kurz vor sieben Uhr. Er war sehr früh aufgebrochen, weil er sich vergewissern wollte, dass ihm kein Hinterhalt drohte. Es gab nur einen Weg hinauf auf das Plateau, der sich zwischen den Bäumen aufwärts schlängelte.

Wenn er den hinter sich hatte, war er in Sicherheit, weil er oben jeden Mann hören konnte, der sich auf dem Pfad oder im Gebüsch näherte. Im Zweifelsfall würde er sein Pferd zurücklassen und durch das Unterholz entkommen, wenn der Lohrer nicht allein war. Aber es ging alles gut. Auf dem Plateau war es still, und Philip setzte sich wartend auf einen Stein.

Er war voller Hoffnung. Wolfun war kein Dummkopf und würde seinen Vorteil erkennen. Außerdem hatte er keinen Hass auf seinen Schwager, im Gegenteil. In der Zeit, als Gernot um Brunhild geworben hatte, waren sie ganz gut miteinander ausgekommen. Deshalb war Philip auch sicher, dass Wolfun ihn anhören würde. Gegen die Hilfe seines Schwagers hatte er bestimmt nichts einzuwenden, nur von der Unterstützung der Kreßburger durfte er auf keinen Fall erfahren.

Hinter ihm war ein Geräusch. Philip fuhr herum. An einen Baum gelehnt, keine zehn Schritte von ihm entfernt, stand Wolfun von Lohr mit der Armbrust im Anschlag.

Inzwischen hatte auch Michael den Hirtenberg erreicht. Trotz der Mahnungen seines Vaters hatte ihn die Sorge hierher getrieben. Wenn die beiden sich in zwei Stunden auf dem Berg treffen wollten, hatte er längst ein gutes Versteck gefunden. Er verbarg sein Pferd in einem dichten Gebüsch und arbeitete sich vorsichtig zwischen den Bäumen empor. Den Weg vermied er, um keine verräterischen Spuren zu hinterlassen.

Er hatte die Höhe des Berges noch nicht erreicht, als er von oben Stimmen hörte. War der Lohrer dabei, einen Hinterhalt zu legen? Dann musste er schon gestern Abend hier gewesen sein. Nach ein paar weiteren Schritten hörte er, wer oben sprach: Wolfun. Aber mit wem?

»Du hast also ernsthaft geglaubt, dass ich da mitmache? Du bist doch sonst nicht so dumm. Vielleicht hätte ich mich mit deinen zweihundert Talern überzeugen lassen, aber ich weiß, dass es dir um ganz andere Dinge geht als unsere Verwandtschaft. Du tust es für Lianna. Streite es nicht ab, ich habe mir beim Turnier den gelben Schal genau angesehen. Ich weiß, dass meine Mutter ihn für dieses Weib gemacht hat.« Er lachte höhnisch.

Michael wurde es eiskalt. Wolfun sprach mit Philip! Wieso war der schon so früh hier?
»Vermutlich hast du dich der schönen Lianna inzwischen erklärt«, fuhr Wolfun oben fort, »aber ich habe mit der Dame noch eine Rechnung offen. Zuerst wollte ich ihren Bruder kalt machen, aber jetzt scheint es mir viel besser, wenn du dran glauben musst.«
Der Kreßburger hatte das Plateau fast erreicht. Nur ein paar Bäume und ein dichtes Gebüsch trennten ihn noch von der Lichtung. Im Vorwärtsstürmen riss er den Bogen von der Schulter – wenn er Philip retten wollte, durfte er keine Zeit verlieren.
Wolfun hielt inne, als er das Rascheln im Unterholz hörte. Wer auch immer hierher kam, er durfte den Flügelauer nicht mehr am Leben finden. Er drückte ab. Michael brach durch das Gebüsch, als der Armbrustbolzen Philip ins Herz traf. Er sah seinen Freund fallen und hörte Wolfuns höhnisches Gelächter, der die Armbrust wegwarf und sein Schwert zog.
Michael spannte den Bogen. Als der Lohrer sah, dass ein Pfeil auf ihn gerichtet war, hechtete er mit einem Sprung zur Seite ins Gebüsch. Dagegen konnte er mit dem Schwert nicht ankommen, und an seinem Ziel war er angelangt. Ohne sich weiter aufzuhalten, kletterte er den Berg hinunter. Michael folgte ihm, kam aber zwischen den Bäumen nicht zum Schuss.
So erreichte der Lohrer unbehelligt sein Pferd und jagte davon. Michaels Rappe stand an der anderen Seite des Berges, also sah er die Sinnlosigkeit einer weiteren Verfolgung ein und kehrte um. Der Weg hinauf auf das Plateau erschien ihm endlos, aber schließlich war er wieder auf der Lichtung.
Philip war tot. Er lag auf dem Rücken, auf seinem Gesicht war ein überraschter Ausdruck, kein qualvoller. Er hatte also zumindest nicht gelitten. Mechanisch und wie betäubt hob der Kreßburger die Armbrust auf, holte Philips Pferd und legte den Leichnam auf dessen Rücken.

Eine Stunde später ritt er durch das Tor der Kreßburg. Es war gerade Frühstückszeit und der Wächter hatte ihn nicht gemeldet, wie Michael ihm befohlen hatte, als er vor Morgengrauen die Burg verließ.

Er hatte seinem Vater verheimlichen wollen, dass er Philip folgte, aber das war nun nicht mehr möglich.
Im Zwinger übergab er Gerfried die Pferde und befahl ihm, die Leiche auf eine Bahre zu legen. Die Männer starrten entsetzt auf den toten Flügelauer und Michaels verstörtes Gesicht. Dieser wandte sich ohne Erklärung ab und ging zur Oberburg hinauf. In der Halle traf er Lianna. Sie kam ihm lächelnd entgegen, aber als sie sein Gesicht sah, erschrak sie.
»Was ist passiert?«
Das war noch schlimmer, als es dem Vater sagen zu müssen.
Aber er konnte es ihr nicht ersparen.
»Bitte hol die anderen her«, sagte er heiser, »es ist etwas Schreckliches geschehen. Vor allem Vater muss es wissen.«
Wenige Minuten später war die ganze Familie in der Halle versammelt. Michael sackte auf eine Bank, als hätte ihn plötzlich alle Kraft verlassen. Gisela brachte ihm wortlos etwas zu trinken, und selbst der Vater wagte nicht gleich zu fragen, was denn so Schlimmes passiert war. Er ahnte, wo sein Sohn herkam.
Schließlich erzählte Michael stockend, was auf dem Hirtenberg geschehen war.
»Ich bin zu spät gekommen, er hat Philip erschossen, bevor ich es verhindern konnte …«
»Was sagst du da?«, Lianna starrte ihn verständnislos an.
»Philip ist tot. Es tut mir schrecklich leid.«
»Nein«, widersprach sie heiser, »das ist nicht wahr! Du hast dich geirrt!« Sie packte seine Schultern und schüttelte ihn. »Sag, dass das nicht wahr ist!«
Tränen rannen über Michaels schmutziges Gesicht, als er seine Schwester ansah. Er löste ihre Hände von seinen Schultern und umarmte sie ganz fest. »Lianna, ich wünschte, es wäre nicht wahr. Ich würde alles dafür geben, hätte ich es verhindern können. Ich weiß, wie er dich geliebt hat.« Er stockte. Auf keinen Fall durfte Lianna erfahren, dass Wolfun den Flügelauer ihretwegen getötet hatte. Also fuhr er fort: »Er liegt unten im Zwinger. Möchtest du zu ihm?« Sie nickte und ließ sich von ihm hinausführen. Die anderen folgten schweigend.

Philip lag auf einer Bahre, wie Michael es angeordnet hatte. Der Bolzen steckte noch in seiner Brust, aber das Wams hatte sich verschoben. Ein gelber Seidenzipfel schaute heraus. Lianna fiel neben der Bahre auf die Knie, ihre Hände tasteten unsicher danach.

Er hatte ihren gelben Schal bei sich getragen, als er versucht hatte, mit dem Lohrer zu reden. Jetzt war er voller Blut, der blaue Vogel kaum noch zu erkennen. Ihre Finger nahmen die rote Farbe an, als sie den Schal auseinander faltete. Philips Blut auf ihren Händen betrachtend, verlor Lianna das Bewusstsein.

Katharinas Geheimnis

Drei Monate waren vergangen, eigentlich wäre jetzt die fröhliche Zeit der Weinernte gewesen. Aber der Krieg tobte heftiger als je zuvor, denn der Holacher und der alte Graf von Flügelau hatten an jenem Abend auf Wüstenau an Philips Leichnam einen Eid geschworen. Sie wollten den Mörder und alle, die zu ihm hielten, ausrotten bis zum letzten Mann. Und weil der Öttinger nicht bereit war, Wolfun von Lohr auszuliefern, scheiterten die Verhandlungen in der ersten Stunde.
Der Einzige, der damit zufrieden war, war der Schrimpf selbst, denn er hätte bei einem vorzeitigen Friedensschluss am meisten verloren. So hatte er einen Vorwand, weiter zu kämpfen. Was bedeutete ihm dagegen der Verlust von Adelheid!
Er hatte inzwischen gemerkt, dass sein Onkel ihn sowieso nur als Verbündeten, aber nicht als möglichen Schwiegersohn sah. Niemand erwog mehr, die Gräfin von ihrem Vater auslösen zu lassen. Sie befand sich auf der stärksten Burg des Holachers, der Festung auf dem langen Berg, und Eberhard hatte keine Möglichkeit, sie zu befreien. Kraft selbst kümmerte sich kaum um seine Gefangene, er war von dem Gedanken getrieben, seinen Freund zu rächen und den Schrimpf zu demütigen.
Die Grafen von Flügelau hatten den Öttingern bereits empfindliche Verluste beigebracht, ohne jedoch ihr eigentliches Ziel zu erreichen. Wolfun befand sich nicht mehr auf Lohr, und alle Versuche, des Mörders habhaft zu werden, waren bisher gescheitert.
Auf der Kreßburg herrschte eine bedrückte Stimmung. Stephan hatte nach wie vor die Verantwortung für die Burg, und Michael führte seine Männer und dazu eine Schar Söldner. Er kämpfte an Krafts und Gernots Seite und war seit Philips Tod nicht mehr nach Hause zurückgekehrt.
An einem Nachmittag im Herbst saß Gisela allein im kleinen Hof. Die Schwangerschaft war ihr inzwischen deutlich anzusehen. In dieser Zeit war sie das geworden, was ihr Mann sich immer gewünscht hatte:

der Mittelpunkt des Hauses. Jeder in der Burg freute sich, sie zu sehen und alle Familienmitglieder kamen, um bei ihr ein wenig Trost zu finden. Am Abend saß Herr Stephan oft noch eine Stunde bei seiner Schwiegertochter. Er freute sich auf das Enkelkind und machte Pläne für dessen Zukunft. Von der Burg Lohr und seinem Bruder sprach er nie mehr. Den Gedanken an eine Versöhnung hatte er seit dem Mord aufgegeben. Er sah in Gisela die Zukunft, und sie gab seine Zuneigung dankbar zurück. Trotz aller Sorge um ihren Mann fühlte sie sich jetzt wohl und heimisch in der Kreßburg.
Lianna war seit Philips Tod wie versteinert und den anderen fremd geworden. Vor allem Raghild litt darunter. Als Gisela sah, wie verstört die Kleine durch die Burg schlich, bat sie sie öfter um Hilfe, und bald wich Raghild kaum noch von ihrer Seite. Auch jetzt kam sie mit einem Tuch vom Palas herunter.
»Da sitzt du auf der Steinbank und frierst!«, rief sie. »Morgen bist du erkältet und der Vater wird mich fragen, warum ich nicht besser auf dich aufgepasst habe!«
»Du tyrannisierst mich ganz schön in letzter Zeit«, meinte die Burgherrin gutmütig.
»Soll ich denn nicht?«, fragte das Mädchen. »Was wird aus uns, wenn dir etwas passiert? Was sollen wir ohne dich machen?«
Gisela legte den Arm um ihre Schwägerin, die sich behaglich an sie kuschelte. Wie anlehnungsbedürftig die Kleine war! Aber war es ein Wunder? Sie wurde allmählich erwachsen und stellte fest, dass ihre glückliche Welt auf tönernen Füßen gestanden hatte: die Mutter tot, der Bruder im Krieg, die Schwester zerstört durch den Verlust ihres Verlobten. Zerstört? Ja, das war wohl das richtige Wort. Lianna war wie ein Schatten ihrer selbst. Auch Bruder Thomas konnte keinen Weg finden, sie zu trösten. Sie weinte nicht, aber sie saß stundenlang allein in ihrem Zimmer mit dem Schal in der Hand, den Philip bei sich getragen hatte. Sie aß auch kaum etwas, hatte in den vergangenen Monaten erschreckend viel an Gewicht verloren.
Auch an diesem Abend stand sie nach kurzer Zeit vom Tisch auf und ging hinaus. Umso erstaunter war die Burgherrin, als sie zu Bett gehen wollte und Lianna in ihrem Zimmer fand.

»Ich habe auf dich gewartet«, sagte sie. »Bist du sehr müde, oder kann ich etwas mit dir besprechen?«
»Ich bin nicht müde«, erwiderte Gisela erstaunt und setzte sich ihrer Schwägerin gegenüber.
»Ich halte dich auch nicht lange auf. Ich wollte dir sagen, dass ich fortgehe.«
»Fort?« fragte die junge Frau überrascht. »Wohin denn?«
»Nach Dinkelsbühl.«
»Aber was willst du denn da?«
»Ich werde dort ins Kloster eintreten«, antwortete Lianna ruhig. »Ich kann nicht länger hier bleiben, wo mich alles an Philip erinnert.«
Gisela war entsetzt. »Lianna, tu das nicht! Das ist keine Lösung, du wirst verkümmern, wenn du dich dort einsperrst. Du bist an Freiheit gewöhnt, viel mehr als die anderen adligen Mädchen. Raghild hat mir oft erzählt, wie ihr früher zusammen ausgeritten seid. Glaub mir, wenn der Krieg vorbei ist, wird es besser werden. Auch der schreckliche Schmerz.« Die letzten Worte waren sehr leise.
Lianna antwortete nicht.
Gisela überlegte fieberhaft, was sie noch sagen konnte. Sie musste ihre Schwägerin von dieser verrückten Idee abbringen. Natürlich hörte man immer wieder von jungen Mädchen, die aus Verzweiflung ins Kloster gingen. Aber sie war sicher, dass weder Michael noch ihr Schwiegervater damit einverstanden wären. Das brachte sie auf eine Idee. Sie musste vor allem Zeit gewinnen.
»Lianna, wir müssen erst mit deinem Vater sprechen. Kein Kloster nimmt dich ohne eine Mitgift auf, du kannst nicht einfach dort an die Tür klopfen. Und dein Vater wird es leichter tragen, wenn das Kind erst da ist. Kannst du nicht so lange warten?
Auch mir zuliebe, ich werde deine Hilfe brauchen. Raghild ist noch so jung …«
Immer noch keine Antwort.
»Lianna, bitte!«
»Du willst, dass ich es mir noch einmal überlege. Na gut, das kann ich tun. Aber es wird an meinem Entschluss nichts ändern.« Sie stand auf. »Gute Nacht, Gisela. Schlaf gut.«

Gisela umarmte sie spontan. »Du wirst sehen, es gibt eine bessere Lösung. Versuche auch, etwas zu schlafen. Vielleicht nimmst du von dem Mohnsaft, und wenn du morgen ausgeruht bist, reden wir noch einmal über alles. Wir haben dich doch lieb!« Lianna drückte sie kurz an sich, nickte ihr zu und ging hinaus.

Am nächsten Morgen fehlte sie beim Frühstück. Als Raghild nach ihrer Schwester fragte, winkte Gisela ab. »Ich habe ihr gesagt, dass sie etwas Mohnsaft trinken soll. Störe sie nicht, sie braucht Schlaf.«
Nach dem Frühstück ging sie zu ihrem Schwiegervater und erzählte ihm von dem Gespräch mit Lianna. Besorgt hörte Stephan zu.
»Und sie ist noch da?«, fragte er.
»Natürlich. Wie sollte sie in der Nacht fortkommen? Außerdem hat sie gesagt, dass sie es sich noch einmal überlegen wird.«
»Vielleicht wollte sie dich nur beruhigen. Eine Überlegung kann sehr kurz sein. Aber es stimmt, sie kann eigentlich nicht fort, ohne dass wir es merken, das Tor ist ja immer geschlossen.
Nur damit ich beruhigt bin – geh leise in ihr Zimmer und sieh nach.«
Gisela nickte und ging hinaus. Sie fand Lianna nicht in ihrem Zimmer, das Bett war unbenutzt.
Fünf Minuten später war die ganze Burg in Aufruhr, aber alles Suchen war umsonst. Lianna war fort, ohne dass der Wächter oder sonst jemand etwas bemerkt hatte. Schließlich ging der alte Burgherr hinunter in den Geheimgang. Es war ihm zwar unklar, wie Lianna davon wissen konnte, aber sie hatte sich ja schließlich nicht in Luft aufgelöst. Am Ende des Ganges, wo ein dichtes Holundergebüsch den Ausstieg über der Zwergwörnitz verdeckte, fand er einen Leuchter mit einer halb heruntergebrannten Kerze. Der gelbe Schal lag daneben, und an dem Holunderstrauch waren einige Zweige frisch abgeknickt. Seufzend hob er den Schal auf und kehrte in die Burg zurück.

Vor dem Segringer Tor der Stadt Dinkelsbühl hielten mehrere Reisende. Sie waren abgestiegen und unterhielten sich. Es war noch sehr früh am Morgen, und das Tor würde erst in einer halben Stunde geöffnet werden. Abseits dieser Gruppe hielten ein dicker Mönch auf einem Maultier und ein sehr junger Mann, dessen dürre Gestalt völlig in einen dicken Wollumhang eingehüllt war. Die Kapuze hatte er so tief ins Gesicht gezogen, dass man seine Züge kaum erkennen konnte. Plötzlich bückte er sich, um etwas vom Boden aufzuheben. Es war ein Medaillon, das der Mönch offensichtlich gerade verloren hatte. Er wollte den Dicken ansprechen, als sein Blick von der Zeichnung darauf gefesselt wurde. Es war eine runde, hölzerne Scheibe, auf der mit ungeschickter Hand ein Wolf eingeritzt war.

Der Junge hob mit einem Ruck den Kopf und sah den Dicken scharf an. Dabei rutschte die Kapuze etwas zurück und ließ seine Züge deutlicher erkennen. Es war ein fein gezeichnetes Mädchengesicht mit großen braunen Augen, das von goldbraunem Haar umrahmt wurde. Der Mönch, der sich im gleichen Moment nach ihm umdrehte, stieß einen überraschten Laut aus. Er stellte sich unwillkürlich zwischen den vermeintlichen jungen Mann und die übrigen Reisenden, sodass er ihren Blicken entzogen war.

»Ihr solltet vorsichtiger sein, meine Dame«, flüsterte er. »Was tut Ihr hier als Mann verkleidet?«

Die Fremde zog hastig die Kapuze wieder ins Gesicht.

»Habt Ihr diese Schnitzerei verloren?« fragte sie.

Der Mönch nahm das Medaillon aus ihrer Hand.

»Ja, meine Dame, ich danke Euch. Kann ich Euch behilflich sein?«

»Sagt mir, wer Ihr seid und wie Ihr zu diesem Ding kommt!«, forderte sie.

Er zog die Augenbrauen hoch. »Ihr seid nicht gerade höflich. Aber weil Ihr mir mein Eigentum zurückgebt, will ich Euch meinen Namen sagen. Ich heiße Wolfram im Bart.«

»Wolfram im Bart …«, wiederholte sie langsam, »dann … dann wart Ihr ein Freund von Philip.«

»Welcher Philip?«

»Philip von Flügelau. Verzeiht, dass ich vorhin so schroff war. Ich bin Lianna von Kreßburg.«

»Das Fräulein von Kreßburg? Aber was führt Euch hierher, ganz allein und verkleidet?«

Sie sah traurig vor sich hin. »Ich will es Euch erzählen, weil Ihr Philips

Freund wart. Er wollte Frieden stiften zwischen uns und den Lohrern und wurde von Wolfun von Lohr ermordet. Seither ist mein Leben so wertlos, dass ich hier in Dinkelsbühl ins Kloster eintreten will. Ich bin heimlich fort von zu Hause, weil meine Familie dem niemals zugestimmt hätte.«

»Da haben sie bestimmt recht«, stellte Wolfram fest.

»Wie kommt Ihr zu dem Amulett des Mörders?«, fragte Lianna, ohne auf die Bemerkung einzugehen.

»Das Amulett… Wisst Ihr, wem es gehört hat?« Seine Stimme klang heiser vor Aufregung. »Herrin! Sagt mir, was Ihr darüber wisst! Wo kommt es her?«

Lianna begriff plötzlich, wie die Dinge zusammenhingen.

»Ist das das Amulett, nach dem man Euch benannt hat, weil Ihr Euren eigenen Namen nicht mehr wisst?«

Wolfram nickte.

»Aber das ist doch unmöglich! Das heißt – eigentlich ist ihm ja auch so etwas zuzutrauen…«

»Wem ist was zuzutrauen? So redet doch endlich!«

»Das Amulett gehört Wolfun von Lohr«, erwiderte Lianna. »Ich weiß es genau, wir waren noch Kinder und wohnten gemeinsam auf der Kreßburg. Unsere Väter waren Lehnsmänner des Herrn von Lahre, und Wolfun sagte damals, wenn er erwachsen wäre, wolle er ein freier Herr und niemandem untertan sein. Er werde ein eigenes Wappen führen und keine Tribute zahlen. Ich lachte ihn aus und meinte, dann müsse er wohl ein Raubritter werden. Er wurde zornig und zeigte mir das Amulett. Er hatte es selbst geschnitzt und behauptete, vor diesem Zeichen würden wir alle einmal zittern.

Kurz danach starb der Herr von Lahre und Onkel Dietrich ging mit seiner Familie fort.«

Lianna schwieg, in Gedanken versunken.

»Seid Ihr ganz sicher, dass es dasselbe Medaillon ist?« fragte der Dicke eindringlich. Sie nickte. »Könnt Ihr Euch denn erklären, warum er mich umbringen wollte?«

»Nein, davon weiß ich nichts. Auch mein Vater und mein Bruder nicht, sonst hätten sie es bestimmt erwähnt.«

»Dann muss ich nach Lohr«, sagte er entschlossen, »und Ihr könnt sicher sein, dass ich Wolfun finden werde und herausbekomme, welche Gründe er dafür hatte. Dann werde ich Rache nehmen für den Grafen von Flügelau.«
Lianna sah ihn forschend an. »Könnt Ihr mich nicht mitnehmen?«
Er schüttelte den Kopf. »Nein, mein Fräulein. Ich bin zwar nicht begeistert von Eurer Idee, ins Kloster zu gehen, aber dort seid Ihr allemal besser aufgehoben als bei der Suche nach dem Mörder.«
»Ich kann jetzt nicht ins Kloster gehen, nicht nach dem, was ich von Euch gehört habe. Wolfun hat bestimmt noch mehr Verbrechen begangen, und jetzt haben wir eine Spur! Wenn Ihr mich nicht mitnehmt, gehe ich allein.«
Wolfram betrachtete sie nachdenklich. »Ihr seid eine sonderbare Edeldame. Denkt Ihr gar nicht an Euren Stand und Namen, an Euren Ruf?«
»Meinen Stand und Namen habe ich abgelegt, als ich die Kreßburg verließ. Eine Nonne hat so etwas nicht. Und mein Ruf? Wen soll das kümmern, ob ich ein paar Tage früher oder später im Kloster ankomme? Die Ordensfrauen werden mich aufnehmen, wenn mein Vater die Mitgift bezahlt. Und er wird sie nicht verweigern, wenn ich erst dort bin!«
Der Dicke überlegte eine Weile. Dann meinte er: »Wenn Ihr überhaupt nicht davon abzubringen seid, dann ist es besser, Ihr kommt mit mir. Dann kann ich wenigstens auf Euch aufpassen, und ich denke, dass ich das Philip schuldig bin.«
Lianna deutete zur Stadt hinüber. »Die Tore werden geöffnet. Wollt Ihr noch hinein?«
»Ja, ich habe dort einen Auftrag zu erledigen. Übrigens muss ich Euch sagen, dass Eure Verkleidung miserabel ist. Am besten kommt Ihr mit mir hinein, ich besorge Euch eine andere.« Das Mädchen folgte ihm ohne weiteren Widerspruch.

Am Abend erreichten sie die Burg Lohr. Lianna war inzwischen ebenso wie Wolfram in eine faltige Kutte gehüllt. Ihr langes Haar hatte sie abgeschnitten und Gesicht und Hände mit einer übelriechenden Paste bearbeitet, die der Dicke ihr gegeben hatte. Die Haut war davon dunkel und fleckig geworden, wie man es bei schlecht ernährten Armen sah. Sie hatte keine Ähnlichkeit mehr mit dem schönen Mädchen, das Philip bei der Hochzeit seines Bruders kennengelernt hatte, aber es war ihr gleichgültig. Als Wolfram zielstrebig auf die Burg zuhielt, keimten jedoch Bedenken in ihr.

»Habt Ihr keine Angst, dass man uns erkennt?«, fragte sie.

Wolfram sah sie scharf an. »Du musst dich jetzt zusammennehmen«, meinte er streng. »Sage Bruder Berthold oder du zu mir, damit du dich nicht irgendwann verplapperst, Gero!«

Sie nickte. »Ja, Bruder Berthold. Aber man kennt uns doch hier. Sie werden uns sofort gefangen setzen, wenn wir uns nicht vorsehen.«

»Nicht, wenn du keinen Fehler machst! Die Menschen lassen sich zu leicht vom Augenschein täuschen, und niemand wird einen Klosterschüler daraufhin ansehen, ob er Ähnlichkeit mit dem Fräulein von Kreßburg hat. Außerdem habe ich ein Geheimzeichen vom Schrimpf, das mich als Verbündeten einführt. Niemand wird etwas merken.«

Er trieb sein Maultier an und erreichte die Waldecke, von der aus der Wächter sie sehen konnte. Lianna folgte ihm und hörte gleich darauf den Hornruf. Die Würfel waren gefallen, sie konnte nicht mehr zurück.

Man ließ sie in die Burg ein. Im Zwinger erwarteten sie mehrere bewaffnete Knechte, und ein finster aussehender Mann fragte, was sie wollten. Wolfram erklärte gelassen, er hätte einen Auftrag des Öttingers an den Burgherrn. Sein Begleiter würde sich inzwischen um die Maultiere kümmern und das Nachtquartier vorbereiten, jemand solle es ihm zeigen. Einer der Knechte winkte Lianna, die Wolframs Tier beim Zügel gefasst hatte. Ihr war unheimlich zumute, als sie dem schmutzigen Kerl in den Stall folgte, aber der zeigte in eine leere Ecke und stapfte davon, um Heu und zu holen. Er schien nicht weiter über den mageren Novizen nachzudenken, der die Tiere absattelte und versorgte.

Später führte er sie in einen Raum, wo die Knechte sonst aßen und der jetzt leer war. Eine Magd brachte ihr Brot und einen Hirsebrei und meinte: »Nimm nur ordentlich, siehst so aus, als ob du bei dem Bruder nicht viel kriegst. Wahrscheinlich isst er alles selber!«

Lianna sagte sich, dass sie sich unbedingt an ihre Rolle halten musste. Sie unterdrückte ihr wachsendes Unbehagen und mühte sich, von dem groben Brei möglichst viel zu essen. Das Brot ließ sie in ihrem Beutel verschwinden. Eine halbe Stunde später kam die Magd zurück. Sie nickte, als sie die leere Schüssel sah und meinte: »Wenn du das öfter hättest, wärst du bestimmt nicht so klapperdürr. Aber komm mit hinauf, der Herr hat bestimmt, dass ihr im Palas untergebracht werdet.« Sie sah Lianna neugierig von der Seite an. »Komische Klosterleute seid ihr! Der Herr ist sonst nicht so mit euresgleichen.«
Das Mädchen machte sich an den Taschen zu schaffen und antwortete nicht. Die Magd zuckte die Achseln und führte sie im Palas in das obere Stockwerk. Vor einer Tür blieb sie stehen.
»Hier werdet ihr schlafen. Wann der Herr deinen Bruder Berthold entlässt, weiß ich nicht. Am besten legst du dich gleich hin, so ein gutes Bett siehst du so bald nicht wieder.«
Lianna betrat den Raum und schob den Riegel vor die Tür. Sie zitterte vor Aufregung, als sie sich auf einen Schemel setzte. Bis jetzt war alles gut gegangen. Was Wolfram wohl aus Onkel Dietrich herausbekam? Nach einer Weile wurde sie müde und legte sich auf das Bett.
Sie erwachte erst nach einigen Stunden, als von draußen gegen die Tür gepoltert wurde.
»Gero, blöder Kerl«, hörte sie Wofram schimpfen, »aufmachen, sonst prügle ich dich windelweich!«
Lianna hastete zur Tür und öffnete. Sie zog erschreckt die Kutte fester zusammen, als sie neben dem Dicken ihren Onkel mit der Fackel in der Hand sah.
»Ent... entschuldige, Bruder Berthold«, stammelte sie.
Wolfram würdigte sie keiner Antwort. »Gehabt Euch wohl, Herr von Lohr«, sagte er zu dem Burgherrn und schloss etwas mühsam die schwere Tür.
»Zieh mir die Stiefel aus«, befahl er mürrisch. Lianna hatte schon eine patzige Antwort auf der Zunge, aber er legte mit einem beschwörenden Blick den Finger auf den Mund. Dabei deutete er nach der Tür, wo sich schwere Schritte langsam entfernten. Sie begriff.
»Ja, Bruder Berthold.«

Wolfram schimpfte noch ein Weilchen vor sich hin, bis sie sicher sein konnten, dass Herr Dietrich den Gang verlassen hatte. Dann stellte er sich an die Tür und lauschte hinaus. Alles blieb still.

»Und?«, fragte Lianna.

»Er wollte zuerst nicht mit der Sprache herausrücken, aber ich konnte ihn schließlich davon überzeugen, dass ich Wolfun im Auftrag des Öttingers sprechen muss. Er ist in Lobenhausen, wir brechen in aller Frühe dorthin auf. Aber etwas anderes macht mir Sorgen: Die Burgfrau erschrak, als ich am Kaminfeuer meine Kapuze abnahm. Ich bin sicher, dass sie mich kennt. Ich muss ihr früher begegnet sein – in der Zeit, an die ich mich nicht erinnern kann.« Er starrte finster vor sich hin.

»Kann das gefährlich für uns sein?« fragte Lianna.

»Vermutlich nicht. Außer, sie erzählt ihrem Mann irgendetwas Dummes. Herr Dietrich war ganz unbefangen, weiß also nichts. Und er kennt auch seine Frau nicht, er hat ihr nichts angemerkt.«

Lianna fiel ein, was Gisela über ihre Familienverhältnisse erzählt hatte, und berichtete Wolfram kurz, was sie darüber wusste.

»Das ergibt keinen Sinn«, meinte er schließlich. »Eine Frau, die so behandelt wird, hat doch keine schwerwiegenden Geheimnisse vor ihrem Mann.«

»Aber dann wird sie uns verraten!«, rief Lianna.

»Wir können nur abwarten. Ungesehen kommen wir hier nicht raus. Außerdem glaube ich nicht, dass Frau Katharina mir etwas Böses will.«

»Wieso?«

»Sie … hat mich gern«, antwortete er kurz. Lianna sah ihn besorgt an. Was meinte er damit? Draußen hörten sie ein leises Geräusch. Jemand pochte vorsichtig an die Tür. Wolfram ergriff das kurze Schwert, das er unter der Kutte verborgen trug, und winkte Lianna, sich hinter der Tür zu verstecken. Dann fragte er mit unterdrückter Stimme: »Wer ist da?«

»Frau Katharina. Öffne, schnell!«

Die beiden wechselten einen überraschten Blick. Wolfram schob den Riegel zurück und öffnete die Tür spaltbreit. Katharina drängte sich herein und stieß die Tür wieder zu. Sie zitterte so stark, dass er ihr den Kerzenleuchter abnahm und auf die Truhe stellte.

Sie warf die Arme um seinen Hals. »Tarik«, stammelte sie, »dass du wieder da bist, dass du lebst … mein Sohn, mein Sohn!«

Lianna hatte sich in eine dunkle Ecke zurückgezogen. Katharina durfte sie auf keinen Fall sehen. Wolfram schien etwas Ähnliches zu denken, denn er führte die Burgfrau zu einem Sitz, sodass sie Liannas Ecke den Rücken zukehrte. Sie hatte die Hände vor das Gesicht geschlagen und sah nicht, dass er dem Mädchen ein Zeichen machte zu schweigen.

»Bitte beruhige dich«, bat er schließlich. Katharina hob den Kopf.

»Wie kann ich mich beruhigen? All die Zeit habe ich dich für tot gehalten, und dann kommst du hierher! Du weißt doch, dass du Lohr nie betreten darfst.« Sie schluchzte leise. »Warum bist du hierhergekommen?«

Wolfram überlegte fieberhaft. »Ich hatte einen Unfall«, erwiderte er schließlich. »Ich habe Gedächtnislücken. Glaub mir, ich wollte dich nicht ängstigen.«

»Was für Gedächtnislücken?«, fragte Katharina ungläubig.

»Ich weiß nicht, dass ich nicht hierherkommen sollte. Ich weiß gar nichts mehr, was vor dem Unfall gewesen ist, nicht einmal meinen Namen. Auch nicht, dass du meine Mutter bist.«

Katharina sah ihn so verblüfft an, dass Wolfram seine Vorsicht aufgab. »Wenn du meine Mutter bist, dann erzähle mir alles. Sag mir, wer ich bin und warum ich so bin.«

Die Burgfrau schlang ihre Arme um seinen Hals. »Mein armer Sohn, wie konnte das nur geschehen? Was war das für ein Unfall?«

Er machte sich sanft los. »Das erkläre ich dir nachher. Jetzt sag mir bitte, was du weißt.«

Katharina fasste sich mühsam. »Ich … dein Vater …«

»Wer war mein Vater? Doch nicht Herr Dietrich?«

Sie schüttelte den Kopf. »Dein Vater war ein Sarazene, den mein Großvater aus dem Heiligen Land mitbrachte. Es gab viel böses Blut damals, weil die Kreuzritter ja verpflichtet waren, die Ungläubigen zu töten. Aber Tarik und Großvater begegneten sich unter seltsamen Umständen. Ich weiß nur, dass sie gemeinsam aus einer tödlichen Falle entkamen, aus der sich keiner hätte allein befreien können. Mein Großvater war schwer verwundet, und Tarik war Arzt. Sein Können war im Morgenland berühmt. Er machte ihn gesund, als die anderen Kreuzritter ihn schon aufgegeben hatten. Nach seiner Genesung wollten sie Tarik töten, aber Großvater hat das verhindert. Er hatte ihn liebgewonnen wie einen Sohn. So versuchte man, Tarik heimlich zu ermorden, und schließlich ging Großvater mit ihm fort. Auf Umwegen, und ohne dass jemand davon erfuhr, kehrten sie nach Dinkelsbühl zurück.«

Katharina schwieg einen Augenblick, und Wolfram nutzte die Pause, um zu fragen: »Wer war dein Großvater?«

»Er war das Oberhaupt der reichsten Patrizierfamilie von Dinkelsbühl, der Herunger. Mein Vater war damals Spitalpfleger. Als Großvater mit Tarik zurückkam, war ich sechzehn Jahre alt. Ich war sofort von ihm fasziniert. Niemand merkte etwas von unserer Beziehung, bis ... ja, bis ich nicht mehr verbergen konnte, dass ich ein Kind erwartete. Es gab einen schrecklichen Streit. Mein Vater verlangte Tariks Tod, aber Großvater schützte ihn. Nur die Tatsache, dass ein öffentlicher Skandal die ganze Familie ruiniert hätte, verhinderte eine Katastrophe. Schließlich einigten sie sich, dass Tarik fortgehen und das Kind mitnehmen sollte. Nur bis zur Niederkunft sollte er noch im Haus bleiben. Großvater gab ihm Geld, damit er in seine Heimat zurückkehren konnte. Inzwischen verbreitete mein Vater das Gerücht, dass ich eine schwere, entstellende Krankheit hätte. Man hielt mich in einer kleinen Kammer wie eine Gefangene, nur meine Mutter versorgte mich. Es war eine schreckliche Zeit, vor allem, weil ich Tarik nicht sehen durfte. Aber eines Nachts gelang es ihm, meiner Mutter den Schlüssel zu stehlen. Er kam zu mir und da erfuhr ich endlich, was man mit meinem Kind vorhatte. Ich regte mich furchtbar auf und bat ihn, mit mir zu fliehen. Er sagte, das sei so kurz vor der Niederkunft zu gefährlich. Sobald ich mich von der Geburt erholt hätte, würde er mich entführen. Da wurde ich ruhiger. Die Wartezeit war nicht mehr so schlimm, und ich freute mich auf mein Kind und das Wiedersehen mit Tarik.

Als du zur Welt kamst, ließ ich dich ohne Widerstand von meiner Mutter fortnehmen, weil ich wusste, dass sie dich zu deinem Vater

brachte. Er hatte inzwischen alles vorbereitet, sogar eine Amme war da, die mit dir in einem Weiler im Wald blieb. Tarik wollte mich holen, aber mittlerweile war ich wirklich krank, ich hatte das Kindbettfieber. Da er sich nicht sehen lassen durfte, ging er wieder zu dir zurück. Er rechnete damit, dass ich frühestens in drei Monaten soweit genesen wäre, dass er mich mit auf die weite Reise nehmen könnte. Er wollte ins südliche Spanien, denn er hielt keinen Teil des christlichen Abendlandes für sicher genug. So wartete er ab und erfuhr nicht, dass mein Vater mit einem Ritter von niederem Adel über mich verhandelte. Herr Dietrich von Kreßburg, in den Diensten des Herrn von Lahre, war ein ehrgeiziger Mann, der nicht viele Skrupel hatte. Mein Vater bot ihm viel Geld, mehr als die übliche Mitgift, um meine Schande zu vertuschen. Herr Dietrich willigte ein, mich zu heiraten und von Dinkelsbühl wegzubringen. Niemand sollte erfahren, dass ich schon einmal ein Kind gehabt hatte. Obwohl es mir sehr schlecht ging, wollte mein Vater nicht länger warten. Ich wurde mit hohem Fieber und halb bewusstlos mit Herrn Dietrich getraut, ohne zu begreifen, was da mit mir geschah. Er nahm mich mit auf die Kreßburg, ohne viel Rücksicht auf meine Krankheit zu nehmen. Wäre ich gestorben, hätte es ihn auch nicht bekümmert, denn er hatte ja das Geld. Aber ich starb nicht. Und als ich wieder gesund war, stellte ich fest, dass ich wieder ein Kind erwartete. Mein Mann machte mir klar, dass ich mich wie eine ehrbare Ehefrau zu verhalten hätte. Den Ungläubigen oder sein Kind durfte ich nie mehr erwähnen. Es blieb mir nichts anderes übrig, als mich zu fügen, und so blieb ich bei ihm. Er gab mir ein Zuhause, aber er ließ mich ständig seine Verachtung fühlen.
Erst nach Jahren sah ich Tarik wieder. Er war alt und krank geworden, aber er hatte dir den Namen seiner Väter gegeben und dich alles gelehrt, was er selbst wusste. Ich bat ihn, mich nie wieder zu treffen, denn ich kannte meinen Mann gut genug, um zu wissen, dass er uns alle töten würde. So erfuhr ich nur von Zeit zu Zeit, dass du am Leben und gesund warst. Vor drei Jahren ist er gestorben und ich habe nichts mehr von dir gehört. Mein Mann hatte immer Angst, dass die Wahrheit herauskommen und seine Familie in Verruf bringen könnte. Mit den Jahren steigert sich diese Furcht ebenso wie sein krankhafter Ehr-

geiz. Diese Eigenschaft hat er sicher auf Wolfun übertragen.« Katharina holte tief Luft. »Und deshalb, mein Sohn, geh nicht zu Wolfun!«

»Was weiß er von mir?« fragte Tarik.

Seine Mutter schüttelte den Kopf. »Dietrich hat sicher nicht mit ihm über dich gesprochen, und ich natürlich auch nicht.«

»Aber er weiß es«, widersprach er. Dann berichtete er in kurzen Worten von seinen Verletzungen, die zu dem Gedächtnisverlust geführt hatten.

Katharina war fassungslos. »Davor habe ich mich jahrelang gefürchtet«, klagte sie. »Tarik, mein Sohn, ich flehe dich an, geh nicht zu Wolfun!«

»Du brauchst keine Angst zu haben, Mutter. Ich kenne jetzt die Gefahr und werde ihr nicht hilflos gegenüberstehen. Wolfun wird mir nichts mehr tun.«

»Woher weiß er es bloß?«

»Das werden wir wohl niemals erfahren, wenn er es nicht selbst erzählt. Es kann ein Zufall gewesen sein, oder er hat dich und deinen Mann einmal belauscht. Aber es ist auch nicht wichtig, Hauptsache ist, ich weiß woran ich bin.«

»Was willst du unternehmen?« fragte sie.

»Nichts, was dich ängstigen könnte. Ich gehe morgen in aller Ruhe fort, so wie ich gekommen bin. Wenn du dir nichts anmerken lässt, wird Herr Dietrich keinen Verdacht schöpfen.

Ich werde ohne zwingende Notwendigkeit nicht mehr zu dir kommen, um dich nicht in Schwierigkeiten zu bringen. Du gehörst hierher, und mein Vater ist tot. Daran musst du immer denken!« Er stand auf und zog seine Mutter mit sich empor. »Du musst jetzt gehen. Sei vorsichtig, damit dich niemand bemerkt. Und wenn du an mich denkst, dann daran, dass dein Sohn dich liebt, auch wenn er nur wenig von dir weiß.«

Katharina schluchzte leise, aber sie ging mit ihm zur Tür. Dort schlug sie das Kreuzzeichen über ihm, küsste ihn auf die Stirn und ging hinaus. Tarik blieb stehen und sah zu, wie sie am Ende des Ganges verschwand. Alles blieb ruhig. Er verriegelte die Tür wieder und ließ sich auf den Platz fallen, auf dem Katharina eben noch gesessen hatte.

In tiefe Grübeleien versunken, drehte er das Amulett mit dem Wolf hin und her. Er zweifelte keinen Augenblick daran, dass sie ihm die Wahrheit gesagt hatte. Zu gut fügten sich ihre Worte in sein spärliches Wissen ein; und vieles, was so lange rätselhaft gewesen war, wurde ihm jetzt klar.

Nach einer Weile schrak er auf. Lianna hatte sich lautlos neben ihn gesetzt und sah ihn fragend an.

Er lachte freudlos. »Seht Ihr, mein Fräulein, so einfach ist das. Ein paar Worte, und alles wird klar. Ein Bastard bin ich, den man totschlägt wie einen Hund, weil mein Vater auch ein ungläubiger Hund war. Graut Euch nicht vor mir?«

Sie schüttelte den Kopf. Was sollte sie nur sagen? Für Mitleid würde er sich höhnisch bedanken, und dieser Tragödie gegenüber waren alle Worte leer und schal.

»Eines kann ich Euch sagen, mein Fräulein: Ich verzichte auf die Ehre, ein Kind Eurer allerchristlichsten Welt zu sein. Der einzig wahre Mensch in dieser Geschichte war mein Vater, den Ihr alle so verachtet. Ich kann mir mehr darauf zugutetun, von den Sarazenen abzustammen, als auf alles andere in meinem Leben.«

»Ich verachte weder Euch noch Euren Vater, Tarik. Ihr habt recht, Eure Geschichte ist traurig, aber sie hat ebenso viele Opfer wie Schuldige auf beiden Seiten.«

»Auf beiden Seiten? Mein Vater war unschuldig!«

»Darüber kann und will ich nicht urteilen. Aber nach den Gesetzen der Gastfreundschaft war er schuldig, die Enkelin seines Freundes … nun ja, Ihr wisst schon. Oder ist das bei den Sarazenen anders?«

»Das weiß ich nicht«, brummte er und wandte sich ab. Was fiel diesem Mädchen ein?

»Ich will weder die Herunger noch meinen Onkel entschuldigen«, fuhr sie fort, »aber wir kennen nur Tante Katharinas Seite der Geschichte. Außerdem will ich nicht mit Euch streiten.«

»Ich auch nicht«, knurrte er, nahm eine Decke und rollte sich damit in einer Ecke zusammen.

»Gute Nacht«, sagte Lianna und legte sich auf das Bett. Tarik gab keine Antwort.

Wolfun wird gejagt

Am nächsten Morgen verließen sie die Burg Lohr unangefochten. Tarik hielt zunächst in nordöstlicher Richtung auf Lobenhausen zu. Aber als sie das Gebiet der Lohrer hinter sich gelassen hatten, wandte er sich nach Osten. Lianna, mit der er seit der Nacht kein Wort mehr gesprochen hatte, wusste, dass dieser Weg zur Flügelau führte.

»Warum nehmen wir diesen Weg?«, fragte sie schließlich zaghaft.

»Ich brauche Verstärkung, um den Mörder zu fassen. Gemeinsam mit den Flügelauern kann ich Lobenhausen im Handstreich nehmen.«

»Aber … werden sie mich dort nicht erkennen?«

»Ich habe nicht vor, mit Graf Heinrich Verstecken zu spielen. Wir sagen ihm, was geschehen ist, und er kann Euch zur Kreßburg zurück oder nach Dinkelsbühl bringen lassen – ganz wie Ihr wollt.«

»Aber ich will mit Euch nach Lobenhausen!«, rief sie verzweifelt. »Habe ich Euch denn so beleidigt, dass Ihr mich unbedingt loswerden wollt?«

»Darum geht es nicht«, versuchte Tarik zu erklären. »Ihr müsst doch einsehen, dass sich die Situation geändert hat. Ihr seid eine Christin und von Adel und wollt ins Kloster. Ich bin Sarazene und ein Bastard, Ihr könnt unmöglich bei mir bleiben!«

»Ihr seid Tante Katharinas Sohn und damit ein entfernter Verwandter«, unterbrach das Mädchen.

»Unsinn«, erwiderte er rau, »wir reiten zur Flügelau. Wenn der alte Graf meine Geschichte hört, wird er mich höchstens für einen brauchbaren Verbündeten halten, weil ich auch Rache will. Ansonsten wird er mich genauso verachten wie ihr alle, und er wird entsetzt sein, dass wir überhaupt zusammen waren.«

»Wie oft soll ich noch sagen, dass ich Euch nicht verachte?«, fragte sie erbittert. »Aber das ist gar nicht das Problem. Vergesst doch einmal, wer Euer Vater war. Ihr dürft das Tante Katharina – ich meine, Eurer Mutter – nicht antun. Es geht niemanden etwas an, dass sie schon ein Kind vor ihrer Ehe hatte. Wenn es herauskommt, weil zufällig jemand

Euer Gespräch belauscht oder Graf Heinrich es irgendwann erwähnt, ist sie in höchster Gefahr! Was glaubt Ihr, werden Onkel Dietrich und Wolfun tun, wenn diese Schande bekannt wird?«

Tarik hielt sein Maultier mit einem Ruck an. »Alle Wetter, Ihr habt recht!«, rief er überrascht. »Daran habe ich noch gar nicht gedacht. Natürlich würde man sie umbringen, das kann ich nicht riskieren.«

Er versank in grüblerisches Schweigen. Nach einer Weile meinte er: »Ich müsste dem Flügelauer sagen, dass ich mich erinnere, Sarazene zu sein. Wolfun könnte mich ja auch nur aus diesem Grund zusammengeschlagen haben.«

»Das geht nicht«, widersprach Lianna, »er würde Euch nach den näheren Umständen fragen und Euer Verhalten beobachten, und Ihr wisst viel zu wenig, um Graf Heinrich zu täuschen.«

»Stimmt leider«, knurrte er verärgert, »aber wenn Ihr schon so klug seid, habt Ihr bestimmt auch eine Idee, wie ich ihm erklären soll, dass ich plötzlich hinter Wolfun her bin.«

Lianna nickte. »Philip hat mir von Eurem gemeinsamen Ritt erzählt. Könntet Ihr nicht sagen, dass Ihr es um seinetwillen tut, weil er Euch das Leben gerettet hat? Und …«, fuhr sie mit zitternder Stimme fort, »wäre das nicht auch wahr, wenigstens zum Teil?« Sie brach ab und drehte sich zur Seite, damit er ihre Tränen nicht sah. Tarik schwieg, sein Ärger wollte nicht standhalten vor diesem hilflosen Jammer. Lianna war die ganze Zeit so tapfer gewesen, sie hatte ihn nicht gefährdet, im Gegenteil. Als Katharina in ihr Zimmer gekommen war, hatte sie geistesgegenwärtig und richtig gehandelt. Und heute hatte sie sich um seine Mutter gesorgt, während er nur Rachegedanken hegte.

»Soll es denn niemand wissen?«, fragte er unsicher.

»Das Ihr Tante Katharinas Sohn seid?«, erwiderte sie, sich mühsam fassend. »Nein, niemand. Nur so könnt Ihr sie schützen und ihr ein erträgliches Leben bewahren.«

»Und mein Vater? Ich will ihn nicht totschweigen, als ob ich mich für ihn schäme!«

»Vielleicht könnt Ihr das später entscheiden, wenn Ihr Euch einmal erinnern solltet, was es bedeutet, Sarazene zu sein. Für jetzt wisst Ihr, dass er ein guter Arzt und ein treuer Freund für den alten Herunger war. Und dass er Tante Katharina und Euch sehr geliebt hat. Ist das nicht genug für den Augenblick?«

»Gestern habt Ihr anders geredet«, hielt er ihr vor.

Lianna nickte beschämt. »Ich habe inzwischen nachgedacht. Sie liebten sich und wussten, dass sie keine gemeinsame Zukunft haben durften. Wie können wir sie verurteilen? Wenn ich mich in Tante Katharinas Lage versetze – wenn ich Philip jeden Tag gesehen hätte und doch nie …« Sie schwieg, von Schluchzen geschüttelt.

»Also gut«, meinte er schließlich, »hört auf zu weinen, es stimmt ja alles, was Ihr sagt.«

Nach ein paar Minuten hatte Lianna sich so weit beruhigt, dass sie fragen konnte: »Nehmt Ihr mich jetzt mit nach Lobenhausen? Ich muss einfach dabei sein und wissen, dass Wolfun seine gerechte Strafe bekommen hat. Vielleicht finde ich dann Ruhe im Kloster.«

Tarik nickte grimmig. »Ihr habt wohl ein Recht dazu, aber in dem Fall könnt Ihr nicht mit auf die Wasserburg. Kennt Ihr das steinerne Mal am Kreuzbach?«

»Ja. Der Bach heißt nach einem seltsamen Stein, der aussieht wie ein Kreuz. Er mündet nördlich von Crailsheim in die Jagst, und kurz davor liegt das steinerne Kreuzmal im Wasser. Ich kenne den Weg.«

»Es darf Euch niemand erwischen. Am Weg dorthin liegt keine Burg, aber trotzdem könnten Späher unterwegs sein. Traut Ihr Euch das zu?«

»Ich werde vorsichtig sein, macht Euch keine Sorgen. Aber Ihr müsst auch aufpassen, Ihr dürft Graf Heinrich nicht Euren wirklichen Namen sagen.«

»Ich will mich aber nicht weiter Wolfram nennen. Das ist *sein* Name, und ich will ihn nicht haben, auch nicht in abgewandelter Form.«

»Ich weiß. Aber jetzt ist es noch nötig, damit Ihr keinen Verdacht erregt. Graf Heinrich weiß viele Dinge, auch über die Kreuzzüge. Später könnt Ihr Euch anders nennen, vielleicht sogar bei Eurem richtigen Namen.«

»Leider muss ich Euch schon wieder Recht geben, auch wenn es mir überhaupt nicht passt«, knurrte er. »Seid Ihr eigentlich immer so anstrengend?«

»Manchmal schon, tut mir leid. Wenn es niemand hört, werde ich

Euch bei Eurem richtigen Namen nennen. Wolfram ist nur noch Euer Deckname. Und, Tarik?«

»Ja?«

»Ich danke Euch.«

»Schon gut.«

Lianna wendete ihr Maultier und ritt ein kleines Stück zurück, wo ein Seitenpfad nach Norden führte. Tarik sah ihr nach, bis sie verschwunden war, und brach dann zur Flügelau auf.

Macht Euch keine Sorgen! Das war leichter gesagt als getan. Alles Mögliche konnte dem Mädchen passieren, und er war für sie verantwortlich. Trotzdem war er froh, dass er sie getroffen hatte. Ihre Wege waren auf seltsame Art miteinander verwoben, und wäre sie keine Frau gewesen, hätte sie ein Freund sein können. Sie war wie Philip, um dessentwillen sie diesen gefährlichen Weg eingeschlagen hatte. Für ihn setzte sie sich über alle Regeln und Vorurteile hinweg.

Und Philip? Er hatte auch alles für sie riskiert, die vergeblichen Friedensverhandlungen genauso wie das heimliche Treffen mit Wolfun auf dem Hirtenberg. Er musste davon besessen gewesen sein, die beiden Familien miteinander auszusöhnen, denn so handelte ein Mann nur, wenn sein Herz nichts anderes mehr zuließ. Und er hätte es auch geschafft, wenn Wolfun nicht gewesen wäre. Es war wirklich Zeit, dieses menschliche Ungeheuer zur Strecke zu bringen.

Tarik erreichte die Wasserburg nicht so einfach wie Lohr. Graf Heinrich war ein vorsichtiger Mann, der überall seine Späher hatte. Sie nahmen ihn schon fest, bevor er das freie Gelände erreichte; und weil er sich hier nicht ausweisen konnte, brachten sie ihn als Gefangenen vor den Burgherrn. Der erkannte ihn jedoch sofort und ließ ihn als Gast eintreten. Tarik erzählte kurz, dass er auf der Burg Lohr als Sendbote des Öttingers aufgetreten war und schloss seinen Bericht mit den Worten: »Ich komme zu Euch, Graf Heinrich, weil Ihr der Erste seid, Euren Sohn zu rächen. Und ich verdanke ihm mein Leben und bin deshalb Euer Verbündeter.«

In kürzester Frist wurde ein Kampftrupp zusammengestellt. Heinrich nahm jeden Mann mit, den er auf der Burg entbehren konnte, aber da Gernot mit einer bewaffneten Abteilung beim Holacher war, wurde es nur ein kleines Heer. Die Verteidigung der Wasserburg wurde dem Hofmeister übergeben, dann brachen sie auf. Es schien den alten Grafen nicht zu stören, dass inzwischen die Dämmerung hereingebrochen war. Er führte seine Leute zwar langsam, aber so sicher wie am Tag. Nur ein Mann war als Späher vorausgeschickt worden, damit es keine unliebsamen Überraschungen gab.

Als der Morgen graute, erreichten sie das Steinkreuz im Bach, wo Lianna warten sollte. Tarik hatte Heinrich nichts von ihr gesagt und wartete nervös darauf, dass der vorausgeschickte Mann sie entdeckte. Aber nichts geschah, und er fragte sich bereits, ob sie überhaupt hergefunden hatte oder gefangen war.

Sollte er den Grafen bitten, anzuhalten? Der Reiter hinter ihm stieß einen Warnruf aus, als Lianna plötzlich aus dem dichten Gebüsch trat. Sofort war sie von den Männern umringt, aber Tarik trat dazwischen.

»Keine Aufregung! Der Junge gehört zu mir, er sollte hier auf uns warten.«

Graf Heinrich kam rasch herüber. »Was soll das?«, fragte er misstrauisch.

»Der Junge traute sich nicht auf Eure Wasserburg, Herr Graf«, erklärte Tarik. »Ich habe ihm deshalb gesagt, dass er hier auf uns warten soll.«

»Wer ist er?«

»Das will er Euch selbst erzählen. Ich schlage eine kurze Rast vor.« Leiser fügte er hinzu: »Es wird gut sein, wenn Ihr Euch mit dem Jungen etwas abseits haltet.«

Der alte Flügelauer sah argwöhnisch von Tarik zu dem mageren Kerl mit dem braunfleckigen Gesicht, das ihm irgendwie bekannt vorkam. Sein Blick fiel auf die Hände des Fremden, die den Maultierzügel hielten. Schlanke, feingliedrige Hände. Frauenhände.

Sein Blick kehrte zu dem fremden und doch vertrauten Gesicht zurück. Lianna!

Heinrich gab seinen Männern ein Zeichen. »Wir bleiben eine halbe Stunde hier!«, rief er, stieg ab und übergab sein Pferd einem Knappen. Dann trat er auf Lianna zu, die immer noch den Zügel umklammerte, als hinge ihr Leben davon ab.

»Herr Graf«, flüsterte sie.

»Schweigt und kommt mit!«, befahl er barsch. Er führte sie ein Stück zwischen den Bäumen hindurch. »Was hat das zu bedeuten?«

Die Kreßburgerin warf die Kapuze zurück, als könne sie dadurch freier atmen. Graf Heinrich starrte entsetzt auf das abgeschnittene Haar. War das wirklich dasselbe Mädchen, für das sein Sohn alles riskiert und alles verloren hatte, sogar das Leben? Lianna war ihm einmal als ideale Schwiegertochter erschienen, schön, perfekt erzogen und mit einer großen Mitgift. Und jetzt? Sie war schrecklich abgemagert und hatte das Haar geschoren wie eine öffentlich gebrandmarkte Hure. Und was erzählte sie ihm da? Sie wollte mit nach Lobenhausen, um den Mörder zu fangen?

»Das kommt überhaupt nicht in Frage!«, war seine Antwort. »Wie siehst du… ich meine, wie seht Ihr überhaupt aus, und was habt Ihr mit dem Spion zu tun?«

»Ich bin von zu Hause weggelaufen, weil ich es nicht mehr aushalten konnte. Alles dort hat mich an Philip erinnert und daran, wie wir unser Leben miteinander verbringen wollten. Ich dachte, im Kloster finde ich vielleicht Ruhe. Unterwegs habe ich dann Wolfram getroffen. Philip hatte mir von ihm erzählt. Als ich hörte, dass er hinter Wolfun her ist, konnte ich nicht anders, als mitzukommen. Damit mich niemand erkennt, hat er mir das Haar abgeschnitten und eine Paste gegeben, die meine Haut fleckig gemacht hat. So hat mich auf Lohr niemand erkannt.«

»Aber ich hätte Euch erkannt!« Der Schreck des Flügelauers schlug in ohnmächtige Wut um. Er packte sie bei den Schultern und schüttelte sie grob. »Das habt Ihr Euch ja fein ausgedacht! Ihr wisst genau, dass ich jetzt keinen Mann entbehren kann, um Euch zurückzubringen!«

In dem Augenblick fühlte er, wie jemand von hinten nach ihm griff und seine Hände von Liannas Schultern löste.

»Das reicht jetzt, Herr Graf«, sagte Tarik. Der alte Mann wand sich im Griff des Dicken, aber der schien nicht nur aus Fett, sondern vor allem aus eisernen Muskeln zu bestehen. Er gab den Flügelauer nicht frei. »Lasst das Fräulein in Ruhe. Euer Sohn hat sie geliebt, und wenn wir ihr dadurch helfen können, mit alldem abzuschließen, nehmen

wir sie mit. Sie kann während des Angriffs bei den Pferden bleiben, so kommt sie nicht in Gefahr. Außerdem müssen wir weiter, sonst kommen wir zu spät und unser Überraschungsangriff fällt flach.«
Tarik ließ den Flügelauer los. Der murmelte etwas Unverständliches und ging zu seinen Männern zurück, die zum Glück seinen Wutausbruch nicht mitbekommen hatten.
»Aufsitzen!«, kommandierte er.

Der weitere Weg wurde in tiefer Stille zurückgelegt. Es gelang den Männern wirklich, Lobenhausen am Nachmittag überraschend einzuschließen. Seit die Familie, die einst hier gewohnt hatte, durch eine Seuche ausgestorben war, hatte der Ort an Bedeutung verloren – er lag zu sehr abseits und hatte sowieso nur eine kleine Befestigungsanlage. Wolfun war mit wenigen Männer vor Ort, die gegen die Angreifer keine Chance hatten: Nach zwei Stunden hatten die Flügelauer die Anlage erobert. Sie machten acht Gefangene, darunter Wolfun von Lohr. Sein Gesicht verzerrte sich vor Hass, als er Graf Heinrich und Tarik vorgeführt und an einen Pfahl gebunden wurde. Lianna, die fest in ihre Kutte gewickelt ein Stück weiter hinten stand, erkannte er nicht.
»Verdammter Bastard«, zischte Wolfun, als er Tarik sah. Der Späher ging nicht darauf ein. Weil er seine Mutter schützen musste, blieb ihm die Genugtuung versagt, seinem Halbbruder die Wahrheit ins Gesicht zu schleudern.
»Du hältst das Maul!«, fuhr Graf Heinrich den Lohrer stattdessen an, der ›Bastard‹ nur für ein Schimpfwort hielt. »Morgen früh wirst du aufgehängt. Das ist die einzig mögliche Strafe für den Mörder meines Sohnes. Nütze deine letzten Stunden, um dich auf die Hölle vorzubereiten!«
Er wandte sich ab und befahl seinen Männern, das Lager zu sichern und eine Wache aufzustellen. Sie alle brauchten Ruhe, weil sie während der letzten Nacht unterwegs gewesen waren. In dieser entlegenen Gegend musste man nicht mit einem Angriff rechnen, der Lohrer hatte sein Versteck wirklich gut gewählt. Ohne den Spion hätte man ihn niemals aufgespürt.
Lianna blieb mit dem Gefangenen allein, während die Männer sich

um das Feuer scharten. Er betrachtete den vermeintlichen Klosterschüler, konnte aber in der Dämmerung das Gesicht nicht erkennen.
»Was willst du denn?«, brummte er.
»Dein Gesicht noch einmal sehen. Es wird meine letzte Erinnerung an dieses Leben sein, das du zerstört hast.«
»Wer … wer bist du?«, fragte Wolfun unsicher.
Ohne Antwort ging sie zum Feuer hinüber und ließ sich einen brennenden Kienspan geben. Dann kam sie zu dem Gefangenen zurück und schob die Kapuze etwas zurück, damit er im Flammenschein ihr Gesicht erkennen konnte.
»Lianna!«
»Ja, Lianna. Das ist alles, was ich noch sehen will: deinen Tod!«
Der Lohrer sah die Veränderung, die seit dem Zusammentreffen auf der Wasserburg mit ihr vorgegangen war, und seine Überraschung verwandelte sich in Triumph.
»Es scheint, als hätte ich mein Ziel erreicht, edles Fräulein!« Seine Stimme triefte vor Hohn. »Meine Rache ist besser als Eure. Ihr hängt mich nur auf, aber ich habe Euch mehr als das Leben genommen … Eure Mutter geht auf meine Rechnung, genauso wie Euer Liebster. Und Raghild könnt Ihr von dem Wilderer von Wüstenau grüßen!«
Lianna erstarrte. »Der Wilderer?«, fragte sie.
Seine Augen glitzerten und er leckte sich über die Lippen. »Ich war der Wilderer. Ein schönes Mädchen, Eure kleine Schwester. Vor allem, wenn sie Angst hat. Ein nettes Spielzeug …«
Mit einem Wutschrei zog sie den Dolch aus dem Gürtel und setzte ihn dem Lohrer an die Kehle. Aber bevor sie zustechen konnte, riss Tarik sie zurück. Er hatte sich Sorgen gemacht und war ihr nachgegangen, als sie das brennende Holzscheit holte, und er hatte die ganze Auseinandersetzung gehört. Jetzt hielt er sie fest und nahm ihr das Messer weg, während Wolfun höhnisch lachte.
»Ist das jetzt Euer Liebhaber?«, fragte er mit funkelnden Augen. »Was für eine zärtliche Umarmung! Ich gratuliere Euch zu dem Bastard! Wisst Ihr eigentlich, mit wem Ihr Euch da eingelassen habt?«
Der Sarazene ließ ihn nicht weiterreden. Er stopfte ihm einen Knebel zwischen die Zähne und zischte: »Ihr werdet jetzt ruhig sein, sonst

stoße ich Euch selbst das Messer zwischen die Rippen. Seid froh, dass Ihr noch bis morgen früh Zeit habt, Eure Taten zu bereuen!«

Er zog Lianna mit sich zu einer geschützten Stelle an der Mauer, wo die anderen sie nicht sehen konnten.

»Warum habt Ihr Euch das angetan?«, fragte er bekümmert.

Sie starrte ihn abwesend an. »Raghild … Er hat auch Raghild überfallen. Er hat das alles nur getan, weil er uns hasste …«

»Ich weiß«, erwiderte er so sanft wie möglich, »bei mir war es ja genauso. Aber er wird nie wieder so etwas tun. Es ist vorbei, daran müsst Ihr immer denken.«

Ihre Augen füllten sich mit Tränen. »Nie mehr …«, flüsterte sie. Jetzt konnte sie endlich weinen. Tarik hielt sie fest und wartete, bis sie sich beruhigt hatte. Dann bettete er sie an der Mauer ins Gras, brachte ihr etwas Heißes zu trinken und blieb neben ihr sitzen, bis sie vor Erschöpfung eingeschlafen war. Später sah er noch einmal nach dem Gefangenen. Die Fesseln waren straff angezogen, ebenso wie der Knebel. Es würde keine angenehme Nacht für den Lohrer werden, denn beim Versuch sich loszureißen, hatten ihm die Stricke tief ins Fleisch geschnitten, und auch aus dem Mundwinkel rann Blut.

Tarik zuckte mit den Achseln und ging zurück zum Feuer. Die meisten Männer schliefen schon. Er berichtete Graf Heinrich mit unterdrückter Stimme von dem Gespräch zwischen Lianna und Wolfun.

»Armes Mädchen«, meinte der Flügelauer. »Wie geht es ihr jetzt?«

»Sie hat geweint, bis sie völlig erschöpft war. Jetzt schläft sie, ich hoffe, sie hat das Schlimmste überstanden.«

»War es wirklich richtig … ich meine, dass sie mit hergekommen ist?«

»Ich glaube schon. Zumindest weiß sie jetzt, dass es zu Ende ist. Um einen schrecklichen Verlust zu weinen, kann auch gut tun.«

»Will sie wirklich ins Kloster? Ich kann mir das trotz allem nicht vorstellen, sie war immer so … so …« Er suchte nach den richtigen Worten.

»So unabhängig?«, half Tarik.

Heinrich nickte. »Viel zu unabhängig für eine Frau, aber einer der wertvollsten Menschen, die ich kenne. Es ist ein Jammer.«

»Wir fragen sie morgen noch einmal, ob sie nicht zurück auf die Kreßburg will«, meinte der Späher. »Es weiß niemand außer uns beiden

von den letzten Tagen, und wir wissen, dass sie sich tadellos benommen hat. Vielleicht überlegt sie es sich ja doch noch anders. Für das abgeschnittene Haar finden wir schon eine Ausrede. Und nun gute Nacht, Herr Graf.«
»Gute Nacht, Wolfram«, erwiderte der alte Mann mit Wärme. »Ich werde nie vergessen, was Ihr heute getan habt. Was Ihr auch vorhabt – auf der Flügelau seid Ihr immer willkommen.«

Kurz darauf waren alle fest eingeschlafen, nur ein Mann sah von Zeit zu Zeit nach den Pferden und den Gefangenen. Wolfun gab trotz des Knebels wütende, unartikulierte Laute von sich, und deshalb überhörte der Wächter, dass sich am Abhang etwas bewegte. Er kam auch nicht mehr dazu, es zu bereuen, denn ein Stich ins Herz sorgte für seinen schnellen Tod. Ein einzelner Mann, der am Tag zuvor die kleine Festung verlassen hatte, um zu jagen, war unbemerkt zurückgekommen. Er war mutig genug, sich ins Lager des Feindes zu schleichen, aber auch klug genug, nur den Wächter zu töten und seinen Herrn zu befreien, statt sich auf einen neuen Kampf einzulassen. Die beiden machten keinen Versuch, an Waffen oder Pferde zu kommen, sondern schlichen zu Fuß weg. Sie sprachen nicht miteinander, bis sie sich außer Hörweite befanden. Dort war das Pferd des Befreiers angebunden, beladen mit seinem Bogen und dem Rehbock, den er geschossen hatte.
»Wir müssen so schnell wie möglich weg!«, rief der Mann. »Wenn einer aufwacht, haben wir die ganze Meute am Hals.«
In Wolfuns Augen blitzte es auf. Ein Pferd, das bedeutete sicheres Entkommen für *einen*. Und der würde er sein, der Andere war ihm jetzt im Weg. Während sein Retter den Bock vom Rücken des Pferdes löste, stieß der Lohrer ihm von hinten das Messer zwischen die Rippen, das der Mann ihm nach seiner Befreiung gegeben hatte. Mit einem gurgelnden Laut brach der Sterbende zusammen. Wolfun griff nach dem Zügel und schwang sich in den Sattel. Er ritt nach Norden, wo er das Heer des Öttingers vermutete.

Am anderen Morgen fanden die Flügelauer ihren toten Wächter und die zerschnittenen Stricke.

»Ich Narr, ich hätte daran denken müssen, dass noch einer von der Besatzung auf einem Streifzug unterwegs sein könnte«, zürnte Tarik, während Lianna ihn schreckerfüllt anstarrte. »Nur so konnte er frei kommen.«
»Wenn Ihr recht habt, müssen wir schnellstens hier verschwinden«, erwiderte der alte Graf genauso ärgerlich. »Wir haben keine Ahnung, wie groß ihr Vorsprung ist, und wenn sie mit Verstärkung zurückkommen, dürfen wir nicht mehr hier sein.«
Alles wurde schnellstens zum Aufbruch vorbereitet, und die Flügelauer verließen das Lobenhausener Tal, ohne die Befestigung zu zerstören. Sie waren gescheitert, das Risiko war einfach zu groß. Ein berittener Mann konnte bis zum Vormittag die Burg Honhardt erreichen und von da aus würde man ihnen den Rückweg abschneiden. Die einzige Möglichkeit war, den Kreuzbach so schnell wie möglich zu überqueren, auf jeden Fall vor Mittag. Danach brauchten sie keinen Hinterhalt mehr zu befürchten.
Die Stimmung war trostlos. Tarik machte sich Gedanken darüber, dass er seine Rolle als Spion des Holachers endgültig ausgespielt hatte. Sein Halbbruder hatte ihn als Verbündeten des Flügelauers gesehen, und Herr Dietrich würde ihm von seinem angeblichen Auftrag erzählen.
Als sie eine halbe Stunde unterwegs waren, wurde es hell, und sie kamen rascher vorwärts. Am Kreuzbach atmeten die Männer auf, jetzt waren sie in Sicherheit. Tarik lenkte sein Reittier neben Lianna.
»Herrin, habt Ihr Euch überlegt, wo Ihr hinwollt?«
Sie sah ihn trostlos an. »Er wird weiter machen, bis wir alle tot sind, nicht wahr?« fragte sie, statt zu antworten.
»Wahrscheinlich wird er es irgendwann wieder versuchen«, gab er zu. Auch wenn diese Aussicht beängstigend war, hielt er nichts von Beschönigungen. »Aber im Kloster seid Ihr sicher, sollen wir Euch gleich hinbringen?«
Sie schüttelte den Kopf. »Ich hätte keinen Moment Ruhe, solange er frei ist. Ihr habt sein Gesicht nicht gesehen, als er von Raghild sprach.«
»Doch, ich habe es gesehen. Schon der Gedanke an Eure Schwester ließ ihn alles andere vergessen. Sie darf ihm nie wieder begegnen, das steht fest. Wenn Ihr wollt, warne ich Eure Leute. Oder möchtet Ihr

wieder zurück nach Hause?« Sie nickte langsam, denn so lange Wolfun eine Gefahr für Raghild war, musste sie bei ihr bleiben. Das war ihr in den letzten Stunden klar geworden. »Es ist bestimmt besser für Euch. Ihr seid für das Klosterleben nicht geschaffen, das meint übrigens auch Graf Heinrich.«

Lianna funkelte ihn empört an: »Wie kommt Ihr dazu, mit ihm über mich zu sprechen?«

Tarik grinste, diese Reaktion hatte er erhofft. Wenn sie wütend wurde, hatte die Verzweiflung keine Macht mehr über sie.

»Hättet Ihr mit der Äbtissin des Klosters auch so geredet, wenn sich die Novizenmeisterin über Euch beschwert?«

Die heftige Erwiderung blieb Lianna im Hals stecken. Natürlich hatte er recht; und ins Kloster zu gehen war wirklich keine besonders gute Idee gewesen. Sie lächelte schwach, was der Sarazene mit heimlicher Freude bemerkte. Er sagte nichts mehr, hielt sich aber für den Rest des Weges an ihrer Seite.

Nach einigen Stunden trennten sie sich von den Flügelauern. Tarik hatte mit Graf Heinrich abgesprochen, dass er Lianna nach Hause bringen und ihrem Vater eine halbwegs plausible Erklärung geben würde.

Als die Burg vor ihnen lag, sah das Mädchen ihn beklommen an. »Was soll ich bloß sagen?«, fragte sie.

»Am besten überlasst Ihr die Sache mir«, erwiderte Tarik. Und so blieb Lianna in ihrer Kutte unerkannt, bis sie mit Herrn Stephan allein waren. Dann nahm sie die Kapuze ab und trat ihrem Vater gegenüber. Sie wollte ihn ansprechen, aber ihre Kehle war wie zugeschnürt. Das Entsetzen auf seinem Gesicht, als er sie erkannte, ließ sie verstummen.

»Lianna?«, ächzte er.

Sie nickte.

Der alte Mann sank fassungslos in einen Sessel. Er hatte sich schreckliche Sorgen um sie gemacht und war am Vortag in Dinkelsbühl gewesen. Im Kloster hatte er nur erfahren, dass Lianna nicht angekommen war. Und jetzt war sie wieder da, aber wie sah sie aus!

»Es ist ihr nichts passiert, Herr«, legte Tarik sich ins Mittel. »Ich habe sie unkenntlich gemacht, um sie zu schützen.«

»Um sie zu schützen?«
»Wir sind uns unterwegs zufällig begegnet. Sie wollte ins Kloster, war aber für den Weg nicht gut verkleidet. Jeder hätte gemerkt, dass sie eine Frau und allein ist. Ich habe sie angesprochen, und als sie meinen Namen hörte, wusste sie, dass ich Philips Freund war. Ich konnte ihr klarmachen, dass die Idee mit dem Kloster nicht in seinem Sinn wäre, und jetzt bringe ich sie zurück.«
»Warum habt Ihr sie dann so … so …«
»Verunstaltet? Ich hatte leider keine Wahl. Wir konnten nicht gleich umkehren, denn ich hatte einen dringenden Auftrag. Mir blieb nichts übrig, als sie mitzunehmen und zu verkleiden, damit ihr nichts passiert. Die Farbe im Gesicht kann man abwaschen, aber das mit dem Haar ging nicht anders, tut mir leid.«
Lianna brachte immer noch kein Wort heraus. Sie schämte sich, aber gleichzeitig dankte sie Tarik im Stillen. So wie er es erzählte, hörte es sich ganz natürlich an.
»Darüber muss ich mich wohl freuen«, erwiderte Stephan tonlos. Sollte er dankbar sein oder wütend? Hatte der Spion sie gerettet oder in Schande gebracht?
Andererseits war Lianna an der Situation selbst schuld. Wenn je bekannt würde, dass sie, eine unverheiratete Frau, allein mit einem Mann von zweifelhafter Herkunft durchs Land gezogen war … darüber dachte er besser nicht nach. Der Späher hatte ihr höchstwahrscheinlich das Leben gerettet, und dabei sollte es bleiben.
»Da ist noch etwas anderes«, unterbrach Tarik seine Gedanken.
»Was?«
»Wir hatten Wolfun erwischt, aber er konnte bald darauf entkommen. Er prahlte damit, dass er der Wilderer war, der Eure jüngste Tochter überfallen hat. Das macht mir Sorgen …«
»Darüber können wir später reden, erst einmal muss Lianna versorgt sein«, unterbrach Stephan. »Setz die Kapuze wieder auf, Kind. Ich lasse Gisela holen.« Auf keinen Fall wollte er über den Lohrer reden, solange Lianna dabei war, es würde ihr nur wehtun. Oder gab es nichts mehr, wovor man sie schützen konnte?
Gisela trat ein. Sie erschrak genauso wie ihr Schwiegervater, fasste sich

aber schnell. »Ich nehme sie mit auf mein Zimmer. Niemand wird sie sehen, bevor wir das wieder in Ordnung gebracht haben.«
Die Männer blieben allein.
»Jetzt sagt mir alles«, bat der Burgherr, »egal wie schlimm es ist, Ihr habt nichts zu befürchten. Ihr habt meiner Tochter geholfen, als sie sich selbst in Schwierigkeiten gebracht hat, und das werde ich nicht vergessen.«
Tarik begann zu erzählen. Er kannte den Herrn der Kreßburg aus vielen Berichten, auch wenn er ihm nie begegnet war. Was dieser Mann von ihm dachte, war ihm nicht gleichgültig. Aber es war seltsam, vor dem ruhigen Blick des alten Kreßburgers wollte die Lügengeschichte, die er sich ausgedacht hatte, nicht über seine Lippen. Stephan hatte Aufrichtigkeit verdient, und wenn er ihn verurteilte, musste er es tragen. Und so berichtete Tarik wahrheitsgemäß, was geschehen war und was er über seine Herkunft herausgefunden hatte. Der Kreßburger hörte schweigend zu. Auch als der Sarazene am Ende angelangt war, blieb er still sitzen. Tarik wurde es ungemütlich, aber bevor er erneut etwas sagen konnte, öffnete sich die Tür. Gisela und Lianna kamen zurück.
Das Mädchen wirkte völlig verändert. Obwohl sie so abgemagert war, konnte Tarik plötzlich verstehen, warum Philip sich in sie verliebt hatte. Sie trug ein Kleid und hatte das abgeschnittene Haar unter einem Tuch verborgen, das ihr ausgezeichnet stand. Die Haut war etwas gerötet, weil sie die Flecken abgerieben hatte, was ihr Gesicht lebendiger wirken ließ.
Gisela sah die drei an und ging still wieder hinaus. Was immer sie zu besprechen hatten, es war nicht für ihre Ohren bestimmt. Sie suchte Raghild auf, um ihr zu sagen, dass Lianna wieder da war.
Tarik kämpfte mit seiner Verlegenheit und sagte schließlich: »Ich habe Eurem Vater alles erzählt.«
»Das ist gut«, meinte sie und setzte sich neben Stephan. Das Vertrauen, mit dem sie ihren Vater ansah, gab auch dem Sarazenen seine Ruhe zurück.
»Ja, Kinder«, begann der alte Mann, »ihr habt in den letzten Tagen Schlimmes erlebt und erfahren. Ich werde auch eine Weile brauchen, bis ich das alles in meinem Kopf sortiert habe. Aber über einiges müs-

sen wir uns jetzt klar werden, damit der Schaden nicht noch größer wird.« Tarik glaubte, nicht richtig gehört zu haben. Kinder? Meinte Stephan ihn etwa auch?

Der fuhr fort: »Ich bin eurer Meinung, dass wir Katharina nur schützen können, wenn wir Tariks Herkunft nicht verraten. Das bedeutet auch, mein Junge, dass du den Namen Wolfram vorläufig behalten musst, auch wenn er dich an deinen Halbbruder erinnert. Wir wissen, dass du Tarik bist, unser Freund, und das muss für den Moment genügen.«

»Bin ich das?«, fragte der Sarazene zweifelnd. Wie konnte der Kreßburger so etwas sagen? Setzte er sich einfach über seine Herkunft hinweg?

»Du gehörst zu unserer Familie«, erwiderte Stephan, als hätte er seine Gedanken erraten. »Ich werde mit Michael darüber sprechen, und wenn du willst, nehme ich dich an Kindes statt an und gebe dir unseren Namen.«

Lianna umarmte den Vater, während Tarik sprachlos in seinen Stuhl zurücksank. Das hatte er nicht erwartet. Aber er kam nicht dazu, etwas zu sagen, denn die Tür wurde erneut aufgerissen. Raghild stolperte ins Zimmer, während Gisela vergeblich versuchte, sie zurückzuhalten.

»Lianna!«, schrie sie und stürzte auf sie zu, »Lianna!« Und dann warf sie die Arme um den Hals ihrer Schwester und weinte, als könne sie nie mehr aufhören.

Tarik betrachtete sie mit gefurchter Stirn. Das war also Raghild, die Kleine, wie sie von allen genannt wurde. Zart wie eine Elfe, und das Haar schimmernd wie Gold. Kein Wunder, dass Wolfun sie nicht vergessen hatte. Beim Gedanken daran, was der Lohrer ihr antun würde, wenn er sie in die Hände bekam, konnte einem übel werden. Das durfte auf keinen Fall passieren. Er würde alles tun, um diese Familie vor weiterem Leid zu bewahren. Und dafür war es nötig, dass er Stephans Angebot annahm und dazugehörte. Das war sowieso das Beste, was er tun konnte.

Sein Blick begegnete dem des Kreßburgers, und er las die gleichen Gedanken darin. Er nickte, und Stephan lächelte ihm zu.

Die Geisel des Holachers

In der Festung auf dem langen Berg wurde immer noch die Gräfin Adelheid gefangen gehalten. Herr Kraft hatte strenge Anweisungen für ihre Bewachung gegeben. So waren ständig zwei Mägde bei ihr, und ein bewaffneter Mann stand vor der Tür ihres Zimmers. Nachmittags durfte sie in Begleitung im Burggarten spazieren gehen, und wenn Kraft sich in der Festung aufhielt, holte man sie zu den Mahlzeiten hinunter in die Halle. Anfangs hatte sie sich geweigert, mit ihm zu essen, aber mit der Zeit sah sie die Sinnlosigkeit ihres Verhaltens ein. Nach Philips Tod hatte der Holacher ihr erklärt, dass sie bis zum Ende des Krieges auf dem langen Berg bleiben müsse – oder bis der König anders über sie verfüge. Doch dieser dachte nicht daran, und ihr Kerkermeister war weder durch Tränen noch durch Wutausbrüche zu beeindrucken. So fand sie sich schließlich mit ihrem Schicksal ab.
Wenn Verbündete zu Gast waren, wurden ihr alle Höflichkeiten erwiesen, die sich eine Dame nur wünschen konnte. War sie aber mit dem Holacher allein, herrschte meist gespanntes Schweigen. Sie war dann immer froh, wenn sie nach beendeter Mahlzeit in ihr Zimmer zurückkehren durfte. Der Burgherr war zwar höflich, ließ sie jedoch die ganze Zeit nicht aus den Augen.
Sie wurde das Gefühl nicht los, als überlege er dauernd, wie er sich am besten rächen könne, ohne sein Gesicht zu verlieren – und dieses Gefühl täuschte sie nicht.
Der Holacher hasste seine Gefangene. Er konnte sie nicht demütigen oder verletzen, ohne sich selbst in Schwierigkeiten zu bringen. Seine einzige Genugtuung war, dass ihr Vater sicher Höllenqualen um sie ausstand. Dass sie Angst vor ihm hatte, spürte er, und es war gut so. Das dämpfte ihre Arroganz ein wenig.
Kraft saß mit der Württembergerin beim Abendessen, als der Flügelauer Bote kam, und ging mit ihm in den Vorraum, um ihn in Ruhe anzuhören. Der Mann überbrachte die Nachricht von der vergeblichen Jagd nach dem Lohrer und von der Entlarvung des Spions Wolfram

im Bart. Graf Heinrich hatte einen der Männer geschickt, die dabei gewesen waren, und so erhielt der Holacher eine genaue Schilderung. Als er in die Halle zurückkam, sah Adelheid seinem finsteren Gesicht sofort an, dass etwas Schlimmes geschehen war, wagte aber nicht zu fragen.
»Ich werde die Burg Lohr zerstören!«, knirschte Herr Kraft zwischen den Zähnen hervor. Seine Wut war zu groß, er konnte jetzt nicht schweigend am Tisch sitzen. Die Gräfin sah überrascht auf. Kraft hatte ihr seit der Ermordung des Unterhändlers nichts mehr über die Kämpfe und seine Absichten gesagt. Sie hatte nur erfahren, dass sich durch den Lohrer ihre Freilassung zerschlagen hatte, und sie verabscheute ihn, ohne die näheren Umstände zu kennen. Adelheid nickte beifällig, und obwohl er es niemals zugegeben hätte, bestärkte das den Holacher in seinem Entschluss. Bisher hatte er von einer Belagerung Lohrs abgesehen, weil die starke Festung Honhardt in der Nähe war. Wer Lohr angriff, musste damit rechnen, dass die Belagerten von dort Hilfe bekamen. Aber jetzt war das Maß voll, und wenn Wolfun selbst entwischt war, sollte wenigstens seine Burg der Rache des Holachers verfallen. Kraft schickte sofort Boten aus, und am nächsten Tag zog er mit einem Heer nach Südwesten.
Adelheid sah ihm von ihrem Fenster aus nach. Zum ersten Mal wünschte sie sich brennend, dass der erklärte Feind ihres Vaters eine Schlacht gewinnen möge. Von der Burg des Verräters sollte kein Stein auf dem anderen bleiben.
Und zum ersten Mal wartete sie ungeduldig auf seine Rückkehr. Die Mägde tauschten verwunderte Blicke, wenn die Gefangene immer wieder zum Fenster lief oder beim Hornruf des Turmwächters zusammenfuhr und lauschte. Jeden Tag fragte sie den Mann, der ihre Spaziergänge im Garten bewachte, ob der Herr noch nicht zurückerwartet wurde. Schließlich erstattete der Wächter dem Hofmeister Bericht über das seltsame Verhalten der Gefangenen. Der konnte sich auch keinen Reim darauf machen, wurde aber misstrauisch und ordnete erhöhte Wachsamkeit an. Diese Geisel war wirklich lästig.
Als Kraft nach drei Wochen von seinem Kriegszug zurückkam, berichtete der Hofmeister als Erstes von Adelheids seltsamem Verhal-

ten. Der Holacher hörte mit gemischten Gefühlen zu. Sonst hatte sich nichts ereignet, worum er sich sofort kümmern musste. Also legte er seine Rüstung ab und ging in den Turm, wo die Württembergerin in höchster Aufregung wartete. Sie hatte das Horn gehört und die Rufe der heimkehrenden Männer, aber niemand antwortete auf ihre Fragen. War Kraft etwa geschlagen worden? Was sollte sie tun, wenn er sie ausgerechnet heute nicht zum Essen rufen ließ? Von der Gürtelmagd hatte sie sich ihr bestes Kleid anziehen lassen und lief nun wie ein Tier im Käfig auf und ab.

In ihrer Unruhe hatte sie das Klopfen überhört. Die Magd öffnete, während Adelheid angestrengt aus dem Fenster spähte. Der Burgherr trat ein und schickte die Wächterin mit einer Handbewegung hinaus, ohne dass das Mädchen es bemerkte. Er betrachtete es nachdenklich, und zum ersten Mal fiel ihm auf, dass Adelheid sehr schön war. Oder lag es nur daran, dass ihr Gesicht nicht mehr hochmütig verzerrt, sondern voller Erwartung war? Mit einem Mal spürte er ein Begehren in sich aufkeimen, er trat leise näher und umfasste von hinten ihre Schultern.

Adelheid fuhr herum. »Ihr …«, stammelte sie, zu überrascht, um sich loszureißen.

Er betrachtete sie lächelnd. »Ich habe Euren Wunsch erfüllt und die Burg Lohr dem Erdboden gleichgemacht. Der Name, die Familie und die Heimat des Verräters sind für immer ausgelöscht.«

»Seine Familie auch? Und er selbst?«

»Herr Dietrich ist mit seiner Frau und der ganzen Besatzung in der Burg verbrannt. Es ist niemand entkommen, aber wir wissen nicht, ob der Mörder dort war. Wenn er nicht tot ist, werden wir in Kürze von ihm hören.«

Sein Verhalten verwirrte sie ebenso wie die Nachricht von seinem Sieg. Er war zu ihr gekommen, um den Triumph mit ihr zu teilen, wie ein Krieger zu seiner Gefährtin. Und waren sie nicht eins gewesen in ihrem Verlangen nach Vergeltung?

Sie versuchte vergeblich, ihre Gedanken zu ordnen, während Kraft sie unwillkürlich näher an sich zog. Als er sie küsste, wehrte sie sich nicht. Im Gegenteil, so seltsam es auch war, sie fühlte sich nach der

Ungewissheit der letzten Wochen in seinen Armen geborgen. Wenn er sie liebte, brauchte sie keine Angst mehr vor ihm zu haben. Als der Holacher ihre Lippen freigab, lächelte sie ihm zu. Sie legte die Arme um seinen Nacken und erwiderte seinen zweiten Kuss mit einer Leidenschaft, die ihn um den Rest seiner Beherrschung brachte. Er trug sie zum Alkoven hinüber und legte sie auf das Bett, während Adelheid die Augen schloss und den Gedanken an ihren Vater verdrängte. Sie musste das hier tun, und sie wollte es auch.
Wenige Augenblicke später tauchte sie in einem Rausch unter, der sie alles andere vergessen ließ.

Von da an änderte sich das Leben auf der Burg für Adelheid, sie wurde nicht mehr in ihrem Zimmer eingesperrt, und der Holacher hatte sie immer häufiger bei sich. Sobald es seine Pflichten erlaubten, ließ er sie kommen, obwohl er streng darauf achtete, dass sie nichts von seinen Plänen mitbekam. Aber sie schien sich weder für die Kämpfe noch für die Befestigungsanlagen der Burg zu interessieren.
Sein Misstrauen schwand im gleichen Maß, in dem er seiner schönen Gefangenen verfiel. Die Wache vor ihrer Tür hatte er seinem Leibknappen übertragen, und sonst erfuhr niemand, dass er fast jede Nacht zu ihr ging. Adelheid hatte sich in ihn verliebt, weil er den Verräter getötet hatte, daran glaubte Kraft fest. Und mit jedem Tag, der verging, ohne dass er von Wolfun hörte, war er mehr von dessen Tod überzeugt.
Die Zerstörung Lohrs hatte dem Schrimpf eine empfindliche Schlappe beigebracht. Die Honhardter hatten die Belagerer zwar angegriffen, aber mit Hilfe der Flügelauer und des Heeres, das Gernot befehligte, hatte der Holacher gesiegt. Nur wenige Feinde waren entkommen, und auch der Herr von Honhardt war tot.
Von König Heinrich war eine Botschaft eingetroffen, die Kraft und seine Verbündeten lobte und ihnen reiche Beute versprach. Noch einige solcher Schlachten, und der Schrimpf konnte froh sein, wenn man ihm seine Heimat Öttingen noch ließ.
Kraft hatte das Wohlwollen des Königs genutzt, um ihm eine geheime Bitte vorzulegen. Seit er glaubte, ohne Adelheid nicht mehr leben zu

können, war ihm Philips Vorschlag wieder in den Sinn gekommen. In dem Brief bat er Heinrich, ihm die Heirat mit der Württembergerin zu gestatten, um ihren Vater von weiteren Angriffen abzuhalten und gleichzeitig seine Verbindung mit dem Schrimpf zu zerstören.

Adelheid wollte er noch nichts davon sagen. Sie war stolz, und wenn sie ihm auf Anordnung des Königs quasi als Kriegsbeute zugesprochen wurde, musste sie das zutiefst kränken. Aber der jetzige Zustand war unhaltbar. Wenn außerhalb der Burg jemand erfuhr, dass er die Geisel entehrt und zu seiner Geliebten gemacht hatte, war er erledigt. Er wusste jedoch nicht, dass sie gesehen hatte, wie er über dem schwierigen Schriftstück brütete. Misstrauisch geworden, hatte sie sich in der Nacht heimlich von seiner Seite geschlichen und das Pergament gelesen, bevor er es am nächsten Tag versiegelte und den Boten abfertigte.

Nachmittags saß sie allein in ihrem Zimmer. Die Gürtelmagd, die nur noch zu ihrer Bedienung da war, hatte sie fortgeschickt. Kraft war seit dem frühen Morgen im Zwinger beschäftigt, da er zu einem Angriff auf Crailsheim rüstete. Wenn er das Städtchen eroberte, hatte er dem Schrimpf eine weitere entscheidende Niederlage beigebracht und das stimmte den König sicher gnädig.

Adelheid hatte also Zeit zum Nachdenken. Sie konnte sich nicht einmal hinter der Ausrede verstecken, dass der Holacher ihr Gewalt angetan hatte. Ja, sie hatte sich von ihren Gefühlen überwältigen lassen, aber wie konnte er hinter ihrem Rücken so einen Brief schreiben! Er brachte sie damit in eine schreckliche Lage, was für sie unverzeihlich war. Dachte er wirklich, sie würde ihn ohne den Segen ihres Vaters heiraten?

Der Vater – wie furchtbar zornig wäre er, wenn er hörte, dass sie die Geliebte seines Feindes geworden war. Er würde sie verstoßen, das durfte auf keinen Fall geschehen. Sie musste fliehen, bevor der König das Schreiben erhielt, das war ihre einzige Möglichkeit. Aber wie? Tagsüber konnte sie sich ziemlich frei bewegen, doch alle Tore wurden bewacht.

Langsam ging sie in den Burggarten hinunter. Im angrenzenden Wirtschaftshof herrschte lautes Stimmengewirr, denn ein hoch beladener Wagen fuhr gerade hinein, während eine andere, bereits leere

Karre noch im Weg stand. Man schob sie bis an das Türchen zum Garten und begann, den Wagen abzuladen.
Adelheid sah sich um, es war niemand in der Nähe. Sie brauchte nur durch die Tür zu gehen und sich in dem leeren Karren zu verstecken. Den würde man kaum noch kontrollieren, und eine günstigere Gelegenheit bekam sie nicht mehr. Hatte sie die Burg erst einmal verlassen, konnte sie versuchen, sich zu einer befreundeten Festung durchzuschlagen. Gedacht, getan.
Eine halbe Stunde später fuhren die beiden Wagen aus der Oberburg. Sie wurden tatsächlich nicht kontrolliert, denn ein weiteres Gefährt, das vor Einbruch der Dunkelheit abgeladen werden sollte, stand noch da. Adelheid hatte Glück. Im Zwinger ließ man den Karren stehen, ohne dass sich jemand darum kümmerte. Sie kletterte hinaus und versteckte sich hinter einem Ballen Stroh. Einige gesattelte Pferde knabberten daran herum, und nur noch wenige Schritte trennten sie von dem äußeren Tor vor der Zugbrücke. Jetzt wurde es schwierig. In einigen Minuten würde man das Tor für die Nacht schließen, und vielleicht hatte in der Oberburg schon jemand ihre Abwesenheit bemerkt, denn es war Essenszeit. Der Holacher würde hier jeden Stein umdrehen, bis er sie gefunden hatte, ihr blieb keine Wahl. Nur wenn sie schnell genug war, konnte sie vielleicht entkommen.
Adelheid raffte ihr Kleid zusammen und bestieg eins der Pferde. Als sie es antrieb, hörte sie hinter sich den Alarmruf des Wächters. Sie sah sich nicht mehr um, denn auch vor ihr wurde Alarm gegeben, und man begann, das Tor zu schließen. Sie schlug auf das Pferd ein, das mit einem schrillen Wiehern vorwärts preschte, ritt einen Mann über den Haufen und schaffte es gerade noch, sich durch das Tor zu zwängen. Die Zugbrücke unter ihr begann sich zu heben, und das Pferd stürmte in Panik vorwärts. Oben auf dem Wehrgang wurden Befehle gebrüllt, aber bevor noch jemand eine Armbrust in Anschlag gebracht hatte, war der Gaul mit seiner Reiterin jenseits der Zugbrücke auf festem Boden gelandet und verschwand in der sinkenden Dämmerung.
Alles war so schnell geschehen, dass die Männer auf dem Wehrgang noch ratlos dastanden, als von der Oberburg ein Reiter kam. Es war der Leibknappe des Holachers, aber auch er wurde blass, als der Tor-

wächter die Flucht einer unbekannten Frau meldete. Er befahl, das Tor wieder zu öffnen und die Zugbrücke herunterzulassen. Inzwischen kam auch Kraft mit einem Reitertrupp angeritten. Er hörte die Meldung seines Knappen mit versteinerter Miene an und befahl dann, den Berg systematisch abzusuchen. Er selbst suchte entlang der Straße in der Hoffnung, dass Adelheid ihre Flucht auf diesem Weg fortgesetzt hatte. Dann konnte er sie vielleicht noch einholen.
Aber er fand sie nicht wieder. Wütend über sich selbst kehrte er schließlich um. Er hatte sich von ihr düpieren lassen wie ein unerfahrener Junge. War ihre Leidenschaft nur gespielt gewesen, damit seine Wachsamkeit nachließ? Hatte sie die Flucht vielleicht schon länger geplant? Und was würde der König dazu sagen, dass er ihren größten Trumpf verspielt hatte? Bei dem Gedanken wurde ihm heiß und kalt. Er war sicher, dass sie fähig war, sich allein zu einer Festung des Gegners durchzuschlagen. Wüsste er nur welche, dann würde er alles in Bewegung setzen, sie zurückzuholen, bevor es zu spät war. Aber wohin hatte sie sich gewandt?

Zwei Tage später erreichte Adelheid Crailsheim von Nordwesten her. Sie hatte sich zwischen den feindlichen Burgen durchgemogelt, ohne dass sie jemand bemerkt hatte. Sie hoffte, von hier aus nach Öttingen weiterzukommen. In Crailsheim würde sie sicher Hilfe finden. Die letzten Tage hatten sie völlig erschöpft. Es war doch nicht so einfach gewesen, den Weg zu finden. Glücklicherweise war das Pferd nicht nur gesattelt gewesen, sondern hatte auch einen Langbogen aufgeschnallt und im Mantelsack einen Laib Brot gehabt. So hatte sie wenigstens nicht hungern müssen und eine Waffe zu ihrer Verteidigung gehabt. Trotzdem war sie froh, dass sie unbehelligt geblieben war.
Als sie dem Torwächter ihren Namen nannte, brachte man sie sofort in die Hügelburg. Herr Burkhard empfing sie sichtlich erleichtert.
»Gräfin Adelheid! Wie ist es Euch nur gelungen, freizukommen?«
Die Württembergerin berichtete kurz, wie sie sich in einem unbewachten Moment aus der Festung geschmuggelt und bis hierher durchgeschlagen hatte.
»Sagt mir vor allem, wie es meinem Vater geht« bat sie.

»So viel wir wissen, ist er wohlauf und kämpft mit seinem Heer gegen den König, irgendwo in der Pfalz.« Adelheid sah nachdenklich vor sich hin. Der Burgherr schien ihre Gedanken zu erraten.
»Vorläufig seid Ihr hier in Sicherheit. Euer Vater wollte ja selbst, dass Ihr hier bleibt. Wir lassen ihm auf dem schnellsten Weg eine Nachricht zukommen, und inzwischen seid Ihr unser Gast.«
Sie lächelte. »Euer Gast ist vor allem müde und hungrig. Und ein warmes Bad wäre einfach wunderbar nach dem Gewaltmarsch, den ich hinter mir habe.«
Herr Burkhard schlug sich mit der flachen Hand vor die Stirn. »Verzeiht, ich habe in meiner Freude, Euch gesund hier zu haben, überhaupt nicht an das Nächstliegende gedacht. Natürlich soll sofort alles gerichtet werden. Vielleicht haltet Ihr Euch bei Elsabetha auf, bis ein Zimmer für Euch bereit ist...«
Eine halbe Stunde später lag Adelheid genüsslich in einer warmen Wanne. Elsabetha hatte ihr das Zimmer und neue Kleider zur Verfügung gestellt, war aber durchaus nicht so froh über den unerwarteten Gast wie ihr Vater. Doch das kümmerte die Württembergerin wenig. Elsabetha war ihr schon bei ihrem ersten Aufenthalt ziemlich hochnäsig vorgekommen, worauf sie aber so stolz war, war Adelheid ein Rätsel.
Aber sei es drum – sie war wieder in Crailsheim, in diesem hübschen kleinen Städtchen, und wahrscheinlich konnte sie eine Weile hierbleiben. Morgen würde sie einen Rundgang machen, nur schade, dass sie nicht ausreiten konnte. Adelheid streckte sich ein wenig und rief dann nach der Dienerin. Sie sollte ihr das Haar waschen und sie dann mit Rosenöl einreiben. Elsabetha hatte sicher nichts dagegen.
Inzwischen war Elsabetha zu ihrem Vater gegangen. Der saß mit Rudolf von Lohr zusammen und berichtete seinem jungen Freund von Adelheids Entkommen. Seine Tochter setzte sich in einen Sessel und hörte still zu. Als Herr Burkhard zu Ende war, meinte Rudolf nachdenklich: »Es ist sehr ungewöhnlich, dass sie aus der Festung entkommen ist. So etwas habe ich noch nie gehört. Der lange Berg gilt als doppelt gesichert, und der Holacher wird sie doch kaum ohne Bewachung gelassen haben...«

Elsabetha nickte. »Wahrscheinlich steckt etwas ganz anderes dahinter. Könnte sie nicht mit dem Feind im Einvernehmen sein? Immerhin war sie monatelang bei ihm.«
»Unsinn, mein Kind!« wies Herr Burkhard sie zurecht. »Herr Kraft ist ebenso der Todfeind ihres Vaters wie unserer. Der Gedanke, dass sie etwas anderes als eine Geisel war, ist absurd. Ich verbiete dir, so etwas auch nur anzudeuten!«
»Aber Herr Rudolf sagt doch auch, dass es sehr ungewöhnlich ist!« verteidigte sich das Mädchen.
»Ungewöhnlich ja. Aber ein großes Glück für uns und für den Erlauchten von Württemberg.«
»Wieso ein Glück für uns? Was geschieht, wenn der Holacher sie hier vermutet und es uns genauso ergeht wie der Burg Lohr?« Elsabetha ereiferte sich immer mehr. »Am Ende haben wir ihr noch eine Belagerung zu verdanken!«
»Das reicht, Elsabetha. Ich sehe, ich habe dir viel zu oft erlaubt, bei Männergesprächen zuzuhören. Geh sofort auf dein Zimmer.«
Das Mädchen biss sich zornig auf die Unterlippe. Wie konnte der Vater sie in Gegenwart des Lohrers so abkanzeln?
»In meinem Zimmer ist diese Württembergerin ...« bockte sie.
»Erstens heißt es Gräfin Adelheid und zweitens tust du sofort was ich sage. Hilf ihr meinetwegen beim Anziehen, aber benimm dich, wie es sich für meine Tochter gehört!«
Elsabetha wagte keinen weiteren Widerspruch. Als sie das Zimmer verlassen hatte, ließ sich Herr Burkhard schwer in seinen Sessel zurückfallen.
»Ihr seht, mein Freund, dass ich sie einfach zu sehr verwöhnt habe. Sie ist mein einziges Kind und braucht eine feste Hand.«
Rudolf lächelte. »Gebt sie mir und Ihr werdet sehen, wie sie sich ändern wird!«
»Ja, mein Junge, das habt Ihr mir schon einmal gesagt. Ich habe auch mit ihr darüber gesprochen. Aber sie will nicht.« Herr Burkhard vermied zu sagen, dass seine Tochter Rudolf in sehr beleidigender Weise abgelehnt hatte. Dabei war ihm zum ersten Mal unangenehm aufgefallen, wie sie redete. Aber er hatte dem jungen Mann, der gerade El-

tern und Heimat verloren hatte, das bisher nicht sagen wollen. Seltsamerweise lächelte Rudolf zu seinen Worten.
»Das habe ich fast erwartet. Ich weiß, dass sie nicht will. Aber in diesem Fall zählt Euer Wille als Vater wohl etwas mehr. Ich will Euch offen sagen, dass ich den Verlust von Eltern und Burg nur mit dem Gedanken an Elsabetha ertragen konnte. Ich werde mit ihr ein neues Leben aufbauen. Seid ganz sicher: Sie wird mich lieben und sie wird sich ändern!«
»Wenn ich das so genau wüsste wie Ihr, mein Freund, sagte ich auf der Stelle ja dazu.«
»Habt Ihr kein Vertrauen zu mir?« fragte Rudolf.
»Natürlich! Danach braucht Ihr nicht zu fragen.«
»Oder genüge ich Euch nicht, weil ich alles verloren habe?«
»Unsinn, mein Junge. Und, zum Kuckuck – Ihr sollt sie bekommen. Ich sage es ihr heute noch, nur biegt wieder gerade, was ich in meinem väterlichen Unverstand angerichtet habe!«
Das Letzte klang so komisch, dass Rudolf nur mit Mühe ein triumphierendes Lächeln unterdrückte. Jetzt war er endlich am Ziel. Elsabetha würde ihm gehören und er würde als Herrn Burkhards Schwiegersohn und Nachfolger den Namen der Hügelburg führen. *Lohr*, das hatte für ihn in den letzten Monaten nur Verrat und Schande bedeutet. Als Rudolf von Crailsheim konnte er neu anfangen. Mit Elsabetha.
Er reichte Herrn Burkhard beide Hände. »Ich danke Euch. Ich verspreche, dass ich Euch nicht enttäuschen werde!«
Herr Burkhard nickte. »Jetzt müssen wir erst einmal an unsere Pflicht denken. Wir schicken einen Boten nach Öttingen und melden, dass die Gräfin sich bei uns aufhält.«

Inzwischen war Elsabetha in ihr Zimmer gegangen. Dass sie Adelheid damit beschäftigt fand, sich von der Gürtelmagd mit ihrem besten Rosenöl einreiben zu lassen, verbesserte ihre Stimmung auch nicht. Sie beneidete die Württembergerin wegen ihrer hohen Stellung und der Selbstverständlichkeit, mit der sie alles beanspruchte. Aber der Zorn ihres Vaters hatte sie mehr beeindruckt, als sie sich eingestand, und so fielen ihre Antworten auf Adelheids Fragen freundlicher aus, als sie beabsichtigt hatte.

Ja, die Stadt sei weiterhin gut befestigt und habe ausreichend Männer zu ihrer Verteidigung. Nein, es habe keinen neuen Angriff auf Crailsheim gegeben, nur auf Lohr. Ja, sie werde die Gräfin am folgenden Tag bei ihrem Rundgang begleiten und ihr alles Wissenswerte zeigen. Welche Beherrschung sie diese Freundlichkeit kostete, wusste nur Elsabetha. Am liebsten hätte sie der Württembergerin einen Kübel schmutziges Wasser über den Kopf geschüttet, aber stattdessen ließ sie etwas zu essen bringen und setzte es Adelheid selbst vor, während die Gürtelmagd ihr mit großen Tüchern das Haar trocken rieb.

Der Verrat

Auf der Kreßburg saß Tarik mit Bruder Thomas zusammen in dessen Kammer. Thomas, der vor einigen Jahren aus dem Kloster Schöntal als Burgpriester hierhergekommen war, hatte sich bei ihm nach seinen Mitbrüdern erkundigt. Tarik erzählte von dem Medikus und den anderen, die er während seines Aufenthalts kennengelernt hatte, und Bruder Thomas berichtete ihm von dem Leben, dass er von Kindheit an im Kloster geführt hatte.

»Als ich ein Kind war, hat der Abt von Kalsheim das Kloster reformiert«, meinte er in Gedanken versunken. »Wir arbeiteten wieder für Gott, den Herrn, und ich wurde der Bibliothek zugeteilt. Sie war in einem schrecklichen Zustand, viele Pergamente und Bücher mussten abgeschrieben werden, weil sie durch Nässe und Schmutz fast unbrauchbar waren. Damals habe ich viel gelernt.«

»Auch dass man seine Feinde nicht verfolgen soll?« fragte Tarik mit einem Seitenblick. »Ist das auch für Euren ›Herrn‹?«

»Ihr habt Euch mit Fräulein Lianna unterhalten.«

»Ich habe sie nach dem Überfall auf ihre Schwester gefragt. Wir sind uns einig, dass die Kleine nicht erfahren soll, wer der Wilderer war, sonst fürchtet sie sich zu Tode. Aber wenn wir Raghild beschützen wollen, müssen wir den Mörder zur Strecke bringen. Wie verträgt sich das mit Euren Ansichten über Feindesliebe?«

Thomas dachte nach. Wie sollte er einem Mann den christlichen Glauben erklären, wenn die Christen selbst nicht danach lebten? Der ehemalige Spion hatte ihm nichts über seine Herkunft erzählt. Aber ein Mann ohne Gedächtnis war doch wie ein Heide, dem man von Anfang an alles erklären musste.

»Ich habe Fräulein Lianna geraten, ihren Hass aufzugeben, weil die Bitterkeit sie sonst zerfressen hätte. Es ist ein Unterschied zwischen Strafe und Rache, Wolfram. Die Heilige Schrift sagt: ›Wer mit dem Schwert tötet, soll durch das Schwert gerichtet werden‹. Wolfun von Lohr muss gerichtet werden, wenn er noch lebt. Man muss ihn daran hindern, weitere Verbrechen zu begehen, aber Hass und Rache führen nur zu noch mehr Leid.

Denkt an den Bruder unseres Herrn Stephan. Sein Hass hat so viel Leid verursacht, und nun ist er mit seiner Frau und der ganzen Burg untergegangen.«

An das Ende der Burg Lohr musste Tarik nicht erinnert werden. Jede Nacht sah er seine Mutter vor sich, wie sie damals zum Abschied das Kreuzzeichen über ihm machte. Jetzt war sie tot, verbrannt in der Burg, von der nur noch ein Name geblieben war: Wolfun von Lohr, der Mörder, war seither verschwunden. Im Gegensatz zum Holacher glaubte Tarik nicht, dass er mit den anderen umgekommen war.

»Ich könnte das nie«, erklärte er schließlich, »ich werde Wolfun hassen, so lange ich lebe.«

»Ihr habt bestimmt Grund dazu. Aber was nützt Euch Euer Hass?«

»Er treibt mich vorwärts. Er gibt meinem Leben einen Sinn.«

»Herr Stephan hat mir gesagt, dass er Euch an Sohnes statt annehmen will. Die Pergamente sind schon vorbereitet. Gäbe das Eurem Leben nicht einen besseren Sinn?«

»Das ist dasselbe. Weil ich mich dieser Familie zugehörig fühle, werde ich Wolfun töten – um sie zu beschützen.«

»Nein, mein Freund, das ist etwas anderes. Eure Beweggründe sind dann anders, Wolfram!«

»Nennt mich nicht so! Das ist *sein* Name, und es ist jedes Mal wie eine Ohrfeige, wenn das jemand zu mir sagt!«

»Man hat Euch nach diesem Amulett genannt.«

»Ja, nach seinem Amulett. Bloß weil ich es in der Hand hatte.«

»Wollt Ihr einen anderen Namen haben?«

»Ja, wenn ich ein Kreßburger werde. Tamer von Kreßburg.«

»Warum habt Ihr Euch für *Tamer* entschieden?«

Tarik zögerte. Er konnte ja nicht sagen, dass er einen Namen wollte, der seinem eigenen so ähnlich wie möglich war. Schließlich meinte er: »Tamer bedeutet *Mann*. Das scheint mir passend. Ich bin dann einfach nur der Mann von der Kreßburg.«

Er verabschiedete sich nachdenklich. Im Hof traf er Lianna, die mit einem Bündel zum Zwinger ging.

»Kann ich Euch helfen?« fragte er.
»Ich gehe zu den Verwundeten, um die Verbände zu erneuern. Vater sagte, Ihr versteht Euch auf Heilkunde?«
»Ein wenig. Ich komme gern mit.«
Während sie sich gemeinsam um die Verwundeten kümmerten und über Heilkräuter sprachen, stellte der Sarazene fest, dass seine Vorurteile über christliche Edelleute doch nicht für alle zutrafen.

In der Hügelburg hatte Herr Burkhard seiner Tochter kurz und bündig erklärt, dass er Rudolf ihre Hand zugesagt hatte, und dass die Hochzeit in Kürze stattfinden würde. Weder durch Tränen noch durch Schmollen war er zu beeindrucken. Schließlich hatte Elsabetha einen solchen Wutanfall, dass sie zum ersten Mal von ihrem Vater eine kräftige Ohrfeige bekam. Fassungslos hielt sie sich die brennende Wange, während Herr Burkhard leise sagte: »Du wirst dich entschuldigen und Rudolf dein Jawort geben, oder du verlierst alle Rechte als meine Tochter. Ich gebe dir ein paar Tage Zeit, danach wirst du aus der Stadt gejagt, wenn du dich nicht besonnen hast. – Hanno!« Der Knappe trat ein. »Schaff sie in ihre Kammer, schließ ab und bring mir den Schlüssel. Sie erhält weder Essen noch Trinken bis zum Sonntag.« Der Mann ergriff nicht gerade sanft ihren Oberarm und zog sie fort. Im Gang trafen sie Adelheid, die sie spöttisch musterte. Man hatte Elsabethas wütendes Gezeter durch die halbe Burg gehört, und die Württembergerin ließ sich ihre Schadenfreude deutlich anmerken.
In seinem Zimmer sank das Mädchen aufs Bett, während sich draußen der Schlüssel im Schloss drehte. Sie war gefangen. Vier Tage ohne Essen und Trinken, das konnte der Vater doch nicht ernst meinen! Wie ernst es Herrn Burkhard war, begriff sie erst am übernächsten Tag. Niemand hatte den randvollen Nachttopf geleert, und das Waschwasser hatte sie inzwischen getrunken, obwohl es schmutzig war. Ihr Magen knurrte wie ein bösartiger Wolf, und auf ihr Klopfen und Rufen reagierte niemand. Ihre Wut wurde immer größer, und die ganze Zeit hatte sie Adelheids schadenfrohes Lächeln vor Augen. Dafür sollte die Württembergerin bezahlen, das schwor sie mit hundert Eiden.
Als der dritte Tag zu Ende ging, verwandelte sich ihr Zorn in Ver-

zweiflung. Wollte man sie verdursten lassen? In der Kammer stank es inzwischen wie in einer Kloake, und immer noch kümmerte sich niemand um sie.
Dann kam der Sonntag. Die Tür wurde geöffnet, und eine Magd brachte einen Eimer Wasser und ein Stück trockenes Brot. Elsabetha richtete sich mühsam auf, ihr war schwindelig vor Hunger und Durst. Im Eingang stand ihr Vater und sagte etwas. Als sie ihn verständnislos anstarrte, wiederholte er seine Worte.
»Das ist alles, was du heute bekommst. Wenn du dich besonnen hast, wasch dich und zieh dein bestes Kleid an. In einer Stunde komme ich wieder. Entweder du gehorchst oder du verlässt die Stadt.«
Sie war wieder allein. Gierig stürzte sie sich auf das Wasser und trank, dann griff sie nach dem Brot. Es war hart und eine Ecke verschimmelt, aber sie aß es auf, ohne sich zu ekeln. Langsam kehrte ihre Kraft zurück und mit ihr die Wut. Wie konnte der Vater es wagen, sie so zu behandeln? Vier Tage ohne etwas zu essen, und dann nur ein Stück Brot! Das hatte den Hunger fast noch schlimmer gemacht, wie sollte sie den Rest des Tages ohne Essen auskommen? Und was sollte das heißen – ‚wasch dich und zieh dein bestes Kleid an'? Wollte er sie immer noch zwingen, den Lohrer zu heiraten?
Mechanisch begann sie, sich mit dem restlichen Wasser zu waschen, und als Herr Burkhard nach Ablauf einer Stunde zurückkam, saß sie angekleidet auf der Bank.
»Der Priester wartet nach dem Gottesdienst in der Johanneskirche auf uns«, erklärte er eisig. »Du wirst Rudolf heute heiraten und ihm eine gehorsame Ehefrau sein, oder du bist nicht mehr meine Tochter.«
Elsabetha begriff, dass sie den Machtkampf gegen ihren Vater verloren hatte. Es war ein Fehler gewesen, ihn anzuschreien, denn so eine Blamage vor dem Gesinde konnte sich kein Mann gefallen lassen. Wenn sie ihre Stellung behalten wollte, musste sie nachgeben, egal wie groß ihr Zorn inzwischen war. Sie nickte mühsam, aber das genügte dem Vater offenbar nicht.
»Antworte!«, befahl er kurz.
»Ja, Vater«, knirschte sie, »ich werde ihm eine gute Frau sein.«
In der Halle stand noch der gedeckte Frühstückstisch, als sie herunter-

kamen. Elsabethas Magen knurrte laut beim Anblick des Essens, aber Herr Burkhard ließ ihr keine Zeit. Er zerrte sie hinaus und legte dann erst – gemäß der zeremoniellen Gepflogenheiten – ihre Hand auf seinen Arm. So gingen sie durch die Straßen und erwiderten die Grüße der neugierigen Stadtbewohner, bis sie die Kirche erreicht hatten.
Rudolf wartete bereits dort. Auf seine Bitte hin erhielt sie nicht seinen Namen, sondern er nahm den Namen der Stadt an. Herr Burkhard war sofort damit einverstanden gewesen, als Rudolf ihm diese Lösung vorgeschlagen hatte. So konnte er in seinen Enkeln fortbestehen und der schändliche Name *Lohr* wurde ausgelöscht. Nach dem Gottesdienst fand die Trauung statt, ohne dass Elsabetha sich noch einmal widersetzte.
Sie kehrten in die Hügelburg zurück, aber der Vater schien noch nicht zufrieden zu sein. Ein köstliches Mahl wurde aufgetragen, aber an ihrem Platz stand weder ein Becher noch etwas zu essen. Die Männer und Adelheid unterhielten sich, als sei sie gar nicht da, und eine Stunde lang musste Elsabetha zusehen, wie es den anderen schmeckte, während ihr das Wasser im Mund zusammenlief. Als ihr schon ganz schwach vor Hunger war, rief Herr Burkhard nach der Gürtelmagd.
»Frau von Crailsheim soll sich für ihren Mann bereit machen«, befahl er, und puterrot vor Verlegenheit stand die frisch Vermählte auf. Das Letzte, was sie vor dem Verlassen des Raumes sah, war Adelheids süffisantes Lächeln.

Es dauerte über eine Stunde, bis Rudolf kam, und inzwischen hatte sie ihm, der Württembergerin und ihrem Vater bittere Rache geschworen. Sie hatte auch schon einen Plan …
Er öffnete zuerst die Kleidertruhe und nahm ein Küchenbrett heraus, das dort bestimmt nicht hingehörte und das sie da auch nicht vermutet hatte.
»Dein Vater hat ein bisschen übertrieben«, meinte er und stellte es vor sie hin, voll beladen mit den Köstlichkeiten, die man ihr unten verweigert hatte. Gierig stürzte sie sich darauf und aß sich satt, ohne ein Wort zu sagen. Ihr Mann sah zu, bis sie endlich das Brett weg schob.
»Geht es dir jetzt besser?«

Sie nickte und lehnte sich noch weiter zurück, damit ihr Hemd von der Schulter rutschte und mehr von der glatten weißen Haut sichtbar wurde. Seine Reaktion war genauso, wie sie es erhofft hatte. Sie hatte schon oft heimlich zugehört, wenn die Weiber in der Badestube der Stadt über den Akt redeten und darüber, wie man einen Mann in Erregung versetzte, wie man Lust bereiten und steigern konnte. Rudolf sollte eine Liebesnacht erleben, die er nie vergaß. Er würde ihr für alle Zeiten aus der Hand fressen und alles tun, was sie verlangte. Adelheid und ihr Vater würden diesen Tag noch bitter bereuen …

Zwei Tage herrschte Frieden in der Hügelburg. Elsabetha war ihrem Vater und Adelheid gegenüber höflich wie nie zuvor, und Rudolf zählte tagsüber die Stunden, bis er endlich wieder mit ihr allein war. Von dem, was er jetzt erlebte, wurden seine kühnsten Wünsche weit übertroffen. Manchmal fragte er sich, woher sie ihre Fertigkeiten hatte, ein Mädchen von Stand durfte über diese Dinge eigentlich nicht mehr wissen als er. Aber es war ihm egal – er konnte nicht genug von ihr bekommen.

Am dritten Morgen, als er überlegte, ob er aufstehen oder sich mit seiner Frau vorher noch einmal vergnügen sollte, hörte er den Alarmruf. Elsabetha richtete sich auf, während er sich hastig anzog.

»Was ist denn?«, fragte sie schläfrig.

»Bleib hier«, befahl er kurz und eilte hinaus.

In der Burg herrschte das gleiche Durcheinander wie vor ein paar Monaten, als die Holacher sie belagert hatten. Herr Burkhard eilte an ihm vorbei auf den Bergfried.

»Komm mit«, rief er über die Schulter zurück, und gleich darauf sahen sie vom Söller aus die feindlichen Heere, die sie in Windeseile umzingelten. Es waren zwar nicht ganz so viele wie damals, aber dieser Übermacht waren die Crailsheimer wieder nicht gewachsen. Diesmal schickte der Holacher keinen Unterhändler. Das Einzige, was seine Scharte auswetzen konnte, war die Eroberung Crailsheims. Er konnte sich nicht mit einer langen Belagerung aufhalten und ließ pausenlos angreifen. Michael von Kreßburg, der eine Abteilung anführte, wunderte sich über die verbissene Wut seines Befehlshabers. Auch Heinrich von Flügelau, der die dritte Abteilung kommandierte, schüttelte oft ratlos den Kopf. Es kostete die Belagerer viele Männer, aber in der Stadt war die Situation nach wenigen Tagen ebenso hoffnungslos wie im Frühjahr.

Herr Burkhard und Rudolf berieten hin und her, wie sie Hilfe herbeirufen konnten, aber es gelang ihnen nicht, einen Boten durch die feindlichen Linien zu schleusen.

Dann, am vierten Abend, suchte Elsabetha heimlich ihren Mann auf, der in der Dämmerung die Wehrgänge kontrolliert hatte und jetzt im Zwinger hastig ein Stück Fleisch aß.

»Wir müssen etwas unternehmen«, begann sie, »sonst sind wir alle verloren.«

»Du brauchst keine Angst zu haben«, begann er, merkte aber selbst, wie unaufrichtig seine Worte waren. »Wir haben alles versucht«, sagte er stattdessen, »heute Nacht werde ich selbst gehen, um den Öttinger zu holen. Es muss mir nur gelingen, ihn rechtzeitig hierher zu bringen.«

Elsabetha unterbrach ihn ungeduldig: »Du wirst es nicht schaffen, das haben wir doch schon in der ersten Nacht versucht. Nein, wir brauchen einen anderen Plan.« Sie senkte die Stimme zu einem verschwörerischen Flüstern. »Du willst doch nicht, dass sie euch alle umbringen? Und was sie dann mit uns Frauen machen, weißt du genau …«

Rudolf umarmte sie heftig. Dies war sein schlimmster Albtraum, und sie wusste es. Wie konnte er sie nur beschützen?

Elsabetha schob ihn weg. »Wir sind verraten worden«, behauptete sie.

»Wie kommst du darauf?«

»Der Holacher ist hier, weil Adelheid ihm davongelaufen ist. Irgendjemand muss ihm gesagt haben, dass sie hier ist.«

Er schüttelte benommen den Kopf. »Das kann auch ein Zufall sein.«

»Aber nur das kann uns retten! Geh zu ihm und biete sie ihm an, wenn er dafür abzieht.«

»Eine Frau ausliefern? Die Tochter unseres Kriegsherrn? Bist du …«

»Ich weiß genau, was ich sage. Hast du etwa die Geschichte geglaubt, die sie von ihrer Flucht erzählt hat? Dass die Tür zufällig nicht versperrt war? Ich sage dir, sie hat sich mit dem Holacher eingelassen, sonst wäre er nie so nachlässig gewesen. Und jetzt sollen wir ihretwegen alle sterben?«

»Wenn es der Holacher nicht tut, bringt uns der Schrimpf oder der Erlauchte selbst dafür um!« Rudolf merkte nicht, dass er Elsabethas Idee bereits in Erwägung zog, und sie unterdrückte mühsam ein triumphierendes Lächeln. Wenn sich seine Angst noch steigerte, würde er alles tun, was sie wollte. Ihre Rache an Adelheid erfüllte sich schneller, als sie gehofft hatte. Fest schmiegte sie sich an ihn und ihr Duft erregte ihn trotz der Gefahr. »Hilf mir, Rudolf. Du kannst doch nicht zulassen, dass der Holacher mich seinen Männern übergibt.«

Das war allerdings unmöglich. Und in gewisser Weise stellte er ja nur die ursprüngliche Situation wieder her. »Wenn ich nur wüsste, wie …«

»Es muss so aussehen, als wäre sie heimlich entwischt, um sich selbst zu retten. Der Holacher wird sie einfach mitnehmen, weil er sich dann nicht vor dem König dafür rechtfertigen muss, dass sie geflohen ist. Niemand wird dich verdächtigen!«

»Wie bringen wir sie unbemerkt hinaus?« fragte er.

»Ich gebe ihr einen Schlaftrunk, ohne dass sie es merkt. Dann schaffst du sie in einer Decke bis zum Fluss, wir können sie im Ufergebüsch verstecken. Du gehst flussaufwärts, bis du auf die Wachen triffst und erklärst, dass du als Unterhändler kommst. Und sie bringen dich zu Kraft.«

Es ist viel wahrscheinlicher, dass sie mich umbringen, bevor ich ein Wort gesagt habe, dachte Rudolf. Aber Elsabetha sprach schon weiter.

»Du bietest ihm an, Adelheid auf dem gleichen Weg nach draußen zu schaffen. Sie wird schlafen und nicht schreien.«

»Sie könnte aber ertrinken, wenn ich sie am Gitter vorbeibringe.«

»Du musst schnell sein. Man atmet nicht so oft, wenn man nur genug Mohn bekommen hat.«

Oder man atmet gar nicht mehr und stirbt, sagte er sich, sprach es aber nicht laut aus. Sein Zögern galt nicht dem Risiko für sein eigenes Leben, sondern der Tatsache, dass seine Ehre ihm verbot, eine hilflose Frau in Lebensgefahr zu bringen und auszuliefern.

»Du liebst mich nicht«, sagte Elsabetha scheinbar resigniert, weil er immer noch schwieg, »sonst könntest du mir das nicht antun.«

Das gab den Ausschlag. Elsabetha als Beute eines Kriegsknechtes war einfach unvorstellbar, er musste seine Bedenken überwinden.
»Gib ihr den Trunk so schnell wie möglich. Es muss heute Nacht noch geschehen.«
Die Dunkelheit verbarg ihr triumphierendes Lächeln. Rudolf tat wirklich alles, was sie wollte, und dieses Mal war sie klüger gewesen. Sie hatte nicht getobt, sondern seine Gefühle benutzt. Sie küsste ihn stumm, und wieder verriet er sich durch seine verzweifelte Reaktion. Fast hätte er ihr die Rippen gebrochen, so fest presste er sie an sich. Ihr unwillkürliches Stöhnen brachte ihn dazu, sich verlegen zu entschuldigen.
»Ich wollte dir nicht wehtun.«
»Komm in einer halben Stunde ins Schlafzimmer«, flüsterte sie hastig und verschwand. Wie gut, dass sie gegen die Württembergerin in den letzten Tagen so aufmerksam gewesen war. Sie würde keinen Verdacht schöpfen. Elsabetha gelang es problemlos, Adelheid den Schlaftrunk zu geben. Eine knappe Stunde später lag diese bewusstlos und gefesselt im Ufergebüsch, und Rudolf machte sich auf seinen gefährlichen Weg. Er zählte genau mit, wie lange es dauerte, das Gitter zu überwinden und wieder aufzutauchen. So lange würde er dem Mädchen Mund und Nase zuhalten, damit es nicht ertrank.
Aber weiter kam er nicht mit seinen Überlegungen, denn ein Pfeil zischte knapp an seinem Ohr vorbei. So nahe hatten sich die Feinde im Schutz der Dunkelheit schon herangewagt.
»Ich komme als Unterhändler!«, rief er panisch über das Brausen des Wassers hinweg. »Ich bringe eine Nachricht für Herrn Kraft!«
Sie zerrten ihn ans Ufer und schleppten ihn so schnell fort, dass er nicht bemerkte, wie zwei Männer genau an der gleichen Stelle ins Wasser glitten, um zu untersuchen, wie er hergekommen war. Als er dem Holacher seinen Vorschlag machte, konnte er nicht ahnen, wie sein Gegner innerlich aufatmete. Adelheid war in Crailsheim! Und Rudolf wollte sie ihm ausliefern, wenn er im Gegenzug die Stadt verschonte und abzog. Der Lohrer schien wirklich verzweifelt zu sein, aber er musste ihn noch eine Weile hinhalten. War das Ganze eine Finte? Kraft machte ein ungläubiges Gesicht. »Wie soll ich wissen, ob ich Euch vertrauen kann?«

Rudolf konnte sich kaum noch beherrschen. »Was meint Ihr wohl, warum ich das Risiko eingegangen bin, von Euren Leuten umgebracht zu werden?«
Sie redeten hin und her, bis der Knappe, der am Zelteingang wachte, Kraft unbemerkt ein Zeichen gab. Seine Männer hatten herausgefunden, wie man in die Stadt kam.
»Ich gebe Euch mein Ehrenwort«, rief Rudolf gerade.
Der Holacher verkniff sich eine Bemerkung über die Ehre eines Ritters, der eine Edelfrau an ihre erklärten Feinde auslieferte, um die eigene Haut zu retten.
»Also gut«, knurrte er scheinbar widerstrebend. So bekam er seine Gefangene zurück, ohne dass sie bei der Eroberung der Stadt Schaden nahm. Es fiel ihm nicht ein, das Versprechen zu halten, das der Lohrer verlangte, Crailsheim musste fallen. Und einem Verräter mit gleicher Münze heimzuzahlen, schadete seinem Ansehen nicht.
Wenig später war Rudolf auf dem Rückweg zum Fluss. Er jubelte innerlich: Elsabetha und die Stadt waren gerettet! Es gelang ihm, Adelheid unbemerkt ins Wasser zu schaffen und unterzutauchen, aber dann blieb an einer Ecke des Gitters ihr Kleid hängen. Er kämpfte verzweifelt und riss an dem Stoff, trotzdem dauerte es viel zu lange, bis er auf der anderen Seite mit der Bewusstlosen wieder an die Oberfläche kam. Die Belagerer halfen ihm, das Mädchen ans Ufer zu bringen. Während er noch völlig erschöpft nach Atem rang, fragte er sich, ob Adelheid noch lebte. Falls nicht … was sollte dann aus Elsabetha, aus ihm und der ganzen Stadt werden? Er richtete sich mühsam auf.
»Wartet«, keuchte er, als einer der Männer sich die Geisel wie einen Sack über die Schulter warf und Anstalten machte, wegzugehen.
»Sie könnte Wasser geschluckt haben. Wir müssen erst sehen, ob …«
Weiter kam er nicht. Einer der Männer stellte sich ihm in den Weg und zog ein Messer. »Du musst gar nichts mehr sehen«, meinte er knapp und stieß dem überraschten Gegner die Klinge ins Herz. Mit einem gurgelnden Laut sank Rudolf von Crailsheim in sich zusammen. Mit ihm starben sein Ehrgeiz, sein gieriges Verlangen nach Elsabetha und die vagen Schuldgefühle, die ihn wegen seines Verrats gestreift hatten. Er sah nicht mehr, wie die Feinde nacheinander ins Wasser glitten

und tauchten. Er erlebte nicht mehr mit, welche Folgen sein Handeln für seine Frau hatte. Sie übertrafen seine schlimmsten Befürchtungen.

Gleich nachdem sie Rudolf geholfen hatte, Adelheid geräuschlos ins Wasser zu bringen, war Elsabetha in die Hügelburg zurückgeschlichen. Sie kam genauso wenig wie ihr Mann auf den Gedanken, dass er den Feinden ahnungslos einen Weg in die Stadt gezeigt hatte. Besser, sie lag im Bett, dann konnte sie behaupten, geschlafen zu haben und von Adelheids Verschwinden nichts zu wissen. Wenn Rudolf aus irgendeinem Grund nicht zurückkam, war es auch nicht schade um ihn. Immerhin war es möglich, dass der Holacher ihn als Gefangenen behielt. Als sie sich hinlegte, war es noch eine Stunde bis zur Morgendämmerung und dem frühesten Zeitpunkt, zu dem der Turmwächter das Abrücken der Feinde melden konnte. Eine Stunde unerträglicher Spannung, ob ihre Rache gelang. Eine Stunde, in der sie sich ausmalen konnte, wie Adelheid sich wohl fühlte. Oder ihr Vater, wenn er merkte, um welchen Preis die Stadt gerettet war. Oder Rudolf, der Verräter. Sie überlegte genüsslich, wie sie die beiden Männer mit ihrem Wissen erpressen konnte. Zum Beispiel konnte sie sich erst einmal weigern, mit einem Verräter das Bett zu teilen, das würde ihren Mann wahnsinnig machen. Und er konnte nichts dagegen unternehmen, weil sie ihn in der Hand hatte …
Und dem Vater würde sie die Herrschaft über die Stadt wegnehmen. Er war verantwortlich für Adelheid, es musste ihr gelingen, ihm sein Versagen unerträglich vor Augen zu führen. Nur wenn er daran verzweifelte, konnte sie mit Rudolf als ihrer Marionette zum Zug kommen. Als sie etwa eine halbe Stunde von ihrer Rache geträumt hatte, gellte Geschrei zu ihr hinauf. Es klang viel zu nahe, offenbar wurde in der Stadt gekämpft. Auch in der Burg wurde es lebendig, Kommandorufe hallten durch die Gänge und wurden erwidert, dazwischen klang lauter Waffenlärm. Mit zitternden Fingern griff Elsabetha nach ihrem Kleid. Es war mühsam, sich richtig anzukleiden, während herumgebrüllt wurde und sich ein Gestank nach Pech und Feuer ausbreitete, wie in der Hölle. War sie schon in der Hölle, oder kam es ihr nur so vor?

Endlich war sie fertig und legte die Hand auf den Türriegel. Was erwartete sie dahinter? Triumph oder …? Nein, es konnte nur ein Triumph sein, alles andere war undenkbar. Sie riss die Tür auf und stand wenige Minuten später in der Halle. Das Tor ächzte unter den Axthieben von draußen, während die Männer, die zu Verteidigung in der Burg waren, panisch davonliefen. Ihr Vater war nirgendwo zu sehen. Sie stolperte zurück und lief zum Bergfried hinüber. Der Knappe Hanno rief gerade die letzten Verteidiger und Burgbewohner hinein.
»Wo ist der Herr?«, schrie sie ihn an.
»Gefallen. Geht schnell hinein, der Bergfried ist unsere einzige Zuflucht!«
Elsabetha sah sich verwirrt um. Der untere Burghof stand schon in Flammen. Wie war das möglich? Was hatte dieser hirnlose Tölpel Rudolf nur falsch gemacht? Ihr Plan war doch perfekt gewesen!
»Das kann nicht sein«, murmelte sie und ging auf das Feuer zu. Hanno zuckte die Achseln. Er hatte Wichtigeres zu tun, als Herrn Burkhards hochnäsige Tochter zurückzuholen. Die Hitze traf Elsabetha wie ein Schlag ins Gesicht. »Das kann nicht sein«, wiederholte sie wie eine Beschwörungsformel. Sie stolperte über einen Körper und bückte sich. Das Gesicht des Toten war dunkel vom Ruß, aber an den weit aufgerissenen Augen erkannte sie ihren Vater. Ihr Vater, der Herr von Crailsheim! Sie schüttelte ihn grob. Wie konnte er sich einfach davonmachen? Ohne ihn oder Rudolf konnte sie ihre Ansprüche nicht geltend machen. Sie brauchte die beiden für ihre Rache!
Eine unbändige Wut verdrängte jeden klaren Gedanken. Dafür sollten sie büßen, alle! Die Feinde genauso wie ihr untauglicher Ehemann und Adelheid. Ihr Vater hatte ja schon mit dem Leben dafür bezahlt, dass er sie eingesperrt und gedemütigt hatte. Zertreten wollte sie ihn, zu Asche sollte er unter ihren Füßen werden, noch im Tod sollte er leiden. Mit einem hysterischen Lachen stieg sie auf den leblosen Körper und stampfte möglichst fest mit den Füßen darauf. Sie warf die Arme hoch und wiegte sich wie im Tanz. In ihren Ohren klang das Prasseln und Zischen der Flammen wie ruhmreiche Musik, die nur gespielt wurde, damit sie ihrem Vater alles heimzahlen konnte.
Die Holacher, die auf den Palas zustürmten, hielten entsetzt inne und

starrten auf die Wahnsinnige, die mit schrillem Gelächter auf einem Toten herumtrampelte. Michael, der den Trupp anführte, rief ihnen einen strengen Befehl zu. Der Bergfried musste erobert werden, und der Anblick der Verrückten lenkte die Männer ab. Wer war das bloß? Er lief hinüber und packte sie beim Arm, da fuhr sie ihm mit allen zehn Fingernägeln ins Gesicht. Elsabetha! Michael hatte noch nie eine Frau geschlagen, schon gar keine Edelfrau, aber jetzt blieb ihm nichts anderes übrig. Er versetzte ihr einen Faustschlag ins Gesicht, und sie brach zusammen. Der Kreßburger kümmerte sich nicht weiter um sie und wandte sich dem Bergfried zu.

Eine Stunde später war alles vorbei. Elsabetha, die während des Kampfes wieder zu sich gekommen war, hatte sich fortgeschlichen. Sie war jetzt vernünftig genug, an ihr eigenes Überleben zu denken. Die Holacher hatten mit dem Bergfried die letzte Bastion der Stadt erobert und plünderten die Häuser. Es gelang ihr, sich in einem Verschlag der städtischen Badestube zu verstecken. Hier war sie vorläufig in Sicherheit. Sie fand ein einfaches, aber sauberes Kleid und vertauschte es mit ihrem zerrissenen und schmutzigen. Das wurde ihr zum Verhängnis, denn einer der Söldner zerrte sie hervor und gratulierte sich zu seiner Beute. Er lachte nur über ihre Worte, dass sie Frau von Crailsheim und ein Lösegeld wert sei. Es ging Elsabetha genauso wie den anderen jungen Frauen in der Stadt, die den feindlichen Kriegsknechten in die Hände fielen. Und weil sie sich mit aller Kraft wehrte, prahlte der Mann vor den anderen mit der Wildkatze, die er gefunden hatte. Johlend fielen fünf weitere über sie her, und Elsabetha starb einige Stunden später an ihren Verletzungen.

Gegen Abend befahl Kraft, die Feuer zu löschen und die Toten zusammentragen. Er legte eine starke Besatzung in die Burg, kehrte aber selbst so schnell wie möglich in sein Zelt zurück. Dort lag Adelheid seit gestern Nacht in einem totenähnlichen Schlaf. Sie atmete kaum merklich und hatte sich noch nicht bewegt. Der Holacher machte sich bittere Vorwürfe, dass er auf Rudolfs Plan eingegangen war. Erst jetzt merkte er, wie viel sie ihm bedeutete. Wenn sie gesund wurde, wenn er sie erst zu seiner Frau gemacht hatte, würde er ihr alles sagen. Während er voller Angst ihr Gesicht beobachtete, brachte sein Knappe ihm Nachricht über die eigenen Verluste. Fast zweihundert Tote gab es unter seinen Männern, und der Kreßburger war schwer verwundet. Ein Armbrustbolzen hatte ihn in die Brust getroffen, als er den Sturm auf den Bergfried anführte. Kraft antwortete fast automatisch, man solle ihn in die Wasserburg bringen, von seinen Verwandten habe er die beste Pflege zu erwarten.

»Das hat Graf Heinrich auch schon gesagt«, erwiderte der Knappe.

»Was willst du dann noch hier?«, schnauzte der Holacher, und der Knappe suchte eilig das Weite. So reizbar war sein Herr nicht einmal in den letzten Tagen gewesen.

Kraft wandte sich wieder der stillen Gestalt auf dem Lager zu. Es war ihm gleichgültig, was seine Männer über ihn und sein Benehmen redeten. Adelheids Leben war das Einzige, was für ihn zählte. Er vergrub das Gesicht in den Händen, weil er die Tränen nicht länger unterdrücken konnte und versuchte, sich an ein Gebet zu erinnern. So saß er lange und merkte nicht, dass die Kranke die Augen aufschlug und ihn verständnislos ansah. Wie kam der Holacher an ihr Bett? Warum war sie nicht in ihrem Zimmer in der Burg? Und warum hatte sie nicht die Kraft, sich aufzurichten oder zu sprechen? Sie versuchte mühsam, die Hand zu heben, und schließlich gelang es. Ihre Finger berührten seinen Arm und blieben dort liegen. Als er die Hände sinken ließ und sie ansah, erschrak sie vor seinem verfallenen Gesicht, aber der Eindruck verwischte sich sofort. Unendliche Erleichterung breitete sich über seine Züge, als er sie in die Arme nahm. Sie konnte es nicht fassen, er hatte sie zurückgeholt. Alle Anstrengungen, ihm zu entkommen, waren vergeblich gewesen. Sie war wieder seine Gefangene, und der König würde sie ihm endgültig zusprechen als Belohnung für seine Dienste. So, als sei sie ein empfindungsloses Stück Vieh.

Der Gedanke versetzte sie in Wut. Er sollte keine Freude an seinem Sieg haben. Adelheid versteifte sich in seinem Arm, und der Holacher lockerte seinen Griff, um sie besser ansehen zu können. Ihr Gesicht war zu der hochmütigen Maske erstarrt, die er am Anfang so gehasst hatte.

Michael wurde mit aller Vorsicht zur Wasserburg transportiert, wo der Feldscher sich besorgt daran machte, den abgebrochen Bolzen herauszuschneiden.

»Wir müssen eine Nachricht an Herrn Stephan und Gisela schicken«, bat Brunhild ihren Schwiegervater.

»Ja, aber es wird nicht leicht für einen Kurier sein, durchzukommen.« Der Flügelauer überlegte. »Ich schicke Luitold, der kennt sich am besten in den Wäldern aus. Ruf ihn her, ich schreibe inzwischen eine Nachricht.«

Luitold brauchte fast zwei Tage, um die Kreßburg zu erreichen, wo seine Botschaft erst Bestürzung und schließlich einen handfesten Streit hervorrief. Gisela bestand darauf, trotz ihrer Schwangerschaft sofort zur Flügelau aufzubrechen. Weder Liannas Bitten, an das Ungeborene zu denken, noch Stephans Autorität brachten sie davon ab. Sie wollte bei ihrem Mann sein, von dem sie nicht einmal wusste, ob er noch lebte.

Tarik riet schließlich, nachdem man Gisela fast gewaltsam mit einem Mohntrunk zu Bett gebracht hatte: »Lasst sie zu ihm, diese Aufregung schadet ihr mehr als die Reise!«

»Aber wie denn?«, fauchte Lianna. »Kannst du zaubern und sie husch, husch in die Wasserburg schaffen? Welcher Wagen soll da unbemerkt durchkommen, ganz abgesehen davon, dass sie von dem Geholper bestimmt Wehen bekommt?«

»Lasst sie Männerkleider anziehen und auf dem sanftesten Pferd reiten, das in der Burg zu finden ist. Wenn sie rittlings auf einem weichen Sattel sitzt, ist es nicht anstrengend, das Gleichgewicht zu halten. Ich werde den Gaul so führen, dass er in kein Loch und auf keine vorstehende Wurzel tritt.«

Lianna kannte Tarik inzwischen gut genug, um zu wissen, dass er nicht prahlte. Wenn es jemand schaffen konnte, Gisela unbeschadet zu ihrem Mann zu bringen, war es der ehemalige Spion. Nach kurzem Überlegen nickte sie dem Vater zu.

»Lass es ihn versuchen, er hat recht.«

Am nächsten Abend waren alle Vorbereitungen getroffen. Man hatte Raghilds Pferd für den Ritt ausgesucht und mit einem dunklen Umhang und einem weichen Sattel versehen. Gisela, die durch die Droge lange geschlafen hatte, saß ausgeruht und in weite Männerkleidung gehüllt darauf. Tarik trug eine Botschaft an Michael bei sich, die der Vater aufgesetzt hatte. Ob sie den jungen Kreßburger noch erreichen würde? Tarik wünschte es von Herzen, als er Abschied nahm. Die Gesichter der Zurückbleibenden hafteten immer noch in seinem Gedächtnis, als er das Pferd in der Dämmerung fortführte. Er sah darauf, was Bruder Thomas ihm vorgelesen hatte. »Die Liebe hofft alles und erträgt alles.« Das wollte er in Erinnerung behalten, egal was ihm noch begegnen sollte.

Der Weg zur Flügelau dauerte fast die ganze Nacht. Solange sie sich im Wald befanden, ging es sehr langsam, aber stetig vorwärts. Tarik vermied den breiten Fahrweg, nutzte jede Deckung und ging genau vor dem Pferd her, um jede Unebenheit am Boden rechtzeitig zu bemerken. Giselas ungeübte Augen sahen kaum etwas, streckenweise glaubte sie fast, blind zu sein. Aber sie hielt sich eisern an das, was Tarik ihr eingeschärft hatte: Sie gab keinen Laut von sich, auch wenn sie unerwartet vom Gezweig der Bäume oder anderen sonderbaren Dingen gestreift wurde. Besser, sie stellte sich nicht so genau vor, was es war: Nachtvögel oder alte, feuchte Blattranken oder Fledermäuse?
Schließlich erreichten sie den Waldrand. Jetzt kam der schwierigere Teil: das offene Gelände. Zum Glück war der Himmel bewölkt und sie hatten den Bach gefunden, der sich durch die Ebene schlängelte. Seine Ränder waren mit Gebüsch bestanden, das wenigstens teilweise Deckung bot. Tarik führte das Pferd ins Bachbett und flüsterte Gisela zu, sich ja gut festzuhalten. Hier konnte er nicht jeden Stein vermeiden. Es war schwierig, das Pferd geräuschlos durch den Bachlauf zu führen. Viele Male musste er innehalten, um sich zu vergewissern, dass sie wirklich allein waren. Einmal vermutete er, jemanden in der Nähe zu hören, aber es waren nur zwei Rehe, die davonsprangen. Dann mussten die beiden Reisenden den Bach verlassen und sich weiter östlich halten, um an Crailsheim vorbei zur Flügelau zu kommen, und hier wurden sie von Graf Heinrichs Spähern entdeckt. Ein paar Worte genügten, damit die Männer ihre Waffen sinken ließen und zwei von ihnen sie zur Burg

eskortierten. Sie wussten von Michaels Verletzung und auch davon, dass die Schwester der Burgherrin seine Frau und schwanger war. Sie berichteten gleich, dass der Kreßburger noch gelebt hatte, als sie in der Frühe zu ihrem Streifzug aufgebrochen waren. Es stand nicht gut um ihn, aber er war nicht tot. Gisela drängte jetzt so ungeduldig vorwärts, dass die Männer kaum mit ihrem Pferd Schritt halten konnten, und kurz darauf erreichten sie wohlbehalten die Wasserburg. Brunhild, die gerade nach ihrem verwundeten Schwager gesehen hatte, traute ihren Augen nicht, als die Schwester plötzlich vor ihr stand.

»Gisela! Wo in aller Welt kommst du denn her?«

»Von der Kreßburg. Wie geht es Michael?«

»Bist du noch bei Trost? Wie konntest du das riskieren, jetzt, wo du schwanger bist?« Hinter ihrer Schwester sah sie Tarik stehen. »Habt Ihr das etwa zu verantworten?«

Gisela packte sie am Handgelenk »Was ist mit Michael?« Ihre Stimme war schrill vor Angst. Die Burgherrin schluckte. Vorwürfe waren jetzt nicht angebracht, Gisela war nun einmal da und musste sich erst beruhigen.

»Er ist sehr schwach, weil er viel Blut verloren hat, aber das Fieber ist nicht mehr so hoch«, erklärte sie ruhiger.

»Bring mich zu ihm, jetzt gleich, ich bitte dich.«

»Komm mit. Und Ihr«, blitzte sie Tarik über die Schulter an, »wartet hier, ich habe mit Euch zu reden.«

Aber als sie mit ihrer Schwester Michaels Zimmer betrat und das Leuchten auf seinem Gesicht sah, kam ihr das Ganze nicht mehr so wahnsinnig vor. Wenn irgendetwas dem Verletzten Mut und Kraft geben konnte, war es Giselas Gegenwart und die Hoffnung auf das Kind. Leise ging sie hinaus und kehrte in die Halle zurück. Dort saß der ehemalige Spion ihrem Schwiegervater gegenüber und hatte einen Pokal Wein vor sich. Dafür zu sorgen, wäre eigentlich ihre Aufgabe gewesen, aber sie hatte in ihrer Wut diesen verantwortungslosen Verrückten eher in Ketten legen wollen als ihn zu bewirten.

Die Absicht hatte sie inzwischen aufgegeben, also setzte sie sich schweigend dazu und hörte den Bericht über die nächtliche Reise mit an. Sie kannte ihre Schwester gut genug, um zuzugeben, dass Tarik das einzig Richtige getan hatte. Gisela wäre imstande gewesen, sich allein auf den Weg zu machen oder hätte sich so aufgeregt, dass das Risiko einer Fehlgeburt noch größer geworden wäre. Und eigentlich war es wunderbar, die Schwester hier in der Burg zu haben. Brunhild hatte sich in den letzten Monaten ziemlich einsam gefühlt, und jetzt würde Gisela mindestens bis zur Geburt hier bleiben, vielleicht noch länger. Mit einem Neugeborenen konnte sie schließlich nicht heimreisen, und wenn Michael sich erholte, würde das Leben für sie alle wieder freundlicher werden.

Raghilds Entführung

In einer Februarnacht setzten bei Gisela die Wehen ein, aber so plötzlich und heftig, dass die Hebamme besorgt den Kopf schüttelte. Bis zum Morgen hatte sie mehrere Male versucht, das Kind in eine günstigere Lage zu drehen. Als die Wehen für kurze Zeit nachließen, ging sie in den Vorraum zu Graf Heinrich und Michael, der in dieser Nacht zum ersten Mal seit seiner schweren Verwundung wieder aufgestanden war. Tarik hatte die Flügelau schon Wochen zuvor wieder verlassen, weil Herr Kraft ihn als Boten zu Eberhard schicken wollte. Er hoffte, sich mit Adelheids Vater auszusöhnen und war überzeugt, dass die Klugheit des ehemaligen Spions ihm dabei nützen konnte.

»Es sieht nicht gut aus«, meinte die Hebamme. »Das Kind liegt immer noch verkehrt herum, und Gisela hat kaum noch Kraft. Ich weiß nicht, ob sie es übersteht.«

»Aber was können wir tun?« fragte Michael.

»Gar nichts«, erwiderte die Frau.

»Aber kann ich nicht wenigstens zu ihr?«

Die Hebamme schüttelte den Kopf. »Ihr würdet sie nur beunruhigen. Wenn Ihr jetzt hineingeht, glaubt sie, dass wir gar keine Hoffnung mehr haben.«

Michael senkte den Kopf. Er sagte nichts mehr, als die Hebamme zu Gisela zurückging.

»Wir dürfen die Hoffnung nicht aufgeben«, mahnte Heinrich, aber Michael schien ihm gar nicht zuzuhören. Er lehnte sich zurück und starrte vor sich hin, ohne etwas zu sehen. Er sieht genauso aus wie Stephan, als damals die ersten Verhandlungen scheiterten, dachte Heinrich. Zum ersten Mal fand er die Ähnlichkeit zwischen seinem Freund und dessen Sohn erschreckend. Oder lag es an der schweren Verletzung, die Michael noch kaum überstanden hatte? Konnte er überhaupt noch einen weiteren Schlag verkraften?

Die dicke Holztür hatte bis jetzt Giselas Stöhnen und Jammern recht erfolgreich von den beiden Männern ferngehalten, aber nun wurden ihr qualvolles Schreien und die ermutigenden Zurufe der Hebamme unüberhörbar. Michael vergrub den Kopf in seinen Armen, als könne er so das Entsetzen von sich fernhalten, aber Heinrich lauschte angestrengt.

Es war plötzlich so still da drinnen. War Gisela tot? Aber warum kam dann nicht wenigstens Brunhild heraus, um ihnen das Schreckliche zu sagen? Auch Michael hatte die Arme sinken lassen und horchte.

»Sie sind tot« murmelte er. »Es ist alles vorbei.«

Die schwere Bohlentür bewegte sich endlich. Brunhild kam mit einem winzigen Bündel auf dem Arm heraus.

»Es ist ein Junge, und er lebt!« rief sie leise und legte dem Kreßburger das Bündel in den Schoß. Michael starrte ungläubig auf das runzlige Gesichtchen zwischen den Tüchern.

»Und Gisela?« fragte Heinrich.

Brunhilds Lächeln erlosch. »Es geht ihr sehr schlecht«, antwortete sie. »Wir wissen noch nicht, ob sie es schafft.«

Michael schien ihre Worte nicht gehört zu haben. »Mein Sohn ...« flüsterte er. »Mein Sohn ...« Als er den Kopf hob, standen seine Augen voller Tränen. »Er soll Philip heißen.«

Die nächsten Tage vergingen unendlich langsam. Brunhild hatte das Kind in ihre Obhut genommen, und Michael lief wohl zwanzigmal am Tag zwischen ihrem Zimmer und Giselas hin und her. Zuerst hatte Heinrich ihn noch gebeten, sich selbst mehr zu schonen, weil er einen Rückfall befürchtete, aber der Kreßburger zeigte keine Anzeichen von Erschöpfung. Wenn er seinen Sohn in den Armen hielt, wirkte er so glücklich, dass sich Heinrich unwillkürlich an den Michael aus früheren Tagen erinnert fühlte. Und als die Hebamme und der Medikus sich nach fünf Tagen endlich darüber einig waren, dass Gisela außer Gefahr sei, machte seine Genesung rasche Fortschritte. Im Gegensatz dazu erholte Gisela sich nur langsam und konnte ihr Bett kaum verlassen.

Brunhild hatte die Pflege des Jungen umso lieber übernommen, als sie selbst immer noch kein eigenes Kind hatte. Sie hatte das Baby mitsamt der Amme in ihrem eigenen Zimmer untergebracht, und der Rest der

Familie bekam sie kaum noch zu sehen. Nur Michael, der seinen Sohn häufig besuchte, kam seiner Schwägerin in dieser Zeit näher, aber es fiel auch ihm nicht auf, dass Gisela immer teilnahmsloser wurde, während Brunhild glücklicher wirkte als je zuvor.

An einem Abend im März kehrte Gernot nach Hause zurück. Im Gegensatz zu den übrigen Burgbewohnern bemerkte er die sonderbare Veränderung sofort. Nach einigen Tagen besuchte er Gisela, die wie meistens in einem Lehnstuhl in ihrer Kammer saß.

»Wie geht es dir, Gisela?«

Sie rang sich ein mühsames Lächeln ab. »Ich bin den ganzen Tag müde, aber immerhin habe ich keine Schmerzen mehr.«

Er überlegte eine Weile, wie er auf das heikle Thema kommen sollte, ohne sie zu verletzen.

»War Michael schon hier?« fragte er schließlich. Sie schüttelte den Kopf. »Soll ich dich zu Brunhild und deinem Jungen bringen?«

Ein Funken Interesse glomm in ihren Augen auf. »Ich hätte ihn gern einmal wieder gesehen, aber der Weg zu Brunhilds Zimmer ist mir zu weit. Vorgestern hat sie ihn mir gebracht, aber nur für eine halbe Stunde. Die Amme meint, es ist nicht gut, wenn man ihn ständig in der Burg herumträgt. Dazu ist er noch zu klein.«

»Und wenn du ihn dauernd hier bei dir hättest? Er ist doch dein Kind!«

»Brunhild sagt, dazu sei ich noch zu schwach. Und sie hat ja auch recht.« Gisela lehnte sich zurück und schloss resigniert die Augen. Gernot stand langsam auf. Höchste Zeit, dass hier etwas unternommen wurde! Er ging in die Halle hinunter und befahl einer Magd, den Raum neben Giselas Zimmer für die Aufnahme des Kindes herzurichten. Dann ging er zu seiner Frau.

Auf der Treppe begegnete er Michael. »Wie geht es dir?« fragte er. Der Kreßburger lächelte, was Gernot schon seit Monaten nicht mehr bei ihm gesehen hatte.

»Ich komme eben von meinem Sohn. Ein Prachtkerl! Man kann beinahe zusehen, wie er wächst.«

»Ich war gerade bei Gisela« sagte Gernot langsam. Eine leichte Verlegenheit flog über das Gesicht seines Freundes.

»Gisela! Geht es ihr gut?«

»Das solltest du eigentlich besser wissen als ich!« platzte der Flügelauer heraus.
»Ich gehe heute Abend noch zu ihr«, antwortete Michael, aber er fühlte selbst, wie lahm seine Worte klangen, »meist schläft sie um diese Zeit.«
»Sie schläft nicht«, antwortete der Flügelauer und unterdrückte mühsam eine weitere Bemerkung. Damit ließ er seinen Freund stehen und stieß die Tür zu Brunhilds Zimmer auf.
»Leise!« hörte Michael sie sagen, bevor Gernot die Tür noch geräuschvoller zumachte. Langsam stieg er die Treppe hinab. Warum war Gernot so wütend? Schließlich war es sein gutes Recht, nach seinem Sohn zu sehen. Und dass Brunhild sich um das Kind kümmerte, weil Gisela zu schwach dazu war, konnte ihn doch schließlich nicht eifersüchtig machen? Immerhin tat sie das alles neben ihren Pflichten als Burgfrau, und er war ihr mehr als dankbar. Er würde heute Abend zu Gisela gehen und ihr erzählen, wie gut das Kind bei ihrer Schwester versorgt war. Das würde sie freuen.
»Du weckst das Kind auf«, sagte Brunhild mit unterdrückter Stimme zu ihrem Mann, als er die Tür ziemlich rücksichtslos hinter sich zuschlug.
»Das macht nichts, es wird sowieso wach, wenn wir es zu Gisela bringen.«
»Zu Gisela? Das geht nicht, es hat gerade getrunken und soll schlafen.«
»Wo ist die Amme?« fragte er unwirsch, ohne auf die Bemerkung einzugehen.
»Nebenan«, erwiderte Brunhild verwundert.
Gernot öffnete die Zwischentür und rief nach der Amme. »Pack die Kindersachen zusammen und bring sie in den anderen Flügel. Der Raum neben Frau Giselas Kemenate wird gerade für das Kind hergerichtet.«
»Gernot, was soll das?« fuhr Brunhild dazwischen. »Gisela ist zu schwach für das Kind. Es ist hier viel besser aufgehoben. Wenn es bei ihr ist, kann ich mich nicht um alles kümmern!«
»Pack das Zeug ein!« befahl Gernot der Amme noch einmal und machte die Tür wieder zu, aber diesmal erheblich leiser. Sein Zorn war verraucht.

»Setz dich, Brunhild.« Sie sank in den Lehnstuhl neben der Wiege und sah ihren Mann an, mehr verständnislos als zornig.
»Ich war gerade bei Gisela«, begann er. »Sie ist völlig teilnahmslos. Das Einzige, was sie ein bisschen interessiert, ist das Kind. Und von dem konnte sie nur sagen, dass sie es seit zwei Tagen nicht gesehen hat.«
Brunhild senkte den Kopf. »Das Kind ist noch zu klein, um es ständig auf den zugigen Gängen herumzutragen.«
»Das sehe ich vollkommen ein. Umso wichtiger ist es, dass der Junge bei seiner Mutter ist.«
»Willst du ihn mir wegnehmen?«, fragte sie ungläubig. »Ich bin die Einzige, die sich jetzt um ihn kümmern kann!«
Gernot seufzte. »So hart es auch klingen mag, aber du bist diejenige, die Gisela das Kind weggenommen hat. Es gehört ihr, und ich glaube, dass es ihr viel besser geht, wenn sie es bei sich hat. Außerdem ist die Amme da, wenn Gisela sich ausruhen will.«
Brunhild sprang auf die Füße. Sie hatte seine letzten Worte kaum gehört, so wütend war sie. »Ich ihr das Kind weggenommen? Sogar Michael ist froh, dass ich für alles sorge. Und er ist immerhin der Vater. Er hat mir das Kind anvertraut!«
»Genau darum geht es. Du hast mir selbst gesagt, wie froh du bist, dass die beiden sich versöhnt haben. Aber jetzt geht es Michael besser, und er kümmert sich ausschließlich um seinen Sohn, der hier bei dir ist. Bei seiner Frau war er den ganzen Tag noch nicht.«
»Weil sie den ganzen Tag schläft! Es ist doch rücksichtsvoll von ihm, dass er sie nicht stört.«
»Es wäre viel besser, wenn man sie stört. Diese Teilnahmslosigkeit ist bestimmt nicht gut für Gisela, und deshalb kommt das Kind zu ihr, sobald der Raum fertig ist.«
Brunhild kannte ihren Mann gut genug, um zu wissen, dass sie gegen seine Entschlüsse nicht ankam. Aber Zorn und Enttäuschung waren so groß, dass sie sich irgendwie Luft machen musste.
»Du ... du bist ja nur eifersüchtig!« stieß sie hervor, lief in den Nebenraum zu der Amme und warf die Tür zu.
Gernot sah auf das Kind hinunter, das in seiner Wiege ruhig weitergeschlafen hatte. Die letzten Worte seiner Frau trafen ihn tiefer, als er

zugeben wollte. Eifersüchtig! Langsam verließ er den Raum. Er war nicht mehr ganz sicher, ob er richtig gehandelt hatte. Vor allem nicht, ob er es für Michael und Gisela oder für sich selbst getan hatte. Wenn Gisela nun wirklich nicht fähig war, das Kind zu versorgen und die Amme zu beaufsichtigen? Wenn dem Jungen etwas passierte? Das würde Michael ihm nie verzeihen.

»Warum kann in dieser Ehe nicht irgendetwas normal sein?« brummte er vor sich hin, während er zum Zwinger hinunterging.

Inzwischen schreckte Gisela aus ihrem Dämmerschlaf auf, weil im Nebenzimmer jemand rumorte. Seltsam, sonst war doch alles still um diese Tageszeit. Brunhild hatte ihr wiederholt versichert, dass diese Räume wenig benutzt wurden, um sie nicht zu stören. Sie richtete sich auf und lauschte. Das war das Poltern von Kaminholz auf dem Steinboden, und eine Magd schimpfte leise, weil das Feuer nicht anbrennen wollte. Später hörte sie das Prasseln der Flammen und andere Stimmen. Mehrere Leute waren da beschäftigt, offenbar trug man Truhen und andere Gegenstände hinein. Schließlich stand sie auf, um nachzusehen, aber noch bevor sie die Tür erreicht hatte, wurde sie geöffnet und die Amme trug ihren Sohn herein.

»Mein Junge«, flüsterte sie überwältigt.

Brunhild, die hinter der Amme in der Tür stand, sah das Leuchten auf ihrem Gesicht und biss sich auf die Lippen. Sie drehte sich wortlos um und ging hinaus.

In der Stadt Öttingen hatte man inzwischen einen trostlosen Winter verbracht. Der Verlust von Crailsheim konnte die Entscheidung der Kämpfe in diesem Gebiet bedeuten. Wer die Stadt hatte, beherrschte die Ebene, und die Holacher hatten jetzt eine ununterbrochene Verbindung von der Flügelau über Crailsheim bis zur Kreßburg. Dazu kam, dass Lohr zerstört und Honhardt ohne zuverlässigen Burgherrn war. Die Lage war also miserabel, und als der Schrimpf die Nachricht bekam, dass der Holacher Adelheid mit Zustimmung König Heinrichs geheiratet hatte, sank seine Laune auf den Nullpunkt. Schließlich berief er Kunrad von Lohr zu sich, der mit seinem Heer in der Stadt überwinterte.

»Ihr seid mein neuer Burgherr auf Honhardt«, empfing er ihn. »Erstens kennt Ihr die Gegend, zweitens habt Ihr etliche erfolgreiche Schlachten hinter Euch. Ich verlasse mich darauf, dass Ihr Honhardt wieder zu meinem besten Stützpunkt in der Ebene macht. Wie die Lage dort ist, brauche ich Euch ja nicht zu erklären.«

Er betrachtete den Lohrer von der Seite, der ruhig am Tisch stand und sich etwas zu trinken eingoss.

Kunrad war einer seiner besten Heerführer, aber im letzten Jahr merklich gealtert. Sein Gesicht war von scharfen Linien gezeichnet, und durch sein Haar zogen sich graue Strähnen. Er galt als wortkarger Einzelgänger, was bei der Geschichte seiner Familie nicht verwunderlich war. Trotzdem wusste der Schrimpf, dass er keinen besseren Herrn auf die Festung Honhardt schicken konnte. Auch wenn seine beiden Brüder sich als Verräter erwiesen hatten, war Kunrad dem Öttinger unbedingt ergeben und zuverlässig. Das hatte er in den letzten Monaten oft genug bewiesen.

»Wie wollt Ihr weiter vorgehen?« fragte der Lohrer. »Wann wollt Ihr Crailsheim angreifen?«

»Vorläufig nicht«, erwiderte der Schrimpf, »wir müssen zuerst eine neue Burg östlich davon besetzten. Die Stadt ist zu stark befestigt, um sie nur von einer Seite anzugreifen. Vorher müssen wir die Kreßburg haben.«

Kunrad nickte nachdenklich. »Das ist die einzige Möglichkeit, die Erfolg verspricht.«

»Genau. Wir werden das Nest sofort angreifen, denn jetzt rechnen sie nicht damit. Sie glauben, dass wir erst nach der Schneeschmelze kommen, aber ich habe den Weg überprüfen lassen. Der Boden ist überall noch hart genug gefroren, und mit etwas Glück sind wir ziemlich schnell da. Sie haben auch nicht mehr genug Vorräte, um eine Belagerung auszuhalten.«

»Sind auf Honhardt genug Männer, damit ich mich an dem Zug beteiligen kann?«

Der Schrimpf schüttelte den Kopf. »Ihr werdet noch zwanzig Männer von hier mitnehmen, um einigermaßen zurechtzukommen. Mehr kann ich jetzt nicht entbehren. Eure Aufgabe besteht nur darin, uns den Rücken freizuhalten. Wahrscheinlich nehmen wir die Kreßburg, ohne dass die in Crailsheim oder Flügelau etwas merken. Aber wenn sie dahinterkommen, dass wir das Nest belagern, werden sie Hilfe schicken. Erst dann greift Ihr ein und haltet sie uns vom Hals, damit wir nicht zwischen zwei Fronten geraten.«

»Bei der letzten Belagerung bekamen sie Hilfe aus Wüstenau«, gab Kunrad zu bedenken.

»Ich weiß. Ich habe mir das Nest damals am Magdalenentag angesehen. Es ist nur als Hilfsposten für die Kreßburg zu gebrauchen, aber gut befestigt und für sie von unschätzbarem Wert.« Eine Weile herrschte Schweigen.

»Wir müssten beide gleichzeitig angreifen«, begann der Öttinger schließlich von Neuem. »Sie schicken sicher alle paar Tage Nachrichten hin und her, also müsste die Kreßburg schon abgeriegelt sein, wenn Wüstenau niedergemacht wird.«

»Ich könnte das übernehmen, während Ihr die Kreßburg angreift. Sobald ich dort fertig bin, sperre ich die Wege nach Crailsheim und zur Flügelau.«

»So wird es gehen«, stimmte der Öttinger zu. Kunrad nickte. Es war keine leichte Aufgabe, die ihm der Schrimpf da übertrug, aber er war entschlossen, sie zu lösen. Mit seinen alten Freunden hatte er ebenso abgeschlossen wie mit seiner Familie. Zu Anfang hatte er in seinen Albträumen noch gegen sie gekämpft, aber der Verrat seiner beiden Brüder hatte ihn stumpf und gleichgültig gemacht. Der Kunrad von Lohr, der dem Kreßburger zum Sieg im Turnier verholfen, Gisela beschützt und mit ihm zusammengebracht hatte, existierte nicht mehr. Kunrad von Honhardt würde seine beiden Schwager ebenso gleichmütig töten wie schon andere Feinde vorher.

Auf der Kreßburg ahnte man noch nichts Böses. Herr Stephan hatte von der Flügelau die Nachricht erhalten, dass sein Sohn außer Gefahr war und Gisela einen gesunden Jungen zur Welt gebracht hatte. Mit ihrer Rückkehr rechnete er erst im Frühjahr, aber sein Gang war wieder aufrecht, und zusammen mit dem Hofmeister hatte er die Burg und ihre Besatzung gut durch den Winter gebracht. Allerdings wur-

den die Nahrungsvorräte knapp, denn der Winter war früh gekommen und viel strenger gewesen als in anderen Jahren.
Lianna ersetzte die Burgfrau, und ihre Schwester half ihr, um sich die Langeweile zu vertreiben. Dabei wünschte Raghild nichts sehnlicher, als bei Gisela und dem Kind in der Flügelau zu sein. Aber Stephan hielt eine Reise dahin für zu schwierig. Der Winter hatte die Kämpfe zwar unterbrochen, aber die Schneewehen machten den Weg über den Berg für einen Wagen unpassierbar. Selbst die besten Kuriere hatten Mühe, einen Weg durch den Wald zu finden. So war Raghild auf der Kreßburg geblieben, was der alte Mann sehr bedauerte, als er sich unvermutet dem Heer des Öttingers gegenüber sah, das sofort mit der Belagerung begann. Der Schrimpf hatte jede entbehrliche Truppe für dieses Unternehmen in Bewegung gesetzt, und seine Rechnung schien aufzugehen. Nach wenigen Tagen waren schon etliche der Verteidiger von der Menge der Angreifer getötet worden, und die Burg hielt sich eigentlich nur noch, weil sie so gut befestigt war.
»Wir brauchen unbedingt Hilfe von außen«, meinte der Hofmeister an diesem Abend. »Allein können wir uns unmöglich halten. Wüstenau …«
»Auf Wüstenau können wir nicht rechnen, sonst wären sie den Öttingern längst in den Rücken gefallen«, unterbrach Stephan. »Höchstwahrscheinlich haben sie Friedung gleichzeitig mit uns angegriffen, weil sie wussten, dass er uns zur Hilfe kommt, wenn wir hier Schwierigkeiten haben. Nein, wir schicken einen Boten durch den unterirdischen Gang. Am besten Gerfried, der wird sich schon nach Crailsheim durchschlagen können.« Stephan überlegte einige Minuten. »Vielleicht sollten wir die Mädchen … nein, besser nicht. Sie würden ihn nur behindern.«
»Vorläufig sind sie ja hier in Sicherheit. Wenn die Lage sich verschlechtert, kann man sie immer noch durch den Gang hinausbringen. Außerdem, wenn die Flügelauer und Crailsheimer anrücken, wird der Schrimpf schon merken, dass er sich verrechnet hat. Wir sollten die Sache nicht so schwarzsehen.«

Aber es stellte sich heraus, dass sie die Sache nicht schwarz genug gesehen hatten. Gerfried schlug sich zwar ohne größere Schwierigkeiten zu den Verbündeten durch, aber als der Hilfstrupp ausrückte, wurde er im Wald von den Honhardtern angegriffen. Obwohl die Feinde in der Minderheit waren, hatten sie die Oberhand, denn sie griffen unter Kunrads Leitung in kleinen Trupps überraschend aus der Deckung des Waldes an und tauchten ebenso schnell wieder unter. Das verzögerte den Marsch ebenso wie das einsetzende Tauwetter, das die Pfade fast unpassierbar machte. Nach einer Woche warteten die Kreßburger immer noch vergeblich auf Hilfe und inzwischen war ihre Lage verzweifelt.

Es hatte aber noch jemand von der Belagerung der Kreßburg erfahren, und das war Wolfun. Er hatte sich unbemerkt mit ein paar verwegenen Männern auf der vergessenen Fliehburg festgesetzt, die für Philip und Tarik einst so entscheidend gewesen war. Sie hatten die fast völlig zerstörte Rappenau teilweise wiederhergestellt und unternahmen von da aus Raubzüge in die umliegenden Dörfer. Durch den strengen Winter und die Fehde hatte das Raubgesindel ringsum sowieso gute Zeiten, weil die Ritter auf ihren Burgen anderes zu tun hatten, als sich um die Sicherheit der Wege und Dörfer zu kümmern. Wolfun war sich darüber klar, dass er seinem ehemaligen Dienstherrn ebenso wenig unter die Augen kommen durfte wie den Holachern und ihren Verbündeten. Der Öttinger hatte ihn nach der Ermordung Philips zwar beschützt, aber nur, weil ihm die Burg Lohr damals unentbehrlich gewesen war. Dass Adelheid inzwischen die Frau des Holachers war, hatte ihn zu Wolfuns unversöhnlichem Feind gemacht. Denn immerhin hätte er Adelheid vielleicht bekommen können, wenn der Lohrer ihre Freilassung nicht unmöglich gemacht hätte.

So trieb sich Wolfun allein in der Nähe der Burg herum, immer auf der Hut vor den Belagerern. Er hatte schließlich ein Versteck im Gebüsch des Baches ausgemacht, von dem aus er alles beobachten konnte. Er war überzeugt, dass Stephan durch den unterirdischen Gang einen Fluchtversuch unternehmen würde, und dabei konnte er endlich den Einstieg finden. Dann würde er später wiederkommen und den alten Plan seines Vaters verwirklichen, die Burg von innen zu überfallen und zu erobern. Und er, Wolfun, wäre damit unabhängiger Herr der besten Burg im Grenzland. Von den Kreßburgern sollte keiner diesen Tag überleben! Diese Überlegungen waren seine einzige Unterhaltung, während er mit blauen Lippen und halberfrorenen Fingern und Zehen in seinem Versteck hockte und an einem Streifen Trockenfleisch herumkaute, seiner einzigen Verpflegung während dieser Tage.

Dann, in der neunten Nacht, wurde seine Ausdauer belohnt. Herr Stephan hatte sich endlich entschlossen, seine Töchter unter dem Schutz des Hofmeisters durch den Gang in Sicherheit zu bringen. Aber schon nach wenigen Schritten in dem schlecht beleuchteten Gewölbe stolperte Lianna und verletzte sich so unglücklich, dass sie nicht mehr auftreten konnte. Eine hässliche Schürfwunde zog sich über das Fußgelenk.

»Soll ich Euch zurückbringen?«, fragte Herr Gisbert.

Sie schüttelte den Kopf. »Das schaffe ich schon allein. Ihr müsst weiter, die Zeit ist knapp.«

»Ohne dich gehe ich auch nicht!« protestierte Raghild.

»Doch, du gehst. Du weißt, was Vater gesagt hat.« Lianna sprach mit solcher Entschiedenheit, dass ihre Schwester sich ohne ein weiteres Wort fügte und mit Herrn Gisbert ging. Lianna humpelte mühsam zurück. Der Knöchel schmerzte, als ob er verstaucht wäre, und die Wunde war dreckverschmiert. Sie biss die Zähne zusammen. So ein lächerlicher Anlass, aber welche Folgen konnte das haben! Raghild, allein mit dem Hofmeister auf der Flucht – was konnte da alles geschehen, wenn sie dem Feind begegneten?

Inzwischen hatten die beiden anderen das Ende des Ganges erreicht. Aber entweder durch die ungewohnte Männerkleidung oder die Aufregung stellte sich Raghild beim Ausstieg durch das Holundergebüsch so ungeschickt an, dass sie an den glatten Steinen abrutschte. Mit einem leisen Aufschrei kollerte sie die Böschung hinunter. Der Hofmeister beeilte sich hinterherzukommen. Wenn die Belagerer nun etwas gehört hatten! Aber er hatte Raghild noch nicht erreicht, als ihn von hinten Wolfuns Schwert in den Rücken traf. Er konnte nicht einmal mehr schreien. Der Lohrer blieb einen Augenblick über die Leiche gebeugt und lauschte, aber nichts war zu hören. Die Belagerer hatten nichts bemerkt, das Glück war ihm günstig.

Raghild hatte sich inzwischen aufgerappelt. Im Mondlicht war ihr

verängstigtes Gesicht deutlich zu erkennen, und um Wolfuns Lippen spielte ein böses Lächeln. Raghild in seiner Hand – der Kreis, den er vor fast einem Jahr begonnen hatte, schloss sich allmählich.
Er richtete sich auf und schritt langsam in Raghilds Richtung. Das Mädchen hatte plötzlich das unheimliche Gefühl, das Gleiche schon einmal erlebt zu haben. Eine große, massige Männergestalt, die auf sie zukam, das Gesicht im Schatten unkenntlich ... im Schatten? Nein, das war anders gewesen.
»Ihr werdet wohl mit mir kommen müssen, mein Fräulein.«
Diese Stimme! Dieselbe Stimme und ähnliche Worte wie damals: Ihr werdet wohl mit mir kommen müssen, mein Fräulein ... Ihr werdet mir Euer Pferd überlassen müssen, mein Fräulein ...
Die schreckliche Stimme dröhnte in ihrem Kopf wie eine Glocke. Ein Albtraum – es musste ein Albtraum sein. Wenn sie schrie, würde sie aufwachen. Sie öffnete den Mund, aber es kam kein Laut heraus. Eine fremde Hand legte sich über ihr Gesicht, ein kurzer, dumpfer Schmerz, und sie verlor das Bewusstsein. Wolfun beeilte sich, seine Gefangene zu fesseln und zu knebeln. Sie würde bald wieder zu sich kommen, und er musste noch die Leiche des Mannes wegschaffen. Wenn die Belagerer sie hier fanden, würden sie die gleichen Schlüsse ziehen wie er und wahrscheinlich den Geheimgang finden. Es gelang ihm, den Hofmeister unbemerkt weiter unterhalb im Fichtengebüsch zu verbergen. Dann warf er sich Raghild wie einen Sack über den Rücken und schlich davon. Auf Umwegen erreichte er schließlich den Waldrand, wo er seine Gefangene absetzen und sich ausruhen konnte. Hier war er einigermaßen sicher, aber es lag noch ein anstrengender Weg vor ihm. Er hatte kein Pferd in der Nähe, und Raghild würde ihn nur behindern. War es nicht besser, ihr die Kehle durchzuschneiden? Er zog ihr den Knebel aus dem Mund und drohte: »Wenn Ihr schreit, drehe ich Euch den Hals um!«
Dann lehnte er sich bequem zurück und betrachtete sie. Ihre unverkennbare Angst erheiterte ihn. Sie erinnerte ihn an sein letztes Gespräch mit Lianna, als er endlich ihren unerträglichen Hochmut gebrochen hatte: *Ein schönes Mädchen, Eure kleine Schwester, vor allem, wenn sie Angst hat* – ihren entsetzten Gesichtsausdruck hatte er nicht

vergessen. Plötzlich wusste er, was er mit der kleinen Raghild machen würde. Nicht umbringen, nein, er würde sie mit zur Rappenau nehmen und so lange besteigen, bis sie ein Kind erwartete. Dann würde er sie zurückschicken. Wenn Lianna von dieser Schande erfuhr, würde es ihr den Rest geben.

»Hör mir zu, Kleine!« begann er mit dem gleichen drohenden Unterton in der Stimme. »Du wirst mir keine Schwierigkeiten machen, oder du kannst etwas erleben. Wir haben einen weiten Fußmarsch vor uns. Du hast jetzt genau drei Stunden, um dich auszuruhen, und wehe dir, wenn du einen Mucker tust!«

Er kontrollierte ihre Fesseln, rollte sich dann zusammen und schlief ein. Raghild wagte nicht, sich zu rühren. Sie wusste jetzt, dass Wolfun der unbekannte Wilderer gewesen war. Warum war sie nur nicht früher darauf gekommen? Warum war es ihr nicht eingefallen, als sie sich auf der Flügelau so vor ihm gefürchtet hatte? Dann hätte man ihn gefasst und all das Schreckliche wäre nicht geschehen. Philips Tod, Liannas Verzweiflung ... vielleicht wäre sogar schon Friede, wenn sie sich gleich erinnert hätte! Sie unterdrückte ein Schluchzen. Wenn er sie weinen hörte, würde er sie wahrscheinlich töten. Aber was hatte er überhaupt mit ihr vor? Was für ein weiter Fußmarsch war das? Wo würde er sie hinbringen?

Die drei Stunden vergingen, ohne dass Raghild eine Antwort auf ihre Fragen fand, und als Wolfun in der Morgendämmerung aufbrach, stolperte sie erschöpft hinter ihm her. Er hatte ihr nur noch die Hände zusammengebunden und zerrte sie an einem Strick über unwegsame Pfade, durch Schneewehen und dorniges Gestrüpp. Gegen Mittag musste der Lohrer notgedrungen eine Pause machen, weil Raghild an einem Abhang bewusstlos zusammengebrochen war. Er band ihr die Hände los und betrachtete sie nachdenklich. Ihre Arme waren von Dornen zerkratzt, und ein zurückschnellender Ast hatte eine blutige Platzwunde im Gesicht verursacht. Trotzdem hatte sie weder geschrien noch gejammert. Wortlos war sie hinter ihm hergelaufen, bis sie vor Erschöpfung das Bewusstsein verloren hatte. War sie doch mehr als ein kleines, ängstliches Mädchen? Er erinnerte sich plötzlich an den Zorn, mit dem sie ihm zuerst entgegengetreten war.

Der Lohrer ergriff nachdenklich eine Handvoll Schnee und begann, die blutigen Wunden damit abzureiben. Dann wickelte er Raghilds halberfrorene Hände in ihren Umhang und trug sie an eine geschützte Stelle. Es hatte ja keinen Zweck, wenn sie unterwegs starb. Dieser Platz war so günstig, dass er sogar ein Feuer machen und ihr etwas Vernünftiges zu essen geben konnte. Außerdem hatte er selbst Hunger, und eine Pause würde ihm gut tun. Die Rappenau würden sie auch morgen noch erreichen.

Raghild erwachte mit dem Gefühl, als ob Tausende Ameisen über ihre Hände und ihr Gesicht krabbelten. Ihr ganzer Körper schmerzte, aber die stumpfe Gefühllosigkeit der letzten Stunden war fort. Es dauerte eine Weile, bis sie begriff, dass es die Wärme des Feuers war, die ihre Haut jucken und brennen ließ. Sie versuchte die Finger zu bewegen, aber der Schmerz wurde so unerträglich, dass sie es aufgab und noch eine Weile still liegenblieb.

Langsam kam die Erinnerung zurück. Der Lohrer! Sie blinzelte durch die Lider und sah ihn am Feuer etwas braten. Da er sich die Mühe gemacht hatte, sie so weit zu schleppen, hatte ihr Leben wohl irgendeine Bedeutung für ihn. Die panische Angst der letzten Nacht wich langsam, und sie begann, ruhiger zu überlegen. Etwas Gutes würde von Wolfun nicht kommen, aber da sie von anderen keine Hilfe zu erwarten hatte, musste sie sich selbst helfen. Vor allem durfte sie seinen Jähzorn nicht reizen.

Ein Krampf in ihrem linken Bein zwang sie, sich zu bewegen. Wolfun sah auf, und für ein paar Sekunden hingen die beiden Augenpaare aneinander fest. Abschätzend, wie man einen unbekannten Gegner vor dem Kampf mustert, aber es war der Lohrer, der zuerst den Blick senkte. Er drehte das Fleisch über dem Feuer und brummte: »Der Platz ist gut, wir bleiben über Nacht hier. Gleich können wir essen.«

Das Mädchen richtete sich auf. Sie würde nicht stöhnen, egal wie wund und zerschlagen sie war. Sie würde ihm keinen Anlass geben, seine Wut auszutoben. Und was immer er vorhatte, sie würde ihm nicht mehr zeigen, dass sie sich fürchtete. Diese Genugtuung würde sie ihm nehmen – und damit das Gefühl, die Kreßburger besiegt zu haben.

Sie aßen schweigend, und als Wolfun sie wieder fesselte, rollte sie sich an dem Felsen zusammen und schlief früher als er.
Am nächsten Morgen zogen sie weiter. Raghild ertrug die Strapazen der Wanderung jetzt besser, und nach einigen Stunden hatten sie die alte Fliehburg erreicht. Das Mädchen sah sich erstaunt um. Die Rappenau war nicht viel mehr als ein aufgeschütteter Ringwall auf einem Hügel, in dem sich jetzt mehrere primitive Hütten zusammendrängten. Männer, denen man das Raubgesindel auf zehn Schritte ansah, kamen und gingen, aber sie waren sicher alle gute Kämpfer. Die günstige Lage der Fliehburg machte sie zu einem sicheren Nest. Vor allem, dass sie so versteckt im Wald lag, schien die Leute in Sicherheit zu wiegen. Raghild sah auch einige Weiber, ebenso abgerissen und schmutzig wie Wolfuns Leute. Sie betrachteten den Neuankömmling neugierig.
Wolfun zerrte sie in eine der größeren Hütten und band sie an einem Pfosten fest. Es war Raghild völlig klar, was ihr bevorstand, und das Entsetzen vor diesem Mann ließ ihre Selbstbeherrschung zerbröseln wie altes Laub nach dem Frost. Zu ihrem Glück ging der Lohrer wieder hinaus und rief seine Männer zu einer Besprechung zusammen. Sie konnte ihn reden hören, ohne seine Worte im Einzelnen zu verstehen, aber am zustimmenden Gejohle der Räuber erkannte sie, dass er von ihrer Gefangennahme beim unterirdischen Gang erzählte. Beim Gang? Gütiger Himmel! Dass sie nicht sofort daran gedacht hatte! Wolfun kannte jetzt den Einstieg. Wahrscheinlich hatte er in der Nähe gewartet, ob jemand einen Fluchtversuch machen würde, und sie nur deshalb abgefangen. Und jetzt würde er mit seinen Kumpanen die nichtsahnenden Kreßburger im Innern der Burg überfallen! Raghild wurde es heiß und kalt bei dem Gedanken. Sie musste das verhindern, aber wie? Noch bevor sie zu einer klaren Überlegung fähig war, kam Wolfun wieder herein. Er löste ihre Fesseln und stieß sie auf das Lager aus schmutzigen Fellen. Aber jetzt stachelte sein bösartiges Grinsen nur noch ihren Zorn an. Und obwohl sie der Ekel schüttelte und die Schmerzen, die er ihr zufügte, fast unerträglich waren, überstand sie die nächsten Stunden, ohne zu weinen oder zu schreien. Er beobachtete sie unzufrieden. Sie sollte jammern und um Mitleid betteln, nicht stumm alles über sich ergehen lassen.

Als es draußen dämmrig wurde, deutete der Lohrer auf ein Bündel schmutziger Kleider, wie sie die anderen Weiber trugen.
»Zieh das an und mach mir was zu essen!« befahl er. »Übrigens sind Fluchtversuche zwecklos, alle Augen hier im Lager sind so gut wie meine eigenen. Du kämst nicht einmal den Wall hinunter.«
Raghild schlüpfte schweigend in die fremden Kleider. Sie hatte das Gefühl, nie mehr im Leben sauber werden zu können, aber sie verließ die Hütte aufrecht ohne noch etwas zu sagen.
Draußen waren etliche der Weiber mit Essenkochen beschäftigt. Sie stießen sich an und deuteten kichernd auf Raghild, die von dem frischen Wildbret eine Lende herunterschnitt und sich damit am Feuer zu schaffen machte. Sie fand auch Brot und geräuchertes Fleisch, und als sie später mit einer vollständigen Mahlzeit wieder in die Hütte trat, hatte der Lohrer das ungute Gefühl, dass ihr Stolz vielleicht noch schwerer zu brechen wäre als der von Lianna. Aber Raghild war nicht so willensstark, wie es den Anschein hatte. Es kam ihr vor, als habe sich ihr Innerstes völlig zurückgezogen und teilnahmslos mit angesehen, wie ihr Körper missbraucht wurde. So, als geschähe es einer Anderen, mit der sie nichts zu tun hatte. Und so überstand sie einen Tag nach dem anderen. Jedes Mal, wenn Wolfun über sie herfiel, gelang es ihr rascher, ihren schmerzenden Körper zu ignorieren. Sie flüchtete sich in die schützende Kapsel aus Leere, die ihr Geist gebildet hatte, um vor Angst und Verzweiflung nicht wahnsinnig zu werden. Dort war es still, und Scham und Schmerz schienen so lange nicht einzudringen, wie sie sich passiv verhielt und ihn tun ließ, was er wollte.

Der Tag, der auf Raghilds Entführung folgte, brachte die Flügelauer endlich aus dem Wald ins offene Gelände hinaus. Hier hatten Kunrads Männer keine Gelegenheit mehr, sie aus dem Hinterhalt anzugreifen, aber über die Hälfte der Männer waren tot oder verwundet. Gernot, der sie anführte, ordnete die Truppe neu und befahl, dass eine Nachhut den Weg sichern sollte. Wenn die Honhardter ihnen bis hierher gefolgt waren, mussten sie auch mit weiteren Angriffen rechnen. Eine Befreiung der Kreßburg war unter diesen Umständen schwierig, fast unmöglich.

Gernot trieb seine Leute vorwärts. Wenn der Schrimpf die Burg bekam, konnte sich das Kriegsglück, das den Holachern und ihren Verbündeten bisher so günstig gewesen war, mit einem Schlag wenden. Bald hatten sie den Kampfplatz erreicht. Auf Gernots Befehl stimmten die Flügelauer ein lautes Geschrei an, als sie den Öttingern in den Rücken fielen. Das bewirkte eine heillose Verwirrung bei den Feinden, und in der ersten halben Stunde ging die Rechnung der Befreier auf. Aber dann ordneten sich die Männer um den Schrimpf und schlugen zurück. Die Kreßburger sahen ihre Freunde, die bisher angegriffen hatten, plötzlich in Verteidigungsstellung, und so riskierte der alte Burgherr in seiner Verzweiflung einen Ausfall.

Das brachte erneut Unruhe unter die Öttinger, die nicht wussten, woher der neue Gegner gekommen war. Gernot erkannte plötzlich den feindlichen Anführer ungedeckt im Getümmel. Er entriss einem neben ihm stehenden Mann die Armbrust und drückte ab.

Der Fall ihres Anführers machte die Öttinger kopflos. Mit dem Siegesruf »Der Schrimpf ist tot – der Schrimpf ist tot!« vereinigten sich die Flügelauer mit den Kreßburgern und jagten die Feinde in alle Richtungen auseinander. Nicht einmal das Eingreifen Kunrads, der verspätet auf dem Kampfplatz erschien, brachte die Männer wieder zusammen. Am frühen Abend wurde der Honhardter, der sich bis zum Schluss gewehrt hatte, als einer der Letzten gefangengenommen und auf die Kreßburg gebracht. Den Schrimpf fand man nicht, wahrscheinlich war er doch nur verwundet gewesen und mit den anderen geflohen. Das machte den siegreichen Kreßburgern auch weniger Sorge als die Tatsache, dass Raghild und der Hofmeister nicht bei den Flügelauer Truppen angekommen waren.

»Ihr müsst sie getroffen haben, es war Mitternacht, als sie die Burg verließen. Sie sind in eure Richtung gezogen!« Stephan gab sich keine Mühe, seine Aufregung zu verbergen.

»Aber vielleicht sind sie doch den Belagerern in die Hände gefallen«, erwiderte Gernot.

»Ausgeschlossen. Bei den Öttingern war es die ganze Nacht ruhig. Wenn sie die beiden abgefangen hätten, hätten wir zumindest etwas davon hören müssen.«

Man suchte den ganzen folgenden Tag und fasste dabei noch einige Öttinger Söldner, die aber auch nichts über Raghild wussten. Schließlich entdeckte ein Knecht die Leiche des Hofmeisters im Gebüsch und brachte sie auf die Burg.

»Er ist von hinten mit einem Schwert getötet worden«, sagte Gernot nach kurzer Untersuchung. »Es muss ihnen jemand aufgelauert haben.«

»Aber wer?« fragte Stephan. »Wenn die Öttinger ihn in unmittelbarer Nähe des Ganges getötet hätten, hätten sie auch den Einstieg gefunden. Dann wäre es zu der Schlacht gar nicht mehr gekommen!«

»Stimmt«, erwiderte Gernot. »Aber wer außer den Belagerern könnte hier gewesen sein? Und was noch schlimmer ist: Welcher Feind kennt jetzt den Geheimgang?«

Niemand wusste eine Antwort darauf.

Für Lianna hatte der missglückte Fluchtversuch ebenfalls schreckliche Folgen. Die Abschürfung an ihrem Knöchel hatte sich entzündet, und während der Verteidigung der Burg hatte sich nur eine Magd um sie kümmern können. Inzwischen hatte sie hohes Fieber, das trotz aller Anstrengung der Beschließerin nicht fallen wollte. Ihr Bein war von Wundbrand befallen.

»Wenn Tamer nur da wäre! Er versteht doch etwas von Heilkunde. Vielleicht könnte er ihr helfen«, sagte Stephan verzweifelt zu Bruder Thomas. Die Urkunde, in der der König der Adoption des früheren Spions zustimmte, war kurz nach der Hochzeit des Holachers auf der Kreßburg eingetroffen. Tamer, jetzt offiziell ein Familienmitglied, war häufig zwischen den Burgen unterwegs, um Missionen zu übernehmen, die man sonst niemandem anvertrauen konnte. Er war ein unentbehrlicher Verbündeter, ohne je in einem Kampf gefochten zu haben.

»Auf der Flügelau erwarten sie ihn jeden Tag, und man wird ihm sofort alles erzählen. Er wird so schnell wie möglich herkommen, wahrscheinlich hält ihn das Tauwetter auf.

Aber wir dürfen die Hoffnung nicht aufgeben!« erwiderte der Pater.

Es dauerte noch zwei Tage, bis Tamer auf der Kreßburg eintraf, und inzwischen ging es Lianna so schlecht, dass sie nur noch selten bei

Bewusstsein war. Stephan schilderte ihm verzweifelt, was man bisher unternommen hatte. Als die Beschließerin Tamer in ihr Zimmer brachte, erschrak er trotz aller Befürchtungen, die ihm bei den Worten des Vaters gekommen waren. Der Geruch von verfaultem Fleisch hing im Raum, und Liannas Gesicht sah aus wie das einer Toten. Sie schlug mühsam die Augen auf, als er ihre Hand berührte.

»Tamer!«

»Ja, Lianna. Ich bin da. Hab keine Angst, ich schaue mir nur deinen Fuß an.« Er untersuchte die Wunde, ohne das Gesicht zu verziehen und verlangte dann nach Wasser und sauberen Tüchern. Die Beschließerin ging, und er war mit Lianna allein.

Ihr Gesicht war vor Schmerz verzerrt.

»Sag mir die Wahrheit, Tamer. Werde ich sterben?«

Er antwortete nicht gleich. Hatte es Sinn, sie zu belügen? Warum hatte es ausgerechnet Lianna treffen müssen?

Sie deutete auf das blaurot geschwollene Bein. »Du hast mir einmal erzählt, dass dein Vater ein brandiges Bein abgeschnitten und den Verletzten so gerettet hat. Kannst du das auch?«

Er schüttelte den Kopf. »Wie lange hast du schon Fieber?«

»Ich weiß nicht. Die Tage sind so … Wie lange liege ich schon hier?«

»Neun Tage, sagt dein Vater.«

»Ich hatte schon zwei Tage Fieber, als ich nicht mehr stehen konnte.«

»Dann ist es unmöglich. Du bist zu schwach.« Außerdem erschien es ihm ausgeschlossen, ihr so entsetzliche Schmerzen zuzufügen. Selbst die Wunde aufzuschneiden, um das vergiftete Blut herauszulassen, war eine grauenhafte Vorstellung. Er suchte zwischen seinen getrockneten Kräutern nach der Mischung aus Mohn und Pilzen, die nicht nur einschläferten, sondern auch die Schmerzen betäubten.

»Nimm das, es wird dir helfen«, bat er, als sie seine Hand weg schob.

»Sag mir die Wahrheit!«, verlangte sie heftig, und er zuckte zusammen. Stephan hatte sie als völlig teilnahmslos beschrieben. War dies das letzte Aufflackern von Kraft, das er auch bei anderen Sterbenden beobachtet hatte? War es schon so weit, und hatte sie nur noch auf ihn gewartet? »Wenn ich nicht am Leben bleibe, muss ich noch etwas mit dir besprechen, bevor … bitte, Tarik.«

Sie nannte ihn wieder Tarik. Sein alter Sarazenenname. Sie war die Einzige, aus deren Mund er ihn immer gern gehört hatte, so selbstverständlich hatte sie ihn akzeptiert. Lianna, seine Schwester, der er nicht mehr helfen konnte.

»Was willst du mir sagen?« Seine eigene Stimme erschien ihm fremd.

»Raghild. Du weißt, dass man sie nicht gefunden hat?« Er nickte. »Ich kann nicht glauben, dass sie tot sein soll. Du musst sie suchen, Tarik. Du bist der einzige, der es kann.«

»Ich verspreche es dir.«

Sie lehnte sich erschöpft zurück und wehrte sich nicht mehr, als er ihr die Droge gab.

»Vater… «, murmelte sie. Tarik schickte nach Herrn Stephan und dem Burgpriester. Die beiden kamen sofort und schauten ihn erwartungsvoll an. Als sie sahen, wie er hoffnungslos den Kopf schüttelte, schwankte der alte Mann und musste von Bruder Thomas gestützt werden. »Vater!« Liannas Stimme brachte ihn zu sich. Er setzte sich neben das Bett, während der Pater die letzte Ölung vorbereitete. »Sei nicht traurig, Vater. Tamer wird Raghild finden, er hat es mir versprochen. Grüße Michael und Gisela…«

»Mein Kind, du wirst…« Stephan stockte, als sie ihn eindringlich ansah.

»Nein, keine Lügen mehr, Vater. Ich sterbe. Philip wartet auf mich.« Der alte Mann konnte die Tränen nicht unterdrücken, die ihm unaufhaltsam in den Bart liefen, während der Pater den letzten Segen über Lianna sprach. Dann wirkten die Mittel, die Tamer ihr gegeben hatte. Ihr schmerzverzerrtes Gesicht entspannte sich, und sie schlief ein. Er hatte nur ein sauberes Tuch um das Bein gewickelt, ohne noch eine Behandlung zu versuchen. Er war viel zu spät gekommen. Die Männer blieben bei Lianna, während ihr Atem flacher und unregelmäßiger wurde. Sie starb in der Nacht, ohne noch einmal zu Bewusstsein zu kommen.

Am nächsten Morgen ging Tamer in die Kapelle, was er bisher streng vermieden hatte. Als Sohn eines Sarazenen scheute er sich, die heiligen Orte der Christen zu betreten, obwohl ihm das Meiste einleuchtete, was Bruder Thomas ihm erklärt hatte. Aber hier lag Lianna aufgebahrt, seine Schwester, von der er sich noch nicht verabschiedet hatte. Wieder verlor er einen Menschen, der ihn akzeptiert und geliebt hatte, wie er war.

Sein Vater, an den er sich nicht einmal erinnern konnte, Philip, der ihm das Leben gerettet hatte, seine Mutter, verbrannt in der Burg Lohr, und jetzt Lianna, seine Adoptivschwester.

Als sie in der Nacht gestorben war, hatte er sich um den Vater gekümmert, der fassungslos vor Schmerz neben seinem toten Kind saß. Jetzt schlief Stephan, und er konnte sie noch einmal ansehen. Ihr Gesicht war friedlich, sein Schmerzmittel hatte ihr zumindest einen leichteren Tod ermöglicht. Und sie war immer noch schön in ihrem besten Kleid, das die Beschließerin ihr angezogen hatte. Das Haar, das schon nachgewachsen war, wellte sich unter dem Schleier, und man hatte sie so zugedeckt, dass das unförmige Bein nicht sichtbar war. So wollte er sie in Erinnerung behalten: schön und stark, ohne dabei hart zu sein. Sie hatte auf ihn gewartet, weil sie noch einen wichtigen Auftrag für ihn hatte: Raghild.

»Ich verspreche es, Lianna«, flüsterte er, »hier, an der heiligen Stätte deines Glaubens. Im Namen deines Gottes, der ab heute auch mein Gott ist: Ich werde sie finden, und ich werde sie retten, wenn ich kann.«

Als Michael mit Gisela und ihrem Sohn wenige Wochen später auf die heimatliche Burg zurückkehrte, hatte Tamer trotz aller Mühen noch keine Spur von Raghild gefunden.

Kampf der Wölfe

Das Frühjahr 1309 brachte neue Überraschungen.
Der Schrimpf war nach Öttingen zurückgekehrt und hatte sich schnell von der Schusswunde erholt, die Gernot ihm zugefügt hatte. Jetzt ging das Gerücht um, dass Eberhard der Erlauchte sich von ihm losgesagt hatte. Der Württemberger suchte einen Ausgleich mit dem König, um Frieden mit dem Holacher schließen zu können. Offenbar wollte er den Krieg wegen seiner Tochter nicht weiter führen, die inzwischen ihr erstes Kind erwartete. Tamer hatte seine Mission erfolgreich zu Ende gebracht und dachte oft wehmütig an seinen Freund Philip, dessen Plan jetzt tatsächlich Wirklichkeit wurde. Dagegen war der Kampfgeist des Schrimpf ungebrochen, er rüstete eifrig, um die erlittene Schlappe wieder wettzumachen. Mit ihm hatte der Holacher noch einen harten Strauß auszufechten.
Auf der Kreßburg hatte Michael inzwischen mehrmals versucht, mit Kunrad zu reden, aber der Honhardter war völlig unzugänglich. Nur als man ihn nach Raghilds Verschwinden fragte, glomm ein Funke Interesse in seinem Gesicht auf, erlosch aber gleich wieder. Nein, er habe von ihr weder etwas gesehen noch gehört.
Man hatte Kunrad im einzigen oberirdischen Verließ an der Burgmauer untergebracht, das ein ziemlich großes, vergittertes Fenster hatte und für vornehme Gefangene eingerichtet war. Michael hatte es nicht über sich gebracht, ihn in einem der Kerker verfaulen zu lassen. Entfliehen konnte er nicht, und für anständiges Essen war auch gesorgt. Vielleicht würde er es sich mit der Zeit anders überlegen.
Auch Gisela besuchte ihren Bruder regelmäßig, ohne ihm ein Wort entlocken zu können. Sie war inzwischen völlig genesen, und trotz Raghilds Verschwinden und Liannas tragischem Tod gab es auf der Burg zum ersten Mal seit dem Beginn der Kämpfe so etwas wie Glück und Zufriedenheit. Schon in der Flügelau, nachdem sie das Kind in ihre Obhut genommen hatte, war Giselas Verhältnis zu ihrem Mann wieder so liebevoll geworden wie vorher. Und hier auf der Kreßburg

war es viel leichter als dort neben Brunhild, die das Kind immer mit sehnsüchtigen Augen betrachtet hatte. Eigentlich tat die Schwester ihr leid, die sich so sehr ein eigenes Kind wünschte. Aber Gisela fühlte sich hier, in ihrem Zuhause, frei von dem Unbehagen, das sie in Gegenwart ihrer Schwester gespürt hatte. Stephan und Michael kamen abends wieder in den gemeinsamen Wohnraum, wo der kleine Philip in einer Wiege schlief. Gisela bemühte sich mit Erfolg, ihnen die Abende freundlich zu gestalten.

Raghilds Name wurde nur selten genannt, denn alle waren überzeugt, dass sie wie der Hofmeister umgekommen war, auch wenn man ihre Leiche nicht gefunden hatte. Der Einzige, der sich damit nicht zufriedengab, war Tamer. Nach Liannas Tod hatte er tagelang die nähere Umgebung der Burg abgesucht und seine Streifzüge dann immer weiter ausgedehnt. Ihre letzten Worte ließen ihm keine Ruhe. Er hatte versprochen, über die kleine Schwester zu wachen und war im entscheidenden Moment nicht dagewesen. Tamer musste unbedingt wieder gutmachen, was er versäumt hatte.

Michael hatte mit Zustimmung seines Vaters den unterirdischen Gang verschüttet. Dass sie die Leiche Herrn Gisberts so nahe beim Ausstieg entdeckt hatten, beunruhigte ihn.

»Wer weiß, ob ihnen dort nicht jemand aufgelauert hat«, sagte er. »Er könnte den Einstig gefunden haben, und dann sind wir in größter Gefahr. Wir verschütten den Gang und legen später einen anderen an.«

Im Spätsommer kam es in der Ebene zwischen Honhardt und der Flügelau erneut zu einer Schlacht mit dem Schrimpf. Eberhard von Württemberg hatte sich tatsächlich aus den Kämpfen zurückgezogen, aber der Öttinger hatte auch allein ein großes Heer zusammengebracht. Die Verluste auf beiden Seiten waren hoch, ohne dass einer dem anderen einen Vorteil abgewinnen konnte. Michael, der wie immer an der Seite des Holachers gekämpft hatte, war froh, als er den Heimweg antreten konnte. Er trieb seine Leute vorwärts. Heim, nach Hause zum kleinen Philip! Und Gisela machte sich bestimmt Sorgen, ob er verletzt sei.

Sie hatten gerade den Strüt auf der Höhe des Berges erreicht, als einer

der Männer einen Warnruf ausstieß. Michael griff unwillkürlich nach seinem Schwert, aber dann erkannte er, dass es Tamer war, der von Norden über den Bergrücken kam.
Er winkte ihm zu. »Kommst du mit uns nach Hause?« Oft hatte er seinen Bruder gebeten, die Suche nach Raghild aufzugeben, aber Tamer konnte offenbar nicht mit der Vergangenheit abschließen. Heute wirkte er besonders bedrückt. »Gibt es etwas Neues?«, fragte Michael behutsam, nachdem sie eine Weile stumm nebeneinander her geritten waren. Tamer antwortete nicht, und Michael drehte sich im Sattel zur Seite, um ihm ins Gesicht sehen zu können. Er erschrak vor der Verzweiflung in den Augen seines Bruders.
»Ich erzähle es auf der Burg, wenn der Vater dabei ist«, erwiderte der ehemalige Spion rau.
Dem Kreßburger wurde es unheimlich, aber etwas in Tamers Gesicht hinderte ihn, weiter zu fragen. Sie hatten sich doch mit Raghilds Tod abgefunden, was konnte da noch Schlimmes kommen? Vermutlich ging es um etwas ganz anderes, aber was es auch war: Wenn es sogar Tamer aus der Fassung brachte, musste es etwas Furchtbares sein. Er versank in grüblerisches Schweigen, bis das Horn des Turmwächters ihn aufschreckte. Sie hatten die Kreßburg erreicht, und gleich darauf waren sie im Zwinger von der Familie umringt.
»Wie schön, dass du Tamer mitgebracht hast!«, rief Gisela, und auch der Vater umarmte beide Söhne gleichzeitig.

Kunrad, der von seinem Verließ aus einen Teil des Weges überblicken konnte, hörte den Hornruf und sah den Mann auf dem Maultier an Michaels Seite. Er wusste vom Schrimpf, dass er den Öttinger ausspioniert und seinen Bruder Wolfun in Lobenhausen aufgespürt hatte. Bestimmt war wieder etwas im Gange!
Kunrad begann mit einer fieberhaften Tätigkeit. Schon seit einiger Zeit arbeitete er an den Steinen, in die die Eisenstäbe des Fensters eingelassen waren. Es war ihm gelungen, sie teilweise herauszubrechen. Jetzt mussten die Letzten fallen. Bevor der Wächter kam, hatte er sie jedes Mal wieder provisorisch befestigt, sodass der Mann nicht misstrauisch wurde. Als man ihn hierher brachte, hatte Michael selbst

die Festigkeit der Eisenstangen überprüft, und niemand hatte seither ernsthaft daran gerüttelt. Außerdem fiel der Hang hier über hundert Fuß steil ab – ein Sprung war kaum zu überleben. Aber Kunrad hatte auch dafür eine Lösung gefunden. Wie es sich für das Gefängnis eines vornehmen Mannes gehörte, hatte er kein fauliges Stroh in der Ecke, sondern ein richtiges Bett, dessen Bespannung aus starken Tauen bestand. Er hatte die Stricke in endlosen Stunden aufgedreht, vorsichtig auseinander gezupft und zu einem langen Seil verbunden. Nachdem der Wächter sein Abendessen gebracht hatte, konnte Kunrad sich sicher fühlen. Wenn er keinen Lärm schlug, kam vor dem nächsten Morgen niemand her.

Kunrad riss die Stangen heraus und befestigte eine davon an dem Tau. Es gelang ihm, das beschwerte Ende nach oben zu schleudern, wo es sich mit einem Klirren hinter den Steinen der Brustwehr verhakte. Er wartete atemlos, aber nichts rührte sich. Das Seil war fest, und so stieg er hinaus, und zwar nach oben. Er erreichte unbemerkt den Wehrgang, zog das Tau ein und wartete flach an die Steine gedrückt einige Zeit ab. Alles blieb ruhig. Die Knappen und Knechte waren im Zwinger beim Abendessen. Nur die beiden Wächter waren da, hatten ihn aber nicht bemerkt. Er brauchte nur kurze Zeit, um sich zu orientieren. Dann schlich er im Dämmerlicht des sinkenden Tages zum Palas. Sie mussten mit dem Spion im Rittersaal sein, und wenn er etwas erfahren wollte, musste er unbemerkt dahin kommen. In der Nähe des Saales hörte er Stimmengewirr. Eine Tür sprang auf, und helles Licht fiel in den Korridor. Er konnte sich gerade noch hinter einem Wandbehang verbergen, bevor eine Magd mit einem hoch beladenen Küchenbrett an ihm vorbei kam. Er versuchte, sich an diesen Saal aus seiner Kindheit zu erinnern. Er war reich ausgestattet, unter anderem mit solchen Wandbehängen. Wenn er ungesehen hineinkam, konnte er sich dort verbergen.

Die Tür öffnete sich wieder. Diesmal gingen mehrere Mägde mit Essen und Getränken hinein, und es gelang Kunrad, unbemerkt mit ihnen in den Saal zu schlüpfen und sich hinter einem Wandbehang zu verbergen.

Nach dem Essen, als Gisela sich mit dem Kind zurückgezogen hatte

und die Männer bei einem Pokal Wein saßen, begann Tamer mit seinem Bericht.
»Ich habe Wolfun gefunden.«
»Wolfun!« – »Unmöglich« – »Ist er wirklich noch in der Gegend?« – »Wo?« riefen die beiden Kreßburger durcheinander, und auch Kunrad unterdrückte in seinem Versteck einen überraschten Ausruf.
»Er hat sich nicht weit von hier festgesetzt. Aber es ist keine gute Nachricht, die ich bringe.«
Michael sank in seinen Stuhl zurück und fasste seinen Vater beim Arm. Tamer war unterwegs schon so merkwürdig gewesen, und er gehörte nicht zu denen, die sich wichtigmachten. Das unbehagliche Gefühl, das ihn am Nachmittag beschlichen hatte, meldete sich erneut.
»Sag uns, was geschehen ist!«, verlangte er.
»Ich traf vor einigen Tagen hier in der Gegend auf einen Trupp Raubgesindel. Ich hatte sie zuerst bemerkt und konnte mich rechtzeitig verstecken. Dann sah ich, dass Wolfun ihr Anführer war und folgte ihnen. Als es dunkel wurde, schlichen sie vorsichtig zum Schönbach und daran aufwärts. Ich konnte ihnen nicht folgen, das Risiko, entdeckt zu werden, war zu groß. Aber gegen Morgen kamen sie zurück. Sie waren ziemlich wütend und redeten von einem Geheimgang, durch den sie in die Burg gelangen wollten, der aber inzwischen verschüttet war. Und dass eine so günstige Gelegenheit wie jetzt nicht mehr wiederkäme, weil Michael gerade mit einem Großteil der Männer in der Schlacht sei. Aber trotz der geringen Besatzung waren sie natürlich viel zu wenige, um einen offenen Angriff zu riskieren. Ihr Plan baute auf diesem unterirdischen Gang, und den hatten wir ja zum Glück zerstört.«
»Also doch!«, rief Stephan, »Michael, du hattest recht!«
Der nickte. Die Burgbewohner waren wirklich nur knapp dem Untergang entkommen, denn Wolfun hätte bestimmt niemanden verschont, nicht einmal seine Schwester und das Kind.
»Und wie ging es weiter?« fragte er.
»Ich folgte Wolfun und seinen Männern, um endlich sein Versteck zu finden. Es ist die alte Fliehburg südöstlich von hier, auf der ich damals mit Philip war. Es ist nicht mehr als ein aufgeschütteter Ringwall auf

einem Hügel. Ziemlich versteckt und unzugänglich mitten im Wald. Sie hausen da in ein paar Hütten mit ihren Weibern.« Er stockte und suchte nach Worten, die die traurige Tatsache für den alten Mann erträglicher machen konnte. »Raghild ist dort. Sie ist Wolfuns… Gefangene.«

Niemand sagte etwas. Stephan saß mit halboffenem Mund da, als habe er nicht verstanden, und Michael starrte auf seine geballten Fäuste. Wolfun war ein Mörder und Verräter, er war bis zum Wegelagerer herabgesunken. Aber selbst ein Räuber respektierte eine Adlige, für die er ein Lösegeld bekommen konnte. Der Lohrer hatte kein Geld gewollt, er wollte die Kreßburger demütigen. Und wie gut war ihm das gelungen! Seine Schwester die Geliebte eines… Er konnte den Gedanken nicht zu Ende bringen. Wenn Wolfun sie umgebracht hätte, es wäre nicht so schlimm gewesen. Schließlich war es Stephan, der das lähmende Schweigen brach: »Bist du ganz sicher?«

»Leider ja. Mit ihrer hellen Haut und dem blonden Haar kann man sie auch von Weitem nicht verwechseln. Und ich hörte Wolfun ihren Namen rufen.« Dem war nichts hinzuzufügen.

»Wir reiten morgen früh«, meinte Michael schließlich.

»Und was wollt ihr dort machen? Wenn ihr angreift, wird Wolfun sie töten!«

»Das wäre nicht das Schlimmste für sie«, erwiderte der junge Kreßburger bitter. »Du verstehst das nicht, Tamer.«

Der Sohn des Sarazenen stand auf. »Du hast recht, das verstehe ich nicht. Es ist deine Schwester, Michael! Du kannst doch nicht ihren Tod wollen!«

»Es gibt keine andere Möglichkeit«, erklärte der alte Herr an Stelle seines Sohnes, der sichtbar um Fassung rang. »Der Himmel weiß, wie ich mein Kind geliebt habe, aber darauf können wir keine Rücksicht nehmen. Unsere Ehre verlangt, dass wir uns rächen, und für sie ist ein schneller Tod besser als alles andere.«

Tamer konnte nicht glauben, was er da hörte. »Das könnt ihr nicht tun! Ihr seid doch…« Er biss sich auf die Lippen. »Christen« hatte er sagen wollen. Und sein Adoptivvater war ein gütiger Mann! »Damit will ich nichts zu tun haben!«, stieß er stattdessen hervor.

»Das verstehe ich, du brauchst nicht mitzukommen. Ich habe diese Fliehburg vor vielen Jahren einmal gesehen, sie heißt Rappenau. Michael kennt sie auch, er findet sie ohne deine Hilfe.«

»Dann lasst mich jetzt gehen.« Die Enttäuschung drohte, ihn zu erstikken, er musste hier weg. Ehre! War sie wichtiger als das Leben? Diese beiden Männer hatten Raghild geliebt, das wusste er. Aber auch wenn sie nur ein Opfer war, sollte sie eher sterben, als die Familie in Schande zu bringen.

»Wo willst du denn hin?« fragte Stephan in seine bitteren Gedanken hinein.

»Keine Ahnung. Hätte ich geahnt, was ihr vorhabt, hätte ich es euch nicht erzählt.« Es fiel ihm schwer, weiter zu sprechen, aber es musste sein. Das Zerwürfnis war unvermeidlich, also brachte er es besser jetzt zu Ende. »Ich komme auch nicht wieder. Ich … kann nicht so sein wie ihr. Es war ein Fehler, dass Ihr mich in Eure Familie aufgenommen habt, Herr.« Er stapfte zur Tür, ohne sich zu verabschieden, während die beiden Kreßburger stumm ins Feuer starrten. Sie waren zu sehr mit dem Gehörten beschäftigt, um sich weiter um ihn zu kümmern.

Kunrad folgte ihm wie ein Schatten. Das war seine Chance, unbemerkt aus der Burg zu kommen. Draußen würde er den falschen Mönch niederschlagen und auf seinem Maultier die Rappenau erreichen, bevor die Kreßburger aufbrachen. Aber er hatte das feine Gehör des ehemaligen Spähers unterschätzt. Im Gegensatz zu dem Knappen, der ihn begleitete, merkte er sehr wohl, dass ihnen jemand nachschlich. Als sie in den Zwinger hinaustraten, huschte Kunrad in eine dunkle Ecke. Tamer blieb wartend stehen, während der Knappe sein Maultier holte und Anweisung gab, die Zugbrücke wieder herunterzulassen. Darauf hatte er gewartet. Rasch ging er zu der Ecke, wo Kunrad sich versteckte. Einen Knecht, der ihm mit der Fackel folgen wollte, scheuchte er unwillig fort: »Meinst du, ich kann nicht im Dunkeln pissen?«

Der Mann trat grinsend zurück, und Tamer zog unbemerkt einen Dolch. Ehe sich's Kunrad versah, hatte er ihn an der Kehle gepackt und flüsterte: »Sag, wer du bist, oder du sagst überhaupt nichts mehr!«

»Ich bin Kunrad. Wenn Ihr mich umbringen wollt, tut es am besten gleich!«

»Der Lohrer? Ihr seid aus Eurem Kerker geflohen?«
»Ja, und ich habe Euer Gespräch gerade belauscht. Ich will zur Rappenau und Raghild herausholen.« Tamer überlegte rasch.
Es konnte eine Falle oder tatsächlich der Lohrer sein. Aber ob Kunrad ihn töten oder seinen Bruder warnen wollte, oder ob es ihm tatsächlich um Raghild ging, wer sollte das wissen?
Egal – der Mann war ein Mitwisser, der ihm entweder helfen oder unschädlich gemacht werden musste. Also würde er das Risiko eingehen.
»Hört zu!«, flüsterte er. »Schleicht hinter mir her bis zum Tor, ich bin dick genug, dass Euch niemand sieht bei den paar Fackeln. Ich werde erst im Tor aufsteigen und dabei eine Menge Lärm machen, inzwischen schleicht Ihr Euch hinaus. Wir treffen uns am Fuß des Berges wieder.«
»In Ordnung«, erwiderte Kunrad ebenso leise. Es war ein ungemütliches Gefühl für Tamer, dem Unbekannten Schutz zu gewähren. Wenn es nun nicht Kunrad war, sondern einer aus der Burg? So weit war er mit seinen Überlegungen gekommen, als der Knappe mit seinem Maultier zurückkam und fragte: »Wollt Ihr aufsteigen?«
Der Dicke ergriff die Zügel und brummte: »Lasst mich noch ein paar Schritte gehen, ist gut für mein Fett. Dieser alte Esel und ich sind sowieso nicht die besten Freunde.«
Als sie das Tor erreicht hatten, kletterte er ächzend in den Sattel, hatte aber offenbar zu viel Schwung und plumpste auf der anderen Seite wieder herunter. Unter lautem Gelächter halfen ihm zwei Knechte wieder auf die Beine. Das war der richtige Augenblick. Niemand, nicht einmal der Torwächter, sah jetzt auf die Zugbrücke. Kunrad hastete in gebeugter Haltung hinüber und hörte hinter sich den Späher: »Ihr habt gut lachen, von euch ist keiner so dick wie ich. Na los, helft mir, damit ich richtig hinaufkomme!«
Nach wenigen Minuten trabte das Maultier mit seinem Reiter an dem Flüchtling vorbei, der rasch, aber vorsichtig den Berg hinabstieg. Unten erwartete ihn Tarik mit sichtlicher Spannung. Wusste er doch bis jetzt nicht, ob er Freund oder Feind vor sich hatte. Kunrad hob die Hand, als er aus dem Gebüsch trat. »Hier bin ich«, rief er halblaut.
»Euer Glück, Freundchen. Und tatsächlich – Ihr seid der Lohrer.« Er

musterte sein Gegenüber im Mondlicht. »Den Kerker sieht man Euch kaum an. Also – wie seid Ihr herausgekommen?«
»Erstens bin ich nicht *der Lohrer*, sondern Burgherr auf Honhardt, und so heiße ich auch«, erwiderte Kunrad gereizt.
Tamer grinste. »Einverstanden. Und zweitens?«
»Zweitens werdet Ihr mir Euer Maultier geben, damit ich rechtzeitig vor den Kreßburgern auf der Rappenau bin.« Er trat drohend an den Dicken heran. »Macht mir keine Schwierigkeiten. Ich habe Euer Gespräch mit angehört. Und darauf, dass Ihr mich da oben in der Ecke überrascht habt, braucht Ihr Euch nichts einzubilden!«
»Ich bilde mir ein, Euch gerade gerettet zu haben. Außerdem bilde ich mir ein, Euch trotz meiner Leibesfülle zumindest ebenbürtig zu sein. Und drittens bilde ich mir ein, dass wir beide dasselbe vorhaben und deshalb natürlicherweise Verbündete sind. Deshalb sollten wir hier nicht herumstreiten, bis jemand aufmerksam wird, sondern Euch ein Reittier besorgen und uns auf den Weg machen.«
»Dasselbe vorhaben? Ich denke, Ihr wollt mit der Sache nichts zu tun haben?«
»Da habt Ihr nicht richtig zugehört. Ich will nichts mit einem Angriff zu tun haben, der Raghild bestimmt das Leben kostet. Aber mit Ihrer Rettung habe ich eine ganze Menge zu tun!«
»Was habt Ihr vor?«, fragte Kunrad verunsichert.
»Zunächst stehlen wir für Euch ein Pferd. Im Dorf gibt es zwar nur ein paar Ackergäule, aber die sind besser, als zu Fuß zu gehen. Wenn wir uns beeilen, erreichen wir die Fliehburg bei Sonnenaufgang. Dann haben wir etwa zwei Stunden Zeit, Raghild herauszuholen, ehe die Kreßburger anrücken.«
»Warum wollt Ihr das tun?«
»Ich glaube … ich bin sicher, Lianna hätte nicht gewollt, dass ihre Schwester für einen unsinnigen Ehrbegriff sterben muss, und ich will das auch nicht. Ich habe den Kreßburgern viel zu verdanken, aber jetzt sind sie dabei, einen riesigen Fehler zu machen.« Er schwieg einen Augenblick und sah Kunrad scharf an. »Gegenfrage: Warum tut Ihr das?«
Der überlegte. »Ich weiß nicht genau. Aber der Gedanke, dass Wolfun sie … es macht mich einfach rasend!«

Tamer unterdrückte ein Lächeln. »Warum sagt Ihr nicht einfach, dass Ihr sie liebt?«
Der Honhardter sah ihn überrascht an. »Darüber habe ich noch nicht nachgedacht …«
»Aber es ist doch so?«
Kunrad nickte langsam. Immer war die jüngste Kreßburgerin wie eine Lichtgestalt durch seine Gedanken gehuscht, ohne dass er irgendwelche Wünsche daran geknüpft hatte. Sie war noch so kindlich gewesen. Und jetzt? Das Grauen der letzten Monate musste sie verändert haben, sie hatte bestimmt mehr als ihre kindliche Unschuld verloren. Aber er würde sie retten, und wenn sie es wollte, konnte er …
»Dann werden wir beide es schaffen«, sagte der Dicke in seine Überlegungen hinein. Die Erleichterung in seiner Stimme war unüberhörbar. »Kommt, Ihr braucht ein Pferd, auch wenn es weniger edel ist als Eure sonstigen Gäule.«
Sie gingen weiter. »Eine Frage noch: Wie seid Ihr aus dem Kerker herausgekommen? Wenn man Eure Flucht jetzt entdeckt, sind sie gleich hinter uns her.«
Kunrad schüttelte den Kopf. »Der Wächter sah morgens und abends nach mir. Vor morgen früh entdeckt niemand meine Flucht, weil ich an der Außenmauer hochgeklettert bin und das Seil mitgenommen habe. So wird mich nichts verraten.«
»Gut. Nun zu dem Pferd: Jeder Bauer hat einen Hofhund, den müssen wir beschäftigen, damit er nicht bellt, wenn wir in den Stall gehen.« Er holte ein Stück Wildschweinschulter sowie eine Dose aus der Satteltasche und begann, das Fleisch mit einer übelriechenden Paste einzureiben.
»Soll der Hund das etwa fressen?« fragte Kunrad zweifelnd. »Ihr vergesst, dass Hunde eine feine Nase haben.«
»Und Ihr vergesst, dass ich etwas von Vergiftungen bei Hunden verstehe. Auf diese Weise habe ich das Vertrauen des Schrimpf gewonnen.«
»Habt Ihr den Hund etwa selbst vergiftet?«
»Nur so konnte ich sicher sein, ihm zum richtigen Zeitpunkt das richtige Gegenmittel zu geben. Und das Weib, das geprahlt hatte, ihn und

seine Biester zu vergiften, kannte ich auch. Der Öttinger hielt mich allerdings für einen Heiligen oder Hexenmeister oder beides. Er wusste es selbst nicht so genau.«

Tamer hielt an einem der Höfe an und warf das Fleisch über den niedrigen Zaun. Kunrad sah, wie der Hund sich gierig darauf stürzte und es in wenigen Bissen verschlang. Kurz darauf begann er zu taumeln, jaulte noch einmal kurz und fiel um.

»Kommt!«, flüsterte der Dicke. Er band sein Maultier an den Zaun und stieg so behände darüber, dass sich Kunrad über die Vorstellung am Burgtor nicht mehr wunderte. Er konnte kaum folgen. Im Stall umwickelte Tamer die Hufe des Ackergauls mit Heubündeln, bevor er ihn hinausführte. Alles blieb ruhig, und wenig später waren die beiden auf dem Weg nach Südosten.

Die Stimmung auf der Rappenau war seit dem misslungenen Überfall auf die Kreßburg sehr gedrückt. Raghild war klug genug gewesen, weder Freude noch Erleichterung zu zeigen, als Wolfun wutschnaubend mit seinen Männern zurückkehrte.

Sein Hass auf Raghild hatte sich seit ihrer Ankunft immer mehr gesteigert, weil er ihre Passivität für Hochmut hielt. Wieso wurde sie eigentlich nicht hässlich wie die anderen Weiber hier? Warum ging sie nicht geduckt aus Furcht vor Tritten oder Schlägen? Es war, als berühre sie gar nicht, was er tat. Immer wieder hatte er sich vorgenommen, sie sofort zurückzuschicken, sobald sie schwanger war, aber jetzt war er sich nicht mehr sicher. Er hatte sie noch nicht besiegt, vielleicht war das erst möglich, wenn er mit dem Kind ein Druckmittel in der Hand hatte. So besserte sich seine Laune erheblich, als er Raghild im Spätsommer dabei überraschte, wie sie sich in einem Gebüsch erbrach. Er hörte auf, sie zu schlagen und forschte eifrig weiter nach den kleinen Anzeichen. Dann, als er sich seiner Sache sicher war, begann er ein wenig Rücksicht zu nehmen. War sie immer schon so dünn gewesen oder aß sie absichtlich zu wenig, damit sie das Kind – sein Kind verlor? Er befahl ihr barsch, mehr und besser zu essen und verbot, dass sie die schweren Wassereimer von der Quelle herauftrug. Raghild war das unheimlicher als die vorherigen Misshandlungen. Was würde er machen? Ihr kurz vor der Geburt den Bauch aufschlitzen oder sie mit dem Baby in die Wildnis hinausjagen, damit sie es verhungern sah, bevor sie selbst starb? Manchmal, wenn er nachts die Hand auf ihren Bauch legte, hatte sie schreckliche Angst, und Wolfun merkte das sofort. Endlich hatte er Macht über diese Frau, und wenn er auch das Kind unter seinen Händen noch nicht spüren konnte, nahm er es doch schon in Besitz. Sein Kind! Und um des Kindes willen würde sie sich ihm wirklich unterwerfen.

Unterwegs erklärte Tamer dem Honhardter, was er für notwendig hielt. Vor allem informierte er ihn über Liannas Tod. »Sie hätte Raghild beigestanden, aber so…«

»Wir werden ihr beistehen«, erwiderte sein Begleiter schlicht.

Also entwarf Tamer einen Plan für Raghilds Befreiung.

»Kennt Ihr die alte Fliehburg?«, fragte er.

Kunrad nickte. »Es ist zwanzig Jahre her, seit ich zuletzt dort war, es war kurz bevor wir die Kreßburg verließen. Das Gestrüpp ist dort so dicht, dass man kaum ein Pferd hindurchschaffen kann.«

»Inzwischen gibt es einen Pfad, der für Pferde gangbar ist, aber den können wir nicht benutzen, weil er bewacht wird. Wir müssen die Tiere zurücklassen und von der anderen Seite zu Fuß heran. Wir werden eine List anwenden, weil sie uns auf jeden Fall sehen, wenn wir den Ringwall hinaufkommen. Wie steht Ihr mit Eurem Bruder?«

»Erinnert mich nicht daran, dass er mein Bruder ist!«, schnaubte Kunrad. »Wir haben uns nicht mehr gesehen, seit mein Vater mich davongejagt hat. Ich hatte damals Michael und Gisela… aber das spielt keine Rolle.«

»Würde er Euch glauben, dass Ihr bei ihm Hilfe sucht, wenn Ihr gerade aus der Gefangenschaft entkommen seid?«

»Kaum. Woher sollte ich wissen, dass er dort ist?«

»Er muss es für einen Zufall halten, dass Ihr Euch auch da verstekken wolltet. Ihr müsst sein Misstrauen nur soweit einschläfern, dass er Euch und mich mit in seine Hütte nimmt.«

»Uns beide?«

»Wir werden so tun, als sei ich Euer Gefangener. Macht ihm weis, dass Ihr etwas Wichtiges aus mir herauspressen wollt, was seine Leute nicht hören dürfen. Darauf wird er eingehen, und sei es nur, um mich dort zu töten.«

»Er muss Euch mehr hassen als alles andere.«

»Schon möglich. Wenn wir Glück haben, ist Raghild in der Hütte. Wenn nicht, rufe ich hinaus, dass sie uns zu trinken bringen soll. Jeder wird meine Stimme für seine halten.«

»Seid Ihr sicher?«

»Ganz sicher.«

»Ihr scheint eine Menge Talente zu haben, die man Euch nicht zutraut«, meinte der Honhardter verwundert. »Wisst Ihr auch, wie wir unangefochten mit Raghild fortkommen?«

»Ich werde befehlen, dass sie uns durchlassen. Natürlich muss jeder glauben, dass er spricht und nicht ich. Wir fesseln und knebeln ihn und stecken seinen Kopf in einen Sack. Wenn sie sehen, dass wir ihren Anführer überwältigt haben, verwirrt sie das. Ihr fordert freien Abzug, und ich bestätige das mit seiner Stimme. Wir nehmen ihn als Geisel mit.«

»Sie kennen ihn gut genug, um zu wissen, dass er lieber stirbt, als uns entkommen zu lassen.«

»Ja, aber in jedem Menschen steckt ein Stück Feigheit, wenn es ums Überleben geht. Sie werden den Köder bestimmt schlucken.«

Kunrad nickte zustimmend. Eine bessere Idee hatte er auch nicht, um Raghild unversehrt aus der Fliehburg zu bringen.

»Wir steigen hier ab«, meinte Tamer nach einer Weile. »Das letzte Stück müssen wir zu Fuß gehen.« Er steckte allerlei aus den Satteltaschen zu sich. »Wahrscheinlich kommen wir nicht mehr hierher, aber die Tiere wird schon jemand finden und gebrauchen können.«

Tamer schien den Weg genau zu kennen, denn er hielt trotz der Dunkelheit kein einziges Mal an, um sich zu orientieren. In der Morgendämmerung erreichten sie den Wall. Tamer kauerte sich im letzten Gebüsch nieder, das ihnen Deckung gab, und knüpfte den Strick los, den er um seine Kutte gebunden trug. Aus den Untiefen seiner Taschen holte er ein Stück Tuch, das er zu einem kunstgerechten Knebel zusammenband und sich in den Mund steckte. Dann ließ er sich von

Kunrad die Hände fesseln und nickte ihm zu. Der Honhardter holte unwillkürlich tief Luft. Jetzt kam es darauf an, ob er Wolfuns ewig waches Misstrauen betäuben konnte. Er zerrte so heftig an dem Strick, dass Tamer das Gleichgewicht verlor und kopfüber ins Gebüsch fiel. Als er wieder hochkam, funkelten seine Augen vor Wut, und über sein Gesicht zog sich eine blutige Schramme. Die Kutte war auf einer Seite zerrissen.

Kunrad nickte. »Das ist schon besser«, flüsterte er und trat mit seinem Gefangenen aus der Deckung heraus.

Sie waren kaum ein paar Schritte den Wall hochgeklettert, als sie von oben angerufen wurden. Gleich darauf waren sie von einem Haufen wüst aussehender Männer umringt, die sie hinaufschleppten und vor Wolfun brachten.

»Wolfun!«, stieß der Honhardter hervor. »Wolfun, mein Bruder!«

Die Männer ließen ihn überrascht los, aber ihrem Anführer war keine Regung anzumerken.

»Was tust du hier?«, fragte er.

»Ich ... ich habe ein Versteck gesucht, wo ich mir diesen Kerl ungestört vorknöpfen kann«, stammelte Kunrad. »Bin selbst auf der Flucht, die Kreßburger sind hinter mir her. Ich dachte, dass ich hier sicher bin. Kein Pferd konnte mir durch den Wald folgen, ich habe sie bestimmt abgeschüttelt. Zwei Tage jagen sie mich schon, aber gestern haben sie mich verloren.« Kunrad stockte. Nicht zu viel erklären! mahnte er sich. »Ich hatte ja keine Ahnung, dass du hier bist!« Er betrachtete seinen Bruder mit verkniffenem Gesicht.

»Wenn du auf der Flucht bist, wie kommst du dann an einen Gefangenen?«, fragte Wolfun misstrauisch.

»Gestern, bevor ich sie abgeschüttelt habe, kam er mir auf einmal über den Weg. Dachte zuerst, dass sie mich haben, aber der Kerl war ganz allein. Ich habe ihn von hinten erwischt und wollte ihn erst kaltmachen, aber dann ist mir etwas Besseres eingefallen.« Kunrad sah seinen Bruder nachdenklich an und meinte: »Wenn ich nur wüsste, ob ich dir trauen kann ...«

»Du mir? Die Frage sollte wohl eher ich stellen!«

»Ich bin ein Ritter und ein Ehrenmann!«, brauste Kunrad auf.

»Ja, aber auch ein Ehrenmann muss mal einen krummen Weg gehen!«
Der Honhardter senkte den Kopf und schwieg. Tamer sah, wie sich ein spöttisches Grinsen über Wolfuns Gesicht verbreitete und gratulierte sich insgeheim zu seinem Verbündeten. Wenn Kunrad seine Rolle weiter so gut spielte, würde der Lohrer ihm glauben.
»Los, Mann! Du bist hier unter lauter Ehrenmännern, die mal einen krummen Weg gehen mussten. Raus damit! Was hast du getan?«
Kunrad machte ein verlegenes Gesicht. »Der Schrimpf ist nicht sonderlich gut auf jemanden zu sprechen, der mal einen Fehler gemacht hat«, fing er an, stockte aber gleich wieder.
»Das ist mir allerdings bekannt!«, erwiderte Wolfun bissig.
»Als er die Kreßburg vor ein paar Monaten belagerte, hatte ich die Aufgabe, ihm den Rücken freizuhalten. Es ist mir auch fast gelungen, aber dann hat Gernot von Flügelau ihn angeschossen, und ich bekam die Männer nicht mehr in den Griff. Das Heer fiel einfach auseinander; alle flohen, weil sie den Öttinger für tot hielten. Wenn die Kreßburger mich nicht geschnappt hätten, wäre ich vom Schrimpf zum Kuckuck gejagt worden. Er hat nicht einmal Lösegeld für mich geboten!«
Die Empörung in seiner Stimme war durchaus echt.
»Und was willst du mit dem Dicken?«, fragte Wolfun mit gespielter Gleichgültigkeit.
»Er ist ein Spion der Holacher. Er weiß Dinge, die der Öttinger mit Gold bezahlen wird, oder mit einer Burg und Lehen. Du hast wahrscheinlich keine Ahnung, dass ihm die Reichsacht droht. Der Erlauchte von Württemberg hat sich schon von ihm losgesagt. Wenn es ihm nicht gelingt, den Holacher restlos zu besiegen, ist er selbst erledigt!«
Natürlich hatte Wolfun von diesem Gerücht bereits gehört. Kunrad hatte Wahrheit und Lüge so geschickt miteinander verwoben, dass der Argwohn des Lohrers zu schwinden begann. Aber immerhin war der Dicke ihr Halbbruder, auch wenn Kunrad das nicht ahnte. Nahm man ihm jetzt den Knebel ab, um ihn zum Sprechen zu bringen, konnte er Dinge sagen, die ihn, Wolfun, vor seinen Männern unmöglich machten. Weniger, dass er sein unehelicher Halbbruder war, aber der Sohn eines Sarazenen … Er konnte das nicht riskieren, immerhin war Katharina auch seine Mutter gewesen.

Man musste den Bastard ohne Zeugen verhören, auch wenn Kunrad dabei etwas erfuhr, das seiner Vorstellung von Ehre und Rittertum zuwiderlief.

»Wir werden die Wahrheit schon aus ihm herauskriegen. Komm mit in meine Hütte. Du wirst staunen, ich habe auch eine interessante Gefangene.«

Er winkte seinen Männern ab und ging voraus zu einer der größeren Hütten. Kunrad stieß den Dicken hinter Wolfun her und zog dabei unauffällig ein Messer. Das Ganze hatte erstaunlich gut geklappt, vor allem, weil sein Bruder selbst den Vorschlag gemacht hatte, den Spion allein zu verhören. Und nach seiner Andeutung musste Raghild ebenfalls in der Hütte sein. Während er Tamer durch die Tür drängte, konnte Kunrad ihm ohne Schwierigkeiten die Fesseln zerschneiden. Der riss sich blitzschnell den Knebel ab und warf sich mit seinem ganzen Gewicht auf Wolfun, der vorwärts taumelte und mit dem Kopf krachend gegen eine Truhenkante schlug. Er sackte in sich zusammen. Tamer packte ihn an den Haaren und riss seinen Kopf hoch, um ihm den Knebel zwischen die Zähne zu schieben, hielt aber überrascht inne.

Kunrad, der die Tür zugemacht hatte, kam dazu. »Schnell, knebelt ihn!«, zischte er und ergriff die Arme des Lohrers, aber der Dicke schüttelte langsam den Kopf. Er ließ Wolfuns Haare los und zeigte dem Honhardter seine blutverschmierte Hand. Der Kopf des Gefangenen fiel haltlos zurück.

»Ist er bewusstlos?«

Tamer verneinte wieder. Er wischte die Hände an seiner Kutte ab und stand auf, während Kunrad immer noch da kniete und die Arme seines Bruders festhielt.

»Lasst gut sein, Herr Kunrad«, meinte der Späher, »er hat sich den Schädel eingeschlagen, als er auf die Kante fiel.«

Der Honhardter hob den Kopf seines Bruders und sah in ein Paar gebrochene Augen. »Wolfun«, flüsterte er fassungslos.

Sein älterer Bruder war tot. In diesem Moment dachte er nicht an all die Untaten, die er, von Hass und Ehrgeiz zerfressen, begangen hatte, sondern an den Jungen von früher.

Er hatte ihm so viel beigebracht, als sie noch Kinder auf der Kreßburg gewesen waren. Sein großer Bruder, sein letzter Verwandter. »Erst Rudolf und jetzt du«, murmelte Kunrad.

Neben ihm war ein Geräusch. Er ließ den Leichnam zu Boden gleiten und richtete sich auf. Raghild stand da und starrte auf den Toten nieder. Aber war sie das wirklich noch, die Kleine, wie ihre Geschwister sie nannten? Die Frau neben ihm schien gewachsen, so aufrecht hielt sie sich, und in ihren Augen war eine Härte, die er noch bei keinem Menschen gesehen hatte. Nicht einmal bei Wolfun. Sie wandte sich ohne ein Wort von dem Toten ab.

»Wir sind gekommen, um dich hier herauszuholen«, sagte Tamer zu ihr. »Wenn wir lebend entkommen wollen, müssen wir uns beeilen.«

»Vielleicht sollte ich nicht am Leben bleiben«, erwiderte sie düster.

Kunrad drehte sich heftig um. »Ihr werdet leben und jetzt tun, was wir sagen. Wir wollen nicht umsonst unseren Hals riskiert haben!«, fauchte er, bevor Tamer ein Wort herausbringen konnte. Der sah seine kleine Schwester forschend an. Da war keine Reaktion erkennbar, kein Zeichen eines Gefühls. Er ergriff ihre Hand. »Es geht um uns alle, du musst uns jetzt vertrauen!«

Raghild lauschte überrascht auf die eindringliche Stimme. Dann nickte sie, natürlich waren die beiden auch in Lebensgefahr.

»Wir werden den Plan ändern müssen«, meinte Kunrad, aber der Dikke schüttelte den Kopf.

»Wir binden ihn an einen Stock und machen alles wie besprochen«, sagte er und ergriff zwei Speere, die an der Wand lehnten. Die Spitzen konnte er leicht entfernen. Dann drehte er die Leiche auf den Bauch und schob den einen Speer durch das linke Beinkleid aufwärts, dann durch das Wams bis zum Kopf. Die Stange reichte gerade bis über die Ohren. Das Gleiche machte er mit dem anderen Speer auf der rechten Seite und zurrte beide an den Gelenken und am Hals fest. Die Arme des Toten band er auf den Rücken, damit sie nicht durch ihr lebloses Herunterbaumeln alles verrieten. »Gib mir einen Sack«, wies er Raghild an, und zu Kunrad: »Helft mir, ihn aufrecht zu stellen.«

Mit einiger Mühe gelang es den beiden, den schweren Leichnam aufrecht an die Wand zu lehnen. Tamer nahm den Sack, den Raghild ihm

reichte, aber selbst ihn schauderte es, als er ihn über Wolfuns Kopf stülpte und festmachte.
»Seid Ihr bereit?«, fragte er. Kunrad nickte. »Dann hört zu: Wir schaffen ihn zur Tür. Wenn Ihr hinaustretet und unsere Forderungen sagt, haltet Ihr nur den linken Arm fest. Ich bleibe dahinter und stütze ihn, so sehen sie nicht, dass er nicht auf eigenen Beinen steht. Wenn Ihr fertig seid, bestätige ich Eure Anweisungen, sie werden nicht merken, dass es nicht die Stimme ihres Anführers ist. Bis sie die Pferde bringen, macht Ihr die Tür wieder zu. Wichtig ist, dass Ihr sie zur Eile antreibt. Sie dürfen keine Zeit zum Überlegen haben!«
Kunrad nickte. »Mir ist alles klar.«
»Was kann ich tun?«, mischte sich Raghild ein.
»Im Moment nichts. Verhalte dich ruhig.«
Sie nickte, und die beiden schleppten Wolfun zur Tür. Kunrad stieß sie auf und trat hinaus. Er achtete darauf, dass man nur ihn und den Lohrer sehen konnte und brüllte: »He, ihr da!«
Die Männer eilten herbei und sahen überrascht ihren Anführer gefesselt und mit einem Sack über dem Kopf neben dem Fremden stehen.
»Wie ihr seht, haben wir ihn geschnappt!«, rief Kunrad. »Wir wollen drei gesattelte Pferde und freien Abzug. Holt sie sofort, sonst machen wir ihn kalt.«
Die Räuber waren so verblüfft, dass keiner von ihnen sich rührte oder antwortete.
Kunrad zog den Dolch und setzte ihn an Wolfuns Kehle. »Also?«, schrie er herausfordernd.
»Zum Kuckuck, tut sofort, was er sagt!«, klang die aufgeregte Stimme des Lohrers, durch den Sack ein wenig undeutlich. »Die meinen es ernst, holt sofort die Pferde, sonst bringen sie mich um!«
»J… Ja, Herr«, antwortete einer der Männer und hastete davon. Zwei weitere folgten ihm, während der Rest wie erstarrt stehen blieb.
Kunrad zog die Tür wieder heran und blickte sich um. Gerade zog der Dicke den Kapuzenzipfel vom Mund, mit dem er seine Stimme gedämpft hatte, und nickte ihm zu. »Schnell die Speere raus, und dann legt ihn über meine Schulter«, meinte er. »Wenn wir hinausgehen, sagt, wir hätten ihn bewusstlos geschlagen und würden ihn im Wald

liegen lassen. Sie sind nicht besonders schlau und werden es glauben, sie dürfen nur keine Zeit zum Nachdenken haben!«
Kunrad nickte. »Wer steigt mit ihm auf ein Pferd?«
»Ihr. Ich bin zu schwer und Raghild ist zu schwach.«
Sie hatten die Speere entfernt und hörten, wie draußen die Pferde vorgeführt wurden. Tamer bückte sich, und der Honhardter legte ihm die Leiche über die Schulter. Raghild griff auch zu und zog den Sack, der sich gelöst hatte, wieder fest.
Kunrad öffnete die Tür zum zweiten Mal. Draußen standen die geforderten Pferde, und sie traten ins Freie.
»Hört zu!«, rief er. »Wolfun ist bewusstlos. Wenn wir unbehelligt durch den Wald kommen, werfen wir ihn da ins Gras, wenn ihr uns angreift, töten wir ihn sofort.«
Tamer hatte die Leiche über eins der Pferde gelegt, während Raghild bereits aufgesessen war. Die beiden Männer stiegen ebenfalls in die Sättel und trieben die Gäule an den stumm dastehenden Räubern den Wall hinab. Erst als sie die Bäume erreichten, erhob sich hinter ihnen ein heftiges Stimmengewirr.
»Im Geäst der großen Eiche sitzt immer ein Wächter«, rief Raghild ihrem Adoptivbruder zu.
»Ich weiß«, erwiderte er und zog ein Messer. Er zielte kurz und warf es, und mit einem schrillen Schrei fiel der Mann vor ihnen zu Boden. Raghilds Pferd scheute, aber Tamer griff in die Zügel und führte es an der Leiche vorbei. »Lasst Wolfun auch hier«, rief er dem Honhardter zu.
Der nickte verbissen und ließ seinen Bruder zu Boden fallen. Dann schlug er ein solches Tempo an, dass die beiden anderen kaum folgen konnten. Nach einer halben Stunde hatten sie die offene Ebene erreicht, ohne noch einmal aufgehalten zu werden.
Tamer beschattete mit einer Hand die Augen und suchte den Horizont ab. »Von den Kreßburgern ist nichts zu sehen, aber ich schätze, dass sie in einer halben Stunde hier sein werden.« Er wandte sich an Kunrad. »Wir müssen uns hier trennen. Ihr wollt zurück auf Eure Burg, und ich muss eine Bleibe für Raghild finden.«
Er wandte sich an die junge Frau, die stumm zugehört hatte. »Möchtest du zurück auf die Kreßburg? Ich hoffe, dass dein Vater …«

Sie unterbrach ihn sofort. »Ich kann nie mehr zurück nach Hause. Ich kann nirgendwo mehr hin.«
»Ihr werdet mit mir nach Honhardt kommen«, entschied Kunrad. »Dort seid Ihr sicher vor allem, das verspreche ich Euch. Ihr könnt bleiben, so lange Ihr wollt. Und wenn Ihr über Eure Zukunft entschieden habt, helfe ich Euch mit allem, so gut ich es kann.«
»Was soll ich da noch entscheiden?«, fragte sie trostlos. »Aber ich muss Euch wohl danken, dass Ihr mir Obdach gewährt.«
»Sagt so etwas nie wieder!«, brauste Kunrad auf. »Was Wolfun getan hat, kann ich nicht ungeschehen machen, und deshalb werde ich immer in Eurer Schuld stehen.« Er wandte sich an Tamer. »Ich kann Euch leider nicht bitten mitzukommen. Der Öttinger ist mein Lehnsherr, und er würde Euren Kopf fordern. Ich wünschte, wir könnten Freunde sein, aber ich hatte schon einmal Freunde auf der falschen Seite. Ich habe mir geschworen, nie mehr der Freund eines Holacher Gefolgsmanns zu sein.«
Der Dicke lächelte seltsam. »Den Schwur solltet Ihr zurücknehmen. Wer weiß, ob nicht irgendwann die falsche Seite die richtige ist. Die Dinge ändern sich schneller, als man denkt.«
Er gab seinem Pferd einen leichten Schlag und sprengte davon. Kunrad und Raghild schlugen den Weg nach Honhardt ein, und gegen Abend erreichten sie unbehelligt die Burg.

Die Entscheidung

Die Kreßburger rüsteten schon vor Sonnenaufgang zum Ritt gegen die Rappenau, aber als Michael das Zeichen zum Aufbruch geben wollte, hörte er einen Alarmruf von der Oberburg. Er stürmte hinauf und wurde von seinem Vater und dem ratlosen Wächter mit der Nachricht empfangen, dass der Honhardter geflohen war.

»Wenn er hinausgesprungen ist, kann er sich nur den Hals gebrochen haben bei der Höhe«, ereiferte sich der Wächter.

»Unsinn! Kunrad ist kein Selbstmörder. Zwei Männer sollen da unten nach Spuren suchen, wenn er tatsächlich über diesen Weg geflohen ist, müsste das Gebüsch beschädigt sein. Konnte er irgendwie an ein Seil kommen?«

»Die Verschnürung am Bett fehlt. Aber daraus kann er unmöglich etwas hergestellt haben, was lang und stabil genug ist, um hinunterzuklettern. Außerdem müsste es ja noch da hängen.«

Wütend stapfte Michael zum Verließ hinunter, denn er wollte sich die Sache selbst ansehen. Er verwünschte seine Sorglosigkeit, Kunrad hätte viel strenger bewacht werden müssen. Ihn in eine oberirdische Zelle zu stecken, wo sein Einfallsreichtum genug Hilfsmittel für eine Flucht fand, war sträflicher Leichtsinn. Er kannte seinen ehemaligen Freund schließlich gut genug und hätte wissen müssen, dass der sich nicht so ohne Weiteres in sein Schicksal ergab.

Michael betrat den Raum. Die ausgebrochenen Mauersteine und zwei Eisenstäbe lagen auf der Erde, der dritte fehlte. Der Kressburger streckte den Kopf aus dem Fenster und sah hinunter. Es ging über hundert Fuß steil in die Tiefe, unten durchsuchten zwei Männer das Gebüsch.

»Hier ist alles in Ordnung, Herr!«, rief einer von ihnen hinauf. »Kein Zweiglein abgeknickt, hier kann er nicht gewesen sein!«

Michael nickte. Kunrad musste an dem Tau zu einer anderen Stelle geklettert sein. Die Zinne des Wehrgangs lag nur fünfundzwanzig Fuß höher, und auch zwei Fenster waren erreichbar.

»Was ist?«, fragte der alte Graf, der inzwischen auch heruntergekommen war. Michael erklärte ihm seine Vermutung.
»Das Tor war die ganze Nacht nicht geöffnet, er muss noch in der Burg sein. Er hat ein Tau und die Eisenstange als Waffe und versteckt sich sicher, um bei günstiger Gelegenheit aus der Burg zu kommen.«
»Das Tor ist jetzt offen«, meinte sein Vater.
Michael schüttelte den Kopf. »Der ganze Hof ist voller Männer, da riskiert er zu viel.« Er befahl, das Tor zu schließen und die ganze Burg zu durchsuchen, aber der Honhardter blieb verschwunden.
Wenig später berichtete einer der Knechte von der Ungeschicklichkeit Tamers, als er in der letzten Nacht auf sein Maultier steigen wollte. Die beiden Burgherren ließen sich den Vorfall genauer schildern und sahen sich nachdenklich an. Herr Stephan winkte dem Knecht ab und meinte mit unterdrückter Stimme: »Da muss er entwischt sein. Hältst du das für einen Zufall?«
»Zumindest hatte Tamer keine Gelegenheit, sich mit ihm zu verständigen. Er war keinen Moment allein, seit er mit mir hier ankam, und er hat die Burg ohne Aufenthalt verlassen. Andererseits ist er alles andere als ungeschickt. Vom Maultier fallen – das kann ich mir bei ihm nicht vorstellen.«
»Wie auch immer, ihr müsst jetzt aufbrechen und besonders vorsichtig sein. Wenn er sich mit Kunrad verbündet hat, sind sie wahrscheinlich zur Rappenau.«
»Obwohl er sagte, er will nichts damit zu tun haben? Meinst du, er hat uns angelogen?«
»Nicht unbedingt, aber er ist ein Meister in Spitzfindigkeiten, sonst wäre er kein so guter Spion gewesen. Erinnere dich genau: Wir wollten uns rächen, und *da* sagte er, dass er nichts damit zu tun haben will.«
Stephan sah unglücklich vor sich hin. »Ich konnte die ganze Nacht nicht schlafen und habe mich immer gefragt, was Anna zu unserem Vorhaben gesagt hätte.«
»Lianna wäre ganz sicher dagegen gewesen«, platzte es aus Michael heraus und verriet damit, dass ihm genauso unwohl war bei dem, was sie vorhatten.
Sein Vater nickte. »Und sie hätte es nicht beim Widerspruch gelassen.

Sie wäre sofort mit Tamer losgezogen, um ihre Schwester zu retten, man hätte sie fesseln und knebeln müssen, um sie daran zu hindern.«
»Aber wir können doch nicht anders!«
»Nein, wir können nicht anders, als Wolfun endlich zu bestrafen. Aber vielleicht können wir Raghilds Leben schützen. Ist sie erst einmal hier, finden wir vielleicht eine Lösung. Hier leben oder heiraten kann sie nicht mehr, so etwas kommt immer heraus. Ich dachte an eine große Mitgift für ein entferntes Kloster, wo sie niemand kennt. Bring sie nach Hause, wenn du kannst.«
Michael nickte erleichtert. Kurz darauf war er mit seinem Trupp unterwegs.

Als sie den Wald erreichten, in dem die Fliehburg versteckt lag, befahl Michael abzusitzen. »Zwei Männer bleiben hier bei den Pferden, die anderen kommen mit!«
Da er die Rappenau nicht so gut kannte wie Tamer, dauerte es ziemlich lange, bis sie sich durch das Gebüsch gearbeitet hatten. Das ging natürlich nicht ohne Geräusche ab, und Michael rechnete mit heftigem Widerstand, weil Wolfun dadurch gewarnt wurde. Umso überraschter war er, dass es da oben fast keine organisierte Verteidigung gab. Bereits nach einer halben Stunde gelang es den Kreßburgern, den Ringwall zu stürmen, und danach hatten sie leichtes Spiel. Keiner der Räuber blieb am Leben, und auch die Weiber wurden erschlagen, weil sie sich genauso heftig wehrten wie ihre Kumpane.
Die Belagerer durchsuchten alles und fanden schließlich Wolfuns immer noch gefesselte Leiche, aber keine Spur von Raghild. Michael konnte sich keinen Reim darauf machen und befragte schließlich eins der Weiber, das noch lebte. Es hatte einen Armbrustbolzen im Unterbauch und viel Blut verloren, konnte aber noch sprechen. Der Kreßburger gab ihr zu trinken und lehnte sie bequemer an den Wall, während seine Männer die Leichen zusammentrugen und mit den Hütten verbrannten.
»Schmeißt Ihr mich auch ins Feuer?«, fragte sie mit zitternder Stimme.
»Nicht so lange du lebst. Aber deine Verletzung ist schwer.«
»Ich weiß, dass ich hinüber bin. Aber wenn Ihr mich nicht lebendig

ins Feuer schmeißt, mir wenigstens vorher den Garaus macht… Ich will nicht lebendig verbrennen!« bettelte sie.
»Das sollst du auch nicht. Aber sag mir, was du weißt.«
»Alles, hoher Herr. Nur verbrennt mich nicht lebend!« Und sie erzählte auf seine Fragen, was sich am Morgen hier zugetragen hatte. Sie beschrieb Tamer und Kunrad so genau, dass Michael keinen Moment zweifelte, wer ihm zuvorgekommen war. Und sie bestätigte, dass die beiden Raghild mitgenommen hatten, »… so 'ne Vornehme, die sich wer weiß was eingebildet hat. War aber genau so 'ne Hure wie wir, wenn auch die vom Anführer.« Sie kicherte, verzog aber gleich das Gesicht vor Schmerzen. »Außerdem war sie schwanger, also hätte er sie sowieso bald weggejagt.«
Schwanger! Michael erstarrte. Dann würde sie auch kein Kloster mehr aufnehmen, egal wie hoch die Mitgift war. Der Plan seines Vaters war gescheitert. Er richtete sich mühsam auf und befahl, auch die primitive Befestigung zu zerstören. Als seine Männer damit fertig waren, hatte das Weib ausgelitten, und man warf ihre Leiche zu den anderen ins Feuer.
Als alles vorbei war, zogen die Kreßburger ab. Kunrad zu verfolgen war sinnlos, er hatte sich bestimmt nach Honhardt geflüchtet. Sein Vorsprung war zu groß. Michael erstattete seinem Vater Bericht über das, was er in Erfahrung gebracht hatte, und von da an wurde Raghilds Name nicht mehr genannt. Niemand außer den beiden Burgherren erfuhr, was geschehen war.
Nur wenn der junge Kreßburger in den Nächten Giselas ruhigen Atem neben sich hörte, stand seine kleine Schwester ihm wieder vor Augen. Sie war doch noch ein Kind gewesen! Womit hatte sie dieses Schicksal verdient? Wo war sie überhaupt? Bei Kunrad, als dessen Geliebte? Oder trieb sie sich irgendwo herum, halb verhungert mit dem Bastard im Bauch? War sie überhaupt noch am Leben? Und Tamer, sein Bruder! Er war hergekommen, um Hilfe für Raghild zu finden, und sie hatten ihn abgewiesen. *Damit will ich nichts zu tun haben!* Michael meinte wieder, dessen enttäuschte Stimme zu hören. Dann war er für immer fortgegangen. Gemeinsam mit Kunrad hatte er für die Kleine getan, was seine, Michaels Aufgabe gewesen wäre, wenn – ja, wenn

sie nicht zur Hure eines Abtrünnigen geworden wäre. Er wälzte sich ruhelos auf die andere Seite. Warum hatte sie sich nicht selbst getötet, um der Schande zu entgehen? Das wäre immerhin ehrenhaft gewesen für eine Frau von Adel. Und ihm wäre dieser schreckliche Gewissenskonflikt erspart geblieben. Aber konnte man ihr vorwerfen, dass sie überlebt hatte? Sie war eben keine erwachsene Frau gewesen, die an die Schande dachte, sondern ein Kind, das man stets behütet hatte. Und sie fehlte ihm schrecklich, es schmerzte noch mehr als Liannas Tod.

Der kleine Philip in der Wiege neben dem Bett begann zu weinen. Michael hörte, wie seine Frau leise aufstand und mit dem Sohn in den Nebenraum ging. Glückliche, ahnungslose Gisela.

Auf der Burg Honhardt war der Alltag rasch wieder eingekehrt. Kunrad hatte einen Boten an den Schrimpf gesandt, der die gelungene Flucht meldete. Von Tamer und Wolfun erwähnte er kein Wort. Raghild hatte er sofort zwei Mägde zu ihrer Bedienung und die beste Kemenate zugewiesen. Seinem grimmigen Gesicht und ihrer versteinerten Miene gegenüber wagte niemand, Fragen zu stellen, aber die Situation war unhaltbar. Er musste ihre Stellung in der Burg klären, vielleicht als entfernte Verwandte, sonst hielt sie bald jeder für seine Geliebte. Aber es war schwierig, mit ihr zu sprechen. Immer wenn er sie besuchte, saß sie in angespannter Haltung auf der Bank, als erwarte sie einen feindlichen Angriff. Und jedes Mal ging er wieder, ohne das brennende Thema mit ihr zu erörtern, bis er eines Tages zufällig die Unterhaltung zweier Mägde anhörte.

»Die Dame scheint ganz schön vornehm zu sein«, meinte die eine.

»Vornehm? Spricht den ganzen Tag kein Wort, sitzt nur in ihrer Ecke und guckt, als käme gleich der Leibhaftige herein!«

»Na ja, vielleicht hat sie was Schlimmes erlebt in letzter Zeit.«

»Was Schlimmes. Dass ich nicht lache. Ein Kind kriegt sie, und keinen Mann hat sie, sie ist 'ne Hure und sonst gar nichts!«

»Weißt du das genau? Dass sie ein Kind kriegt, meine ich.«

»Klar. Hab doch selbst viere gehabt, und soll das fahle Gesicht am Morgen nicht kennen? Essen tut sie kaum was, aber auch wenn man den Bauch noch nicht sieht: Wenn die nicht schwanger ist, bin ich auch wieder Jungfrau!« Die beiden Mägde entfernten sich, ohne Kunrad zu bemerken, der fassungslos zurückblieb. So weit war es also schon gekommen, dass die Weiber in der Burg sich über Raghild das Maul zerrissen. Er ging schnurstracks zu ihrem Zimmer, klopfte kurz und trat ein.

Raghild saß wie immer am Fenster und sah ihm mit starrem Gesicht entgegen. Jetzt war es also soweit, was sie die ganze Zeit befürchtet hatte. Die Dienerinnen hatten ihm gesagt, dass sie schwanger sei, und er kam, um sie hinauszuwerfen. Das Getuschel und die vielsagenden Blicke ihrer Mägde waren ihr nicht entgangen.

»Ich muss mit Euch reden, Fräulein Raghild.«

»Ihr braucht gar nichts zu sagen. Ich weiß, dass ich die Burg verlassen muss.«

»Verlassen?«, fragte er entgeistert. »Ja, wo wollt Ihr denn hin?«

Sie antwortete nicht, sondern stand auf und holte ihren Umhang aus einer Truhe. »Ich gehe gleich.«

Kunrad fasste sie bei den Schultern und drückte sie auf die Bank zurück. »Habt Ihr den Verstand verloren? Ihr werdet nirgendwo hingehen in Eurem Zustand!«

Raghild zuckte zusammen, als hätte er sie geschlagen, aber er ließ sie nicht los.

»Einmal müssen wir darüber sprechen. Ich wollte es schon die ganze Zeit, aber ich dachte, es ist besser zu warten, bis Ihr Euch etwas erholt habt. Jetzt sehe ich, dass ich die Sache dadurch schlimmer gemacht habe.« Er sah sie eindringlich an. »Ihr seid stark, Raghild, viel stärker, als ich je für möglich gehalten habe. Traut Ihr Euch zu, mit den Mägden in der Burg und allem Geschwätz fertig zu werden, wenn Ihr hier eine unangreifbare Stellung habt?«

Raghild machte eine vage Handbewegung: »Mit dem Geschwätz der Weiber musste ich auch auf der Rappenau leben. Es hat mir nicht viel ausgemacht. Aber Ihr täuscht Euch. Es gibt keine solche Stellung für mich, in keiner Burg und in keiner Stadt. Nirgendwo.«

»Doch, Raghild. Wenn Ihr… wenn Ihr Euch entschließen könnt, mich zu heiraten.«

Es war heraus. Die Stille im Raum drohte zu einem riesigen Ungeheuer zu werden. Raghild atmete flach und unregelmäßig wie jemand, der gleich das Bewusstsein verliert; und Kunrad hatte das Gefühl, als wären ihre Schultern unter seinen Händen zu zwei Holzstücken geworden. Schließlich lehnte sie sich so weit wie möglich zurück, und seine Hände fielen schlaff herab.

»Verzeiht«, murmelte er, »es ist das Einzige, was mir eingefallen ist ...«

Er biss sich auf die Lippen. Etwas Ungeschickteres hätte er wirklich nicht sagen können. Raghild schien das genauso zu empfinden, denn ihr Gesicht verzog sich zu einer bitteren Grimasse.

»Es ist ja auch nicht Euer Ernst«, erwiderte sie.

»Natürlich ist es mein Ernst!«, ereiferte er sich. »Ich wollte auch nur sagen, dass es der einzige Ausweg aus allen Schwierigkeiten ist. Ihr wärt für alle Zeiten sicher und das Kind auch. Der Gedanke muss Euch fürchterlich sein, aber überlegt es in Ruhe. Wenn es etwas anderes gibt, was Euch leichter fällt ... Ruft mich, wenn Ihr Euch zu etwas entschlossen habt.«

Er wollte den Raum verlassen, aber Raghild hielt ihn zurück. »Warum?«, fragte sie ratlos. »Warum wollt Ihr so etwas tun?«

Kunrad starrte auf seine Hände, die Blut vergossen und gegen seine Freunde gekämpft hatten und auch vor einem Brudermord nicht zurückgeschreckt hätten, wenn Wolfun nicht durch diesen Unfall umgekommen wäre. Es war unmöglich, ihr die Wahrheit zu sagen, sie hätte nie geglaubt, dass er sie liebte.

»Weil ich es so haben will!«

Raghild senkte den Kopf. »Ihr seid hier der Herr. Wenn Ihr es wollt, soll es geschehen.«

Er nickte. »Nach dem Mittagsmahl in der Kapelle.«

Damit ging er und suchte den Burgpriester auf. Er empfand keine Freude, nicht einmal Erleichterung.

Am Nachmittag fand die Trauung in der Burgkapelle statt. Raghild kam die Zeremonie völlig unwirklich vor, und als die Mägde anschließend ihre wenigen Habseligkeiten in den Palas hinüberbrachten, stand sie dabei wie ein unbeteiligter Gast.

»Wenn es dir recht ist, essen wir heute Abend mit allen zusammen in der Halle«, meinte Kunrad.
Sie nickte, und zum ersten Mal traf sie die Anordnungen in dieser fremden Burg, die jetzt ihr Zuhause sein sollte. Kunrad hatte gefragt, ob es ihr möglich wäre, dass sie als Herrin mit den Leuten umgehen sollte. Dies war ihr Teil der Abmachung, und sie würde ihn erfüllen.
So fand Kunrad am Abend eine vollständig gedeckte Tafel für die Burgbewohner vor, und auf Raghilds Wink wurde ein ausgezeichnetes Essen aufgetragen. Ihr gegenüber saß der Hofmeister mit seiner Frau, ein lustiger kleiner Mann mit einer Knollennase. Er brachte die Tischrunde bald zum Lachen, sodass kein verlegenes Schweigen aufkam.
Als Kunrad später seinen letzten Rundgang bei den Wächtern machte, war er etwas erleichtert. Raghild war ihrer Rolle durchaus gewachsen, und irgendwann konnte er vielleicht ihr Vertrauen gewinnen.
Als er wenig später den Schlafraum betrat, verflog seine Zuversicht. Sie stand aufrecht neben der Feuerstelle, ihr ganzer Körper war angespannt, und in den Augen stand blanke Angst. Er setzte sich mit dem Rücken zu ihr auf die Bettkante und zog umständlich seine Stiefel aus.
»Warum bist du noch auf?«, fragte er ruhig. »Du musst doch todmüde sein. Ich habe geglaubt, dass du längst schläfst.«
Raghild schlüpfte wortlos unter die Felldecke. Sie musste sich an die Abmachung halten, aber der Wunsch, einfach wegzulaufen, war fast übermächtig. Wenn er mich anfasst, werde ich schreien, dachte sie voller Panik, aber Kunrad dachte nicht daran. Er blies die Kerze aus, und wenig später hörte sie seinen ruhigen Atem neben sich. Es dauerte lange, bis sich ihre verkrampften Muskeln entspannten, und noch viel länger, bis sie endlich übermüdet einschlief.
Gegen Morgen fuhr sie mit einem Aufschrei aus einem Albtraum hoch und sah sich entsetzt um. Ihr Körper schmerzte wie nach dem Tag, als Wolfun sie durch die Wildnis zur Rappenau geschleppt hatte, und irgendetwas hatte der Traum damit zu tun gehabt. Sie konnte sich nur nicht erinnern.
Am Fenster stand er, vollständig angezogen. Erst als er sich umdrehte, merkte sie, dass es nicht Wolfun war, sondern sein Bruder Kunrad. Da

kehrte die Erinnerung an die letzten Tage zurück. Seit gestern war sie mit Kunrad verheiratet, und er hatte ihr nichts getan. War sie wirklich in Sicherheit oder nahm er Rücksicht auf das Kind seines Bruders in ihrem Bauch? Dann würde er sie die nächsten sechs Monate wenigstens nicht misshandeln.

»Ich möchte, dass du dich heute ausruhst, du solltest nicht gleich aufstehen«, sagte er in ihre Überlegungen hinein. »Wir sehen uns heute Mittag.«

Er verließ den Raum, und Raghild kuschelte sich wieder unter die Felldecke. Niemand würde ihr etwas tun. Sie schloss die Augen und schlief ein.

Die Tage vergingen. Raghild wurde unruhiger, obwohl Kunrad so rücksichtsvoll war, wie sie sich nur wünschen konnte. Warum rührte er sie nicht an? Bestimmt verabscheute er sie, weil sie eine Hure war, aber warum hatte er sie dann zur Frau genommen? Seit sie hier war, gelang es ihr immer seltener, sich in den sonderbar gespaltenen, gefühllosen Zustand zu versetzen, in dem sie die schreckliche Zeit auf der Rappenau überstanden hatte. Die beiden Teile, die es damals gegeben hatte, den misshandelten Körper und die eigentliche Raghild in ihrer schützenden, stumpfen Hülle, wollten sich hier nicht mehr voneinander trennen. In Gegenteil, seit sich das Kind vor Kurzem zum ersten Mal bewegt hatte, waren ihre Sinne wacher als je zuvor. Trotz allem konnte sie es nicht hassen. Es war so klein, so hilflos, und es hatte keine Schuld. Sie, die Mutter, war sein einziger Schutz.

So saß sie oft stundenlang in quälende Grübeleien vertieft. Am Schlimmsten war der Gedanke an die Kreßburg. Dass sie in Schande gefallen war und Vater und Bruder sie verstoßen hatten, verstand sie. Und dass Tamer sich nicht damit abgefunden und sie auf eigene Faust gesucht hatte, lag sicher an seiner eigenen Vergangenheit. Aber Lianna! Auf die Liebe ihrer Schwester hatte sie immer gebaut, genauso wie auf deren starken, unabhängigen Verstand. Lianna musste inzwischen von Tamer erfahren haben, dass sie lebte und bei Kunrad war. War das Schweigen ihr Urteil? Gab es kein Zurück, keine Vergebung, nicht einmal Verständnis? War sie für immer verstoßen?

»Was hast du, Raghild?«, fragte Kunrad in ihre Gedanken hinein. »Du brauchst dich nicht zu fürchten, du bist hier sicher.«
Sie schrak zusammen. Erst jetzt merkte sie, dass sie völlig steif war. Beide Arme fest um die Knie geschlungen, hockte sie seit Stunden auf der Fensterbank. Draußen wurde es dämmerig, und im Zimmer war es kalt. Sie streckte sich mühsam, während Kunrad einige dürre Zweige auf die Glut im Kamin warf. Sie brannten schnell, und sogleich wurde es wärmer.
»Ich muss mich um das Essen kümmern«, sagte sie verwirrt.
Er schüttelte den Kopf. »Woran hast du gedacht?«
»An Lianna«, antwortete sie verlegen. »Ich hatte gehofft … Tamer hat nichts von ihr gesagt.«
Kunrad begriff. Natürlich, Raghild wusste nichts vom Tod ihrer Schwester. Sie fragte sich, ob Lianna sie genauso verdammte wie Vater und Bruder. Und das schmerzte sie noch viel mehr als die Wahrheit. Aber dass ausgerechnet er ihr davon erzählen musste …
»Bitte setz dich einen Moment zu mir«, bat er. Sie hörte den betroffenen Unterton und sah ihn fragend an.
»Tamer hat mir etwas erzählt, was du nicht weißt. Es war keine Zeit, es dir zu sagen – und bestimmt nicht der richtige Moment.
Es tut mir so leid, Raghild.«
»Was ist mit Lianna?«, fragte sie heiser.
»Sie hatte eine Verletzung, die brandig wurde. Tamer konnte ihr nicht mehr helfen.«
Seine Frau starrte ihn fassungslos an. »Tot?«
Er nickte unglücklich. »Ihre letzte Bitte an Tamer war, dass er dich suchen sollte. Ihre letzten Gedanken galten dir, sie hat dich sehr geliebt.«
Raghild starrte reglos ins Feuer. Lianna war tot. Sie hatte sie nicht vergessen und nicht verleugnet, sondern Tamer das Versprechen abgenommen, sie zu suchen. Jetzt erst begriff sie, welche Hoffnung sie in Lianna gesetzt hatte. Hoffnung auf Vergebung, auf ein Wiedersehen mit ihrer Familie, mit ihrem Zuhause. Aber ihre Hoffnung war schon lange tot. Lianna war fort, es gab niemanden mehr, der sie liebte. Kunrad beobachtete sie verstohlen von der Seite und wünschte, dass sie weinen oder in laute Anklagen ausbrechen würde. Alles wäre besser

als diese Starre. Er legte behutsam den Arm um sie, und Raghild ließ es geschehen. So saßen sie lange nebeneinander, ohne ein Wort zu wechseln.

Inzwischen hatte auch Tamer sein Ziel erreicht: die Festung auf dem langen Berg. Der Holacher empfing ihn sofort. »Was gibt es Neues?«, fragte er.
Der Dicke sah sich misstrauisch um. »Seid Ihr sicher, dass uns niemand hört?« Kraft nickte ungeduldig. »Also gut. Die Gerüchte um den Schrimpf sind wahr. Der Öttinger hat Ludwig dem Bayern einige Burgen angeboten, die er nicht unbedingt braucht. Und obwohl sie für Bayern sehr günstig liegen, hat Ludwig sich noch nicht entschieden.«
»Warum nicht?«
»Es ist ihm zu unsicher. Der Schrimpf will fünftausend Heller, offenbar für neue Rüstungen. Wenn es ihm nicht gelingt, Euch vollständig zu besiegen, ist er am Ende. Die Bayern wissen ebenso, dass ihm die Reichsacht droht. Und dann ist auch das verfallen, was er Ludwig verpfänden will. Das Geld wäre mitsamt dem Land verloren.«
Kraft überlegte laut: »Soviel ich weiß, ist noch gar nicht sicher, dass der Öttinger geächtet wird.«
»Ludwig ist ein vorsichtiger Mann. Er bekommt zwar nie wieder eine so günstige Gelegenheit, aber er zögert noch, und das ist gut für Euch.«
»Kennt Ihr die genaue Stärke des Schrimpf?«
»Im Moment dreitausend Mann. Aber mit dem Geld des Bayern bekäme er rasch das Doppelte zusammen.«
Der Holacher sprang erregt auf. »So weit darf es nicht kommen, dann werden wir nie mit ihm fertig. Wir müssen ihn angreifen, solange er noch schwach ist!«
Der Dicke nickte. Er war zu derselben Schlussfolgerung gekommen. »Könnt Ihr auf die Unterstützung des Königs zählen?«
»Nur auf wenige Männer. König Heinrich hat sich mit dem Württemberger geeinigt. Er hat mir zwei weitere Burgen mit ihrer Besatzung überlassen, das ist alles.«
»Dann müsst Ihr sofort in Öttingen einfallen, und zwar mit allem was Ihr habt.«

»Das hatte ich sowieso vor. Aber jetzt muss es schnell gehen, bevor der Schrimpf neues Geld bekommt. Die nächste Schlacht wird alles entscheiden. Ich werde die Boten noch heute losschicken. Habt Ihr mir sonst noch etwas zu berichten?«

Tamer betrachtete angelegentlich einen Wandbehang. »Wolfun von Lohr ist tot.«

»Der Verräter? Wisst Ihr das genau?«

»Ich war dabei. Oder besser gesagt – ich war schuld. Ich kämpfte mit ihm, und er fiel mit dem Kopf gegen eine Kante. Er hat sich den Schädel gebrochen und war sofort tot.«

»Wann und wo ist das gewesen?«

»Vor ein paar Tagen. Ich habe ihn zufällig unterwegs getroffen, und so war der Kampf unvermeidlich.«

Kraft sah ihn misstrauisch an. Tamer sagte nicht die ganze Wahrheit, das fühlte er deutlich. »Und was noch?« fragte er.

»Nichts weiter.«

Der Holacher presste die Lippen zusammen. Dieser Mann war einer seiner wertvollsten Verbündeten, aber ganz hatte er ihm nie getraut. Er war immer geheimnisvoll gewesen, und woher er seine Informationen bezog, hatte nie jemand herausgefunden.

Vielleicht war es besser, die Sache mit Wolfun auf sich beruhen zu lassen. Es gab Wichtigeres zu tun.

»Ich lasse Euch auf Euer Zimmer bringen, damit Ihr Euch ausruhen könnt. Wir essen in einer Stunde.«, meinte er und stand auf. Tamer nickte zustimmend. Er hatte diese Reaktion erwartet.

Als er später am Tisch des Holachers saß, traf er auch die Burgfrau wieder. Zuletzt hatte er sie in Begleitung ihres Vaters in Crailsheim gesehen, und die Umstände, unter denen sie die Frau des Holachers geworden war, kannte er nur zu gut. Seinem scharfen Blick entging auch nicht, dass das Verhältnis der beiden sehr angespannt war. Aber so sehr der Herr von Holach seinen Rat im Kampf mit Öttingen schätzte, in seine Ehe würde er sich nicht hineinreden lassen. Andererseits machte das die Sache erst interessant. Kraft musste zu der Überzeugung kommen, dass er selbst die Zuneigung seiner Frau gewann, ohne fremde Hilfe. Und Adelheid hatte doch diese Vorliebe für das eroberte Städtchen …

»Was haltet Ihr von Crailsheim als Sammelpunkt?«, fragte er harmlos, nachdem die Speisen aufgetragen waren.

Der Holacher nickte. »Einige Boten sind schon fort. Ich habe mich auch für Crailsheim entschieden, es liegt am günstigsten.«

»Wenn Ihr den Feldzug von da aus leiten wollt, werdet Ihr lange nicht nach Hause kommen.« Er wandte sich an Adelheid: »Dann wollt Ihr Euren Gemahl sicher nach Crailsheim begleiten, Herrin?«

In ihren Augen glomm ein Funke von Interesse auf. »Nach Crailsheim?«, fragte sie.

»Ausgeschlossen«, mischte Kraft sich ein, »das Kind soll auf meinem Besitz zur Welt kommen.« Adelheids Gesicht verhärtete sich wieder.

»Natürlich«, legte Tamer sich ins Mittel, »sonst wäre ich gar nicht auf die Idee gekommen. Wenn Ihr den Schrimpf besiegt, was sicher ist, wird Crailsheim unangefochten in Eurem Besitz bleiben. Und Ihr werdet mindestens ein Jahr dort verbringen, bis das Land befriedet ist. Wenn die Herrin dort wohnt, habt Ihr Euren Sohn ja von Anfang an bei Euch.« Er sprach absichtlich von einem Sohn, als könne es gar nicht anders sein. Söhne waren wichtig, und Kraft brauchte einen Erben.

»Wir werden sehen«, brummte der Holacher.

Tamer brachte ein anderes Thema auf, und Adelheid versank wieder in Schweigen. Man konnte ihr ansehen, wie der Gedanke sie beschäftigte. Wenn ihr Kind nicht hier, sondern in Crailsheim geboren würde! Wenn sie ein ganzes Jahr dort bleiben könnte, wäre auch das Zusammenleben mit ihrem Mann nicht so schwer. Sie hätte viel mehr Freiheit als hier in der Burg.

Kraft war ihr sowieso unheimlich geworden, oft wusste sie nicht, ob sie ihn hasste oder liebte. Aber sie fürchtete schon die ganze Zeit seine Rache für ihre Flucht damals, denn sie hatte ihn zum Narren gehalten und das verzieh kein Mann. Vielleicht würde er ihr sogar das Kind wegnehmen?! Sie grübelte stundenlang und kam zu keinem Ergebnis. Auch als Tamer den langen Berg bereits verlassen hatte, saß sie noch in ihrer Kemenate und versuchte einen Ausweg zu finden. Sie wür-

de wahnsinnig werden, wenn man sie hier einsperrte. In ihre niederdrückenden Gedanken vertieft, hatte sie das Eintreten ihres Mannes überhört.
»Was tust du hier allein im Dunkeln?«, fragte er. Adelheid schrak auf. Sie hatte die Zeit völlig vergessen, aber ihr fiel keine passende Antwort ein. Kraft, der schon so oft vergeblich auf eine Erwiderung gewartet hatte, wurde ärgerlich. Er kam hier her, um ihr eine Freude zu machen, und sie ignorierte ihn wie immer. »Ich habe beschlossen, dass du mit nach Crailsheim kommst«, sagte er in schärferem Ton, als er beabsichtigt hatte. Sie würde ihm nie verzeihen, dass er damals ohne ihr Wissen an den König geschrieben hatte, egal was er versuchte. »Morgen lässt du alles einpacken, wir reisen in zwei Tagen.«
Adelheid starrte ihn sprachlos an, aber er deutete ihre Reaktion falsch. Wieder keine Antwort. Warum hatte er nur geglaubt, dass sie sich diesmal freuen würde? Sie musste ja auch in Crailsheim mit ihm zusammen sein, das nahm dem Ort wohl seine Bedeutung. Besser er ging wieder, statt hier zu stehen und sie erwartungsvoll anzuschauen. Es war noch eine Menge zu erledigen bis zur Abreise. Kraft stand schon in der Tür, als seine Frau aufsprang und ihm voller Begeisterung um den Hals fiel.
»Ist das wirklich wahr?«, fragte sie. »Du nimmst mich mit nach Crailsheim?«
Es klang so atemlos, dass er die Angst dahinter hörte, aber er verstand sie nicht. »Was ist daran so ungewöhnlich?«
»Ich … dachte …«
»Was dachtest du?« Er bemühte sich, die Schärfe aus seiner Stimme herauszuhalten. Sie hatte vor irgendetwas Angst.
»Ich dachte, du sperrst mich für immer hier ein«, gestand sie zögernd, »ich dachte, du nimmst mir alles weg, auch das Kind, wenn es geboren ist.«
»Warum sollte ich das tun?«
»Weil … weil ich damals weggelaufen bin. Weil ich dich vor dem König und allen anderen bloßgestellt habe.«
»Bloßgestellt?« echote er fassungslos.
»Ich hasste dich, weil ich nicht mehr war als eine Figur im Spiel um

die Macht. Ich hasse dich immer noch dafür ...« Das Letzte war kaum noch zu verstehen.

»Und du glaubst, dass ich genauso fühle?«

Sie nickte. Der Holacher sank auf einen Schemel. Seine Gedanken überschlugen sich. Das hatte er befürchtet, aber nie auszusprechen gewagt. Was Adelheid mit ihm verband, war Hass. Sie würde nie etwas anderes empfinden als Furcht und Groll, es sei denn, er sagte ihr die Wahrheit. Vielleicht würde sie ihn auslachen oder ihn verächtlich ansehen. Beides wäre unerträglich – aber zu schweigen bedeutete, dass sich nie etwas ändern konnte.

»Adelheid, ich hasse dich nicht«, begann er unsicher. »Ich glaubte es am Anfang, als du meine Gefangene warst. Aber ich schwöre dir bei allem, was mir heilig ist: Als ich diesen unseligen Brief an den König schrieb, war ich schon rettungslos in dich verliebt. Ich hatte aber Angst, das Gesicht zu verlieren. Ich war zu stolz, es dir zu sagen, ich wollte nicht, dass du mich für einen Schwächling hältst.«

Er sah zu ihr auf, aber sie stand im Dunkeln neben dem Fenster wie ein Schatten. Er konnte ihr Gesicht nicht erkennen, und vielleicht war das gut so. Er musste das hier zu Ende bringen.

»Als ich hörte, dass du in Crailsheim bist und dass Rudolf dich ausliefern wollte, dachte ich nur: Ich bekomme sie unversehrt wieder. Ich dachte nicht daran, dass du ertrinken könntest.«

»Ich war mit irgendetwas betäubt.« Ihre Stimme klang angespannt.

»Ich weiß. Aber in der Nacht, als ich neben dir saß und dachte, dass du jeden Moment aufhörst zu atmen, bin ich selbst ein paar Mal gestorben. Ich hätte es nicht ertragen, dich zu verlieren.«

»Warum ...«, sie verstummte jäh.

»Warum ich dich geheiratet habe, ohne dir das zu sagen?«, fragte er unglücklich. »Natürlich gab es keine Wahl mehr, nachdem der König sein Einverständnis gegeben hatte. Ich wollte dich auch endlich als meine Frau besitzen. Unwiderruflich. Aber es hat nichts genützt. Ich wollte nicht hören, dass du mich hasst. Ich dachte, solange du es nicht aussprichst, habe ich vielleicht noch die Möglichkeit, etwas zu ändern. Ich habe mich getäuscht.«

Es blieb eine Weile still zwischen ihnen.

Schließlich fragte Adelheid leise: »Und jetzt?«
»Was wir jetzt tun? Wir haben immer noch keine Wahl.«
»Nein, ich meine, was empfindest du jetzt?«
»Ich weiß es nicht. Ich bin nicht einmal entsetzt, ich habe ja die ganze Zeit damit gerechnet. Du hasst mich und wirst es immer tun.«
Das klang so resigniert, dass Adelheid es glauben musste. Aber ihr Mann hatte sie als Belohnung für einen Dienst bekommen. Wie ein Stück Vieh, was sie ihm nie verzeihen wollte. Doch sie hatte genauso falsch gehandelt, hatte ihn und sich selbst über ihre Gefühle getäuscht, als er damals nach der Zerstörung der Burg Lohr zurückgekommen war. So getäuscht, dass sie nicht mehr wusste, ob sie ihn damals nicht doch geliebt hatte. Eigentlich waren sie quitt. Mehr als das, er hatte heute seine Schwäche eingestanden, und es lag in ihrer Hand, ihm noch mehr weh zu tun. Was war die Alternative? Klein beigeben und in seine Arme sinken? Das konnte sie nicht, aber er schien auf einmal so wehrlos. Sie berührte vorsichtig seine Schulter. »Lass mir Zeit«, bat sie.

Wo ist Hoffnung?

Zehn Tage später sammelten sich die Verbündeten des Holachers in Crailsheim. Nur die Kreßburger fehlten, sie würden sich unterwegs dem Heer anschließen, weil der Zug unmittelbar an ihrer Burg vorbeiführte. Es war zu Beginn des Weinmonats, als Kraft seinen letzten Feldzug gegen den Schrimpf begann, und die Eroberung erwies sich als viel schwerer, als er ursprünglich geglaubt hatte. Der Öttinger leistete überall erbitterten Widerstand. Er verhandelte eifrig mit dem Bayer, aber die drohende Reichsacht ließ auch diese Hilfsquelle versiegen. Es dauerte bis zum Spätherbst, ihn endgültig zu besiegen. Von den Gefolgsleuten und Lehnsmännern des Öttingers waren nur noch wenige übrig geblieben, und auch auf der Seite des Holachers waren die Verluste groß.
Beide Grafen von Flügelau, Heinrich und Gernot, waren gefallen, ebenso die Herren von Vellberg und Mergentheim.
Der Kreßburger war unverletzt geblieben, und er war seinem Schicksal bis zum Tag des Waffenstillstandes dankbar, weil ihm eine erneute Begegnung mit Kunrad erspart blieb. Der hatte auf der gegnerischen Seite mit der gleichen Verbissenheit gekämpft wie der Schrimpf, gehörte aber auch zu den Überlebenden. Mit dem Ende der Kämpfe kehrte er nach Honhardt zurück. Kunrad hatte mehr Grund als andere, sich um die Zukunft zu sorgen, denn dass man seine Burg dem Holacher zusprechen würde, galt als sicher. Die Friedensverhandlungen und die Neuordnung des Gebiets würden noch bis zum Ende des Winters dauern, und dann erwartete Raghild ihr Kind. Kraft würde ihn davonjagen, und was sollte dann aus seiner Frau werden? Die Sicherheit, die er ihr versprochen hatte, stand jetzt auf tönernen Füßen. Mit diesen trostlosen Überlegungen erreichte er die Burg. Im Zwinger traf er nicht Raghild, wie er erwartet hatte, sondern den Hofmeister.
»Wo ist meine Frau?«, fragte Kunrad.
»Sie fühlt sich schon seit einigen Tagen nicht wohl«, erwiderte der Mann. »Die Hebamme sagt, dass sie sich ausruhen soll«

Kunrad nickte und lief an ihm vorbei zur Oberburg. Wenn ihr etwas geschehen sollte! Das war das Letzte, was Wolfun ihnen noch antun konnte, dass Raghild bei der Geburt starb. Er trat in ihr Zimmer und schickte die Gürtelmagd mit einer Handbewegung hinaus. Raghild saß am Fenster und wollte aufstehen, aber er war mit zwei Schritten bei ihr und schob sie so sanft wie möglich zurück.

Sie hielt seine Hände fest. »Du bist da«, flüsterte sie, »dass dir nichts passiert ist!«

Ihre Augen standen voller Tränen. Er hatte seine Frau noch nie weinen sehen. Hatte sie sich so um ihn gesorgt? Er setzte sich neben sie und hielt sie fest, bis sie sich beruhigt hatte. Schließlich kuschelte sie sich wie ein müdes Kind in seine Arme und fragte: »Wie ist es ausgegangen?«

»Schlimmer, als ich befürchtet habe. Der Schrimpf ist vollständig geschlagen, er kann keine Bedingungen mehr stellen.« Er holte tief Luft. »Es tut mir leid, Raghild. Ich hatte dir versprochen, dass du hier in Sicherheit bist, aber ich kann mein Wort nicht halten. Diese Burg wird wohl an den Holacher fallen.«

»Wird er uns hierbleiben lassen?«

»Nein. Er wird einen eigenen Vasallen hierhersetzen. Dann müssen wir fort.«

»Wo werden wir hingehen?«

»Ich weiß es noch nicht.«

Raghild sah in sein verzweifeltes Gesicht. Alles, was er gehofft hatte, wofür er gekämpft hatte, zerfiel ihm unter den Händen. Würde ihn jemand aufnehmen, vielleicht als Hofmeister oder Lehrer der Knappen? Aber er kam aus einer verfemten Familie und hatte für den Falschen gekämpft. Nun zählten seine Tapferkeit und Loyalität nicht mehr. Er war für sie dagewesen, jetzt war er allein und brauchte Trost. Sie schmiegte sich fester an ihn.

»Wir sind aber zusammen«, meinte sie, »du bist gesund zurückgekommen, und du wirst einen Sohn haben. Ich glaube ganz fest, dass es ein Junge wird, und er wird *dein* Sohn sein.« Sie versuchte zu lächeln. »Das heißt, wenn du dich mit uns beiden herumplagen willst, bis wir ein neues Zuhause haben.«

Kunrad schwieg. Es war das erste Mal, dass sie mit ihm über das Kind sprach.

»Weißt du, ich konnte es nie hassen«, fuhr sie fort. »Ich dachte, es könnte nur mein Kind sein, weil du es nicht lieben kannst. Aber als du fort warst, wurde alles anders. Jeden Tag habe ich auf einen Boten gewartet, und immer befürchtet, dass du gefallen bist. Da wurde die Erinnerung an Wolfun wie ein Schatten, sie war gar nicht mehr wichtig. Das Einzige, was mich interessierte, waren Nachrichten aus Öttingen. Ich wünschte, dass du zurückkommst und ihm einen Namen gibst, weil es unser Kind ist. Und dass die Vergangenheit für dich genauso tot ist wie für mich.«

Sie schwieg erschöpft. War es ein Fehler, sich alles von der Seele zu reden? Hatte sie ihm noch mehr Kummer gemacht? Kunrad war nie ein Mann vieler Worte gewesen, aber sie hatte geglaubt, ihn zu kennen. Und nun? Nach einer Weile fühlte sie, wie er sein Gesicht an ihr Haar lehnte und seine Hand vorsichtig auf ihren gewölbten Bauch legte. Sie hielt den Atem an, als das Kind sich bewegte. Über Kunrads Gesicht glitt ein staunendes Lächeln. »Mein Kind«, flüsterte er.

Die Verhandlungen dauerten bis ins neue Jahr, und als der Eismonat zu Ende ging, wurden die Ergebnisse bekannt. Kraft von Holach erhielt die Festung Gailnau, die Burg Honhardt und die Stadt Crailsheim, und König Heinrich hatte ihn in den Grafenstand erhoben. Damit war die Ebene mit allen umliegenden Burgen unter seinem Einfluss, und auch Zoll-, Wege-, Gerichts- und Jagdrechte gingen an ihn. Er begann, ebenso wie der Schrimpf, Crailsheim zu einem Verwaltungszentrum auszubauen, wobei Adelheid immer neue Ideen und Vorschläge hatte. Sie hatte an Weihnachten einen Sohn zur Welt gebracht und sich erstaunlich schnell erholt.

Die Crailsheimer Bürger begriffen schnell, dass der Gräfin das Wohl ihrer Stadt am Herzen lag, während Kraft anfangs nur seine Vasallen in alle wichtigen Ämter einsetzte. Manch einer der Räte hatte es ihr zu verdanken, dass er in seinem Amt bleiben konnte. Es war neu und reizvoll für den Holacher, mit seiner Frau über seine Arbeit zu sprechen, und er erkannte bald, dass sie sich selten in einem Menschen täuschte. Seit sie miteinander hier lebten, war er glücklicher als je zuvor. Und Adelheid? Auch wenn sie es nicht eingestand, empfand sie inzwischen echte Zuneigung zu ihrem Mann. Die Leidenschaft, die sie als Gefangene gegen ihre Überzeugung fortgerissen hatte, war zu einem beständigeren Gefühl geworden. Und wenn sie Kraft mit ihrem Sohn beobachtete, schmolz ihr Herz. Als er sie fast schüchtern gefragt hatte, ob sie einverstanden sei, dem Kind den Namen seines Großvaters und ihres Vaters - Eberhard - zu geben, hatte sie sofort zugestimmt.

Es gab jetzt wenig Neuigkeiten von draußen, denn der Winter hielt das Land fest in seinem Bann. Nur selten schlug sich ein Kurier mit Nachrichten durch, aber bei einer dieser Gelegenheiten erfuhr der Holacher, dass Brunhild, die Witwe des Grafen Gernot von Flügelau, im Frühjahr auf die Kreßburg ziehen wollte.
Die Wasserburg war seit dem Tod der beiden Grafen sein Eigentum, als der nächste männliche Verwandte hatte er sie geerbt und zunächst einen Verwalter hingeschickt. Er war froh, dass Brunhild zu ihrer Schwester zog, dort war sie besser aufgehoben. So brauchte er auf sie keine Rücksicht zu nehmen, wenn er einen neuen Burgherrn einsetzte. Überhaupt – er musste jetzt einige neue Burgherren ernennen. Für Honhardt, Vellberg und Flügelau brauchte er drei zuverlässige Gefolgsleute, und auch hier in Crailsheim musste die Hügelburg neu besetzt werden. Adelheid schlug dafür den Ritter von Thys vor, und nach einigem Grübeln stimmte er ihr zu. Der Herr von Thys war viele Jahre auf dem langen Berg seine rechte Hand gewesen, er verstand etwas von der Zusammenarbeit mit einem Stadtrat. Kraft würde in seinem Gefolge keinen besseren Herrn für die Hügelburg finden. Der Vellberger würde am besten durch seinen Bruder Wilhelm ersetzt, der zwar noch jung für einen Burgherrn, jedoch durch und durch zuverlässig war. Aber Flügelau und Honhardt? Er hatte zu viele gute Männer verloren, um diese beiden wichtigen Burgen entsprechend zu besetzen. Er fand keine befriedigende Lösung, bis Tamer im Februar nach Crailsheim kam. Dieser hatte sich selbst auf die beschwerliche Reise gemacht, weil er die wichtige Nachricht keinem anderen Boten anvertrauen wollte:

Der Schrimpf war tatsächlich geächtet worden und sein gesamter Besitz dem Reich verfallen. Er selbst war verschwunden.
»Dann wird es höchste Zeit, dass ich diesen Honhardter absetze«, meinte Kraft, »er könnte dem Schrimpf Unterschlupf gewähren und hinter meinem Rücken eine neue Intrige anzetteln!«
»Verzeiht mir, Herr, aber das halte ich für unmöglich«, erwiderte Tamer. »Kunrad von Honhardt war seinem Lehnsherrn ein treuer Gefolgsmann, aber er würde sich nie mit einem Geächteten zusammentun!«
»Woher kenn Ihr den Mann?«, fragte der Holacher erstaunt. »Von seinen Brüdern weiß man nur, dass sie Mörder und Verräter waren, warum sollte das bei ihm anders sein?«
Tamer entschloss sich zur Offenheit. Er erzählte von Kunrads Gefangenschaft auf der Kreßburg, seiner Flucht und dem gemeinsamen Zug gegen die Fliehburg Rappenau. Nur Raghilds traurige Rolle dabei erwähnte er nicht. Schließlich meinte er: »Wenn ich nach Wolfuns Tod mit ihm nach Honhardt gegangen wäre, hätte er mich dem Schrimpf ausgeliefert, und das sagte er auch deutlich. Diese Treue gegenüber seinem Lehnsherrn spricht für ihn, genauso wie die Warnung, dass er keines Holacher Mannes Freund sein könne. Aber die Ächtung des Öttingers entbindet ihn von seinem bisherigen Eid, und wenn er Euch Treue schwört, werdet Ihr keinen besseren Herrn für die Burg finden!«
Der Holacher schwieg lange. Tamers Worte hatten einiges für sich, aber warum setzte er sich so für Kunrad ein? Wollte er wirklich nur einen guten Mann empfehlen, oder steckte etwas anderes dahinter? Aber schließlich hatte er schon vor längerer Zeit aufgegeben, die Geheimnisse dieses Mannes zu ergründen. Und Tamer hatte sein Vertrauen nie enttäuscht, sein Rat war immer hilfreich gewesen.
»Gut«, stimmte er schließlich zu, »wenn Ihr vom König hierhergekommen seid, werdet Ihr auch den Weg nach Honhardt schaffen. Wenn Kunrad mir den Eid leistet, bleibt er als mein Lehnsmann Burgherr. Morgen reitet Ihr, und ich erwarte Eure Antwort in zehn Tagen.«
Tamer stand auf. »Ich danke Euch, Herr. Ich bin sicher, dass Ihr diesen Entschluss nicht bereuen werdet.«

Am nächsten Morgen machte er sich auf den Weg. Er brauchte zwei Tage für die Strecke, die man im Sommer in acht Stunden zurücklegen konnte. Schneeverwehungen hatten die Pfade teilweise unpassierbar gemacht.
Als er die Burg endlich erreichte, empfing ihn Kunrad mit sorgenvoller Miene.
»Ihr bringt Neuigkeiten aus Crailsheim?«, fragte er.
Tamer nickte. »Ja, aber es sind gute Nachrichten. Ich erkläre Euch gleich alles, aber sagt mir vorher, wie es dem Fräulein Raghild geht.«
Ein Lächeln huschte über das Gesicht des Honhardters. »Danke, meiner Frau geht es ausgezeichnet. Sie hat vor zwei Wochen entbunden und meine Tochter ist gesund und kräftig.«
Tamers Gesicht war ein einziges Fragezeichen. »Eure Frau? Eure Tochter?«
»Allerdings. Oder bezweifelt Ihr meine Worte?«
Der Dicke schüttelte den Kopf. »Ich bin nur etwas erstaunt, Euch als Familienvater wiederzufinden.« Er grinste. »Da ist es Euch wohl recht, wenn Ihr hierbleiben könnt?«
Jetzt war es Kunrad, der ein verblüfftes Gesicht machte. »Hierbleiben?«, echote er.
»Der Schrimpf ist der Reichsacht verfallen, damit seid Ihr Eures Eides ledig. Der Holacher, dem diese Burg jetzt gehört, wird Euch hier als Herrn einsetzen, wenn Ihr ihm als sein Lehnsmann Treue schwört.«
Kunrad sprang erregt auf und durchmaß mit großen Schritten den Raum. Er verkrampfte die Hände ineinander, weil sie sonst gezittert hätten. »Hierbleiben«, wiederholte er heiser. Hierbleiben mit Raghild und dem Kind! Als Burgherr, als Gefolgsmann des Holachers!
»Stört ihn denn nicht, dass ich dem Schrimpf gedient habe?«, fragte er schließlich.
»Dass Ihr Eurem Herrn treu wart? Nein, bestimmt nicht. Aber er erwartet nun von Euch dieselbe Treue.«
»Die wird er haben, bei allen Heiligen!« Kunrad packte die Hand des Dicken so fest, dass der eine Grimasse schnitt.
»Und Euer Wort, dass Ihr keines Holacher Mannes Freund sein wollt?«, fragte Tamer lächelnd.

»Das nehme ich zurück, so wahr ich lebe! Und so wahr ich diese Ernennung Euch zu verdanken habe!«
»Mir? Wieso denn? Ich bin nur der Bote.«
»Redet keinen Unsinn! Ich weiß, dass Ihr Einfluss auf den Holacher habt und das Eure Idee war. Kommt mit zu Raghild, wir müssen es ihr sagen. Sie hat sich genauso viele Sorgen gemacht wie ich. Außerdem müsst Ihr das Kind sehen.«
Er packte Tamer beim Ärmel und zog ihn in die Kemenate seiner Frau. Raghild weinte Tränen der Erleichterung, als Kunrad vom Angebot des Holachers erzählte.
»Und morgen gehe ich mit Tamer nach Crailsheim, um meinen Treueid zu leisten«, schloss er.
»Wie können wir dir nur dafür danken?«, fragte Raghild.
»Gar nicht. Ihr habt auch gar keinen Grund.«
»Doch, haben wir«, unterbrach Kunrad, »und ob es Euch passt oder nicht, wir werden Euch immer dankbar sein. Und deshalb wird …«
Er überlegte einen Augenblick und sah seine Frau an. Die nickte. Sie hatten schon vor einigen Tagen davon gesprochen.
»Und deshalb wird unsere Tochter nach Euch benannt: Tamena Lianna von Honhardt. Morgen, bevor wir reisen, wird der Burgpriester sie taufen.«
Der Sohn des Sarazenen trat an die Wiege und sah auf die Tochter seines Halbbruders hinab. Wessen Halbbruders? Wolfuns – oder doch Kunrads? Spielte das wirklich keine Rolle mehr? Dann musste er sich auch überwinden.
»Wenn das so ist, werde ich mich zur Kreßburg durchschlagen und meinem Vater und meinem Bruder die gute Nachricht bringen. Hoffentlich werfen sie mich nicht raus. Denn wenn wir jetzt eine Tamena haben, muss es ja den Tamer, den Mann von der Kreßburg, auch geben, damit sie weiß, nach wem sie heißt.«
Raghild lächelte unter Tränen. So viel Schmerz, so viele Verluste in den letzten beiden Jahren – und doch gab es neue Hoffnung. Wenn es einen Tamer von Kreßburg gab, konnte sie ihre Familie dort vielleicht auch irgendwann wiedersehen.

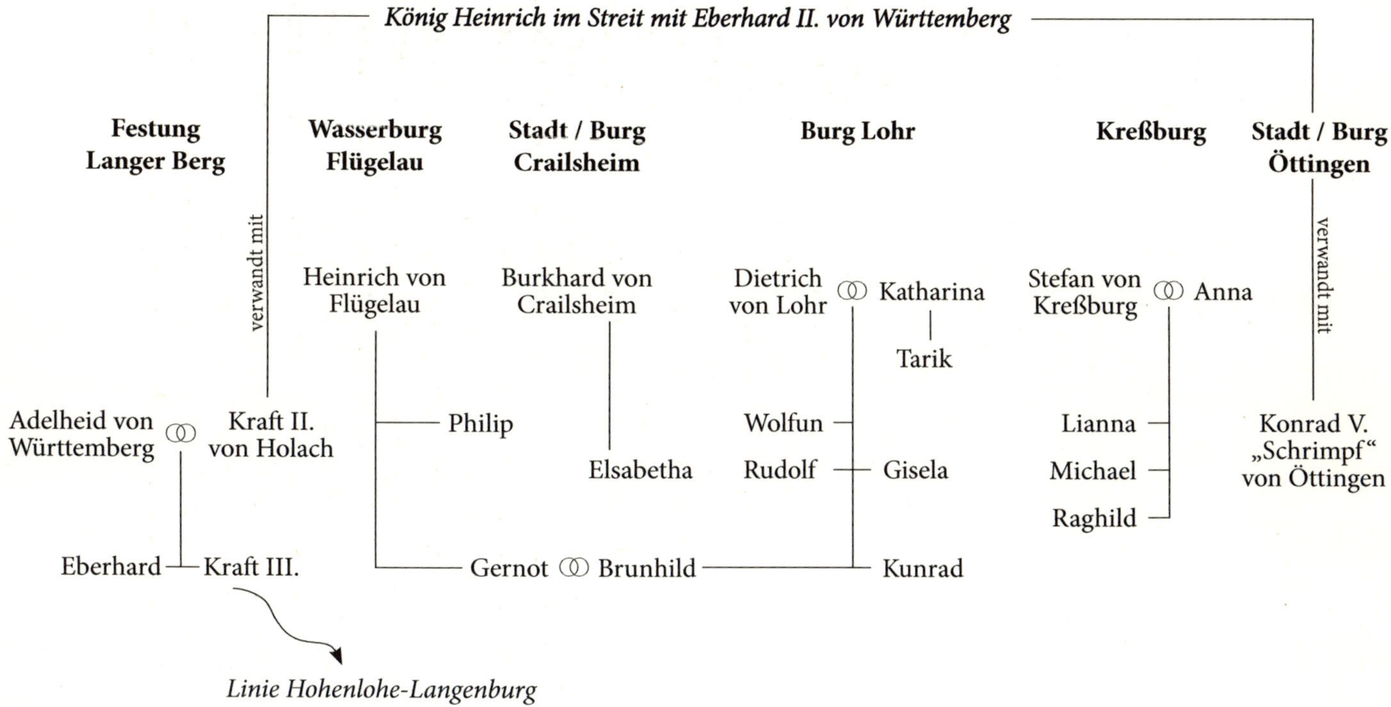
König Heinrich im Streit mit Eberhard II. von Württemberg
Festung Langer Berg
Wasserburg Flügelau
Stadt / Burg Crailsheim
Burg Lohr
Kreßburg
Stadt / Burg Öttingen
verwandt mit
verwandt mit
Heinrich von Flügelau
Burkhard von Crailsheim
Dietrich von Lohr
Katharina
Tarik
Stefan von Kreßburg
Anna
Adelheid von Württemberg
Kraft II. von Holach
Philip
Wolfun
Lianna
Konrad V. „Schrimpf“ von Öttingen
Elsabetha
Rudolf
Gisela
Michael
Raghild
Eberhard
Kraft III.
Gernot
Brunhild
Kunrad
Linie Hohenlohe-Langenburg

Nachwort

Die Recherchen zu diesem Roman stammen fast alle aus den Jahren 1983-90. Damals zog meine Familie nach Waldtann, einem Ort der Gemeinde Kreßberg. Ich verbrachte anfangs einen großen Teil meiner Freizeit damit, die mittelalterlichen Stätten und Burgruinen der Umgebung zu erkunden. Auf jedem Schauplatz, der im Roman geschildert wird, bin ich damals herumgeklettert, habe die Anwohner gefragt und in den Gemeindearchiven gestöbert.
Ein Symposium zur Stadtgeschichte Crailsheims brachte mich dann auf die interessanteste Zeit: Als der Konflikt zwischen den Hohenlohern und den Öttingern eskalierte, die sich im Streit zwischen König Heinrich VII. von Luxemburg und Eberhard II. von Württemberg auf verschiedene Seiten schlugen. 1289 hatte der Probst des Moritzstiftes von Augsburg Crailsheim und die umliegenden Güter an die Öttinger verkauft. Die Zuspitzung des Konflikts, wie sie auch im Roman beschrieben wird, endete damit, dass Konrad von Öttingen 1310 der Reichsacht verfiel und Kraft II. von Holach auf diesem Weg Gebiete dazugewann. „Holach" ist der mittelalterliche Name für „Hohenlohe", eine Burg mit diesem Namen bei Uffenheim wird 1178 urkundlich erwähnt. Kraft heiratete Adelheid, die Tochter Eberhards des Erlauchten von Württemberg. Diese Adelheid ist der Sage nach dieselbe, die die Crailsheimer heute noch als die Schützerin ihrer Stadt kennen und die später ihren Witwensitz auf der Schöneburg hatte.
Ich entschied mich, die Kreßburg zum Hauptschauplatz der Handlung zu machen, weil sie als „wichtige Burg im Grenzgebiet" beschrieben ist, die während der Konflikte immer wieder umkämpft wurde. Auch die kleine Burganlage bei Wüstenau als „Burstel Wuostene" wird erwähnt. Aber die Unterlagen über die dort ansässige Familie sind bei einem Brand verloren gegangen, und dadurch hatte ich den nötigen Freiraum für die Gestaltung der Protagonisten.
Auch von Flügelau und Lohr weiß man nicht mehr, als dass sie wichtige Burgen und Familien waren, die in jener Zeit ausstarben. Die Quel-

le „Mergenbrunn“, das heutige Mariäkappel, ist historisch belegt und hatte wohl heilkräftiges Wasser.
Die Festung auf dem langen Berg wurde um 1250 erbaut, an deren Stelle entstand später das Schloss Langenburg. Dieser Landstrich kam als würzburgisches Lehen an die Holacher, nachdem dessen letzte Besitzer, Verwandte der Holacher, in den Deutschen Orden eintraten.
Als eine der wenigen mittelalterlichen Bauten, die in Crailsheim erhalten geblieben sind, kann man im „Museum im Spital“ die Reste einer mittelalterlichen Badestube besichtigen. Sie wurde zwar erst um 1450 datiert, doch gab es auch früher schon Badestuben. Deshalb habe ich sie bei der Eroberung der Stadt in die Handlung eingebunden. Auch die Johanneskirche, in der im Roman der Pfingstgottesdienst nach Gernots und Brunhilds Hochzeit stattfindet, stand damals an derselben Stelle, wie Grabungen aus dem Jahr 1965 beweisen. Die heute noch existierende Johanneskirche steht auf den Fundamenten der Kirche aus dem 13. Jahrhundert.
Dinkelsbühls mittelalterliche Gassen sind so gut erhalten, dass sich ein Besuch auf jeden Fall lohnt; und durch das Segringer Tor gelangt man immer noch von Westen in die Altstadt. Die Spitalpfleger des Heilig-Geist-Spitals entstammten im Mittelalter der Dinkelsbühler Bürgerschaft (im Roman die Familie der Herunger).
Die Fliehburg Rappenau ist in alten Karten verzeichnet, aber im Gestrüpp nicht mehr aufzufinden. Das steinerne Mal im Kreuzbach habe ich nicht dort im Wasser, sondern an einer Wegscheide im Wald bei Westgartshausen entdeckt, dort steht ein altes, unregelmäßig geformtes Steinkreuz.
Die landschaftlichen Schilderungen kann jeder, der die Gegend kennt, nachvollziehen: die Waldanemonen an den Berghängen im Frühling, den Blick von einer Burganlage auf Dörfer und die umliegenden Felder, die Schneeverwehungen auf den offenen Wegen im Winter. Vielleicht vermisst der eine oder andere Leser „sein“ Dorf in der Geschichte. Aber nicht alle Orte haben damals schon existiert und kommen deshalb nicht im Roman vor.

Danksagung

Mein besonderer Dank gilt

- meinen Eltern, Karl und Anna Elisabeth Tesch, die für mich jahrelang Zeitungsartikel über die Geschichte des Landes sammelten, denn damals gab es kein Internet, um zu recherchieren,
- meinem Bruder Wolfgang, der mich mit historischer Sachkenntnis und konstruktiver Kritik immer wieder inspiriert hat,
- meinen Crailsheimer Freunden Sibylle und Gerhard Kehl, ohne deren Ermutigung und Unterstützung dieses Buch nicht fertig geworden wäre,
- Herrn Walter Stelzer, damals Bürgermeister der Gemeinde Kreßberg, der mir Einblick in historische Dokumente ermöglicht hat,
- den sachkundigen Referenten des Crailsheimer Symposiums zur Stadtgeschichte, welches 1985 stattfand. Sie gaben mir viele wichtige Informationen, vor allem

  Herr Hans-Joachim König, Stadthistoriker Crailsheim
  Frau Dr. Elisabeth Grünenwald, Fürstlich-Öttingische Oberarchivrätin
  Herr Dr. Gerhard Taddey, Staatsarchivdirektor Neuenstein/Stuttgart
  Herr Günter Stachel, Archäologe Unterrengenbach

Sommer 2015
Anita Tesch

Birte Jacobs

Geheimsache
Luther
Historischer Roman

268 Seiten
Format: 13,5 x 21,5 cm
Broschur
€ 14,95

ISBN 978-3-942637-16-9

E-Book: € 8,49
ISBN 978-3-942637-30-5

Mit Luthers Thesen verändert sich die Welt. Im Land gärt es – der Reichstag in Worms 1521 soll Klarheit bringen. Inmitten dieser turbulenten Zeit begegnen sich in Worms zwei junge Frauen: Mara, eine Christin von ungeklärter Herkunft, welche Speyer verlassen hat, nachdem sie zur heimlichen Mitwisserin eines geplanten Mordanschlages auf Luther wird, und Nahel, eine Jüdin, die nach einem Pogrom gegen die Juden in Regensburg fliehen musste und nun ihre jüdische Identität aus Angst vor neuer Verfolgung leugnet. Obwohl beide Frauen langsam lernen, einander zu vertrauen, bleibt ein Rest von Misstrauen. Nahel fühlt sich zu dem Buchhändler Christo hingezogen, glaubt aber, er würde sie als Jüdin verstoßen. Mara hingegen versucht Luther vor dem geplanten Anschlag zu schützen. Hilfe erhält sie dabei von dem jungen Novizen Eckbert, für den das alles bloß ein großes Abenteuer ist. Ihre Nachforschungen bleiben nicht lange geheim und Mara gerät selbst in tödliche Gefahr.

Der Kleine Buch Verlag

www.derkleinebuchverlag.de